El último

FRANCINE RIVERS

el
Último Devorador de Pecados

Tyndale House Publishers, Inc.
Carol Stream, Illinois

Visite la apasionante página de Tyndale Español en Internet: www.tyndaleespanol.com

Entérese de lo último de Francine Rivers: www.francinerivers.com

TYNDALE y el logotipo de la pluma son marcas registradas de Tyndale House Publishers, Inc.
TYNDALE ESPAÑOL es una marca de Tyndale House Publishers, Inc.

El último Devorador de Pecados

Diseño: Alyssa Force y Jennifer Ghionzoli

Traducción al español: Mayra Urízar de Ramírez

Edición del español: Mafalda E. Novella

Versículos bíblicos sin otra indicación han sido tomados de la *Santa Biblia*, Reina Valera Antigua.

Versículos bíblicos indicados con BLA han sido tomados de la Biblia de las Américas®, © 1986, 1995, 1997 por The Lockman Foundation. Usado con permiso. Todos los derechos reservados.

Versículos bíblicos del Nuevo Testamento en las preguntas para discusión han sido tomados del Nuevo Testamento de la *Santa Biblia*, Nueva Traducción Viviente, © 2009. Usado con permiso de Tyndale House Publishers, Inc., Carol Stream, IL 60188, Estados Unidos de América. Todos los derechos reservados.

Versículos bíblicos del Antiguo Testamento en las preguntas para discusión han sido tomados de la *Santa Biblia*, versión Reina Valera 1960®. © por las Sociedades Bíblicas Unidas. Usado con permiso. Todos los derechos reservados.

Originalmente publicado en inglés en 1998 como *The Last Sin Eater* por Tyndale House Publishers, Inc., con ISBN-10: 0-8423-3570-6 / ISBN-13: 978-0-8423-3570-6.

Library of Congress Cataloging-in-Publication Data

Rivers, Francine, date.
    [Last sin eater. Spanish]
    El último devorador de pecados / Francine Rivers.
      p. cm.
    Translation of: The last sin eater.
    ISBN 978-1-4143-2441-8 (pbk.)
    1. Great Smoky Mountains (N.C. and Tenn.)—Fiction. 2. Mothers and daughters—Fiction.
3. Mountain life—Fiction. 4. Young women—Fiction. 5. Atonement—Fiction. I. Title.
PS3568.I83165L318 2009
813'.54—dc22   2008041358

Impreso en los Estados Unidos de América

15   14   13   12   11   10   09
7   6   5   4   3   2   1

A mi esposo, Rick,

Con amor y gratitud

Eres mi regalo de Dios.

Reconocimientos

Dios me ha bendecido con una familia maravillosa y con muchos amigos que constantemente me han apoyado y animado. Mi esposo, Rick; mi representante, la difunta Jane Jordan Browne; y mi editora, Karen Ball, han colaborado muchísimo para ayudarme a llevar a cabo cada proyecto. Gracias por estar siempre a mi lado.

Peggy Lynch: Gracias por escucharme y por hacer las preguntas difíciles que me ayudan a pensar más profundamente.

Liz y Bill Higgs: ¡Gracias por enviarme un cajón de recursos!

Los Loveknotters: Gracias por escuchar, aconsejar, compartir y orar.

Nota de la autora

*E*L DEVORADOR DE PECADOS ERA UNA PERSONA QUE aceptaba dinero o comida a cambio de cargar con las lacras morales de los difuntos y sus consecuencias en el más allá. Los Devoradores de Pecados eran comunes a principios del siglo XIX en Inglaterra, las Tierras Bajas de Escocia y en el distrito fronterizo de Gales. Esta costumbre fue continuada por los inmigrantes a las Américas y se practicaba en las áreas remotas de las montañas Apalaches.

Esta es la historia totalmente ficticia de semejante persona.

Y echará suertes Aarón sobre los dos machos cabríos, una suerte por el SEÑOR, y otra suerte para el macho cabrío expiatorio. Aarón ofrecerá el macho cabrío sobre el cual haya caído la suerte para el SEÑOR, haciéndolo ofrenda por el pecado. Pero el macho cabrío sobre el cual cayó la suerte para el macho cabrío expiatorio, será presentado vivo delante del SEÑOR para hacer expiación sobre él, para enviarlo como macho cabrío expiatorio al desierto.

LEVÍTICO 16:8-10, BLA

"Yo soy el camino, y la verdad, y la vida: nadie viene al Padre, sino por mí."

JESÚS, EL CRISTO; JUAN 14:6

U N O

Montañas de *Great Smoky*,
a mediados de la década de 1850

La primera vez que vi al Devorador de Pecados fue la noche en que llevaban a la Abuelita Forbes a su tumba. Yo era muy pequeña y la Abuelita era mi gran amiga, y yo estaba muy apesadumbrada.

"Cadi, no mires al Devorador de Pecados," me había dicho mi papá. "Y no preguntes por qué."

Después de esa advertencia tan severa, intenté obedecer. Mamá decía que yo tenía la maldición de la curiosidad. Papá decía que era nomás entrometida y terca. Sólo la Abuelita me entendía, por el cariño que me tenía.

Hasta las preguntas más sencillas eran recibidas con resistencia. *Cuando seas mayor. . . . Eso a ti no te incumbe. . . . ¿Por qué haces una pregunta tan tonta?* El verano antes de que la Abuelita muriera, decidí ya no preguntar nada. Pensé que si alguna vez iba a encontrar las respuestas, tenía que buscarlas yo misma.

La Abuelita era la única que parecía entender mi mente. Siempre decía que yo tenía el espíritu explorador de Ian Forbes. Era mi abuelo, y la Abuelita decía que su espíritu lo impulsó al otro lado del mar. Pero, entonces, tal vez esa no era toda la verdad, porque en otra ocasión dijo que se había ido por los desalojos de Escocia.

Papá concordaba con eso, y me contó que al abuelo lo habían sacado de su tierra y lo habían metido en un barco que iba a América, para que las ovejas tuvieran pastos. O eso le dijeron, aunque para mí nunca tuvo sentido. ¿Cómo era posible que los animales tuvieran más valor que los hombres? En cuanto a la Abuelita, ella era la cuarta hija de un pobre calderero galés que no tenía expectativas. Para ella, irse a América no fue un asunto de opciones, sino de necesidad. Cuando llegó a América por primera vez, trabajó para un caballero acaudalado en una espléndida casa en Charleston, cuidando de su bella y frágil esposa, a la que había conocido y con quien se había casado en Caerdydd.

Fue la esposa quien le tuvo mucho cariño a la Abuelita. Como galesa, la joven señora anhelaba su hogar. La Abuelita era joven entonces, diecisiete años, según recordaba. Desafortunadamente, no trabajó mucho tiempo con ellos, ya que la señora murió al dar a luz y se llevó consigo a su pequeñito. El caballero ya no necesitó de una criada para la señora —y la Abuelita rehusó darle los servicios que él sí requería. Ella nunca dijo qué servicios eran esos, sólo que el hombre la liberó de su contrato y la dejó a su suerte en medio del invierno.

Los tiempos eran muy difíciles. Ella aceptaba cualquier trabajo que encontraba para mantener su cuerpo y alma unidos, y conoció a mi abuelo mientras lo hacía. Se casó con Ian Forbes "a pesar de su temperamento." Como no conocí a mi abuelo, no podía juzgar su observación de él, pero un día escuché a mis tíos reírse de su temperamento fuerte. El tío Robert dijo que el abuelo se paró en el porche de enfrente y le disparó a papá, no sólo una vez sino dos veces sucesivamente. Afortunadamente, había estado ebrio y papá era rápido con los pies, de otra manera yo nunca habría nacido.

El abuelo Forbes murió un invierno, mucho antes de que yo

naciera. Había caído una tormenta fuerte y él se perdió cuando volvía a casa. Dónde había estado, la Abuelita no lo dijo. Era una de las cosas que más me frustraba, sólo escuchar parte de la historia y no todo. Dependía de mí unir las piezas y me tardé años en lograrlo. Y es mejor no contar algunas cosas.

Cuando le pregunté a la Abuelita por qué se había casado con un hombre tan furibundo, me dijo: —Tenía los ojos de un azul como el cielo del crepúsculo, querida. Tú los tienes, Cadi, cariño, al igual que tu papá. Y tienes el hambre del alma de Ian, que Dios te ayude.

La Abuelita siempre decía cosas que no alcanzaba a entender.

—Papá dice que me parezco a ti.

Ella frotó sus nudillos suavemente en mi mejilla. —Vaya que sí. —Sonrió tristemente—. Esperemos que no en todo sentido. —Y ya no habló más de eso. Parecía que no todas las preguntas tenían respuesta.

La mañana que murió, sólo estábamos sentadas, contemplando la hondonada. Se había recostado en su silla; se frotó el brazo como si le doliera. Mamá andaba por allí, adentro de la casa. La Abuelita respiró con una mueca y me miró. "Dale tiempo a tu mamá."

Cómo podían doler cinco palabras. Me hicieron recordar todo lo que había pasado y lo que había ocasionado que hubiera una pared entre mamá y yo. Hay cosas que no se pueden cambiar ni deshacer.

Incluso a mi corta edad, después de sólo vivir diez años, el futuro se me presentaba sin esperanzas. Con la cabeza sobre la rodilla de la Abuelita, no dije nada y tomé el consuelo que podía con su dulce presencia, sin siquiera pensar que pronto aun esto me lo quitarían. Y si pudiera regresar y cambiar las cosas para no pasar por ese tiempo de desolación, ¿lo haría? No. Porque Dios tenía su mano sobre mí, antes de saber quién era él o siquiera que existía.

Durante el último año había aprendido que las lágrimas servían para nada. Ciertos dolores son demasiado profundos. La pena no se puede disolver como cuando la lluvia se lleva el polvo del techo. Para el dolor no hay desaparición, ni desahogo . . . ni final del tiempo.

La Abuelita puso su mano en mi cabeza y comenzó a acariciarme como si fuera uno de los perros que dormían debajo de nuestro porche. Me gustaba. Algunos días deseaba ser uno de esos perros que papá amaba tanto. Mamá ya no me tocaba y tampoco papá. No se hablaban mucho, y mucho menos me hablaban a mí. Sólo mi hermano, Iwan, me demostraba afecto, aunque no muy seguido. Tenía mucho que hacer ayudando a papá con la granja. El poco tiempo que le quedaba se la pasaba bebiendo los vientos por Cluny Byrnes.

La Abuelita era mi única esperanza, y ahora me dejaba.

"Te quiero, cariño. Recuerda eso cuando llegue el invierno y todo parezca frío y muerto. No será así para siempre."

El invierno había llegado al corazón de mamá el verano pasado, y en lo que a mí concernía, todavía era un desierto congelado.

"Las claytonias solían crecer como una manta de lavanda en Bearwallow. Si pudiera pedir un deseo, pediría un ramo de claytonias."

La Abuelita siempre decía lo mismo: *Si pudiera pedir un deseo . . .* Sus deseos me mantenían ocupada, no es que no me gustaran. Ella estaba muy anciana como para ir muy lejos. Lo más lejos que alguna vez vi caminar a la Abuelita fue a la casa de Elda Kendric, que era nuestra vecina más cercana y casi tan anciana como la Abuelita. Pero la mente de la Abuelita podía atravesar océanos, montañas y valles, y a menudo lo hacía por mí. Fue la Abuelita quien me señaló caminos olvidados y lugares favoritos que yo misma me habría tardado más para descubrirlos. Para agradarla es que iba de acá para allá a nuestras montañas altas a recoger pedazos de sus recuerdos atesorados. Y eso me alejó de la casa y del dolor y el rechazo de mamá.

Fue la Abuelita quien me puso en camino a Bloomfield en la primavera, para que pudiera volver con un cesto lleno de margaritas montañesas y houstonias. Me enseñó a hacer una corona de ellas y a ponerla en mi cabeza. Me habló del Diente de Dragón, donde crecían piedras verdes, que se asemejaban a la columna vertebral de la Escocia de Ian Forbes, según lo había dicho él.

Más de una vez fui allí. Me tardaba todo el día en subir la montaña para llevarle un pedazo de esa piedra verde. Vagué por los estanques llenos de peces percasol y por los huecos calentados por los cantos de las ranas. Hasta encontré el roble que ella decía que era tan viejo como el tiempo . . . o por lo menos tan viejo como ella.

La Abuelita estaba llena de historias. Siempre hablaba sin prisa, derramando palabras como miel en una mañana fría, dulce y fuerte. Conocía a todo el que llegaba a establecerse en las palizadas, corrales y huecos de nuestra tierra inclinada. Nosotros los Forbes llegamos primero a esta gran región montañosa humeante, con ansias de tierra y posibilidades. Las montañas le hacían recordar Escocia al abuelo. Laochailand Kai los había llevado allí, junto con otros. Elda Kendric llegó con su esposo, que había muerto hacía tanto que la Abuelita ya no recordaba su nombre. Quizás hasta la señora Elda pudo haberlo olvidado, porque siempre decía que no quería hablar de él. Después llegaron los Odara, los Trent, los Sayre y los Kent. Los Connor, los Byrnes y los Smith también despejaron tierra. La Abuelita decía que si el abuelo Ian no hubiera muerto, habría trasladado a la familia más al este, a Kentucky.

Todos se ayudaban mutuamente cuando podían y se mantenían unidos en contra de la naturaleza y del mismo Dios para construir sus propios lugares. Y siempre estaban alertas por si llegaban indios a matarlos. Los que no permanecían con los demás se quedaban solos, y a menudo morían. Unos cuantos llegaron después, uniéndose y casándose hasta que llegamos a ser un grupo mixto, de marginados, aislados y olvidados.

"Todos tenemos nuestras razones, algunos mejor que la mayoría, para sentar raíces en estas montañas y para cubrir nuestras cabezas con la neblina," dijo una vez la Abuelita. Unos vinieron a construir, otros a esconderse. Todos hacían lo que podían para sobrevivir.

Esa mañana —la mañana en que murió la Abuelita— fui a Bearwallow a recoger claytonias. Ella las anhelaba, y esa era razón suficiente para que fuera. Las flores sí crecían como una manta de lavanda, como la Abuelita decía recordar. Recogí un cesto lleno y se las llevé. Ella estaba dormida en su silla del porche, o eso pensé, hasta que me acerqué. Estaba tan blanca como una flor de cornejo; su boca y sus ojos estaban bien abiertos. Cuando coloqué las flores en sus rodillas, ella no se movió ni pestañeó.

Sabía que ya se me había ido.

Es algo horrible que un niño entienda la muerte en semejante plenitud. Yo ya había probado un poco de eso. Esta vez fue un trago grande de desolación que descendió y se esparció por todos mis huesos.

Algo había salido de la Abuelita, o se lo habían robado, en mi ausencia. Sus ojos no parpadeaban; nada de aire salía de sus labios separados. Y no parecía ser ella, sino una vaina arrugada, apoyada en una silla de sauce; una imitación de la Abuelita Forbes, pero no la Abuelita en absoluto. Ya se había ido, sin pedir permiso. Entendía demasiado y no lo suficiente en ese momento, y lo que sabía dolía tanto dentro de mí que pensé que me moriría por eso. Por un momento morí. O por lo menos dejé ir la débil esperanza que había sobrevivido el verano anterior.

Mamá detuvo el reloj de la repisa y cubrió el espejo, como era nuestra costumbre en las montañas. Papá sonó la campana de la muerte. Ochenta y siete veces la sonó, una por cada año de vida de la Abuelita. Enviaron a mi hermano, Iwan, con la triste noticia a nuestros familiares. Al día siguiente, la mayoría del clan Forbes, con sus ramas e injertos, se reunió para llevar a la Abuelita a su lugar de descanso final, en las faldas de la montaña.

Gervase Odara, la curandera, fue la primera en llegar, y con ella iba Elda Kendric, ahora la señora de mayor edad de nuestras montañas. Papá quitó la puerta de las bisagras y la puso encima de dos sillas. Colocaron a la Abuelita allí. Primero, las mujeres le quitaron la ropa, y Gervase Odara la sacó para lavarla. Calentaron agua en la fogata de adentro. Mamá puso un poco del agua en una palangana y la utilizó para lavar el cuerpo de la Abuelita.

"Gorawen," dijo Elda Kendric, mientras cepillaba el pelo largo y blanco de la Abuelita, "me has dejado como la última de los primeros."

Mamá no decía nada. Ella y Elda Kendric siguieron trabajando en silencio. La anciana miraba a mamá, pero mamá ni una vez apartó la cabeza de lo que hacía, ni dijo una palabra a nadie. Cuando Gervase Odara volvió adentro, ayudó a mamá.

—Me dijo hace sólo unos cuantos días que había escuchado la poderosa voz que la llamaba desde la montaña. —Gervase Odara esperó, mirando a mamá. Como ella aún no decía nada, la curandera dijo—: Me dijo que aún se quedaba por Cadi.

Mamá levantó la cabeza entonces, y miró fijamente a Gervase Odara. —Ya me duele bastante; no es necesario que abras la herida.

—A veces hace bien dejar que drene.

—Este no es el momento.

—¿Y cuándo sería mejor, Fia?

Mamá se volteó ligeramente, y yo sentí que me buscaba. Me retiré tanto como pude hacia las sombras de la esquina, esperando que no me culpara porque las mujeres la estaban atormentando. Incliné la cabeza y jalé las rodillas hacia el pecho, deseando ser más pequeña o invisible.

Pero no lo era. Mamá me miró fijamente. —Vete, Cadi. Este no es lugar para ti.

—Fia . . . —comenzó Gervase Odara.

No esperé a escuchar lo que ella iba a decir, pero grité: —¡Déjela tranquila! —porque no aguantaba la mirada de los ojos de mi madre. Estaba como un animal atrapado y herido—. ¡Déjela tranquila! —volví a gritar; me levanté de un salto y corrí hacia la puerta.

Todavía faltaba que llegaran algunos del clan, por lo que estaba agradecida. Si hubieran estado, me habría topado con todos ellos, mirándome y murmurando. Busqué a papá y lo encontré cortando un cedro a cierta distancia. Me paré detrás de un árbol y me quedé mirándolo por un buen rato. Se me ocurrió que hacía mucho tiempo que no lo oía reírse. Su aspecto era sombrío mientras trabajaba. Se detuvo una vez y se limpió el sudor de la frente. Se volteó y me miró directamente. "¿Te sacó de la casa mamá?"

Asentí con la cabeza.

Papá volvió a levantar su hacha e hizo otra gran ranura en el árbol. "Trae la cubeta y recoge las astillas. Llévaselas. Quitará el hedor de la casa."

Las mujeres ya se habían encargado de eso, porque las puertas y ventanas estaban abiertas; una brisa llevaba el aroma de la primavera de las montañas y se mezclaba con el alcanfor que habían frotado en el cuerpo de la Abuelita. Había una taza de metal con sal en el alféizar y los pequeños granos blancos volaban al piso, como arena.

Mamá estaba preparando masa de pan cuando entré. Como no levantó la cabeza, Gervase Odara tomó la cubeta de astillas de cedro.

"Gracias, Cadi." Comenzó a esparcir un puño al lado de la Abuelita, que ya estaba vestida otra vez, con un vestido negro de lana. Le habían cortado su pelo largo y blanco y lo tenían cuidadosamente enrollado en la mesa, para trenzarlo como joyería de duelo. Tal vez mamá le agregaría una trenza blanca a la de oro rojizo que usaba. La pobre cabeza esquilada de la Abuelita fue cubierta con una tira de tela que estaba atada por debajo de su quijada. Su boca estaba cerrada y sus labios se habían callado para siempre. Una segunda tira blanca estaba atada alrededor de sus tobillos y una tercera en sus rodillas. Sus manos, tan delgadas y desgastadas con callos, estaban sobre su pecho, una encima de la otra. Dos centavos de cobre brillante estaban sobre sus párpados.

"Ya sea mañana, o pasado mañana, a eso del anochecer, el Devorador de Pecados vendrá, Cadi Forbes," me dijo Elda Kendric. "Cuando venga, toma tu lugar al lado de tu madre. Tu tía Winnie llevará la bandeja con el pan y el tazón de vino de saúco. El Devorador de Pecados nos seguirá hasta el cementerio y luego se comerá y beberá todos los pecados de tu abuelita, para que ella ya no camine por estas montañas."

De sólo pensarlo, mi corazón se estremeció.

Esa noche no dormí mucho, por lo que me quedé acostada, y escuché ulular al búho de afuera. *¿Uhhh?* ¿Quién es el Devorador de Pecados? *¿Uhhh?* ¿A quién verá primero la Abuelita ahora que se ha ido al más allá? *¿Uhhh?* ¿Quién se llevará *mis* pecados?

El día siguiente no mejoró nada al mirar que todos se juntaban. Tres tíos con sus esposas y la tía Winnie con su esposo habían llegado. Los primos querían jugar, pero yo no tenía el ánimo para hacerlo. Me escondí en las sombras de la casa y vigilé a la Abuelita. Cuando finalmente la pusieran en su tumba, ya no la volvería a ver, por lo menos no hasta que me encontrara con mi hacedor.

Mamá ya no me volvió a mandar que saliera, sino que se sentó bajo el sol de primavera con las tías. Jillian O'Shea tenía una bebita nueva en su pecho, y la mayoría estaba complacida porque el nombre que le habían puesto era Gorawen. Oí que alguien dijo que era la costumbre de Dios dar y quitar. Una Gorawen llega y otra Gorawen se va.

Esas palabras no me consolaron.

Desde mi esquina oscura, vi a cada miembro de la familia de la Abuelita y a todos los amigos llegar a decirle el último adiós. Y todos llevaron algo para compartir con los demás, ya fuera whisky, batatas para cocinar, pasteles de maíz, pan dulce de melaza o cerdo salado para la olla del guiso que borboteaba en el fuego.

"Tienes que comer algo, niña," me dijo Gervase Odara a mediados del segundo día. Yo puse la cabeza en mis brazos y rehusé mirarla o responderle. No me parecía correcto que la vida continuara. Mi abuelita yacía muerta, vestida con su mejor ropa, lista para el entierro, pero la gente hablaba, caminaba y comía como siempre.

"Cadi, querida," dijo Gervase Odara. "Tu abuelita tuvo una vida larga."

No lo suficientemente larga, en mi forma de pensar.

Me preguntaba si me sentiría mejor si la Abuelita misma me hubiera dicho lo que vendría. Al recordar, creo que lo sabía. En cualquier caso, creo que ella oraba para que el final llegara de la manera en que llegó, conmigo en alguna otra parte. En lugar de decir que se estaba muriendo, me envió a buscar claytonias y se fue de esta vida cuando yo no estaba.

Sólo Iwan parecía entender mi dolor. Entró y se sentó conmigo en el catre de la Abuelita. No intentó hacerme comer ni hablar. No dijo que Abuelita era vieja y que era hora de que muriera. No dijo que el tiempo sanaría mis heridas. Sólo tomó mi mano y la sostuvo, acariciándola en silencio. Después de un rato, se levantó y se fue.

La familia Kai llegó el segundo día. Pude escuchar al padre, Brogan Kai, afuera, con su voz grave y autoritaria. La madre, Iona, y sus hijos entraron a dar sus condolencias a mamá y a mis demás parientes. Un hijo de Iona Kai, Fagan, entró y no pasó de donde estaba la Abuelita; solemnemente la miró en todas sus galas. Era de la misma edad que Iwan, casi de quince años, pero parecía aún mayor por su comportamiento y su aspecto sombrío. Su madre llevaba pasteles de maíz y algunos frascos de sandía encurtida para compartir. Se los dio a una de mis tías y se sentó por unos minutos con mamá y le habló en voz baja.

A medida que el sol descendía, la gente hablaba cada vez más quedo, hasta que nadie habló en absoluto. Sentí la diferencia en la casa. La silenciosa ansiedad había dado lugar a una oscuridad más difícil de soportar. La muerte de la Abuelita había llevado algo dentro de la casa que no había palabras para describir. Podía sentirlo formándose y rodeándonos como la noche, cada vez más apretado a medida que se apagaba el día.

Era el miedo.

Papá llegó a la entrada abierta. "Ya es hora."

Gervase Odara se dirigió a mí y se agachó; tomó mis manos firmemente entre las suyas. "Cadi, escucha. No mires al Devorador de Pecados. ¿Me entiendes, niña? Él se ha echado encima toda clase de cosas terribles. Si lo miras, te dará el mal de ojo y algo del pecado que él lleva podría derramarse sobre ti."

Miré a mamá. Estaba parada a la luz de la lámpara, con su cara tensa y los ojos cerrados. Ni siquiera entonces me miraría.

Gervase Odara tomó mi quijada e inclinó mi cabeza para que yo la viera a los ojos otra vez. "¿Me entiendes, Cadi?"

Y de qué serviría, quise decir. La Abuelita ya se fue. Sólo quedaba carne fría, no la parte que importaba. Todo lo que cualquiera tenía que hacer era verla para saber que su alma se había ido. ¿Cómo podría alguien venir ahora y corregir las cosas? Ya pasó. Se acabó. Ella se había ido.

Pero Gervase Odara insistió hasta que asentí con la cabeza. Entonces no entendía nada, y no caí en cuenta hasta mucho tiempo después. Pero la actitud de la curandera debilitaba mi valor. Además, yo ya había aprendido bien a no pedir explicaciones. Había escuchado hablar del Devorador de Pecados, aunque no con muchos detalles. Uno no hablaba a menudo, ni por mucho tiempo, del ser más temido de la humanidad.

"Él se llevará los pecados de tu abuelita, y ella descansará en paz," dijo Elda Kendric, que estaba cerca.

¿Y vendría para llevarse mis pecados? ¿O era mi destino llevarlos conmigo a mi tumba, atormentada en el infierno por lo que mi espíritu malo había causado?

Se me cerró la garganta, caliente y apretada.

Los pecados secretos que hubieran agobiado a la Abuelita estaban entre ella y el Devorador de Pecados, que se los quitaría. Nunca habría descanso para mí. No había un alma presente que no supiera lo que yo había hecho. O pensara que lo sabía.

"Párate con tu madre, niña," me dijo mi padre. Lo hice y sentí un toque muy leve de su mano. Cuando levanté la cabeza, con un anhelo tan profundo que me dolía el corazón, ella habló suavemente y sacó un retoño del romero que llevaba.

"Lánzalo en la tumba cuando haya terminado el servicio," dijo sin mirarme.

Cuatro hombres levantaron a la Abuelita y la sacaron por la puerta. Papá llevaba una antorcha y guió a la procesión por el camino que llevaba al cementerio, en las faldas de la montaña. El aire de la noche parecía más frío de lo normal, y yo temblaba, caminando al lado de mi madre. Su cara se veía inmóvil y sombría y sus ojos estaban secos. Otros llevaban antorchas para iluminarnos el camino. Había luna llena, aunque estaba oscurecida por una capa gruesa de niebla que se filtraba por las ranuras de las montañas. Parecían dedos blancos muertos que trataban de alcanzarnos. Unas sombras negras bailaban entre los árboles a medida que pasábamos; mi corazón latía como loco y se me puso la piel de gallina cuando sentí la presencia de alguien más que se unía a nuestra procesión.

El Devorador de Pecados estaba allí, como un aliento frío de viento en la parte de atrás de mi cuello.

Papá y sus hermanos habían construido una cerca alrededor del cementerio para evitar que los lobos y otras bestias cavaran allí. La Abuelita una vez me dijo que a ella le gustaba el terreno que papá había elegido. Era un lugar alto, donde los que hubieran sido colocados para descansar estarían secos y a salvo, y tendrían una vista espléndida de la ensenada abajo y del cielo arriba.

Pasé por la puerta justo detrás de mi madre, y tomé mi lugar al lado de ella. Mi tía Winnie llevaba la bandeja donde estaba el pan que mamá había horneado y el tazón de vino de saúco. Habían cavado un hoyo largo y profundo y habían amontonado la tierra. La Abuelita yacía en su ataúd, y la pusieron sobre ese montículo de tierra rojiza y rocosa. La tía Cora extendió un manto blanco sobre la Abuelita y la tía Winnie dio un paso adelante y colocó la bandeja encima del cuerpo.

Un silencio invadió la congregación y se apoderó de ella de tal manera que hasta los grillos y las ranas estaban callados.

Nadie se movía.

Nadie respiraba.

Levanté la cabeza y vi la cara de mamá, que brillaba de un color dorado rojizo a la luz de la antorcha; tenía los ojos bien cerrados. Cuando la puerta se cerró, los que se habían reunido se alejaron de la Abuelita, dándole la espalda. Yo hice lo mismo; el pelo de mi cabeza me picaba al oír los suaves pasos del Devorador de Pecados.

Todo estaba tan silencioso que escuché el rompimiento del pan. Lo oí tragar el vino. ¿Era el hambre de pecado lo que lo hacía comer como un animal famélico? ¿O estaba tan ansioso de acabar con su horrible trabajo e irse de este lugar como los que estaban parados dándole la espalda y con los ojos bien cerrados, por miedo de ver sus ojos malos?

El silencio siguió a su rápida comida, y luego dio un suspiro tembloroso. "Ahora os doy alivio y descanso, Gorawen Forbes, querida mujer, para que no caminéis en los campos, en las montañas ni en los caminos. Y para vuestra paz, empeño mi propia alma."

No pude evitarlo. Su voz era tan grave, suave y afligida, que volteé, con dolor de corazón. Por el instante más breve, nuestras miradas se cruzaron, entonces cerré los ojos por la vista extraña y aterradora de él. Pero había pasado suficiente tiempo como para cambiar todo, a partir de ese día.

Nada volvería a ser igual.

"No pasa nada," dijo suavemente. Su paso silencioso se desvaneció al salir por la puerta. Traté de mirar, pero la oscuridad ya se lo había tragado.

Los grillos volvieron a cantar, y en algún lado cerca, el búho ululaba. *¿Uhhh?* ¿Quién es el Devorador de Pecados? *¿Uhhh?* ¿Quién es? *¿Uhhh?*

Todos volvieron a respirar como con un suspiro colectivo de alivio y con agradecimiento ya que todo había terminado y ahora la Abuelita descansaría en paz. Mamá comenzó a llorar en voz alta, grandes sollozos de pena inconsolable. Sabía que ella no sólo lloraba por la Abuelita. Otros lloraron con ella a medida que se hacían oraciones. Descendieron a la Abuelita a su lugar de descanso. Los seres queridos dieron un paso adelante, uno por uno, y lanzaron retoños de romero. Cuando todo se hubo dicho y hecho, papá sacó a mamá en sus brazos del cementerio.

Me quedé atrás, y vi a dos hombres lanzar la tierra con palas encima de la Abuelita. Cada ruido que hacía la tierra hacía un ruido frío dentro de mí. Uno de los hombres levantó la cabeza. "Vete ahora, niña. Vuelve a la casa con los demás."

Cuando pasé por la puerta, me volteé por un rato, y mi mirada viajó por encima de los demás que yacían en el cementerio. Mi abuelo Ian Forbes había sido el primero, seguido por un hijo que había muerto un jueves después de quejarse de terribles dolores de estómago. Tres primos y una tía habían muerto en una semana de fiebre. Y también estaba la lápida de Elen.

A la mitad del camino a casa, miré el retoño de romero que mamá me había dado. Había olvidado lanzarlo en la tumba. Lo froté en las palmas de mis manos, aplasté las pequeñas hojas plateadas, y dejé salir el aroma. Puse las manos sobre mi cara, lo respiré y lloré. Me quedé parada así, sola en la oscuridad, hasta que Iwan regresó por mí. Me abrazó por un momento y no dijo nada. Luego tomó mi mano y la apretó. "Mamá estaba preocupada por ti."

Lo dijo para consolarme, pero yo sabía que era mentira. La verdad es que ambos lo sabíamos.

Me quedé afuera, al otro extremo del porche, con mis piernas colgando por la orilla. Apoyada en la verja más baja, recosté la cabeza en mis brazos y escuché a la tía Winnie cantar un himno galés que la Abuelita le había enseñado. Otros se le unieron. Papá y los demás hombres estaban tomando whisky, poco interesados en la comida que las mujeres habían preparado.

—¿Qué quiso decir con "no pasa nada"? —preguntó alguien.

—Tal vez quiso decir que Gorawen Forbes no tenía tantos pecados después de una vida tan larga.

—Y tal vez ha tomado tantos en los últimos veinte años que los de ella no harán mucha diferencia.

—Dejen de hablar del hombre —dijo Brogan Kai severamente—. Ya hizo su trabajo y ya se fue. Olvídense de él.

Nadie volvió a mencionar al Devorador de Pecados, no durante el resto de esa noche, mientras se lloraba abiertamente y sin vergüenza.

Cansada de cuerpo y espíritu, entré y me acurruqué en el catre de la Abuelita. Me cubrí con su frazada y cerré los ojos, consolada. Todavía podía sentir el olor de su aroma que se mezclaba con el romero de mis manos. Por unos minutos fingí que todavía estaba viva y sana, sentada en su silla en el porche, escuchando a todos los que contaban historias de ella y el abuelo y de los demás, innumerables, seres queridos. Entonces comencé a pensar en la Abuelita en esa tumba, cubierta por la tierra rojiza de la montaña. Ya no se levantaría para caminar por estas montañas otra vez, porque alguien había venido y se había llevado sus pecados.

¿O no?

En algún lado, allá en el campo abierto, totalmente solo, estaba el Devorador de Pecados. Sólo él sabía si había logrado lo que había ido a hacer.

Aun así, no podía evitar preguntarme. ¿Por qué había llegado? ¿Por qué no se había escondido, y fingido no escuchar la campana de la muerte que hacía eco en las montañas? ¿No era suficiente soportar los pecados de una vida, sin tomar los de todos los que vivían y morían en los huecos y ensenadas de nuestras montañas? ¿Por qué lo haría? ¿Por qué llevaría tantas cargas, sabiendo que él se quemaría en el infierno por la gente que le tenía miedo y lo despreciaba, que nunca siquiera lo miraría a la cara?

¿Y por qué me dolía el corazón al pensar en él?

Incluso a mi tierna edad, lo sabía.

Tenía unos setenta u ochenta largos años por delante, si tuviera la constitución de la Abuelita. Años para vivir con lo que había hecho.

A menos que . . .

"Olvídense de él," había ordenado Brogan Kai.

Pero una voz silenciosa me susurró al oído: *"Buscad y hallaréis, querida mía. Preguntad y se os dará la respuesta . . ."*

Y supe que lo haría, sin importar el resultado.

DOS

Tres días después de que enterraron a la Abuelita
Forbes conocí a Lilybet en el bosque. Papá e Iwan habían salido
a trabajar y me dejaron sola con el silencio de mamá. Yo había
terminado mis tareas y estaba sentada, viéndola hilar lana; el
clic y el zumbido de la rueca eran la única señal de vida de ella.
No intercambiamos ni una palabra. Ni siquiera una mirada. Yo
me sentía deprimida y melancólica por estar bajo la sombra de
la muerte.

"¿Puedo hacer algo por ti, mamá?"

Me miró y fue terrible ver su dolor. Yo había roto la barrera
del silencio que la protegía y su corazón se derramó en sus ojos.
Sabía que ella no podía soportar tenerme cerca en su pena. La
verdad es que mi presencia sólo servía para reavivar su dolor y
apretar las cadenas que rodeaban su corazón. Ella era cautiva
de sus pérdidas y no encontraba ningún deleite ni solaz en mi
existencia. Pensé entonces que habría sido mejor que yo hubiera
muerto.

Era todo lo que podía pensar en aquel día soleado, cálido
y claro, en que la niebla había desaparecido. Anhelaba que
las cosas fueran distintas, que el tiempo regresara, pero sabía
que no era posible. Desesperada por ayudar a mamá de cualquier manera, por pequeña que fuera, tomé el cesto del porche

e intenté llenarlo con vegetales silvestres. Sabía precisamente dónde buscarlos, porque mientras la Abuelita aún caminaba en esta tierra, me había mostrado dónde encontrar las verduras y raíces deliciosas que se agregaban a nuestras comidas de cosecha propia. Los puerros silvestres crecían en abundancia debajo de los arces en la ensenada; los bulbos de fuerte aroma le añadían un buen sabor a las sopas y guisos de mamá. El berro crecía en el bosque que estaba arriba de la casa. En las praderas que estaban abajo había saxífragas, violetas azules y acelgas silvestres.

Tenía todo lo que necesitábamos, y mucho más, antes de que el sol llegara a su lugar más alto. Pensé dejar el cesto como una ofrenda en el porche de enfrente, sabiendo que mamá lo encontraría cuando se atreviera a salir para lavar ropa o para regar y escardar el huerto. Pero la desesperanza se aferró de mí. ¿De qué serviría? ¿Habría alguna ofrenda que yo pudiera dar que pudiera volver atrás en el tiempo para deshacer lo que había hecho? No. Tenía que vivir con mis pecados, por lo menos hasta que muriera y el Devorador de Pecados llegara y se los llevara.

Si mamá lo dejara . . .

Fue entonces que giré hacia el río, que estaba crecido por la nieve de invierno que se había derretido.

El agua estaba fría cuando me metí, y tan clara que podía ver las piedrecitas anaranjadas, cafés y negras y los listones de musgo verde al fondo. Pequeños peces pasaron disparados, y se quedaron en sus escondites en las rocas hasta que yo los perturbé. Si tuviera una vara de pescar, tal vez podría atrapar uno grande y lo llevaría a casa para la cena. Me detuve a pensarlo; el dolor en mis pies aumentó hasta que se entumecieron. Al ver una gran trucha que se balanceaba en la corriente, comencé a pensar menos en ella como cena. Era bella; nadaba allí con mucha elegancia y no le hacía daño a nadie. Además, su muerte no me elevaría ante los ojos de mamá. Pronto quedaría en el olvido, con el próximo retortijón de hambre.

¿Qué podría ofrecer para ganarme el perdón?

Estaba adolorida con la desesperanza; estaba sumida en mi pena y en ese estado de ánimo comencé a hablar conmigo misma en el bosque, acompañándome a mí misma. La mayor parte de lo que dije eran simplemente tonterías, sólo sonidos para llenar el vacío que mi soledad aumentaba y para obtener el valor de atreverme a alejarme más de casa. Estaba tomando una decisión y necesitaba consejo. Entonces pensé que no había nadie más que yo que me escucharía. Iwan no podía animarme, y papá no querría que lo molestara. El trabajo era su salvación. Así que, al buscar respuestas, seguí río abajo hacia el árbol caído que unía el estrecho, no lejos de las cataratas.

Fue allí que mi vida había cambiado. Y allí era donde podía corregir lo que había sucedido.

Hablaba conmigo misma mientras avanzaba.

—No deberías estar aquí, Cadi. ¡Se te ha advertido que te mantengas lejos!

—Tengo que estar aquí. Sabes que tengo que ver.

—Sí, lo sé, niña, pero es peligroso. No es un lugar para que las niñitas jueguen.

—Yo no voy a jugar.

Dejé el cesto sobre la piedra plana y escalé las raíces de ese gran pino viejo, que estaban dobladas hacia arriba; luego me senté. Un temor enfermizo se aferró de mi garganta mientras me agarraba fuertemente a la raíz. Las palmas de mis manos estaban resbaladizas por el sudor. Pensar en mamá, hilando en silencio, con su cara tan pálida y desolada, me ayudó a recuperar el valor. Después de un rato, el rugido del río parecía distante. Un poco después me atrajo.

Cerré los ojos e imaginé caminar sobre ese puente de corteza áspera. Imaginé estar parada en medio con mis brazos extendidos como alas. Imaginé lanzarme como un ave en vuelo, arqueada, suspendida por un momento, antes de caer en la blanca espuma y la corriente agitada que chocaba en los pedruscos. Imaginé cómo sería sumergirme, elevarme, arremolinarme y ser azotada por las cataratas. Imaginé descender a ese estanque azul de allá abajo. Y después imaginé mi cuerpo flotando hacia adelante y avanzando hacia donde el río corría, para nunca ser encontrado. Papá decía que desembocaba en el mar. El mar, tan lejos, tan profundo, tan ancho que ni siquiera podía imaginarlo. Todo lo que sabía era que me perdería para siempre.

Perdida. Y olvidada.

La Abuelita ya se había ido. Yo estaba sola. No quedaba nadie más que me sacara del desierto de mis circunstancias, o del deterioro de mi alma. Nadie que me volviera a salvar con el amor como lo había hecho la Abuelita, todos los días, desde el verano pasado. Seguí pensando. *Ay, Dios, si tan sólo pudiera morir, tal vez entonces el Devorador de Pecados vendría y se llevaría mis pecados. Ay, Dios, que él pudiera hacerlo ahora, mientras mi corazón palpita y yo todavía respiro, para que no tenga que vivir con dolor.*

Entonces ella llegó, de repente y sin esperarla, como un rayo de luz, como cuando el sol comienza a salir por la montaña.

—Hola, Katrina Anice —dijo con una voz suave y dulce.

Al abrir los ojos, miré a mi alrededor y vi a una niñita, menor que yo, que estaba sentada al lado del cesto que yo había dejado sobre la piedra plana. Se levantó y se dirigió a mí.

—Si quieres pasar el río, hay un mejor lugar allá en las praderas, abajo de tu casa. Crucémoslo allá.

Ladeé la cabeza y la miré, pero no recordaba haberla visto antes. Tenía una nube de cabello dorado que se rizaba alrededor de su cara y hombros. Y sus ojos eran muy azules. Me hicieron recordar lo que la Abuelita había dicho de los ojos de Ian Forbes, y me puse a pensar si ella era algún pariente lejano y olvidado. Y entonces me pregunté como llegó a sentarse allí, sin siquiera una advertencia de su llegada. Simplemente apareció, tan silenciosa como un ave que se desplaza, y me llamó Katrina Anice.

Era un nombre bonito, aunque no era el mío. Cadi. Ese era mi nombre. Simplemente Cadi Forbes y nada más. Ah, pero me gustaba mucho más Katrina Anice. Sonaba como un nombre en el que se pensó mucho antes de utilizarlo ¿No sería bonito ser alguien especial, alguien amado? Sería un gran alivio ser alguien más y no Cadi Forbes, aunque fuera por un momento.

—Soy Lilybet —dijo cuando me quedé solemnemente callada—. Mi padre me habló de ti.

Eso me sorprendió. —¿Lo hizo? —No tenía idea de quién era su padre.

—Sí. —Se levantó y se paró enfrente de mí—. Sé todo lo que pasó, Katrina Anice. —Su expresión era tan tierna que sentía como si el amor se hubiera extendido para alcanzarme con brazos suaves—. Sé todo acerca de ti.

Bajé la cabeza y miré el río otra vez. —Todos lo saben. —Mi garganta se cerró, caliente por las lágrimas.

—Todos saben algo, Katrina Anice, pero ¿quién lo sabe todo?

Levantando la cabeza la miré otra vez, confusa. —Dios sabe.

—*Dios juzgará*. No quise contemplarlo. *Dios es un fuego consumidor.*

Se sonrió conmigo. —Quiero ser tu amiga.

El dolor dentro de mi corazón se alivió un poco. Tal vez, sólo por un ratito, sentiría calma. —¿De dónde vienes?

—De algún lugar, lejos y cerca.

Me reí, entretenida por su conversación. —Eres muy extraña.

Ella se rió, y el ruido fue como la canción de un ave y una corriente limpiadora. —Lo mismo se ha dicho de ti, Katrina Anice, pero creo que nos entendemos muy bien, ¿verdad?

—Sí, en eso sí.

—Y mejor aún con el tiempo.

Recogí el cesto y regresé con ella, trepando las rocas por el río y agachándonos por las ramas bajas y frondosas. Al volver a la pradera, nos sentamos en una orilla cálida y arenosa y jugamos cabrillas. Hablé, con un flujo de palabras después de una larga sequía. Y soñé, también, con el futuro. Mamá volvería a reír, papá tocaría el dulcémele e Iwan bailaría.

Lilybet me había llamado Katrina Anice, y el nombre ofrecía un nuevo inicio. Al igual que la Abuelita, parecía amarme sin razón. Y aunque en mi corazón sabía que no lo merecía, tomé la oferta de amistad de Lilybet con las dos manos y sobreviví con ella.

Llevé a Lilybet a casa ese primer día, pensando compartir la alegría con mamá, pero ella no le puso atención a Lilybet; ni siquiera la miró una vez. Eso no me sorprendió, porque ella tampoco me volvió a mirar. Papá no estuvo cómodo con su presencia; no le gustaba que hubiera extraños en el lugar y, además, Lilybet era una extraña inexplicable. No era como cualquiera que hubiera conocido antes o que volvería a conocer. Hasta Iwan estuvo inquieto por ella.

"Tal vez no deberías pasar tanto tiempo hablando con Lilybet," dijo varios días después del primer día en que Lilybet llegó. "Por lo menos no cerca de mamá y papá. ¿Entiendes, querida?"

Sí, lo entendí y me tomé a pecho su amable consejo.

Fue al estar con Lilybet que tomé la decisión de encontrar al Devorador de Pecados. La idea se fijó tanto en mi cabeza que casi no pensaba en nada más.

—¿Dónde crees que podría estar, Lilybet?

—Ha de estar en algún lugar donde nadie puede encontrarlo fácilmente.

No podía hacerle preguntas del Devorador de Pecados a mamá, por temor a las palabras que ella pondría en mi cabeza por más desobediencia. Después de todo, Gervase Odara me había ordenado que no mirara al hombre, y mi propia curiosidad maldita me había arruinado. En cuanto a papá, bueno, la mayoría del tiempo tenía ese aspecto tan oscuro que para acercársele por cualquier cosa se necesitaba de más valor del que yo tenía. Pero estaba muy afligida por el Devorador de Pecados. Finalmente, busqué a Iwan, que estaba reparando un arnés.

—¿Por qué preguntas por *él*?

—Parecía un alma tan triste.

—Y con razón. Ya tiene tantos pecados encima como para estar maldito por toda la eternidad.

—Pero ¿por qué lo haría, Iwan?

—¿Cómo voy a saberlo, querida?

—Oh, Iwan, ¿por qué habría de abandonarse a sí mismo y entregar su alma al infierno?

Bajó la cinta de cuero y me miró sombríamente. —No deberías estar preguntando por ese hombre, Cadi. ¿Dónde estaría la pobre Abuelita sin él? No deberías estar pensando en él con lástima. Ya se fue. No volverá hasta que se vuelva a necesitar de él. Ahora, vete a jugar. Tengo que trabajar, además, es un día de primavera demasiado bonito como para que una niñita tenga esos pensamientos tan fuertes.

Iwan podía ser tan firme como lo era Brogan Kai al dar órdenes. Ambos dijeron lo mismo: *Olvídalo.*

¿Cómo podía olvidarlo cuando me había mirado y había puesto sus garras en mi propia alma? Porque cada vez que pensaba en el hombre, mi corazón herido dolía. Ni siquiera tenía nombre, sino se le llamaba por lo que hacía. *Devorador de Pecados.* Cielos, hasta pensar en él hacía que se me pusiera la piel de gallina. Aun así, tenía que saber quién era y cómo llegó a existir.

Y si podría rescatarme.

Llegó al punto de que no podía dormir en la noche sin soñar con el hombre. Llegaba a la hora más oscura, justo antes del amanecer, y decía: "¿Quién se llevará *mis* pecados, Cadi Forbes?" Y trataba de alcanzarme, y yo despertaba con un sudor frío.

En mis paseos con Lilybet, vi a Fagan Kai, Cullen Hume y a Glynnis, la hermana de Cull, en la orilla del río. Habían hecho una pequeña fogata y estaban asando pescado. Me acerqué sigilosamente y los miré por un rato, detrás del velo verde y rosado de los rododendros y de un guillomo que floreaba. Los chicos estaban pescando con arpón y Fagan había tenido toda la suerte.

—¿Por qué no bajas y les preguntas del Devorador de Pecados? —dijo Lilybet, pero hasta pensar en eso me hacía temblar.

—Aquí estoy bien —susurré—. Puedo escuchar lo que dicen. —Y podía mirar a Fagan.

—Es muy guapo —dijo Lilybet.

—Sí.

—Es un buen chico. Es amigo de Iwan.

—Han ido a cazar juntos. —Fagan estaba parado en una roca, en medio de la corriente, con un arpón en alto.

—¡Allí está nadando uno grande hacia ti! —Glynnis señaló emocionada.

—¡Cállate o asustarás al mío! —dijo su hermano con disgusto—. ¿Por qué no te vas a ayudar a mamá a hacer jabón?

—Estás haciendo más ruido que yo —dijo Glynnis con su mandíbula inferior resaltada—. Además, ni siquiera podrías arponear la vaca, aunque estuviera atada.

Fagan arrojó la rama afilada y dio un grito de triunfo. Se metió en el agua y levantó su arpón con un pez que se retorcía en el extremo.

—¡Lo lograste! ¡Lo lograste! —Glynnis aplaudía y saltaba emocionada.

Estaba tan impresionada con su destreza que me quedé parada, y asusté a Glynnis, que asustó a Cull, quien entonces perdió a su pez. —Tienes suerte de que no tenga una pistola, Cadi Forbes. ¡Podría haberte disparado pensando que eras un indio! —Con la cara roja, se metió en el agua para recoger su palo afilado.

Fagan le dijo que se callara.

—¡Por su culpa lo perdí!

Fagan volvió a la orilla con su presa. —Dije que la dejes en paz, Cull. —Me miró parada a cierta distancia—. ¿Qué haces tan lejos de casa, Cadi Forbes?

—Ve y dile, Katrina Anice —susurró Lilybet, que todavía estaba oculta entre las ramas frondosas detrás de mí—. Tal vez te ayude.

—¡Hizo que lo perdiera! —dijo Cull con el arpón apretado en la mano.

Fagan se volteó hacia él. —Esta es tierra Kai, y yo decido quién puede entrar. Si no puedes parar la lengua, ¡toma tus cosas y vete! —Sacó su pescado del arpón y se inclinó para meter un poco de cuerda fina por sus agallas y luego sacarla por la boca. Lo volvió a tirar al agua, y lo dejó flotando, junto con otros dos.

—Yo no dije que no fuera bienvenida —dijo Cull malhumoradamente—. Es que no me gusta que la gente se me acerque disimuladamente, eso es todo.

—No era mi intención asustarte, Cullen Hume.

La cara de Cull se oscureció. —¡No estaba asustado!

—Sí, lo estabas. —Glynnis se rió—. Tu cara se puso tan blanca como el vientre de ese pescado.

Cull se volteó hacia su hermana, y con una carcajada ella se fue como una flecha. A una distancia segura, volvió a burlarse de él. —Cullen tuvo miedo. Cullen tuvo miedo. —Como él le tiró una piedra, ella se agachó. Cuando se levantó, sacó la lengua y continuó gritando—. ¡No me diste! ¡No me diste!

—A propósito —le gritó él—. Si te golpeara, nomás irías a casa llorándole a mamá. —Le dio la espalda, y me miró como si toda su desgracia fuera mi culpa. Y tal vez lo era, ya que fui yo quien lo había asustado, en primer lugar, y le había dado a Glynnis las municiones para atormentarlo.

—¿Entonces? —dijo Fagan—. ¿Qué estás haciendo en las tierras de los Kai?

Me miraba fijamente.

—No estaba pensando en la tierra de quién estaba. Sólo seguía el río.

—¿Seguirlo a dónde?

Encogí los hombros, porque no estaba segura de poder confiar en ellos en cuanto a mi búsqueda. Cull parecía totalmente hostil. Aunque Fagan se estaba comportando como un caballero, podría cansarse rápidamente si le mencionara al Devorador de Pecados. Después de esperar la respuesta por un minuto, Fagan encogió los hombros y se dirigió otra vez hacia la roca de pescar.

—¿Cuándo vas a terminar? —le gritó Cull.

—Cuando tenga uno más.

—¡Eso dijiste con el último!

—Cadi necesitará uno para asarlo en el carbón.

Me sonrojé y me sentí avergonzada por la mirada resentida de Cull. —Muchas gracias, Fagan Kai, pero me tengo que ir. —Me dirigí hacia el bosque.

—Quédate. Sólo me tardaré unos minutos.

Fagan se preparó en la piedra y levantó su arpón una vez más.

Uno no ignoraba la orden de un Kai, ya fuera el padre, Brogan, o alguno de sus tres hijos. Aun este, el más joven y menos importante, inspiraba deferencia. Me quedé, como se me había dicho, y deseaba que nunca me hubieran visto, pero al mismo tiempo estaba contenta por haber obtenido un poquito de atención de alguien tan importante en nuestras montañas. Siempre me había atraído este chico. Estaba a la altura de Iwan.

Fagan lanzó su arpón y se inclinó hacia adelante rápidamente. Agarró el extremo y lo levantó alto, con un pez que se retorcía en el otro extremo. Esperaba que diera un aullido de triunfo como lo había hecho antes, pero esta vez volvió a la ribera con un aire de dignidad.

Glynnis regresó y dejó de molestar a su hermano. Admiró la presa de Fagan con palabras empalagosas y luego me miró con recelo. —¿Sabe tu mamá que estás aquí?

—A ella no le importa que yo salga.

Cullen se rió brevemente. —Supe que no ha estado bien de la cabeza desde que . . .

Huí al bosque. Fagan me llamó, pero no me detuve. No iba a quedarme a oír el resto de lo que Cullen Hume tenía que decir, no importaba que lo pidiera Fagan Kai o no.

Me moví rápidamente por las ramas frondosas, y corrí entre los árboles, hacia la montaña y por las faldas arboladas.

"¡Cadi!"

Al meterme por unos arbustos espesos, me agaché, sin aliento. Me senté en la cueva frondosa, tan dentro como pude, apreté las rodillas contra el pecho y esperé, quitándome las lágrimas de los ojos.

—No puedes dejar que las palabras te lastimen tanto —susurró Lilybet.

Las palabras podían ser más filosas que una espada de dos filos. Cortaron profundamente y me dejaron sangrando. Me tensé y contuve la respiración cuando escuché unos pasos que se acercaban.

—¡Cadi! —Fagan se detuvo no muy lejos de mi refugio. Miró lentamente a su alrededor—. Cadi, ¿dónde estás, niña? —Se quedó quieto por un gran rato, con la cabeza inclinada levemente.

Como un conejo acorralado, me quedé quieta.

—Cullen lo siente. No quiso decir nada. Sólo está molesto porque no atrapó ningún pez hoy. Sal, Cadi. Debes tener una buena razón para estar tan lejos.

—Di algo, Katrina Anice. Tal vez tú y Fagan y los demás pueden encontrar al Devorador de Pecados.

—Soy tu amigo, ¿verdad, Cadi Forbes?

—¿Lo eres? —dije desde mi escondite.

Se volteó bruscamente, mirando en mi dirección, pero yo sabía que no me había visto.

—Sal, Cadi —dijo Lilybet.

—Cállate —le susurré.

—Sal a donde él está.

—No.

—Él podría saber algo que te ayude.

—¿Y qué podría saber?

—No lo sabrás si no preguntas, ¿no crees?

Hice las ramas a un lado y me levanté. Él sonrió conmigo. —Corres más rápido que un venado, ¿lo sabías?

Me abrí camino por los arbustos y me paré frente a él, con las mejillas calientes. —No tenías que seguirme.

—No tenía que hacerlo —dijo y movió la cabeza en dirección al río—. Volvamos.

No hablamos nada en el camino, y comencé a lamentarme por seguir el consejo de Lilybet. Cullen y Glynnis estaban asando pescados.

—No quise decir nada —dijo Cullen y me entregó un palo largo con una trucha. Ya la habían limpiado. Le agradecí y me senté para asarla. Glynnis habló de ayudar a atrapar los peces, asustándolos hacia los chicos que sostenían los arpones.

—Fagan ya lo había hecho antes —dijo Cullen—. Me está enseñando.

—Lo harás mejor la próxima vez. —Fagan tiró la cabeza de un pescado con su esqueleto hacia la maleza—. Aprendí de mis hermanos. Solían acosarme por mi puntería. Tardé bastante tiempo en aprender precisamente cuándo y cómo tirarlo. Ya lo entenderás, Cullen.

—¿Qué estás haciendo tan lejos de tu casa? —Glynnis me miraba con interés curioso.

Respiré profundamente y saqué el aire lentamente, esperando que mi corazón se tranquilizara y llegara a su ritmo normal. —Estoy buscando información del Devorador de Pecados.

Cullen maldijo exactamente igual a su padre. —¡El Devorador de Pecados! ¿Qué haces al querer averiguar cómo es?

—Es un monstruo. —Los ojos de Glynnis estaban bien abiertos—. Tiene ojos rojos de fuego como el diablo y colmillos largos como un lobo. Y sus manos son garras.

Yo sabía que no era así, pero no dije nada. Glynnis querría saber por qué lo sabía, y no quería admitir que había visto al abominable hombre cuando estaba echándose encima los pecados de la Abuelita. No había visto colmillos, pero eso no quería decir que no los tuviera. Ciertamente había comido como un lobo hambriento. —¿Quién te dijo estas cosas?

—Mi mamá.

—Alguna vez tuvo que haber sido un hombre —dijo Fagan.

—Un hombre que se entregó al diablo —dijo Cullen—. Le encanta el pecado. Pasa toda su vida buscándolo para darse un banquete con él.

—Tal vez no sea así —dije—. Se oía tan tremendamente afligido después de comerse los pecados de mi abuelita. Y la llamó "querida," como si ella le importara.

Fagan, Cullen y Glynnis no dijeron nada por un largo rato. Fagan tenía la mirada fija hacia las montañas, con el ceño levemente fruncido. —Me pregunto dónde vive.

—Nadie lo sabe. —Cullen se encongió de hombros—. La única vez que viene a la ensenada es cuando la campana de la muerte suena por alguien.

—Me daría miedo ir a buscarlo —dijo Glynnis.

—Debe estar en un lugar lo suficientemente cerca para escuchar las campanadas —dijo Fagan, y seguía contemplando las montañas—. Tal vez en algún lugar allá arriba. —Señaló hacia la montaña más alta al occidente—. Mi padre siempre me ha dicho que me mantenga lejos de esas montañas.

—Podría ser que vive en uno de esos huecos.

Glynnis sacudió su cabeza. —No podría escuchar nada si así fuera.

—Bueno, tal vez alguien le dice cuando alguien muere. ¿Quién dice que escucha la campana? —dijo Cullen.

—¿Y quién sería? —dije.

—Tal vez Gervase Odara. —Encogió los hombros—. Ella es la que sabría si alguien se estuviera muriendo, ya que es la curandera y todo eso. Tal vez ella le dice.

Pensé en eso. Tal vez podría hablar con ella cuando visitara a Elda Kendric. Ella llegaba ciertos días con un remedio para aliviar las articulaciones hinchadas de la anciana. —Ella solía llegar a nuestra casa y visitaba a mamá, pero eso fue hace mucho tiempo.

—Tu mamá ya no recibe a la gente —dijo Glynnis—. Mamá dijo que llora tanto por la pérdida de sus muertos que ya no tiene tiempo para los vivos.

Todos me miraron. No me sentía consolada por su atención. No había llegado para que sintieran lástima sino para averiguar lo que pudiera acerca del Devorador de Pecados. Me pareció que ellos no sabían más que yo. Todo lo que habían dicho hasta aquí eran suposiciones, y yo misma podía hacer eso. Miré hacia las montañas de occidente y me pregunté si él estaba allí, en alguna parte. —Parece un lugar solitario . . .

—Tal vez no esté tan lejos, del todo —dijo Cullen.

Fagan se levantó y se lavó sus manos en el río. —Cullen podría tener razón. Quién puede decir si el Devorador de Pecados se queda arriba en una montaña. Tal vez baja y mira a la gente.

—Podría estar mirándonos ahora mismo. —Glynnis se estremeció y miró a su alrededor, con la cara pálida—. Desearía que no hubieras dicho eso, Fagan. Ahora no voy a dormir en las noches, pensando si está mirando por nuestras ventanas.

—Tal vez sabe cuando alguien se va a morir. —El pensamiento claramente preocupó a Fagan.

Cullen lanzó las espinas de su pescado a la fogata. —Tal vez es como los lobos que perciben cuando un animal está enfermo. Puede oler la muerte que se acerca y merodea hasta que puede hacer su banquete con ella.

—No vino cuando murió Elen—dije.

Fagan volvió a sentarse. —No era necesario. Ella no tenía la edad suficiente como para haber hecho algo malo.

Esa no fue la única razón, por supuesto. Pero fue lo suficientemente amable como para no decirlo.

Me tragué las lágrimas. —La Abuelita me dijo una vez que todos somos pecadores. Eso le enseñaron a ella en Gales.

—Si no vino, debe significar que ella no tenía algún pecado lo suficientemente grande como para que él se lo comiera. —El tono de Fagan era tranquilizador—. Él sabe cuándo tiene que venir, Cadi. La noche del funeral de tu abuelita, mamá dijo que el Devorador de Pecados sabe cuándo se le necesita.

¿Lo sabía? ¿Estaba allá afuera, en algún lugar, mirándonos? ¿Estaban sus ojos fijos en mí?

—¿Te vas a comer ese pescado? —me dijo Cullen. Yo le pasé el palo con el pescado medio comido.

—¿Por qué no lo buscamos? —dijo Fagan.

Cullen levantó la cabeza. —Si él apenas te mira con su ojo maldito, eres hombre muerto.

—Claro que no —dije antes de pensarlo bien.

Tres pares de ojos se voltearon para mirarme, bien abiertos y cuestionándome. Me sonrojé y metí la cabeza en mis rodillas.

—Tú lo viste, ¿no es cierto? —dijo Fagan.

Había abierto la puerta a más dolor y menosprecio. ¿Se lo diría a mi hermano la primera vez que pudiera?

Glynnis se echó para atrás levemente. —¿No sabías que no debes mirarlo, Cadi Forbes? ¿No te lo dijo nadie?

—¡No pude evitarlo! Se oía tan afligido.

—Te dio el mal de ojo, ¿no es cierto? —Cullen se encogió—. ¡Ay! Ahora estás en problemas. Estás en problemas.

Me levanté de un salto y me paré entre ellos. —No tenía ojos rojos. Y sus manos estaban bien y limpias, no tenía garras para nada.

—¿Y sus dientes? —Cullen se inclinó hacia adelante—. ¿Qué de sus dientes?

—No vi sus dientes. —Mi pasión se calmó y miré a otro lado—. Tenía una capucha con agujeros en los ojos y una apertura en la boca.

—Probablemente los escondía —dijo Cullen y enterró los dientes en el resto de mi pescado.

—Tiene que ser un monstruo por todos los pecados que ha devorado —dijo Glynnis.

—Por eso ha de ser que se cubre la cara —dijo Fagan—. Quienquiera que sea, siempre ha sido el Devorador de Pecados, antes de que yo naciera.

Glynnis sacudió su cabeza. —¿Podríamos hablar de otra cosa?

—¿Quién tiene miedo ahora? —dijo Cullen con aire de suficiencia.

—¿Y qué si tengo miedo? Tú también deberías tener miedo. —Ella me miró con recelo—. No deberías hablar de él para nada, Cadi Forbes. Algo horrible podría pasarte.

—Hablar de él no hará que descienda a su cabeza —dijo Fagan.

—¿Y quién dice que no? —Glynnis lo miró—. ¡No sabes qué podría pasar!

—¿Y tú sí?

—Sé lo suficiente como para entender que es malo y que nada bueno puede haber en siquiera pensar en él.

—¿Por qué no corres donde mamá? —dijo Cullen burlándose.

—Si lo hago, ¡voy a decirle de lo que estás hablando!

—¡Y yo le diré que eres una mentirosa!

—Y entonces usará la vara con ambos —dijo Fagan.

Yo estaba sentada en silencio, y sentía que las punzadas de miedo aumentaban. ¿Por qué había confiado en ellos? Si Glynnis se iba a casa y le decía a su madre que estábamos hablando del Devorador de Pecados, su madre querría saber por qué se atrevieron. Cadi Forbes, ella fue la que se atrevió. Y Cadi Forbes no sólo se atrevió a hablar de él. Lo había mirado. ¡Ay! Tenía tantos pecados en mi cabeza y aquí había otro. No podía pasar un día sin cometer otro grave error.

—Glynnis tiene razón. —Esperaba no haberles hecho daño—. Siento haber hablado de él. Sólo olvídenlo. —Era mi problema y yo lo arreglaría.

—Tendrás que orar —dijo Glynnis—. Ora mucho al Dios todopoderoso para que el mal no se apodere de ti.

—Lo sé. —Había orado bastante el último año, pero no creía que Dios estuviera escuchando. Tenía más esperanza en las oraciones que la Abuelita hacía por mí que en cualquier cosa que yo misma hubiera hecho. Y la Abuelita se había ido. Ya no tenía a nadie que ahora intercediera por mí.

Después de eso no me quedé mucho más con ellos, sino me excusé y volví. Encontré a Lilybet en el camino. —No saben más que yo —le dije.

—¿Vas a darte por vencida en tu búsqueda del Devorador de Pecados?

Lo pensé mientras caminaba a casa. Tal vez era una mala idea tratar de encontrar a alguien que era tan marginado. Pero ¿no lo era yo? No una marginada de la comunidad sino del corazón de mi madre. Y tal vez del de papá también, en cualquier caso, aunque él no lo aparentaba tanto. Él podía hablar conmigo sin esa mirada de corazón partido en sus ojos. Tal vez los hombres no sentían tan profundamente como las mujeres.

Pero aun al sentirme así, no podía dejarlo de esa manera.

Tenía que buscar al hombre, sin importar el precio. Lilybet parecía complacida porque no me había rendido en mi búsqueda. —¿Sabes lo que le preguntarás cuando lo encuentres?

—No lo he pensado mucho.

—Entonces piénsalo bien, Katrina Anice. Creo que te encontrarás con él más pronto de lo que te imaginas.

Cuando la miré, en espera de una explicación, simplemente sonrió con sus ojos alumbrados por promesas.

TRES

Gervase Odara llegó a la casa unos días después. Cuando entré al terminar mis quehaceres, ella y mamá estaban sentadas, cerca de la chimenea, y mamá miraba las llamas.

—Buenos días, niña —dijo la curandera cuando me paré en la entrada; no estaba segura si entrar o esperar afuera hasta que ella se fuera. Parecía providencial que hubiera llegado, ya que ella era quien me había advertido de no mirar a los ojos al Devorador de Pecados.

Puso sus manos desgastadas sobre sus rodillas y se levantó.

—Pasé a visitar a tu mamá por un rato. Será mejor que vaya a ver a Elda Kendric o se preguntará qué me habrá sucedido.

—¿Cómo ha estado ella estos días, señora? —Recordé cuánto afecto la Abuelita había tenido para la anciana. Siempre dijo que eran buenas amigas, que habían pasado muchas dificultades juntas.

—Tiene mucho dolor, aunque ella no quiere decir nada. ¿Por qué no vienes conmigo? La alegraría ver a la nieta de Gorawen Forbes. —Le dio una mirada a mamá—. A menos que tengas alguna tarea para Cadi, Fia.

—Puede ir —dijo con apatía, sin quitar su mirada del fuego.

—Entonces trae un chal, Cadi. Ya se está nublando.

Estaba cansada por los quehaceres y habría preferido estirarme en la cama de la Abuelita, pero recordé lo que había dicho Lilybet. Si alguien sabía algo del Devorador de Pecados sería Elda Kendric. A excepción de la Abuelita, ella era la que más había estado por estos lugares. Y si la visitaba, pronto sabría dónde vivía el Devorador de Pecados. La esperanza de esto me sedujo a obedecer.

La curandera y yo caminamos una corta distancia en silencio; ella pensaba y yo no sabía qué decir. Entonces ella se detuvo en el camino. "Aquí hay poleo menta. Es buena para las fiebres." Recogió hojas y las puso en el cesto que siempre llevaba. La Abuelita solía decir que ella había nacido con él colgándole del brazo. "Allá hay corazón de María. Jala la planta más pequeña, cariño, y levántala de manera que la raíz no se quiebre. Esa es la mejor parte."

Me apresuré a seguir sus órdenes, dispuesta a complacerla. Siempre me había agradado mucho la curandera porque era amable y se dedicaba al cuidado de los demás. Había sido una de las amigas más queridas de la Abuelita y a menudo llegaba a visitar. Hablaban de la gente de la montaña y de remedios para sus dolencias. Me gustaba sentarme a escuchar sus recuerdos, aunque a veces parecía que hablaban con prudencia por mi presencia. A menudo pensaba ser una curandera como Gervase Odara. Todos tenían un alto concepto de ella en nuestra pequeña comunidad de familias, acurrucadas como estábamos en las ensenadas y huecos de las montañas. Así que corrí para cumplir sus órdenes.

Mis rodillas se hundieron en la capa profunda de hojas. Estaba tan gruesa en el suelo que parecía un colchón recién relleno. Saqué el corazón de María cuidadosamente de su lugar, agradecida y contenta porque había salido fácilmente. Le sacudí la tierra y le llevé el premio a Gervase Odara, esperando ganarme su aprobación.

—Gracias, niña. —Sonrió y metió la planta en su cesto,

luego me arregló el pelo que tenía sobre los hombros cuando comenzamos a caminar otra vez—. Tu mamá dice que tienes una amiga nueva.

Uní mis manos por detrás y no dije nada. Mi felicidad se aguó al saber que no era mi compañía lo que ella buscaba, después de todo. Mamá le había dado la idea.

—Dice que la llamas Lilybet.

Emití un sonido que podría tomarse como un sí o no.

Se detuvo para cortar un poco de corteza de un roble rojo.

—¿Por qué no me hablas de ella?

—No hay mucho qué decir, señora.

—¿De dónde vino?

—Dice que de lejos, señora.

—¿Lejos en las montañas? ¿O más allá?

—Al otro lado del mar, creo.

—¿Así de lejos? Tal vez es de más cerca de lo que crees, ¿te parece?

No estaba segura qué quiso decir con eso, pero tenía un sonido de mal agüero. Salimos del bosque hacia el trozo del prado montañoso. Había margaritas amarillas, altramuz morado y dauco blanco. Ya no quería hablar de Lilybet y pasé mis manos por las flores cuando pasamos a través de ellas. Estaban húmedas por el rocío. El cielo se estaba nublando, y se oían los truenos a la distancia mientras subíamos la montaña hacia los árboles.

—Va a llover antes de que lleguemos a la casa de Elda —dijo la curandera.

—Sí, señora, pero sólo lo suficiente para que la tierra beba un poco. —La Abuelita siempre decía eso. Me gustaba pensar en las cosas que ella solía decir, y sabía que la Abuelita lo había dicho lo suficiente como para que la curandera también lo recordara.

—Sí, querida. —Se rió por mi buena imitación—. Y es cierto. —Su sonrisa se volvió melancólica—. Tu abuelita era una mujer sabia, querida, y todos la extrañamos mucho. Tú más que nadie. —Me miró intensamente—. ¿Verdad?

—Creo que papá también —dije para ser amable.

—Como debería hacerlo, ya que era su madre y todo eso. Pero tu papá sabía que eso sucedería, creo. Es más difícil para los jóvenes entender un final cuando apenas están en el inicio, con una vida larga por delante. Así son las cosas, querida. Sólo se nos asigna cierto número de años para caminar en esta tierra, y luego nuestra hora llega. Tu abuelita fallece y otro llega. Jillian O'Shea tuvo una bebé dos mañanas antes de que enterráramos a tu abuelita.

—Había suficiente espacio para un bebé sin que la Abuelita se fuera.

—Lo sé, niña, y no lo malentiendas. Ella no murió para que el bebé pudiera llegar. Sólo quiero decir que su muerte no es el final de todo. La vida continúa. Y tu abuelita resucitará el Día del Juicio. Lo más probable es que ella verá a Jesús venir del cielo de donde ella está descansando, arriba en esa montaña. No, querida. No me refería a ella. Son los vivos los que más me preocupan. Tu abuelita está descansando bien ahora, durmiendo hasta que el final del tiempo nos llegue a todos nosotros.

—Por lo que el Devorador de Pecados le hizo.

Ella me miró de reojo. —Sí, eso es cierto. Ella no tendrá pecados que la hagan caminar por estas montañas, pero tenemos otras cosas de qué hablar, tú y yo. Cosas importantes. ¿Tiene padres Lilybet?

Me di cuenta de que ella quería evitar que yo hablara más del Devorador de Pecados y que fijara mi atención en Lilybet. Yo estaba muy incómoda con el tono de su conversación.

—Mencionó a su padre. —Esperaba tener otra oportunidad para mencionar al Devorador de Pecados cuando llegáramos a la casa de Elda Kendric. Por ser tan vieja y estar cerca de la tumba, Elda Kendric no le temía a nada.

—¿Y alguna vez has visto a su padre, querida?

—No, señora.

—¿Y dónde conociste a Lilybet?

Mi corazón comenzó a palpitar fuertemente. Pensé decirle que había conocido a Lilybet en la pradera, al occidente de la ensenada, pero todos sabían que Gervase Odara podía decir cuando alguien mentía. Se detuvo por mi silencio. Me agarró de los hombros y me volteó para que la mirara a los ojos. —Dime, niña.

Me había clavado sus ojos azul pálido de tal manera que solté la verdad. —En el río.

Se enderezó con un sobresalto y me soltó. Por miedo de lo que venía, salí corriendo y grité por encima de mi hombro. —La señora Kendric tal vez quiera algunas flores. —Me retiré a la parte de arriba del prado para recoger algunas; pensé que Gervase Odara seguiría sin mí y que yo la alcanzaría cuando ella llegara a la casa de la anciana.

Ella esperó. Con sus dos brazos trabados en el asa del cesto, esperó y miró. —¿En qué parte del río, Cadi Forbes? —dijo detrás de mí.

Pude sentir que el calor me subía por el cuello, llenaba mi cara y luego desapareció tan pronto como llegó, dejándome tan fría por dentro como la nieve de invierno. —¿Es importante?

—Sí, es importante, niña. Ahora, vuelve acá. Elda está esperando.

Hice lo que me dijo, y llevaba conmigo un ramo de flores. Alegrarían a la anciana y yo tendría algo a que aferrarme.

—¿Dónde se te apareció esta Lilybet?

Sabía que no se daría por vencida hasta que supiera todo lo que quería saber. —Sobre las cascadas.

Se veía preocupada. —¿Cerca del puente de árbol?

Asentí con la cabeza una vez, lentamente, y los ojos se me llenaron de lágrimas. Me humedecí el labio inferior, y me lo mordí, esperando su resolución.

Gervase Odara apretó la boca con consternación. Tomó mi barbilla con sus manos, me levantó la cabeza y esperó a que yo la mirara. —Tienes que tener cuidado, Cadi Forbes. Debes escucharme muy bien, niña mía, y hacer lo que te diga. Cierra tu corazón a esta Lilybet. No dejes que se acerque a ti otra vez. Esto es muy importante. Yo sé que estás dolida y afligida por lo que sucedió, querida, pero no debes dejar que esos sentimientos sean un camino hacia tu alma. —Me quitó las lágrimas suavemente, y se veía tan afligida como yo me sentía—. Ay, niña, hay cosas en estas montañas que hasta yo no entiendo, pero sé lo suficiente para dejarlas en paz. Y tú tienes que hacer lo mismo. Esta Lilybet no es lo que parece.

A donde volteaba, enfrentaba un misterio. Ah, entendía lo suficientemente bien que ella me estaba advirtiendo que ya no tuviera nada que ver con Lilybet. Lo que no sabía era por qué. ¿Qué cosas había en estas montañas? ¿Qué cosas debían dejarse en paz? ¿Y qué tenía Lilybet de malo si sólo había sido buena conmigo? ¿Y ahora debía abandonarla cuando era mi única amiga verdadera? Recuperé el valor y le pregunté a la curandera acerca de todo esto, pero ella sacudió su cabeza y no dijo más. A pesar de lo joven que yo era, entendía que ella le temía a algo y hablar de eso hacía que ese miedo aumentara. Por mi bien, ella trató de no demostrarlo, pero yo lo percibí todo el tiempo. La muerte tiene un olor que penetra. Ella no estaba asustada por lo que sabía sino por lo que no entendía.

¿Y por qué? ¿Y tenía que ser siempre así, con miedo de lo que estaba más allá de nuestro entendimiento?

En mi corazón sabía que Lilybet estaba abriéndome una puerta. Ella me estaba dando un vistazo de adentro. ¿Pero adentro de qué?

Yo no lo sabía. Todo lo que tenía como respuesta a mis preguntas eran más preguntas.

Elda Kendric estaba de mal humor y en una condición triste cuando llegamos. Gritó desde su casa para que entráramos. Gervase dijo inmediatamente que podía ver que las articulaciones de la anciana estaban hinchadas. De hecho, la señora Elda tenía un dolor tan intenso que ni siquiera pudo levantarse para saludarnos. Lo intentó, pero su mueca se convirtió en un gruñido. "Deseaba que hubieras venido hace dos días."

Gervase Odara no dio ninguna explicación, pero se dirigió al gabinete de Elda Kendric y sacó una jarra de whisky. Sirvió una buena cantidad en una taza y lo revolvió con miel y vinagre. "Hay una pequeña bolsa en mi cesto, Cadi. Tráela, por favor." Lo hice y la vi abrirla y agregar dos pizcas de polvo a la bebida. "Un poco de ruibarbo ayudará a la pobrecita." Jaló el cordel y me devolvió la pequeña bolsa, luego le dio la bebida a la anciana. Elda Kendric se la acabó rápidamente; claramente ansiaba alivio. Luego la curandera sacó un frasco del estante y salió.

"Volverá tan pronto como atrape algunas abejas," dijo la anciana. "¿Por qué no te sientas un rato y me acompañas?" Sonrió en medio del dolor. "No muerdo duro, especialmente desde que perdí mis dientes. Acerca ese banco."

Aquí estaba mi oportunidad, si tenía el valor para ello. Me senté cerca de Elda Kendric y traté de pensar en una manera de preguntarle acerca del Devorador de Pecados, sin que me descubriera. Ella me miró con una pequeña sonrisa en sus labios. La Abuelita solía tener esa mirada a veces, como si supiera muy bien lo que yo estaba pensando. O creyera saberlo.

—Son bonitas esas flores que tienes allí. ¿Las cortaste para tu mamá?

—No, señora. Pensé que a usted le gustarían.

—Claro que me gustan. Tu abuelita tenía una debilidad por las claytonias azules, pero a mí siempre me han gustado más las margaritas.

Las puse en su regazo y la vi tocar las flores. —Son de la pradera que está abajo de sus bosques, señora.

—Eso pensé. La última vez que caminé por esa pradera fue camino al funeral de tu abuelita. —Retiró la mirada de las flores—. Lyda Hume vino a visitarme ayer y dijo que sus hijos te habían visto.

—Fagan estaba pescando con arpón.

—Igual que su papá. No está contento si no ha matado algo.

—Señora, me preguntaba . . .

—¿Te preguntabas qué?

—Bueno, acerca de quién le gustaría que viniera a su funeral.

Se rió fuertemente. —¡Caramba, niña! Vaya pregunta para una pobre anciana. Todavía no estoy muerta.

—Sí, señora, pero ¿de qué serviría esperar?

La curandera volvió. Dos abejas zumbaban airadamente en el frasco que ella tenía.

Me retiré cuando Gervase Odara se arrodilló. La anciana hizo a un lado la modestia y se levantó la falda hasta arriba de sus rodillas. La curandera enojó a las abejas golpeando el frasco y sacó a la primera con unas tenazas de madera. Elda Kendric aspiró súbitamente al recibir el primer aguijón.

—Había un tiempo en que yo podía salir y atrapar estas abejas por mí misma, sin esperar que tú pudieras venir —dijo la señora Elda, quitándose la abeja moribunda que acababa de administrarle el veneno que le aliviaría el dolor. Respiró profundamente cuando la curandera le puso una segunda abeja en su otra pierna. Cuando su tratamiento se acabó, la señora Elda penosamente se volvió a bajar la falda—. La niña estaba preguntándome a quién invitaría a mi funeral.

Gervase Odara me miró con consternación y me sonrojé.

—Supongo que me gustaría invitar a todo el que quisiera venir —dijo la señora Elda, inclinándose hacia adelante y dándome unas palmaditas en la mano—. Me gustaría un velatorio como el de tu abuelita. Mucha comida buena para las mujeres y whisky para los hombres.

—¿Y el Devorador de Pecados? ¿Le gustaría que viniera, señora Kendric?

—Oh, claro que sí. Tendré una gran necesidad de que venga.

—¿Y cómo lo encontraremos?

—No será necesario que lo busquen. La campana de la muerte hace eco en estas montañas —dijo Gervase Odara—. Lo más probable es que la escuche.

—¿Y es allí donde él está? ¿En la cima de la montaña?

Gervase Odara frunció el ceño cuando la señora Elda contestó. —Supongo que sí. —Se frotó las piernas adoloridas—. Nadie sabe en realidad dónde vive, excepto quizás . . . —La curandera carraspeó—. Mmm —dijo la señora Elda; las dos se miraron. Nuevamente me miró—. Puede ser que viva en una casa que construyó o en una cueva que encontró, pero no está tan lejos de nosotros como para que no escuche cuando se le necesita. No te preocupes por eso.

Supe que tenía que dejar de preguntar dónde encontrarlo, por lo que lo intenté de otra manera. —¿Cómo llegó a ser el Devorador de Pecados?

—Porque lo escogieron, claro.

—¿Lo escogieron? ¿Cómo?

La curandera se volteó mientras mezclaba otra taza de medicina para la señora Elda. —No es bueno que una niña tenga la mente tan fijada en el Devorador de Pecados. —Se acercó a nosotros y le dio la taza a la anciana.

—Sólo me preguntaba qué hacer si la señora Elda muriera y . . .

Elda Kendric dio un resoplido. —Sólo porque tu abuelita se ha ido no quiere decir que cada alma que pase de los setenta años se irá detrás de ella. —Bebió del remedio, se estremeció y le dio la taza vacía a Gervase Odara—. Muchas gracias, Gervase. —Se movió con más facilidad y se acomodó en su silla—. Tengo un poco de sueño.

—Después de que te demos un poco de comida te llevaremos a la cama. Vendré mañana a ver cómo estás. —La curandera había llevado pan, conservas de bayas y un frasco de sopa espesa, que estaba calentando en el fuego que había avivado.

—Nomás conversemos un poco. Comeré cuando se hayan ido.

—Comerás ahora, Elda.

La anciana me miró, con sus ojos brillantes. —Ella no confía en mí.

Gervase Odara abrió un huevo y lo revolvió en la sopa que estaba calentando en el fuego. La sirvió en un tazón, la trajo de vuelta y la puso en la mesa.

Elda Kendric tomó la cuchara que se le ofreció con sus dedos torcidos y deformes. "Ya nada sabe bien." Pero el pan y las conservas de bayas le gustaron, especialmente cuando se bebió el té de la corteza verde de un cerezo silvestre. La curandera se sentó a su lado, y se aseguró de que se hubiera comido y bebido todo. Hablaron de otras personas de la ensenada. Mercy Tattersall estaba embarazada otra vez, siete bebés en ocho años, y la mujer está desgastada por el último. Tate MacNamara le disparó a la pantera que estaba matando sus ovejas. Un hijo de Pen Densham, Pete, se cayó del henal y se quebró la pierna en dos lugares.

Ni una vez mencionaron al Devorador de Pecados.

—Vamos, querida, que duermas bien —dijo Gervase Odara, después de llevar a la anciana a su cama y de haberla cubierto con un edredón—. Vendré mañana.

—Cadi —dijo la anciana somnolienta—. Ven cuando quieras, querida. Hablaremos de tu abuelita. Extraño a la anciana.

—Gracias, señora. Espero que se sienta mejor.

Tomó mi mano y la apretó cuando Gervase Odara se retiró a limpiar las cosas de la cocina. —También podemos hablar de otras cosas.

Se me clavó en la mente que ella estaba hablando del Devorador de Pecados; todo lo que podía hacer era no presionarla en ese preciso lugar y momento con preguntas. Ya se estaba quedando dormida; los remedios de la curandera estaban haciendo efecto y aliviando su pobre cuerpo de dolor.

Un rayo agrietó el cielo gris con blanco cuando volvíamos a casa. "Nos mantendremos cerca de los árboles," dijo Gervase Odara cuando se oyó el profundo estruendo. Tenía miedo, y con razón, porque el cielo se volvió a iluminar. Una vez supe de un hombre que corría a su casa y le cayó un rayo que lo mató en la pradera, justo abajo de su casa. La Abuelita decía que creía que tuvo que haber hecho algo realmente malo como para irritar a Dios de esa manera.

Otro rayo puntiagudo de luz cayó a la distancia y pensé que seguramente era para mí. Un viento sopló cuando el trueno volvió a retumbar. Cada vez se acercaba más. La Abuelita me había dicho que la voz de Dios era como la de un trueno, y que vivía en las nubes oscuras. Ella había aprendido esto cuando era muy joven en Gales y asistía a los servicios todos los domingos, con su madre y su padre. "Él es fuego y viento," decía.

—¿Está Dios hablándonos, señora?

—Más que eso, nos está gritando —dijo Gervase Odara, cuando el trueno volvió a sonar, tan fuerte y estrepitoso que se me paró el pelo en la cabeza—. Manténte cerca de los árboles, Cadi, y apúrate. El cielo se abrirá antes de que podamos refugiarnos, si sigues perdiendo el tiempo.

Cuando el relámpago iluminó, pensé haber visto a alguien parado en los árboles, arriba de nosotros. La luz brilló ardientemente, y allí estaba, con su ropa andrajosa y su capucha.

—¡Devorador de Pecados! —grité y entonces la luz se desvaneció y él también.

—¡Cállate ya! —dijo Gervase Odara bruscamente, habiendo mirado hacia la montaña—. No hay nada allí. —Me tomó de la mano, me jaló y me llevó por el bosque. Cuando miré hacia atrás, por encima del hombro, se había ido.

Mamá me mandó a buscar leña tan pronto como llegamos. Lilybet me esperaba detrás del montón de roble que papá había cortado.

—La curandera dice que no eres lo que pareces ser —le dije—. Y también me dijo que no debería abrirte mi corazón.

Ella sonrió con tristeza. —¿Crees que quiero hacerte daño, Katrina Anice?

—No.

Sus ojos se ablandaron y se acercó. —Debes confiar en tu corazón en esto. Hazle caso en lo que te diga.

Me dolía el corazón, me dolía por algo que no podía definir. Al ver sus ojos, creí que ella sabía lo que yo anhelaba tener, y si yo confiaba en ella, me mostraría el camino para encontrarlo. Pensé que el Devorador de Pecados era la clave. Quería demorarme más y contarle de mi visita a Eldra Kendric.

—Vete ahora, Katrina Anice —dijo—. Tenemos tiempo para hablar mañana cuando salgas a la pradera, con la luz del sol.

Puse un último trozo de leña en mi brazo. Miré hacia arriba otra vez, pero ya se había ido. Tuve que hacer un esfuerzo por la carga que llevaba y volví a la casa.

Gervase Odara salía cuando yo entré; ya no estaba lloviendo. Me levantó la mandíbula y me dijo que recordara lo que me había dicho.

Mamá estaba haciendo la cena cuando tiré mi pesada carga en el recipiente de la leña. "Pon otro trozo de leña en el fuego, Cadi," dijo de modo indiferente. No me dijo nada más el resto de la tarde.

Papá e Iwan se lavaron las manos afuera y entraron casi al anochecer para cenar. Durante Aries se araba, se labraba y se cultivaba. Ahora que teníamos encima el signo fructífero de Tauro, había comenzado la plantación. Papá siempre decía que los cultivos que se sembraban en Tauro y Cáncer aguantaban la sequía.

—¿Qué has estado haciendo todo el día, hermanita? —me dijo Iwan, sirviéndose otra porción del guisado de mamá.

—Fui a ver a Elda Kendric con la curandera.

—¿Y cómo está la viejita?

—Está con mucho dolor, pero no cree que muera pronto.

Iwan hizo una mueca y no dijo nada más. Por su expresión vi que ya había dicho mucho. Mamá comía lentamente sin hablar con nadie. Papá la miró varias veces, como si esperara algo de ella. Después de un rato, su cara se endureció, y no volvió a mirarla. Terminó de comer en silencio, hizo a un lado su plato y se levantó. "Tengo trabajo en el granero." Salió por la puerta.

Iwan salió y se sentó en el porche mientras yo limpiaba la mesa y lavaba los trastos. Mamá dejó que yo lo hiciera; se volvió a sentar con su rueca y se retiró a su soledad. Cuando terminé, salí para estar con mi hermano. Él era el único que no estaba deshecho por nuestra tragedia. Me senté en la orilla del porche y puse mi cabeza entre mis brazos, en la verja. No hablamos nada. Él estaba cansado y yo estaba triste, y ambos estábamos mirando hacia el granero, donde brillaba la luz de la lámpara a través de la puerta abierta.

CUATRO

Tan pronto como salió el sol, me puse a trabajar en mis quehaceres, con prisa por terminar pronto y tener tiempo para volver a ver a Elda Kendric. Ella estaba trabajando en su huerto cuando yo llegué, sin aliento y con otro ramo de margaritas de la montaña. Ella no dejó de hacer sus labores, pero yo podía decir que no todo estaba bien con ella.

—Tiene dolor otra vez, señora. Yo podría prepararle otro remedio.

—Y probablemente me envenenarías. ¿Qué sabes tú de remedios?

—Observé a Gervase Odara. Miel, vinagre y whisky.

Dio un resoplido de desagrado. —Me dio dolor de cabeza.

—Y abejas. —Pensar en atraparlas y sostenerlas apropiadamente mientras le otorgaban sus agujas sanadoras a la anciana me daba miedo, pero lo haría si eso la aliviaba. Y así me ganaría su buena voluntad.

Seguía trabajando en la tierra con su antiguo azadón. —El trabajo . . . aliviará . . . el . . . dolor . . .

—¿Por qué no deja que yo trabaje con el azadón, y usted puede caminar bajo los rayos del sol?

Se detuvo por un momento a pensar. Me dio el azadón y se fue. Mantuvo tanta distancia entre nosotras que no podía hacerle ninguna pregunta acerca del Devorador de Pecados. Trabajé sola hasta que Lilybet vino a acompañarme.

—¿Crees que ella sabe algo del Devorador de Pecados, Lilybet? Se dice que ella cuenta historias que no siempre son ciertas.

Lilybet asintió con la cabeza: se sentó en el terreno verde y me observó trabajar. —Ah, sí, ella sabe. Ella es la señora más vieja de la ensenada. Ha vivido mucho tiempo. Si alguien sabe algo del Devorador de Pecados, es la señora Elda.

—Supongo que lo habrá visto en otras reuniones. Pero ¿cómo le pregunto?

—Sin rodeos.

Me volteé y grité: —Señora Elda, ¿qué sabe del Devorador de Pecados?

Dejó de vagar y se volteó para mirarme fijamente. —¿Por qué quieres saber de *él*?

—Dile la verdad —dijo Lilybet—. Es más probable que te ayude si lo haces.

Por la forma en que la señora Elda me miraba, estaba segura de que Lilybet tenía razón. La anciana sabía muy bien por qué quería saber del hombre raro y sus actividades. —Necesito su ayuda, señora Elda. —Y, mortificada, comencé a llorar. Ni siquiera sabía que me iban a salir lágrimas hasta que las tenía encima. Con la cabeza agachada, me aferré al azadón y me volteé, avergonzada.

La señora Elda se acercó cojeando y puso su mano torcida en mi hombro. —Ay, niña. Pude sentir tu dolor ayer cuando viniste con la curandera. Se te nota en los ojos. Cualquiera con un poco de sentido sabría que te arrepientes de lo que sucedió.

—Arrepentirse no ayuda mucho.

—El tiempo sana las heridas.

Sacudí la cabeza. "No esta clase," habría dicho si hubiera podido hacer que las palabras pasaran por el bulto que tenía en la garganta. Algunos pecados no se pueden cubrir ni remediar con palabras. Anhelaba que se *quitara* el mal que había hecho.

Y parecía que el Devorador de Pecados era el único que podía hacerlo. —Tengo que encontrarlo, señora Elda. ¡Tengo que encontrarlo *ahora*!

—Él no puede hacer nada por ti, niña. ¿No lo ves? Deja que pase. Lo que pasó, pasó. Tienes que vivir tu vida con lo que sucedió. Simplemente no estabas pensando. Eso es todo. Las cosas ocurren cuando la gente no piensa. Haz bien a los demás de aquí en adelante y tendrás sólo una marca negra al final.

—Yo necesito al Devorador de Pecados, señora Elda.

—Todavía falta mucho tiempo para que necesites al Devorador de Pecados. Él no vendrá por ti hasta que hayas respirado por última vez.

—Quisiera estar muerta porque así se acabaría todo. —Solté el azadón, lista para correr.

La señora Elda me agarró y me volteó otra vez; me tomó de los hombros con sus manos que parecían garras y me sacudió levemente. —No te apresures con tu deseo de morir. Dios podría escuchar y tomarte la palabra. ¿Me escuchas? Ya lo ha hecho antes. Donal Kendric solía quejarse por sus problemas y decía que mejor sería morir, y Dios le tomó la palabra. ¿Me escuchas? Dile a Dios que te perdone por hablar tontamente. ¡Díselo!

—No lo haré.

—¡Díselo! —Me volvió a sacudir.

—¡*No lo haré*! —Me liberé y solté un golpe con desesperación y le grité a la pobre anciana, aunque ella no tenía la culpa—. ¿Por qué debo esperar? ¿Por qué tiene que ser de esa manera? ¿Por qué no puede el Devorador de Pecados llevarse mi pecado *ahora*?

—Porque las cosas no se hacen de esa manera, cariño.

—¿Y quién hizo las cosas de esa manera?

—Laochailand Kai —dijo con cansancio—. Dijo que necesitaba uno cuando yacía moribundo, y Dios sabe que tenía razón. Bueno, todos nos aseguramos de que tuviera uno. —Con la expresión adusta regresó al porche de la casa.

La seguí muy de cerca, preguntándome si la había entendido correctamente. —¿Y no había ninguno antes de eso?

—Sí, lo había, allá al otro lado del mar de donde nosotros venimos, en Escocia, Gales e Inglaterra. El Devorador de Pecados usualmente era un pobre campesino que vivía bien lejos de todos los demás. Recuerdo al Devorador de Pecados que llegó a nuestra casa cuando mi madre murió. Hedía por los pecados que se había echado encima y usaba harapos como un mendigo. Mi madre era una buena mujer, dedicada a hacer el bien a cualquiera que llegara a pedir ayuda, y ese Devorador de Pecados se tomó *tres* copas llenas de vino y exigía más pan, como si ella hubiera sido la pecadora más malvada de la región.

—Tal vez sólo tenía hambre.

Ella se detuvo y me miró, con el ceño levemente fruncido. —Bueno, nunca pensé en eso.

—Por favor, señora Elda. ¿No puede decirme dónde vive nuestro Devorador de Pecados para que pueda hablar con él?

Ella sacudió la cabeza. —No te hará ningún bien saber dónde está, niña, si él no quiere que lo encuentren. —Subió las gradas penosamente, agarrándose del pasamanos—. Alcánzame mi pipa y el tabaco de siempreviva. Está en la mesa adentro. —Con un gruñido se desplomó en su mecedora de sauce y descansó su cabeza en el respaldo.

Me tragué las lágrimas e hice lo que la anciana me pidió. Tenía suficientes pecados en mi cabeza como para matar a la pobre viejita de tanto acosarla. Se veía lista para morir allí mismo, y si moría, sería otro pecado sobre mis hombros por tratarla de esa manera. Pensé en la Abuelita mientras le daba golpecitos al tabaco de siempreviva y encendí la pipa. Cuando la puse en su mano torcida, ella me lo agradeció y comenzó a inhalar el tabaco profundamente, y suspiraba cuando lo dejaba salir. —Todavía no has quitado la mala hierba.

—Terminaré antes de irme.

—Termina ahora y deja que esta pobre mujer descanse.

Con un buen suspiro, cedí. —Sí, señora. —Volví a mis labores en su huerto.

Lilybet me esperaba. "No te desanimes, Katrina Anice. Sigue buscando. Lo encontrarás."

El sol estaba en lo alto y hacía calor mientras trabajaba. Pronto el sudor me goteaba en la cara y me corría en la parte de atrás del cuello. Seguí, determinada a terminar lo que había comenzado. Me arrodillé y jalé la mala hierba que amenazaba con ahogar las siembras de zanahoria, quingombó y maíz de la señora Elda,

—¡Así está bien! —gritó la señora Elda—. Ven a sentarte un rato. —Parecía bastante tranquila ahora, somnolienta después de fumar su tabaco de siempreviva y cómoda, con su cara bajo la sombra del porche y su cuerpo bajo el sol. Se mecía lentamente—. El Devorador de Pecados vive en la Montaña del Muerto.

Tenía sentido perfectamente. Ese era el único lugar a donde la Abuelita nunca me había enviado. Pero Iwan había ido y nunca lo había visto, y se lo dije.

—Tal vez nunca lo dijo.

—Él me lo habría dicho.

—¿Llegó hasta la cima?

—Dijo que sí.

—Bueno, ¿acaso ves a todos los venados del bosque?

—No, señora.

—El Devorador de Pecados es así. Permanece escondido hasta que escucha la campana de la muerte. —Se meció, fumó y me dio una mirada astuta—. O recibe la llamada.

Me estaba insinuando algo, y yo estaba por preguntarle qué cuando Fagan Kai llegó, de manera inesperada, desde el bosque y comenzó a gritar para ver si había alguien en la casa. Tenía dos ardillas muertas atadas por las patas, las llevaba colgadas en el hombro y lucía un ojo morado.

—Sube —dijo la señora Elda con bastantes ganas—. Tuviste una pelea, ¿no?

—No, señora —dijo solemnemente, con la boca apretada.

—Los Kai siempre se están peleando —me dijo como un aparte.

Apenas me miró y se dirigió a la anciana que estaba sentada en el porche fumando su pipa como si fuera de la realeza. —Pensé que le gustaría un poco de carne fresca, señora Elda —dijo, mientras su perro se echaba bajo la sombra, cerca de las gradas.

—Tal vez, si estuvieran despellejadas y destripadas —dijo, con la pipa entre sus dientes.

Con la cara roja, Fagan se fue y llevó las dos ardillas al bosque, con su perro siguiéndolo. Ella se rió suavemente, dio un resoplido y fumó con satisfacción mientras que yo intenté de volver a la conversación, donde nos habíamos quedado antes de esa intrusión inoportuna. Pero ella ya no quiso saber nada de eso, y para aumentar mi frustración, Fagan volvió pronto.

—Aquí las tiene, señora —dijo.

La señora Elda divisó las ardillas preparadas con desdeño. —Son muy pequeñas para asarlas —dijo, lo que hizo que Fagan volviera a sonrojarse—. Y prefiero zarigüeyas. —Su sonrisa se atenuó—. O carne de oso. —Hubo un resplandor definitivo en sus ojos azules—. No creo que ya hayas matado un oso, ¿o sí, muchacho?

—No, señora. Todavía no. No he visto ninguno esta primavera. —Su respuesta implicaba que tenía el valor pero carecía de la oportunidad de hacerlo.

La señora Elda se rió en voz alta esta vez. —Bueno, cuando veas uno, espero que estés armado con más que tu tirachinas, o el oso te comerá para la cena. —Se levantó de la silla y llevó adentro las ardillas preparadas.

Fagan se volteó y me miró fijamente. —¿Cómo estás, Cadi Forbes?

—Bastante bien.

—¿Por qué me miras así?

—Yo llegué primero.

—Hay suficiente espacio para dos, ¿no es cierto? —Subió las gradas como si le pertenecieran.

Lilybet me estaba mirando y yo bajé la vista, avergonzada por mi mal temperamento. —Yo estaba hablando con ella, eso es todo.

—Entonces sigue hablando. No te estoy deteniendo. —Se recostó en el pasamanos y cruzó los brazos—. Yo sé por qué estás aquí. Todavía estás buscando al Devorador de Pecados, ¿verdad? Le estás preguntando de él a la señora Elda.

—Tal vez sí, tal vez no.

—Tienes la cara roja como un cangrejo de río cocinado. Le estás preguntando sobre él.

—¿Y qué?

—¡Ya déjalo en paz! ¡No deberías estar buscando al Devorador de Pecados!

—Yo puedo buscar a quien quiera.

Su cara se oscureció. —¿Ah, sí? Me debes una y será mejor que escuches bien. Le pregunté a mi padre por el Devorador de Pecados, como tú querías, y me derribó de un golpe. —Se señaló el ojo morado para que me enterara de que era mi culpa—. Mi papá dijo que si alguna vez lo volvía a mencionar, me arrancaría la piel de la espalda.

Acerqué las rodillas y puse mi cabeza encima. Después de un momento, lo miré a través de una nube de lágrimas. —Lo siento. —Parecía que no importaba a dónde fuera ni lo que dijera, siempre me equivocaba.

—Papá dijo que sólo el hecho de mencionar al hombre lleva el mal a una casa.

Al recordar los ojos del Devorador de Pecados, lleno de sentimiento y triste, mirándome por detrás de la máscara de cuero, sacudí mi cabeza.

Fagan frunció el ceño. —¿Por qué no crees lo que se te dice, Cadi Forbes?

—¡Porque no parece correcto!

—¿Qué cosa?

—Que el hombre que se lleva los pecados sea tan odiado.

—No sabes lo que estás diciendo. Él se echa *adentro* el pecado. Se lo come, ¿no es cierto? Entonces llega a ser una parte de él, ¿verdad? Y lo ha hecho por tanto tiempo que ya no queda nada de lo que haya hecho antes.

—Entonces, ¿por qué se oía de esa manera? —dije otra vez con lágrimas—. Y sus ojos . . .

—Tú lo miraste, ¿verdad? —dijo la señora Elda desde la entrada, y Fagan se enderezó de manera culpable—. ¿No es cierto, niña?

Agaché la cabeza. —Sí, señora.

—¿No se te dijo que no lo hicieras?

—Sí, señora.

—Entonces, ¿qué te hizo hacerlo?

Mi boca temblaba. —Fue la manera en que habló de la Abuelita. Como si tuviera lástima de ella y la amara.

—Sí —dijo la señora Elda—. Tenía un buen motivo.

—¿Qué motivo? —dijo Fagan.

Ella salió al porche. Apoyada en su bastón, se quedó mirando el valle durante tanto tiempo que pensé que no respondería. Tuvo que haber estado pensando qué hacer, porque finalmente dijo: —No veo el daño en decírselo. —Se volteó y me miró a los ojos—. Por mucho tiempo, después de que tu abuelo Ian murió, tu abuelita iba a visitar su tumba. Y cada vez que lo hacía, llevaba algo. Media docena de mazorcas de maíz, un manojo de zanahorias, una pequeña bolsa de papas, unos cuantos huevos. Siguió haciéndolo durante el peor invierno y llevaba un poco de cerdo ahumado o carne de venado seca, un cordón de habas, un frasco de conservas. Dejaba esas cosas en la tumba de Ian Forbes para el Devorador de Pecados.

Se volteó levemente y miró a Fagan Kai. —La mayoría de la gente le da al Devorador de Pecados una copa de vino y una hogaza de pan, después no piensan nunca en él ni en lo que se echó encima en nombre de su ser querido. Tampoco piensan en lo que hará por ellos algún día. —Me miró otra vez—. Tu abuelita era distinta, Cadi. Ella cuidaba del Devorador de Pecados. Le hacía saber que no había olvidado lo que él había hecho.

Colocó sus huesos adoloridos en la mecedora y puso su bastón en sus rodillas. —Ahora, Cadi tiene una buena razón para querer encontrar al hombre y no la convenzas de que no lo haga, Fagan Kai.

—Pero mi papá dijo . . .

—Tal vez tu papá tenga un motivo para querer estar lejos del hombre.

—¿Qué motivo? —dijo Fagan.

—¿Y quién puede saberlo, excepto tal vez el mismo Devorador de Pecados?

—¿Nos está diciendo que vayamos a buscarlo? —dijo Fagan con tono desafiante.

—No estoy diciendo que hagan nada que ustedes mismos no se hayan propuesto ya.

—Él me dice que no lo busque —dije.

—Porque él mismo pretende encontrarlo, ¿no es cierto, Fagan Kai?

—Nunca dije eso.

—No tenías que hacerlo. Está en tu naturaleza. Si alguien te dice que no hagas algo, estás determinado a hacerlo. ¿No es cierto? Especialmente cuando has recibido golpes por eso.

Fagan apretó la boca.

La señora Elda se recostó y cerró sus ojos. —¿No te dijo tu papá que te mantuvieras lejos de *mí*, niño?

Él hizo la cabeza a un lado, pero yo había visto la mirada de sus ojos que confirmó todo lo que dijo la anciana.

—Tu papá todavía me guarda rencor por algo que pasó hace años. Tiene la memoria más grande y mala que cualquiera en la ensenada. ¿Alguna vez te dijo por qué no quiere que tú ni ninguno de sus parientes tengan nada que ver con Elda Kendric, eh?

—No, señora.

—¿No? Bueno, entonces yo tampoco voy a decírtelo. Tal vez algún día todo saldrá por sí solo. Probablemente lo mate si ocurre. O a alguien más, si él tiene algo que decir al respecto.

Fagan le dio una mirada fulminante. —No hable de mi papá de esa manera.

—Yo puedo hablar de Brogan Kai del modo que quiera, hijo. Tú estás en mi porche. Si no te gusta el rumbo de mi conversación, puedes irte.

Se veía lastimado e indeciso. La lealtad ganó. Con el ceño fruncido de preocupación, bajó las gradas y se dirigió al bosque.

—Gracias por las ardillas, Fagan —gritó la señora Elda—. Tienes el buen corazón de tu madre y la puntería de tu padre.

Me dio lástima verlo irse. Miré a la señora Elda, y tenía lágrimas en sus ojos. —Le agrada, ¿verdad, señora Elda?

—Sí, me gusta más que todos los demás. El problema es que él todavía no sabe quién es.

—¿Quién es él? —dije, sin saber qué quiso decir.

—El tiempo lo dirá, cariño. —Se levantó y se apoyó en su bastón y miró a Fagan desaparecer en el bosque—. El tiempo lo dirá. —Se volteó para mirarme—. Todavía tienes horas de luz del día —dijo con un tono raro—. Y hay que escalar mucho para llegar a la cima de la Montaña del Muerto. Si has decidido ir, será mejor que empieces ahora.

Me levanté rápidamente; me sentí libre y dispuesta para salir. —Sí, señora. —Salí de su porche y bajé las gradas más rápido que un gato que está siendo perseguido por una jauría de perros.

—Cadi Forbes —dijo firmemente, y me detuvo en el camino—. Esa es la única razón por la que viniste, ¿no es cierto? —Estaba parada allí, mirándome, vieja y orgullosa, con su mentón levemente inclinado, su boca con un gesto de desdeño y con su mano torcida sobre el bastón—. Viniste aquí sólo a averiguar del Devorador de Pecados. ¿No es verdad? Por ninguna otra razón.

Pensé en mentir, pero sabía que sería inútil. Ella lo sabría, así como la Abuelita siempre sabía cosas de la gente. E inmediatamente, me encontré deseando que la señora Elda fuera pariente de sangre y que tuviera un vínculo más cercano. Había hecho algo terrible al ir a buscarla por interés propio y sin pensar en sus necesidades. Ella había sido la amiga más querida del mundo de mi abuelita, y yo no había pensado en su dolor. Ahora, al verla, me hizo recordar a la Abuelita. Se estaba quedando tan paralizada que pronto no podría hacer casi nada. Excepto morir. Mi corazón se encogió al pensarlo.

Compañía. Eso era todo lo que ella ansiaba. Alguien que se interesara por sus sentimientos. Una amiga que llegara a verla y no para darle remedios por una cantidad de dinero, ni a averiguar del Devorador de Pecados. Por todo su orgullo e irritabilidad, estaba sola, aunque yo estaba muy segura de que ella preferiría morir que decirlo.

Bueno, yo conocía bien la soledad y sabía lo que era estar separada de los que uno ama.

Al mirar a la señora Elda a los ojos, me vi a mí misma y me sentí avergonzada en lo más profundo de mi alma. —Sí, señora —dije sinceramente, con las lágrimas que me quemaban—. Esa era mi razón.

—Vete, entonces —dijo con un movimiento de su quijada—. Sigue con tu asunto.

—Vete ahora —dijo Lilybet suavemente desde la base de las gradas—. Vete y haz lo que te dice tu corazón, Katrina Anice. Y hazlo rápidamente, porque es necesario que lo hagas.

Volví a subir corriendo las gradas antes de perder el valor y rodeé la cintura de la señora Elda con mis brazos. —Esa no será mi razón la próxima vez.

Ella se quedó boquiabierta por la sorpresa, y después sentí que pasaba su mano suavemente en mi pelo.

Ese toque suave hizo que algo se abriera dentro de mí, algo que no se había abierto por mucho, mucho tiempo. Toda ella era huesos y carne suave, y su olor a tabaco de siempreviva y whisky no era desagradable. Al recordar sus huesos adoloridos, aflojé mi abrazo apretado y me retiré un poco.

Ella me levantó la quijada. —Dime qué encuentras —dijo y luego me apartó de ella—. Sigue adelante, niña. —Sus palabras estaban llenas de ternura esta vez, y sus ojos azules descoloridos estaban húmedos.

No había avanzado ni treinta metros en el bosque cuando Fagan Kai me agarró del brazo y me hizo girar. —¡Quieta! —dijo cuando me le lancé con uñas y dientes—. ¡Espera!

Gruñó del dolor cuando le di una patada en la espinilla. Me soltó y saltó en un pie, mientras que yo caí al suelo y resollé, agarrándome mis dedos de los pies apretadamente, con las dos manos. —¡Mira lo que has hecho! —le grité.

—Tú me pateaste a *mí*. No me culpes si te quebraste el pie.

—¡Claro que te pateé! ¿Qué esperabas que hiciera al agarrarme de esa manera, y matarme de un susto?

—Tuve que correr buscándote una vez. ¿Te acuerdas? ¡No me gustó la idea de hacerlo otra vez! —Se agachó y me miró masajearme los dedos del pie—. ¿Te quebraste alguno? —Sonreía, burlándose.

Los doblé cuidadosamente. Hice una mueca de dolor y lo miré enojada. —No. —El escozor estaba desapareciendo y me levanté. Caminé por el lugar hasta que ya no me dolió el pie y supe que no tenía nada serio.

—Bueno como nuevo —dijo, sonriendo.

—Sí. —Me volteé violentamente y le di un golpe tan duro como pude en el estómago. Dejó salir un gran *uuuff* y se inclinó. Le agarré el pelo con las dos manos, y se lo jalé con todas mis fuerzas. ¡Cómo caía el poderoso! Triunfante, salté encima de él y salí corriendo, gritándole: "¡Jamás vuelvas a hacerlo!"

Estaba siempre haciendo cosas que después lamentaba y me deleitaba en el momento sin pensar en el resultado. Y lo lamenté, porque no me di cuenta lo rápido que me estaba siguiendo.

Como era el hijo de Brogan Kai, pensé que mi vida se había terminado. Yo era un conejo y un lobo con los colmillos descubiertos me perseguía. Busqué un agujero para esconderme, pero Fagan venía muy rápidamente como para poder ver cualquier otra cosa más que la imagen verde borrosa de una rama que me golpeó la cara arriba de mi ojo derecho. Fagan se agachó. Sentí que me agarró por la parte de atrás del vestido. El ruedo se deshizo con la pelea y logré darle otro golpe, o dos, antes de que me soltara.

Tratar de ganarle a través de la pradera fue un error. Él me alcanzó a menos de medio camino y me sacó todo el aire. Quedé tirada sobre mi espalda como un pez ladeado, respirando con dificultad, mientras que él, sobre sus manos y rodillas, a mi lado, hacía lo mismo.

"¿Estás loca o qué?" Tenía la cara roja, aunque no estaba segura si era por su temperamento o por correr. Tan pronto como recuperara el aliento, pensé en salir corriendo antes de averiguarlo.

Desesperadamente necesitaba aire y solté un sollozo, y me aparté de él gateando.

Todo el calor salió de sus ojos. "No era mi intención asustarte, Cadi. ¡Te lo juro por mi vida!" Hizo la señal de la cruz en su pecho y sostuvo su mano en alto en un juramento solemne. "Sólo quería hablar contigo, eso es todo."

Pensé que estaba diciendo la verdad, porque había recuperado el aliento y no me estaba estrangulando ni golpeándome en el suelo.

Se sentó, arrancó una brizna y la masticó. "No debes correr así. Podrías pararte en un cantil cobrizo y te mordería sin que te dieras cuenta. Es una manera lenta y perversa de desaparecer."

Su tío había muerto de una mordida de serpiente antes de que yo naciera. La Abuelita me había contado la historia. Al tío, hermano de Brogan, lo habían mordido cuando cazaba. Se había cortado y sangrado él mismo justo después de que sucedió y volvió a la casa. Gervase Odara le colocó parches, pero no lo ayudaron; el veneno le había llegado a la sangre. Y cuando esto ocurrió, no podía hacerse nada más que esperar el final.

Me erguí lentamente, y mantuve los pies debajo de mí para salir corriendo si tuviera que hacerlo. No dije nada, pero mantuve mis ojos fijos en él para poder juzgar su disposición. Pensé que Fagan diría lo que quería tan pronto como estuviera listo. Pero mejor que fuera pronto o yo perdería la calma e intentaría huir.

Tiró la brizna y me miró con sus ojos azules solemnes. —No deberías ir a buscar al Devorador de Pecados, Cadi. Nunca he visto que mi padre le tenga miedo a algo. Pero a *él* le tiene miedo.

Me quedé mirando a Fagan sorprendida. Todos en el valle sabían que Brogan Kai no le temía a nada. ¿Por qué le tendría miedo al Devorador de Pecados? —Tal vez tu padre sólo estaba enojado contigo por buscar al hombre.

—Claro que estaba enojado, pero también estaba asustado. Te lo digo, lo vi en sus ojos. Solamente por un segundo, se puso tan pálido que sentí que se me paraba el pelo. El Devorador de Pecados debe ser el diablo mismo, Cadi.

—Él no me haría daño.

—Tal vez ya te lastimó y no lo sabes.

—¿Y cómo?

Frunció el ceño y se rascó la cabeza con frustración. —Bueno, tu mente está fijada en él, ¿verdad? Lo viste una vez y no has podido sacártelo de la cabeza desde entonces. Eso debería decirte algo. Él ha puesto una maldición en ti, como te dijeron que sucedería si lo mirabas.

Sus palabras parecían sensatas y me preocuparon bastante, pero no quebrantaron mi resolución. En todo caso, hicieron que fuera más importante encontrar al hombre. Si Fagan tenía razón, entonces ¿qué más podía hacer sino encontrar al Devorador de Pecados y tratar de deshacer lo que ya se había hecho? Si el Devorador de Pecados me había maldecido, ¿quién más que el Devorador de Pecados podría deshacerlo? No intenté explicarle esto a Fagan, pensando que él mismo lo vería cuando lo pensara otra vez. Además, no importaba. Yo ya estaba maldita; mis pecados eran pesados.

Tampoco le dije eso a Fagan. Él querría saber todas las razones que estaban detrás de mi pensamiento, y lo que yo había hecho era demasiado vergonzoso como para hablar de eso. La gente sólo sabía la mitad: lo que había sucedido, no lo que lo ocasionó. Ni siquiera mamá, papá ni Iwan lo sabían. Pero Dios sí lo sabía. Yo no quería que Fagan Kai pensara lo peor de mí. Era mejor que llegara a sus propias conclusiones. Por muy malas que pudieran ser, serían muchísimo mejor que toda la verdad.

Además, Fagan estaba añadiendo a mis cargas de otra manera. Su padre lo había sacado su porche a golpes por culpa mía, y eso le hacía daño a mi conciencia ferozmente. Me preguntaba qué problemas le habría ocasionado a Glynnis y a Cullen.

Entonces decidí que no me haría ningún bien preguntarme y preocuparme. Si iba a cambiar algo, tenía que escalar la Montaña del Muerto y encontrar al Devorador de Pecados. No tenía tiempo para sentarme a pensar en eso. Sentarse y pensar por mucho tiempo podría consumir mis nervios. Tenía que hacerlo mientras tenía valor. Me levanté y me sacudí. —Siento que tu papá te haya pegado por mí.

—Todavía irás, ¿verdad? No escucharás razones.

Lo ignoré y seguí caminando. De un salto me alcanzó. —Voy contigo.

—No te lo pedí.

—¿Dónde dijo la señora Elda que estaba?

—En la Montaña del Muerto —dije. Se puso pálido, pero continuó. Lo agarré de la manga de su camisa y lo jalé para detenerlo—. Tu papá te tumbó en el porche sólo por preguntar por el Devorador de Pecados. ¿Qué crees que hará si se entera de que me estás ayudando a encontrarlo?

—No lo sabrá.

—Tu papá sabe todo lo que ocurre, Fagan.

Él sabía que eso era cierto y pensó mucho en eso a medida que caminábamos. —Él no te hará nada a ti, Cadi. Me aseguraré de eso.

¿Qué podría hacer un chico de catorce años? Pero eso no era lo peor de todo. —Él sí te hará algo a *ti*.

Fagan se detuvo y me miró. —Tengo mis propias razones para querer encontrar al Devorador de Pecados, Cadi. Ya no tiene nada que ver contigo.

Volvió a caminar en dirección de la Montaña del Muerto.

CINCO

Durante la siguiente semana, Fagan y yo pasamos todas las tardes en la Montaña del Muerto. No vimos ninguna señal del Devorador de Pecados. Peor que eso, apenas habíamos cubierto un poco de territorio cuando el sol se hundía en la cadena de montañas occidentales y teníamos que bajar de nuevo. Nos tomaría toda una vida explorar los prados, el bosque, los matorrales y los peñascos, y quizás aun así no lo encontraríamos.

—No nos daremos por vencidos —dijo Fagan al ver mi aspecto de desesperación—. Seguiremos.

—¿Y de qué servirá? Él no quiere que lo encontremos. —Me senté y me tragué las lágrimas a medida que miraba al gran pico envuelto en neblina—. Tiene que haber mil lugares para que él se esconda allí arriba.

—Supongo que tendremos que encontrar una manera de sacarlo de su escondite.

—¿Utilizaremos a tu viejo perro de caza? —Miré dudosamente a la bestia larguirucha, con el pelo de su hocico que ahora era blanco. Se echó, se acostó y se durmió en el césped.

—No —dijo Fagan rotundamente—. Ya está muy viejo. —Se sentó y descansó sus brazos en sus rodillas levantadas. Su cara estaba concentrada—. Quizás una trampa.

—El Devorador de Pecados no es tan tonto como un conejo.

—¿No crees? —dijo con un humor nada mejor que el mío, después de toda nuestra búsqueda y sin haber encontrado nada—. Probablemente nos mira desde algún lugar arriba en su montaña y mantiene una distancia entre nosotros. La única vez que baja de su montaña es para comer pecados.

—¿Y qué de la comida del cementerio? —dijo Lilybet desde donde estaba sentada, en medio de unos helechos, a unos metros de distancia.

Levanté la cabeza. —¿Qué dijiste de la comida?

Fagan me miró. —Yo no dije nada.

—*Tú* no.

Lilybet se levantó y caminó hacia mí. —El Devorador de Pecados bajaba de su montaña por la comida que la Abuelita le dejaba.

—Lo hacía, ¿verdad?

Con la cara pálida, Fagan me miraba de manera extraña.

Me levanté de un salto y me reí. —¿Te acuerdas lo que la señora Elda dijo de que la Abuelita le dejaba regalos al Devorador de Pecados? Podemos hacer eso. Podemos poner regalos en la tumba de la Abuelita, y él vendrá.

Fagan miró a su alrededor y me miró con curiosidad. —Te refieres a poner un anzuelo.

—Como el conejo que atrapaste para la señora Elda.

Sus ojos brillaban a medida que comprendía el pensamiento y se lo apropiaba. —Él puede atrapar conejos por sí mismo. Y puede encontrar sus propios vegetales. Tiene que ser algo que lo tiente a bajar de su montaña. ¿Puedes robarte algunas conservas?

—No. Mamá lleva la cuenta de los frascos que prepara. Me descubrirían.

—Entonces melaza o harina de maíz. No se darán cuenta si falta una o dos tazas.

—¿Y tú qué puedes ofrecerle?

—Lo único que tenemos es suficiente whisky, y papá es igual con él que tu mamá con las conservas. Se lo vende a los colonos al otro lado de las montañas.

—¿Y cómo sabrá el Devorador de Pecados lo que estamos haciendo? Ya hace semanas que la Abuelita murió.

—La señora Elda dijo que nadie pensaba nunca en él antes de tu abuelita, y que encontraba los regalos que ella le dejaba. Pienso que él vendrá y se enterará de los nuestros, también.

Miré arriba a la montaña y me hice aún más preguntas sobre él. ¿Acaso bajaba deslizándose en lo profundo de la noche y trataba de ver por las ventanas y caminaba por las tumbas? ¿Acaso dormía todo el día mientras el sol iluminaba y se levantaba en la oscuridad, y caminaba a la luz de la luna?

Tres silbidos agudos se escucharon a la distancia. Fagan se levantó de un salto, se metió dos dedos en la boca y respondió con un silbido ensordecedor. "Tengo que irme. Es la señal de Cleet." Cleet era su hermano mayor. "Será mejor que vuelvas a casa también. El sol se está ocultando." Corrió y me dejó en las faldas de la montaña sólo con la compañía de Lilybet.

Escuché un crujido. Era igual al eco que se oía cuando mi padre estaba cortando madera. Me asustó porque se suponía que nadie vivía cerca de la Montaña del Muerto. Me quedé más tiempo, estiré la cabeza e incliné mi oído para escucharlo otra vez. ¡*Craac!* El eco sonó de nuevo. Pensando que mi suerte había cambiado y que podría ser el Devorador de Pecados, corrí hacia el occidente, y me olvidé del sol que se hundía.

"Hay suficiente tiempo mañana, Katrina Anice," dijo Lilybet que corría a la misma velocidad conmigo. "Será mejor que vuelvas a casa ahora. Se hace tarde."

No le hice caso y seguí.

La corriente burbujeante ahogaba el sonido, por lo que me alejé de ella y me detuve para volver a escuchar. Un último crujido y luego hubo silencio. A través de un velo de laurel, vi una pequeña cabaña, situada en la base de la Montaña del Muerto; una pequeña espiral de humo salía de la chimenea. Una mujer delgada, con una trenza larga rubia, llevaba una carga de leña en sus brazos y subía las gradas. Desapareció en la casa y dejó la puerta abierta.

Quería quedarme más tiempo, pero el ruido de los grillos aumentaba a medida que el sol se deslizaba por detrás de las montañas de occidente. Tenía que irme.

Mientras caminaba por el corazón del valle, me sentía intranquila por la neblina que llegaba. Se filtraba por los árboles y se acercaba rápidamente. De no ser por la luna, me habría perdido.

Entonces, un ruido como el grito de una mujer atravesó la noche e hizo que se me parara el pelo. Sabía lo que había hecho ese ruido. Una pantera, eso era, y lo suficientemente cerca como para sentir mi olor. Pensé mantener la corriente entre mí y la bestia y la atravesé. Me resbalé dos veces y me empapé de la cintura abajo. No me importó mojarme siempre y cuando dejara una distancia y obstáculos entre mí y ese gran felino que merodeaba en la noche.

Cuando los grillos dejaron de cantar, supe que había cruzado y que me estaba acosando. Ya fuera detrás o delante de mí, no lo sabía. Temiendo que podría correr en la dirección equivocada, me quedé helada, mirando en la creciente oscuridad.

Ningún insecto chirriaba.

Ningún búho ululaba.

Mi corazón se aceleró y latía más rápido y duro con cada respiración. Escuché que una ramita se había roto detrás de mí y solté la respiración. Salí corriendo, tan rápido como mis piernas pudieran llevarme. Todo lo que podía escuchar eran los golpes de mi corazón y la respiración con sollozos que se escapaba de mis pulmones.

¿Por qué no había escuchado a Lilybet? ¿Por qué no me dirigí a casa antes de que el sol cayera en el horizonte? Mil pensamientos corrían en mi cabeza a medida que mis pies golpeaban la tierra cubierta de hierba. Ni siquiera quedaba el resplandor rosado y el cielo se ponía más oscuro con cada minuto que pasaba.

Con los pulmones que me quemaban, tropecé. Me enderecé antes de caer y arremetí hacia adelante. Algo venía rápidamente, saltando detrás de mí, alcanzándome. Podía escucharlo ganando terreno. El golpe y el susurro de las hojas me advirtieron de su avance veloz. Me volteé y vi una sombra oscura que corría hacia mí. Nunca había visto a un animal moverse tan rápido como ese felino. Mis pensamientos se congelaron; no pude moverme. Su cuerpo lustroso se juntaba y luego se extendía a lo largo a medida que saltaba.

Y entonces soltó un aullido temible, porque algo lo había alcanzado. Escuché el golpe y vi el espasmo de la bestia en medio del aire que cayó torpemente. La bestia se volvió a levantar, nerviosa, y gruñía con fiereza. Se agachó y gateó hacia mí, con las orejas planas y con los colmillos descubiertos por un gruñido grave. Hubo otro ruido y la bestia dio un chillido agudo de dolor, se balanceó hacia un lado para ver a su atacante oculto. Dejó salir un grito de ira cuando fue atacada por tercera vez y volvió a saltar hacia el bosque.

Me quedé inmóvil, jadeando y con el corazón agitado.

"Vete a casa ahora, Cadi Forbes," dijo una voz baja desde las sombras oscuras del bosque.

Yo conocía esa voz. La había escuchado una vez antes en el cementerio, la noche que enterramos a la Abuelita.

Toda mi razón desapareció. Con un grito, corrí. Corrí tan rápido como mis piernas pudieron llevarme por la pradera. Mi respiración salía con cada paso y mi corazón latía en mis oídos. Trepé la montaña, me golpeé y me raspé. Salté las gradas de la cabaña, e irrumpí en ella abriendo la puerta y cerrándola de un golpe, mientras la sostenía con el peso de mi cuerpo.

Papá estaba parado cerca del fuego con mamá, con el rifle debajo de su brazo, el cañón hacia abajo. Los dos dieron un vistazo repentino cuando entré. Mamá me miró por un largo rato de arriba abajo, cerró los ojos y se volteó. Con la cabeza agachada, sacudió los hombros. Papá puso el rifle en su montaje de un golpe y se me acercó. Su alivio duró poco. —Estás toda mojada.

—Me resbalé en el riachuelo, papá. —Era una mentira, pero si le decía que estaba al otro lado del río, me habría dado con el cincho. Todavía estaba temblando por lo que había pasado y lo suficientemente asustada que podía soltar líquidos. No necesitaba más tormento.

No me creyó. Con la boca hacia abajo entrecerró los ojos de enojo. —Y añades mentiras a todo lo demás, ¿verdad, Cadi, niña?

Un escalofrío me pasó por todo el cuerpo con el tono de su voz.

—Ve a lavarte, Cadi —dijo mamá, todavía dándome la espalda.

—Y cuando hayas terminado, ve a la leñera y espérame allí.

Con los hombros caídos y todavía temblando, volví a salir. Di un vistazo largo y lento alrededor antes de bajar las gradas. Me preguntaba si el Devorador de Pecados todavía estaba allá afuera, en la oscuridad y la neblina, mirándome. Había agua para lavarse en la cubeta. Con la mirada hacia el bosque, me salpiqué un poco de agua en la cara y los brazos y después me lavé las manos. Temblando, fui a la leñera y me encerré allí. Sentada en la oscuridad, esperé a papá.

Llegó con su cincho. Podía ver que la ira ya le había pasado. —No me gusta hacer esto, Cadi.

—Lo sé, papá.

Me disciplinó sin decir otra palabra. No lloré por él. —Lo siento, papá —dije cuando terminó.

—Sentirlo no es suficiente —dijo en tono grave—. Ya debes saberlo. —Me dejó sola.

Lloré. Ay, cómo lloré y reflexioné en mis pecados. Parecía que cada día eran más pesados y difíciles de cargar. Parecía que llegaban a dominarme porque no podía entenderme en absoluto. Quería hacer el bien, pero nada de lo que hacía salía así. Siempre terminaba haciendo el mal que odiaba. Y hasta cuando lo hacía, como buscar al Devorador de Pecados, a pesar de todas las advertencias de que no lo hiciera, sabía perfectamente bien lo que hacía, y de todas formas lo hacía. No podía evitarlo. Parecía que el pecado estaba dentro de mí y me hacía actuar mal. No importaba a dónde fuera, no podía lograr hacer el bien.

E iba a empeorar porque no iba a dejar de buscar al Devorador de Pecados. Iba a seguir hasta que encontrara al que podía ayudarme. E iba a robar algo de las conservas de mamá para tratar de sacarlo de su escondite en la montaña.

—Quiero dejar de hacer el mal, Lilybet, pero no puedo —dije, con las lágrimas que me rodaban en las mejillas—. Aun cuando quiero hacer lo bueno, hago lo malo. —Sabía cómo se sentiría mamá al tomar un frasco de sus conservas, pero de todas maneras lo iba a tomar, y habas, melaza, harina de maíz y cualquier otra cosa necesaria. Más cosas malas para tratar de arreglar las cosas. Era más desdichada ahora que cuando comencé la búsqueda del hombre que creía que podía salvarme.

Pero me había salvado, ¿no es cierto? De la pantera, por lo menos. El problema era si podría salvarme de todo lo demás.

—Sigue buscando, Katrina Anice —dijo Lilybet—. No te quedes donde estás. Sigue y averiguarás quién es el que buscas.

—El Devorador de Pecados estaba allí, Lilybet —susurré—. Justo allí. Tuvo que haberme seguido.

—Sí. El hombre te ayudó, Katrina Anice.

—Golpeó a esa bestia endiablada tres veces sin fallar. Lo golpeó lo suficientemente duro como para que se arrepintiera de comerme. Tuvo que haber tenido una honda, como Fagan. Así debe ser como caza.

—No es más que un hombre pobre.

—Estaba tan asustada, Lilybet. Lo he estado buscando día tras día, y luego, cuando estaba precisamente allí, *corrí*. —Lloré más fuerte—. Soy una tonta, ¡una verdadera y terca tonta! —Se me había presentado la oportunidad, y no tuve el valor de aprovecharla.

Alguien tocó la puerta. —Vuelve adentro, Cadi —dijo Iwan.

—Papá dijo . . .

—Papá me envió. Ven, sal de ahí.

Ya habían recogido los trastos. Sentí el estómago apretado con el aroma de la comida que habían tenido sin mí. El perro de Iwan se estaba comiendo mi porción. No estaba resentida. Prefería perder una comida a que papá todavía estuviera enojado conmigo. Merecía los azotes que me había dado. Tal vez, si me hubiera golpeado más, me sentiría limpia, no desdichada.

Papá me miró. —Vete a la cama. —Se veía cansado y agobiado.

—Sí, papá. —Ya había ido a la cama sin comer antes, pero la Abuelita siempre me hacía llegar algo. Sabía que esta noche no habría nada, y estaba resignada a esperar hasta la mañana para alimentar al lobo que tenía en el estómago.

Me metí entre las colchas del catre de la Abuelita, jalé el edredón hasta mi cabeza para protegerme y me acurruqué. Los dolores del hambre se aferraron a mi estómago. Había comido avena en el desayuno y luego estuve muy ocupada buscando al Devorador de Pecados como para pensar en comida. Seis tardes había ido a la Montaña del Muerto con Fagan Kai y no había visto al Devorador de Pecados para nada. ¡Seis!

"Vete a casa ahora."

Estuvo allí todo el tiempo, ¡lo suficientemente cerca para vernos!

¡Ay! ¿Por qué salí corriendo? ¿Por qué no me mantuve firme

y lo llamé? No estaba a más de unos seis metros de distancia, escondido bajo las sombras de la noche, y yo me alejé corriendo como si fuera la misma muerte. Estaba avergonzada por mi cobardía. Si el hombre hubiera querido hacerme daño, habría dejado que la pantera me convirtiera en su cena.

Era una cálida noche, e Iwan salió al porche para dormir en la hamaca. Mamá se fue a la cama después de lavar los trastos y de hacer unos remiendos. Papá se sentó un buen rato, con la vista perdida, y luego la siguió. Los escuché hablar entre dientes. Él se oía brusco; ella suavemente quejumbrosa.

—No puedo evitarlo —dijo mamá.

—Puedes y lo sabes. ¿Por cuánto tiempo continuará esto?

—Nunca quiero pasar por eso otra vez.

—¿Y crees que yo sí?

—No puedo soportarlo.

—Esa es la verdad. Tú quieres que *yo* lleve la carga.

—Nunca dije eso.

—No es necesario. Cada vez que me das la espalda lo estás diciendo.

—Ni siquiera tratas de entender.

—Entonces *hazme* entender. Explícamelo.

—¡No debía haber sido Elen!

—Preferirías que hubiera sido Cadi. ¿Es eso lo que estás diciendo?

Mamá comenzó a llorar suavemente, con sollozos entrecortados.

—Fia —dijo papá, con un tono distinto. Eso me decía que ella le estaba rompiendo el corazón con su pena—. Fia, no puedes seguir así. —Su voz se suavizó por lo que sólo escuché el murmullo suave cuando trataba de consolar a mamá.

Pero ella no se consolaba.

Debía haber sido yo y no Elen. Ese era el asunto. Yo sabía que habría estado bien si hubiera sido yo. Porque, la verdad, la tragedia que nos había ocurrido había sido mi culpa. En cualquier caso, yo pude haberla prevenido. La señora Elda trató de excusarme porque yo era una niña y era descuidada. Ojalá fuera así de simple. Yo no tenía la intención de que algo malo le ocurriera a Elen. Simplemente había deseado que ella se fuera.

Mucho después de que mamá y papá se habían dormido, yo seguía despierta pensando en mi pecado, con el alma angustiada, cautiva por la terrible culpa. Quería decirle a Elen que lo sentía mucho. Me había sentido tan feliz cuando ella nació, pero la odié cuando me quitó el amor de mamá. Y cada vez fue peor.

"Cuida a Elen, Cadi," decía mamá. "Cuida de nuestro pequeño ángel." Y cuando Elen lloraba: "Dale tu muñeca, Cadi. No te hará daño que juegue con ella un ratito."

Sentía la garganta apretada del dolor. Me senté por un momento, susurrándole a Lilybet. —¿Crees que ella puede escucharme, Lilybet? Papá dice que sentirlo mucho no es suficiente, pero me gustaría que ella lo supiera. Ella nunca hizo algo terriblemente malo, y yo fui mala. No quería que me siguiera. Y aquella mañana . . .

—¿Con quién hablas, Cadi? —preguntó papá al otro lado de la habitación.

Al mirar, vi la forma larga y oscura de él que estaba sentado en la cama. —Con Lilybet.

—Dile que se vaya.

Mi respiración salió suavemente y agaché la cabeza. —Ya se fue, papá.

—Ya no quiero que vuelvas a hablar con ella. ¿Me escuchas? —Estaba enojado.

Me salieron lágrimas. —Sí, papá.

—Nunca más. ¿Me escuchas?

—Escucho, papá. —Y sabía que aunque lo dijera, no quería decir que lo haría.

—Ya es hora de que dejes de actuar como si estuvieras loca. Ahora, duérmete.

Me volví a meter entre las colchas y cerré los ojos.

—Él no entiende, Cadi —dijo Lilybet suavemente—. Algún día él y tu mamá entenderán todo esto. Y tú también.

Aferrada a esa promesa, cerré los ojos y me dormí.

SEIS

Papá se levantó antes del amanecer. Salió a ordeñar la vaca y despertó a Iwan cuando volvió. Mamá les dio avena antes de que salieran a trabajar al campo, y me dejó lavando los trastos mientras que ella salió a trabajar al huerto. Terminé tan pronto como pude y me robé un frasco de conservas de bayas de la parte de atrás del estante. Lo puse en la mesa y reubiqué los demás para que no se notara. Miré por la puerta para asegurarme de que nadie viera y salí agachada. Me apresuré por las gradas, me escabullí por el lado de la casa y corrí por la montaña hacia el bosque. Escondí el frasco entre algunos helechos, donde pudiera encontrarlo después.

Luego de alimentar a los pollos, mamá me puso a trabajar jalando más hierba mala, mientras que ella fue a acarrear agua para lavar. Papá le había colocado la gran caldera de hierro afuera. Echó cubeta tras cubeta de agua limpia del riachuelo y sumergió cada prenda de vestir hasta que quedó empapada. Le frotó jabón a las partes sucias y restregó cada pieza de arriba abajo en su tabla de lavar. Yo acarreé agua colina arriba y la eché en el barril de enjuague.

Antes de que se enjuagara la ropa, el sol ya estaba bastante arriba y habíamos vaciado la caldera y el barril sacando una cubeta de agua a la vez, derramándola sobre de las plantas que estaban surgiendo. Mamá jaló unas papas, zanahorias y cebollas y las puso en su cesto, que me entregó. "Lávalos en el riachuelo mientras saco cerdo salado." Cuando lo agarré, ella se dirigió hacia la casita del manantial, donde papá guardaba la carne.

Mamá ya tenía la olla en el fuego y el cerdo en remojo cuando yo volví de nuestro riachuelo. Ella estaba golpeando la masa del pan, que había preparado en la mañana antes de lavar. Puse el cesto en la mesa y me quedé mirándola, deseando escuchar una palabra amable de ella. Ella me miró como si mi presencia la incomodara y se quitó el sudor de la frente con la parte de atrás de su mano. El verano estaba a la puerta y hacía más calor. Papá e Iwan probablemente habrían terminado el trabajo en el campo y estaban pescando.

"Puedes irte," dijo mamá, todavía sin mirarme.

Fui por el frasco de conservas robadas y me dirigí directamente al cementerio de la familia. Llena de miedo, entré por la puerta. Mis temores rápidamente desaparecieron con la tranquilidad. El césped verde ya había salido en el montículo de tierra fértil que había sobre la Abuelita Forbes. Habían colocado una piedra multicolor del río del tamaño de una calabaza grande en la cabecera de su lugar de descanso. Imaginé que había sido papá. Puse el frasco de conserva encima y me senté, acerqué mis rodillas y enterré la cabeza en mis brazos. La mayor parte del tiempo mi dolor era tolerable. Pero a veces, repentinamente, brotaba hasta que casi me ahogaba.

Lilybet llegó y se sentó a mi lado. —Ella no tuvo miedo de morir, Katrina Anice. Estaba cansada.

—Era demasiado difícil vivir en una casa llena de dolor y silencio. Ella quería paz. Ahora la tiene.

—Sí, la tiene —dijo Lilybet.

—Sólo que quisiera que no se hubiera ido.

—Ella no podía ayudarte.

—¿Recuerdas aquel último día cuando estuvo tan tranquila?

Estaba pensando en su vida, ¿verdad? Extrañaba ver las claytonias de primavera en Bearwallow por sí misma.

—Ella extrañaba más que eso, Katrina Anice.

Cansada, me acosté al lado del montículo de tierra y pasé mi mano por los retoños de césped que salían de la capa de tierra que cubría a la Abuelita. Me preguntaba cómo sería dormir por la eternidad. ¿Soñaría? Algunas veces me dormía muy cansada y después despertaba sin recordar nada de las horas que habían transcurrido. ¿Así sería la muerte? ¿Dormir sin soñar y nadie despierta hasta el Día del Juicio? ¿Pasaría el tiempo como un parpadeo, de la manera en que pasa una noche sin soñar? ¿O es la muerte un sueño atormentado, lleno de sueños confusos?

—¿Cómo es, Lilybet?

—No sé nada de la muerte, Katrina Anice. Sólo conozco la vida. Dirige tu corazón hacia eso.

—La muerte me rodea. Está precisamente aquí conmigo.

—No sólo dentro de la puerta del cementerio, sino alrededor de nosotros.

—Así también es la vida. Tienes que elegir.

Lilybet me desconcertaba. A veces parecía una niña muy parecida a mí, pero otras veces parecía hasta mayor que la señora Elda. Había algo que estaba tratando de mostrarme, algo importante, algo que podría cambiarlo todo, pero no podía entenderlo, no importaba cuánto lo intentara. De cualquier manera, desde la noche anterior me sentía cansada, demasiado cansada, como para querer pensar en serio. Pensé que quizás ella no entendía mi significado de la muerte, porque era un sentimiento que tenía muy profundamente dentro de mí. Hasta en las praderas del Valle Kai, con el sol brillando encima de mí, podía sentir las fuerzas oscuras que nos rodeaban a todos. El pecado que había cometido era terrible, pero había más, mucho más allá de mi entendimiento. Parte de mí quería encontrar lo que estuviera buscando, y la otra parte se resistía al simple pensamiento de cambiar algo.

Lo comparé con el encuentro de las nubes y el aire pesado que presiona antes de que los cielos se abran y los rayos puntiagudos caigan en las montañas. A veces el aire estaba tan lleno de poder que mi pelo se paraba de punta y mi piel sentía un hormigueo. Dios estaba en él, pero también había otros. Influencias y demonios, decía siempre la Abuelita. Y yo estaba en medio: el infierno tan cerca que podía sentir la fuerza ennegrecida, y el cielo tan distante . . .

De algún modo, de alguna manera, el Devorador de Pecados tenía las respuestas de todo eso. Si tan sólo pudiera encontrarlo.

Dejé las conservas de bayas, salí por la puerta y me escondí entre los helechos, donde pudiera ver al Devorador de Pecados cuando llegara, pero él no me vería.

Y esperé allí.

Y esperé mientras el día se puso cada vez más caluroso.

Bostecé y me acosté, con las rodillas levantadas y las manos detrás de mi cabeza, y miré a través del manto verde, más allá, hacia el cielo azul. Las aves revoloteaban de una rama a otra, gorjeando, moviéndose nerviosamente de aquí para allá, antes de irse. Y el calor descendía a través de los árboles, y los párpados me pesaban. Me acurruqué a un lado, hacia el cementerio, y doblé un ramaje de helechos para poder ver el lugar donde había dejado el frasco de conservas. Si el Devorador de Pecados llegaba, yo lo vería directamente. Todo esto desde la comodidad de mi suave cama del bosque.

Me desperté mucho después, cuando un rayo de luz tocó mi cara. Desorientada y todavía somnolienta, me pregunté qué estaba haciendo dormida en el suelo. Luego, al recordar, me puse de rodillas y me incliné hacia adelante, y dividí los helechos con cuidado. El frasco de conserva todavía estaba donde lo había colocado. Desalentada, solté el ramaje. Era una esperanza vana pensar que el Devorador de Pecados llegara tan pronto. Si es que alguna vez llegaba.

Dejé mi puesto y fui a ver a la señora Elda.

—¿Tuviste suerte? —dijo desde donde estaba sentada, a la sombra de su porche. No tuve que preguntarle a qué se refería.

—No, señora. Es una montaña bastante grande, y él no quiere que lo encuentren.

—Así que ya te diste por vencida. Dios hizo el mundo en seis días, y en ocho días ni siquiera puedes encontrar un alma miserable en una montaña.

—No me he dado por vencida. Dejé conservas en la tumba de la Abuelita, así como lo hacía ella.

—Te las robaste, ¿verdad?

Agaché la cabeza.

—Si no son tuyas, no es tanto una ofrenda. Así como cuando me trajiste flores de mi propia pradera.

En mi cara sentí el calor de la vergüenza que me quemaba, de manera que ella podía verlo. Sentí los ojos calientes y la garganta tensa. —No tengo nada que dar —dije en defensa propia.

—Todavía no has pensado mucho en eso. —Se recostó, cerró los ojos, y se meció lentamente.

Me sentí descorazonada. Caminé por las filas de su hortaliza, arranqué una hierba aquí y allá y luego volví a caminar. Sin siquiera pensar en ello, terminé en el río y lo seguí hasta el Estrecho y el puente de árbol, donde tenía prohibido ir.

Parecía que no podía evitarlo. El lugar me atraía desde que yo recuerdo. El camino que salía de nuestro valle estaba al otro lado. Para llegar allí tenías que cruzar el río del Valle Kai donde era poco profundo. El Estrecho era un lugar mortal, pero bello también. El torrente y la caída de agua que se arremolinaba en las rocas y que se derramaba en el profundo estanque abajo de las cataratas siempre me habían encantado. Iwan fue el primero en mostrarme el Estrecho y las cataratas, aunque mamá se enojó terriblemente con él por hacerlo. Era peligroso y también era "la puerta hacia el mundo exterior." Como era bueno, Iwan nunca me volvió a llevar. Pero no tenía que hacerlo, porque yo iba sola. Me acostaba boca abajo y miraba por la orilla; mi corazón latía con el sonido del rugido del agua.

Por mucho tiempo me había preguntado acerca del sendero del otro lado. La primera vez que me arriesgué a pasar al otro lado del puente de árbol fue el año en que Elen nació. Yo tenía seis años y mamá no tenía tiempo para mí. A mi modo de pensar, me había recargado con sus quehaceres, además de los míos, mientras que ella acariciaba y hacía monerías a mi hermanita bebé. Nunca me había asustado tanto como ese día en que avancé poco a poco por el puente de árbol. Imaginé que me caía en ese torrente serpenteante, que me zarandeaba, me derribaba y me golpeaba en las rocas antes de zambullirme en las cataratas. Estaba temblando tanto que me monté a horcajadas en el árbol y avancé todo el camino de esa manera.

La segunda vez, tenía ocho años y tuve más valor.

Crucé el Estrecho docenas de veces después de eso, arriesgándome por el camino que descendía hacia el estanque, debajo de las cataratas. Era un lugar mágico, con helechos, azaleas, rododendros y pinos altísimos. El estanque era profundo y azul, el agua fría y clara. Al acumularse en la cuenca rocosa, se levantaba sobre más rocas, cruzando hacia el sur y siguiendo su camino. Hacia el mar, dijo papá. Nuestro río, como todos los otros, corría hacia el mar.

Papá e Iwan habían seguido ese río el año pasado. Se fueron por cinco días y volvieron sin nada que mostrar de su viaje.

El aire se había vuelto aún más pesado, y las nubes oscurecían. Había relámpagos a lo lejos, seguidos por el retumbar de un trueno. Pronto llovería, como sucedía a menudo en las tardes bochornosas. La lluvia nunca duraba; sólo caía lo suficiente como para empapar las montañas y provocar rocío para la mañana.

Parada arriba de las cataratas, vi a alguien abajo, que arrodillado en la orilla musgosa se inclinaba para beber agua. Me retiré y me escondí entre las ramas colgantes del guillomo floreciente. Al principio pensé que era un indio, porque había oído que ellos usaban el pelo largo y se vestían con piel de ante. Pero se recostó y se estiró, y vi que estaba bronceado, como papá, y que usaba barba. Se quitó la humedad de la barba y ladeó su cabeza para mirar arriba, en mi dirección, como si percibiera que yo estaba allí. Me retiré rápidamente, pero no tanto como para no poder ver cuando se dirigía al camino empinado que lo llevaría a nuestro valle.

La curiosidad me hizo corretear al otro lado del puente de árbol, y me lancé a los arbustos espesos del otro lado. ¿Quién era? ¿Y por qué venía? Aparte de Lilybet, no conocía a ningún extraño que entrara a nuestra ensenada, y quería verlo de cerca.

El extraño subió la cuesta empinada. Mientras subía por el camino, con la cabeza en alto, pude ver que sus labios se movían. Cuando llegó a la cima, se detuvo y miró abajo a las cataratas y luego arriba, por el curso del río, a través del Estrecho. Pude escucharlo entonces, porque hablaba en voz alta, con su mano derecha extendida hacia arriba y delante de él.

"Voz de Jehová sobre las aguas: Hizo tronar el Dios de gloria: Jehová sobre las muchas aguas. Voz de Jehová con potencia; Voz de Jehová con gloria. Voz de Jehová que quebranta los cedros; Y—" Se alejó de mí, elevó sus manos y miró hacia arriba. Elevó la voz otra vez y se me puso la piel de gallina. "Voz de Jehová que hará temblar el desierto . . . Voz de Jehová que hará estar de parto á las ciervas, Y desnudará las breñas: Y en su templo todos los suyos le dicen gloria. . . ."

Temblando, me encogí más en el ramaje y ramas colgantes, agachada allí, y me quedé quieta. Mi corazón latía fuertemente. ¿Podía ser Dios que había llegado a nuestra montaña? Y si no, ¿era alguien enviado por el mismo Todopoderoso?

El hombre se volteó y comenzó a caminar por el sendero hacia nuestro valle, con su voz que era más fuerte con cada paso que daba. "De Jehová es la tierra y su plenitud; El mundo, y los que en él habitan." Se alejó y no pude oír. Me acerqué sigilosamente por la maleza que estaba arriba de él, y me esforcé por escuchar, aterrorizada de acercarme demasiado y que se volteara y me viera.

"Alzad, oh puertas, vuestras cabezas, Y alzaos vosotras, puertas eternas, Y entrará el Rey de gloria. ¿Quién es este Rey de gloria? Jehová el fuerte y valiente, Jehová el poderoso en batalla. Jehová de los ejércitos, El es el Rey de la gloria."

El hombre de pelo indomable se detuvo y lanzó sus manos al cielo. Con la cabeza hacia atrás, elevó otra vez la voz. "Escucha, oh Jehová, mis palabras; Señor Jesús, ¡considera la meditación mía! Está atento á la voz de mi clamor, Rey mío y Dios mío, Porque á ti oraré. Porque tú no eres un Dios que ame a la maldad, y hay maldad en estas montañas. Oh sí, Señor, el malo no habitará junto á ti. No estarán los insensatos delante de tus ojos. Aborreces á todos los que obran iniquidad. ¡Destruirás a los malvados!"

Un relámpago deslumbró de cerca, e hizo que el pelo de mi cabeza se me parara y que un escalofrío bajara por todo mi cuerpo, mientras el cielo le respondía al hombre con un estruendo. Me retiré, y apresuré el paso tanto como pude por la maleza que estaba arriba del sendero.

Tuvo que haber oído, porque gritó: "¿Quién está allá arriba?"

Aterrorizada, me apresuré para salir corriendo. Salté al camino y corrí hacia el puente de árbol. Tuve que haber hecho mucho ruido en mi huida, porque él me seguía. Pensé que seguramente enviaría un rayo para que me matara.

"Niña, ¡espera!"

Salté casi tan alto como mi corazón saltó. Cuatro pasos me llevaron por el puente de árbol al otro lado; otros cuatro me metieron al bosque. Me escondí allí, en las sombras, temblando y con miedo miré cómo se paró al otro lado del Estrecho. Sus labios se movían. Tal vez estaba clamando para que una maldición de Dios me cayera en la cabeza. Jadeando y con el corazón agitado, cerré los ojos y agarré el árbol tras el que me escondí esperando que cayera el rayo.

Pero no cayó.

Cuando finalmente me atreví a abrir los ojos otra vez, el extraño se había ido.

Corrí todo el camino al cementerio. El frasco de conservas ya no estaba. Por un instante, sentí una ráfaga de esperanza hasta que vi las huellas. Mi corazón se hundió. No quería irme a casa a lo que sabía que me esperaba.

Comenzó a llover, y la lluvia me cayó encima con gotas heladas, porque pasé el día en el bosque. Sabía que la tormenta terminaría pronto. Cuando acabó, fui a sentarme en medio de la pradera que estaba abajo de la casa de la señora Elda, para secarme con el sol de la tarde. Estaba lo suficientemente cálido que salía vapor de mi vestido delgado. Mientras recogía margaritas de la montaña, les sacudía las gotas de lluvia y empalmaba los tallos para hacer una corona. Puse houstonias, dauco y laurel de la montaña.

Cuando finalmente llegué a casa, mamá estaba sentada en la silla de la Abuelita afuera. Su cara estaba pálida y rígida. Nunca antes había visto esa mirada en sus ojos y tuve miedo. Papá e Iwan todavía no habían vuelto de pescar y estábamos solas. Le ofrecí la corona de flores. Hace un año la habría tomado y me habría dado un beso. Ahora, sólo la miró, hizo una mueca y se levantó. Se retiró y entró a la casa. Yo la seguí y vi el frasco de conservas en medio de la mesa.

"Si no es una cosa, es otra, Cadi. Siempre estás en contra. Desde el principio, cuando me tardé dos días para que nacieras. Casi me muero . . ." Dio un respiro de sollozo. "Siempre has sido una niña que va a donde no debe ir y que hace lo que no debe hacer. Y ahora eres una ladrona también, que roba de la boca de su propia familia."

No podía defenderme de sus palabras, las primeras que me decía desde hacía mucho tiempo. Salieron apresuradamente, y se derramaron calientes y pesadas. Me agarró de los brazos y me sacudió tanto que pensé que se me partiría el cuello. "¿Qué estás haciendo en el cementerio?" Tenía los dedos enterrados en mi piel de tal manera que me dolía, y me sacudía de atrás para adelante. "Nunca piensas antes de hacer algo, ¿verdad? Nunca piensas del mal que puede venir. ¡Sólo haces lo que se te ocurre sin importar nada!"

Me soltó y me arrebató la corona de la mano. "¿Crees que las flores pueden deshacer lo que se ha hecho?" La rompió. "¿Piensas reparar el dolor con *esto*?" La destruyó con las manos que le temblaban, hasta que las flores se esparcieron a sus pies. "¿Crees que es suficiente con sentirlo? Nunca cambiará nada. Quisiera . . . quisiera . . ." Se detuvo, con el rostro pálido de pronto mientras un gemido inundaba la habitación.

Mis manos se aferraron a mi cabeza y el sonido continuó. No estoy segura de cuándo me di cuenta de que era yo la que estaba gimiendo, pero no podía detenerme. El ruido salía desde muy dentro, donde algo se había roto. Todo lo que podía hacer era quedarme allí parada y mirar la corona destruida y a mamá y gritar.

Temblando, ella dio un paso atrás, con su cara retorcida. Miró al suelo. "Oh . . ." Cayó de rodillas, se agarró la cabeza y se mecía de atrás para adelante, y yo me callé.

"¿Qué está pasando aquí?" dijo papá desde la entrada. Al ver a mamá, entró rápidamente y me apartó de ella. "¿Qué hiciste ahora, Cadi? Sal de aquí. ¡Vamos! ¡Sal de aquí!"

No me lo tuvo que decir otra vez.

Fue Iwan quien me encontró sentada en la quietud del granero. —Mamá está bien —dijo cuando se sentó a mi lado—. No dijo qué habías hecho para molestarla tanto. ¿Quieres con-

tármelo? —Como sacudí la cabeza, pasó su mano suavemente
sobre mi pelo—. Dice mamá que entres para cenar.

—No tengo hambre.

—¿Entonces estás enferma?

Encogí los hombros y aparté la mirada, jugando con la paja.
Sí, estaba enferma, del corazón.

Sacó una paja de mi pelo. —Mamá dijo que aunque no tengas hambre, tienes que venir y sentarte con el resto de nosotros.
—Me tomó de la mano.

Nadie dijo casi nada. Hasta papá parecía no tener mucha
hambre. Dijo que iba a tener que hacer un viaje al estableci-
miento comercial a conseguir más perdigones y pólvora, y si
mamá le decía lo que necesitaba, él lo conseguiría. Cuando me
levanté y recogí los trastos, mamá se quedó mirándome por un
buen rato. Yo podía sentir sus ojos en mi espalda. Se levantó
en silencio y salió a sentarse en la silla de la Abuelita. Se quedó
allí el resto de la noche, sólo mirando al cielo que oscurecía. Ya
hacía mucho que yo estaba en la cama cuando ella entró.

Con la cabeza cubierta con el edredón de la Abuelita, pude
escucharla moverse mientras papá roncaba. Ella se fue a la cama
una vez y luego se volvió a levantar. Pude escucharla moviendo
cosas en los estantes y me preguntaba si estaba contando los
frascos y latas otra vez, preguntándose cuánto más podría haber
robado. Me acurruqué aún más.

"¿Cadi?"

Me quedé tiesa, pero era inútil fingir que estaba dormida. Bajé
el edredón levemente, con miedo de lo que podría decirme.

"Llévatelas." Puso el frasco de conservas a mi lado. "*Quiero
que sean tuyas.*" Su voz se quebrantó suavemente. Se quedó
parada un poco más. Extendió la mano y me tocó, luego se
volvió a retirar y regresó a la cama.

Al llegar la mañana, puse el frasco de conservas otra vez en
el cementerio.

SIETE

Brogan Kai y dos de sus hijos mayores llegaron a hablar con papá. Yo estaba pelando mazorcas en el porche y mamá estaba sentada adentro, hilando. Ella escuchó al perro ladrar y me preguntó qué pasaba. Cuando le dije, volvió a sus pensamientos, sin nada de curiosidad. Como la mayoría de los días, su mente estaba en otra parte. En algún lugar del pasado, pensé, donde Elen todavía vivía.

El padre de Fagan tenía el aspecto más violento que yo hubiera visto. Tenía el pelo y los ojos oscuros, era más alto que papá por una cabeza y tenía una constitución gruesa y dura. Sólo verlo hacía que la mayoría de la gente tuviera miedo, y Cleet y Douglas se parecían a él. Me preguntaba cómo Fagan se atrevió a desafiar a su padre, siendo pequeño en comparación al resto de su clan. Fagan tenía ojos azules como su madre. Iwan dijo una vez que Fagan era como un halcón que había nacido en un nido de águilas.

Los tres Kai llevaban armas al hombro esa mañana. Pensé que habían salido a cazar otra vez. Siempre estaban cazando. Una vez al año, llevaban pieles afuera de nuestro valle montañoso, aunque nunca parecían regresar más ricos por eso.

Me pareció inquietante que hablaran tanto con papá. Los hombres Kai no eran de visitar mucho. La única vez que uno los veía a todos juntos era cuando alguien había muerto y llegaban a presentar sus condolencias.

O cuando había problemas.

Supuse lo último por la postura de papá. Tan pronto como los Kai se fueron, papá subió a la casa. —Hay un extraño en nuestras montañas, Cadi. Si lo ves, aléjate. ¿Me oyes?

—Sí, papá, pero ¿por qué? —Esperaba que él pudiera poner mis temores en palabras, pero él me miró con el ceño fruncido.

—No preguntes por qué. Sólo haz lo que se te dice. Ya pelaste suficientes mazorcas. Vete a jugar. Pero cerca, ¿me oyes? Tu mamá te llamará cuando esté lista.

Podría haber dicho directamente que quería hablar con mamá y no quería que yo escuchara. Hice el tazón a un lado y bajé las gradas, fingiendo irme. Tan pronto como entró, volví rápidamente y me agaché debajo de la ventana que mamá siempre dejaba abierta cuando hilaba. Tenía que saber lo que los Kai habían dicho del hombre de Dios. Estaba dispuesta a recibir cualquier cosa, incluso un latigazo y horas oscuras en la leñera, si era necesario.

—Ha llegado un extraño —oí que dijo papá—. El Kai dice que el hombre está acampando en el centro del valle, por el río, y asegura que ha venido en el nombre del Señor.

El clic de su rueca no se detuvo. —¿Y qué querrá Dios con nosotros? —Pude oír la amargura en su voz, tan clara como alguna vez había sido su risa.

Papá no dijo nada por un minuto, luego siguió. —El Kai dice que está loco. Dice que todos nosotros somos malos y que necesitamos redención. El Kai dice que nos mantengamos alejados de él.

Parecía una advertencia rara, pues mamá ya no se arriesgaba a bajar de la montaña. No soportaba acercarse al río, ni siquiera verlo. No parecía probable que ella lo cruzara para escuchar a algún extraño del mundo exterior.

—Si es peligroso, ¿por qué no hacen que se vaya ahora?

—Brogan ha hablado con él y le ha dado tiempo para que lo piense. Cree que se irá solo, si nadie le presta atención.

—¿Y si no se va?

—El Kai se encargará de él. Ya han venido extraños antes. No se han quedado por mucho tiempo.

No podía recordar un solo extraño que entrara a nuestro valle y pensaba que papá tenía que estar hablando de tiempos antes de que yo existiera. Me preguntaba si Iwan podía recordarlo.

—Si no es peligroso —preguntó mamá—, ¿dónde está el daño en permitir que se quede?

—La tierra ya tiene dueño. No tenemos espacio para más.

—Esa no es la razón y tú lo sabes.

—Razón suficiente. ¿Quieres que venga gente y traiga sus propias ideas sobre cómo deben ser las cosas? Los Kai, los Forbes, los Hume y todos los demás vinieron aquí a estas montañas para alejarse de todo eso. Nosotros tenemos nuestras costumbres, Fia. Tú lo sabes. Y son comprobadas y verdaderas.

—¿*Nuestros* costumbres? Me parece que Brogan aplica la ley con más dureza que . . .

—No hables en contra de él, Fia.

—Ellos hicieron lo que él quiso, ¿verdad? ¡Y ahora estamos malditos por eso!

—No estamos malditos. No digas esas tonterías.

—Tres niños muertos, Angor. ¿Cómo le llamas a eso? *Tres*. Pude escucharla llorar.

—Otros han perdido niños por las fiebres y cosas parecidas, Fia. Deberías dar gracias por lo que tienes en lugar de sumirte en tu dolor. ¡Ya tuvimos suficiente! Tenemos a Iwan y a Cadi. —Su voz se suavizó un poco—. Piensa en ellos para variar.

—Iwan prácticamente ya se fue. Tan pronto como tenga la edad se irá. ¿Y Cadi? ¿Qué consuelo es ella, tan loca como está?

—¡Ella no está loca!

—¿Cómo le dices cuando habla al aire todo el tiempo?

—Tal vez la curandera tiene razón y se hace acompañar de algun espíritu.

—¡No digas eso!

—Debería consolarte, Fia —dijo con una voz fría y cruel—. Podría significar que Elen no se ha ido de nosotros, después de todo.

Mamá lloró más fuerte, y mi culpa creció de manera intolerable. Era lo que yo había hecho lo que los hacía pelear. Me senté, con la espalda en la pared, y con las manos me cubrí la cabeza, escuchándolos discutir.

—Sólo mantente alejada del hombre como te dije —dijo papá—. Tú crees en Dios, al igual que yo. No necesitamos que nadie nos salve, y de seguro no necesitamos que alguien nos ponga más cargas en la espalda. Ya tenemos más que suficiente.

—¿Y cómo sabes que eso se propone?

—El Kai lo escuchó y eso dice. Eso es suficiente para mí.

—Brogan tiene un interés personal.

Papá se quedó callado por un momento. —Si el extraño viene, yo le advertiré que se vaya.

—¿Y si tú e Iwan se han ido de caza?

—Pon el cerrojo y no le digas nada. Iwan hará lo mismo si yo no estoy.

—¿Ya le dijiste a Iwan? ¿Cuándo? Pensé que había ido a cazar.

—Estaba en casa de los Byrnes cuando Brogan pasó.

—¿Y qué estaba haciendo allí?

—Cluny está creciendo. ¿Acaso no te has dado cuenta?

—¿Cluny? —Mamá se oía triste.

—Que te sirva de consuelo, Fia. Ella podría ser la cadena que lo ate a este valle. Después de todo, quizá no se vaya en absoluto.

Escuché los pasos de papá al cruzar la habitación y bajar las gradas. Mamá estaba llorando. Me levanté y corrí hacia el bosque. Seguí corriendo; las ramas me latigueaban la cara hasta que me sentí demasiado cansada como para seguir. Me desplomé y me apoyé en el tronco de un gran pino, con el pecho que se esforzaba por respirar, deseando morir allí mismo y nunca volver a escucharlos pelear.

Después de un rato, el canto de las aves y el viento entre los árboles me consolaron. Vagué por las faldas de la montaña y me senté bajo los rayos del sol, entre las margaritas amarillas que estiraban sus caras hacia el cielo. Me acosté boca arriba, y miré las nubes que se movían lentamente en el cielo. Las formas cambiaban, y alteraban las oleadas blancas. Una parecía un perro dormido. Otra era como alguien que estaba sentado en el césped, con un brazo extendido hacia el horizonte.

Comencé a pensar en el hombre de Dios y me pregunté qué habría venido a decir, y también me preguntaba por qué el Kai estaba tan determinado a que nadie lo escuchara. Pensé que tenía que ser la naturaleza contraria en mí otra vez, porque ¿qué otra cosa sería lo que me hizo levantarme y dirigirme hacia el valle, a pesar del temor que le tenía a los dos hombres?

El espíritu de búsqueda en mí, pensé, siempre buscando lo que nunca se puede encontrar: una manera de volver en el tiempo, antes de . . .

Interrumpí el pensamiento y desvié mi mente. El Kai había dado su orden, y papá había dicho que le hiciéramos caso. Entonces, ¿por qué algo muy dentro de mí me atormentaba para que escuchara al hombre hasta el fin? Dios lo había enviado. ¿Quién puede oponerse a Dios y que no le pase lo peor? ¿No veía y escuchaba todo Dios y traía juicio? ¿No estaba yo ya condenada?

Bajé hasta que me detuve al borde de los árboles que se veían al otro lado del suelo del valle. Una columna de humo se elevaba con el aire de la mañana y un hombre estaba sentado cerca de allí, asando un pescado. Mi corazón latió más fuerte; respiré profundamente y me acerqué para ver, finalmente me agaché y me puse sobre mis rodillas y manos. Me tragué el miedo y gateé a través del césped alto hasta que llegué a los arbustos, a lo largo del río. Me acerqué lentamente y miré la orilla y al otro lado de las ondulaciones, donde él estaba sentado. Comió, se levantó y se lavó las manos; luego se volvió a sentar, con la cabeza inclinada.

"Un día en la presencia del Señor es mejor que mil sin él," se oyó como un suave susurro.

Al mirar por detrás, vi a Lilybet que estaba parada cerca de mí. Con miedo de que la viera, le hice señas para que se sentara y que se mantuviera callada. Se acercó, arrastrándose sobre su estómago, y se puso a mi lado.

—Sabe que estamos aquí, Katrina Anice.

—Tuve mucho cuidado.

—Y determinación.

—¿Y eso es muy malo?

Sonrió. —No estás lejos de la verdad.

—¿Desde cuándo estás aquí?

—Desde el día que me viste en el río.

A veces no había manera de entender lo que decía.

Unos susurros hacían que mi corazón saltara de miedo. Los cantiles cobrizos a veces se arrastraban entre la maleza y las rocas de la ribera del río. Miré a mi alrededor, con los músculos tensos. Fagan apareció; se sobresaltó un poco al verme. Se había arrastrado sobre su estómago por el césped, de la misma manera que yo lo había hecho.

—¿Qué estás haciendo aquí? —dijo, con un gruñido en voz baja, con una mirada de puro disgusto en su cara.

—¡Podría hacerte la misma pregunta! —susurré, con amargura por su presencia.

—¿No te dijo mi padre que te mantuvieras lejos?

—Igual que a ti, supongo.

Apretó la boca. Tenía esa mirada en su cara que iba a hacer lo que quería, sin importar nada, y comenzó a avanzar otra vez, utilizando sus codos y arrastrando su cuerpo hasta que se puso a mi lado, donde Lilybet había estado. Aunque ella era atrevida conmigo, era tímida con los demás. Y era más rara que ningún otro que conocía.

La verdad es que me alegré con la compañía de Fagan y no me importaba que lo supiera. —Lo vi cuando acababa de llegar por el camino, a través del Estrecho.

—¿Y?

—Estaba hablando con Dios. Y Dios le respondió.

—Estás loca.

—¡No lo estoy!

—¡Silencio!

Las lágrimas me picaban en los ojos al mirarlo.

—¿Ha dicho algo? —preguntó Fagan.

—No.

—¿Ha hecho algo?

—Se comió un pescado que asó.

—Tal vez esté dormido ahora —susurró—. No puedo ver nada desde aquí. —Avanzó para acercarse y una de las ramas me dio un latigazo en la cara, haciéndome dar un grito asustado de dolor. La rama se agitaba y se sacudía por encima de mi cabeza mientras yo me agaché y me cubrí la mejilla que ardía.

—Bueno, lo lograste. —La voz de Fagan temblaba.

Levanté la cabeza, y el corazón me saltaba en el pecho como un conejo que escapa de un perro, porque el hombre había levantado la cabeza. Su cara barbada estaba inclinada hacia un lado, como un animal que está alerta porque un enemigo se acerca. Cuando se puso de pie, mi corazón se detuvo y luego volvió a latir, tan rápido que pensé que se me salía por la garganta. Casi no podía respirar.

—Está mirando en esta dirección —susurró Fagan.

—Puedo ver. Puedo ver.

—No te muevas. Creo que no nos ha visto.

El hombre se acercó unos metros más hacia la orilla del río. "¡Bienaventurado el varón que no anduvo en consejo de malos," gritó, "Ni estuvo en camino de pecadores, Ni en silla de escarnecedores se ha sentado!"

Estaba mirando directamente al otro lado del río, hacia nosotros, y yo gemí. Fagan retrocedió rápidamente como una serpiente y me tapó la boca con una de sus manos, apretando los dedos. "¡Shhh!"

"Y el que se deleita en la ley de Jehová y medita en ella día y noche será como el árbol plantado junto á arroyos de aguas, Que da su fruto en su tiempo, Y su hoja no cae; y todo lo que hace, prosperará."

Fagan aflojó su mano al mirar al hombre.

"¡No así los malos!" gritó el hombre. "Son como el tamo que arrebata el viento." Agitó sus manos y dio unos pasos acercándose. "Por tanto no se levantarán los malos en el juicio, Ni los pecadores en la congregación de los justos. Porque Jehová conoce el camino de los justos; Mas la senda de los malos perecerá."

Fagan me soltó; estaba embelesado, pero yo aproveché la oportunidad para retroceder un poco más hacia la maleza gruesa y fuera de la vista del hombre de Dios.

—¿A dónde vas? —dijo Fagan.

—Él quiere matarnos —susurré, con la cabeza agachada.

—¿Cómo así?

—¿Acaso no lo ves? ¿No lo escuchas? Él viene en nombre de Dios.

—Por eso es que quiero escuchar.

—Ya escuchaste.

—Pero no he entendido.

—¿Entonces te quedarás hasta que él te envíe un rayo?

—Él no te mató con un rayo el primer día, ¿verdad?

—¡No le di la oportunidad!

El hombre llegó a la misma orilla del río. "¡Oíd la palabra del Señor!" gritó con tanta fuerza que su voz grave se escuchó más allá de las aguas. "¡Mirad lo que oís! Con la medida que medís, os volverán á medir; y será añadido á vosotros los que oís. Porque á cualquiera que tuviere, le será dado, y tendrá más; y al que no tuviere, aun lo que tiene le será quitado."

—¿Qué crees que quiere decir? —dijo Fagan.

—Está diciendo que me harán lo que he hecho y más. —A menos que encuentre primero al Devorador de Pecados. Si pudiera hablar con él para que se llevara mis pecados, entonces quizás podría regresar, y acercarme lo suficiente para escuchar lo que el hombre de Dios había llegado a decir y no temer que algo me ajusticiara mientras escuchaba.

Fagan estaba pálido, pero estaba decidido. —Me quedo.

Lo dejé con su propia conciencia; pensé que no tenía en su cabeza los pecados que yo tenía en la mía. Me abrí camino cuidadosamente por la hierba alta y luego salí disparada hacia el refugio del bosque, tan rápido como pude. Me agaché detrás de un árbol y miré hacia atrás, por el tronco, para ver si mi escape se había notado. No había nubes oscuras ni retumbos en el cielo. El hombre todavía estaba parado cerca del agua, mirando hacia el lugar donde Fagan estaba escondido. Y estaba hablando, pero no tan fuerte como antes. Por lo menos, no tan fuerte como para que yo pudiera escucharlo.

Agradecida porque Fagan mantenía fija la atención del hombre, escalé un árbol donde pudiera ver más claramente lo que estaba sucediendo. Me senté en lo alto, en mi enramada frondosa, y miré al hombre pasearse y alzar sus brazos. Pasó mucho tiempo antes de que dejara de hablar y se volviera a sentar. Fagan nunca salió al aire libre, y no tenía prisa por salir de su escondite ahora que el hombre había terminado de decir lo que fuera que tenía que decir. Me pregunté por qué Fagan seguía escondido.

Tal vez tenía demasiado miedo como para moverse. Tal vez el hombre lo había maldecido para que no pudiera hacerlo.

Yo estaba tratando de tener el valor para ir a averiguar si Fagan estaba bien cuando lo vi serpenteando boca abajo a través de la hierba alta. Para cuando llegó a un lugar seguro y pudo pararse y sacudirse el polvo, yo estaba allí. —¿Por qué te quedaste tanto tiempo?

—Quería escuchar más.

—¿Y qué dijo?

—Un montón de cosas.

—¿Como qué?

—¡Ve a escucharlo tú misma! —dijo gruñendo. Cuando levantó la cabeza y me miró, vi las marcas de las lágrimas en sus mejillas polvorientas. Antes de recuperarme de la sorpresa, y cuando tuve la cordura para preguntarle por qué había estado llorando, él ya se había ido, y me dejó parada en las sombras con la boca abierta.

Las lágrimas de Fagan por las palabras del hombre me llenaron de una curiosidad letal. Desesperadamente quería escuchar lo que el hombre de Dios había llegado a decir, pero sabía que era mejor que encontrara al Devorador de Pecados antes de atreverme. Nunca antes habíamos tenido a alguien como este extranjero en nuestro valle montañoso, y tenía una prisa terrible porque no sabía cuánto tiempo se quedaría. Dios podría hacer que se fuera en cualquier momento, y entonces nunca escucharía lo que el Señor le había ordenado que dijera.

Entonces me fui a buscar al Devorador de Pecados otra vez. No había llegado por las conservas. Todavía estaban en la lápida de la Abuelita. Tal vez no le gustaban las moras. Tal vez yo no le gustaba.

Tan pronto como alimenté a los pollos y recogí los huevos a la mañana siguiente, me fui. A lo largo del río había lugares para cruzarlo, pero esperé hasta que vi el riachuelo que venía desde la Montaña del Muerto juntarse con él. Al ver el pico peñascoso, me llené de desesperación, y me preguntaba cómo era que alguna vez encontraría a un hombre que no quería que lo encontraran. Tenía que haber mil escondites allá arriba.

"Habla con la señora," dijo Lilybet, que me acompañaba.

Encontré la pequeña cabaña otra vez, sin problema, y vigilé desde una cascada de laurel montañés, tratando de armarme de valor. La señora estaba afuera, trabajando en su huerto, y se veía lo suficientemente inofensiva. Pero ¿quién era? ¿*Qué* era que nadie nunca siquiera la mencionaba?

"Vamos," dijo Lilybet, parada en el campo abierto; me hacía señas. Salí del matorral y me paré en el campo abierto. "Llámala."

—¡Hola! —grité.

La mujer se enderezó bruscamente y me miró.

—Hola —dije otra vez.

—¡Vete! —Dio un paso atrás y miró por encima de su hombro hacia la montaña—. ¡Te digo que te vayas!

Había llegado muy lejos como para retirarme ahora. —Estoy buscando al Devorador de Pecados.

Ella vaciló, bajando su azadón. —Suena la campana.

—Nadie ha muerto.

Ladeó la cabeza sorprendida. Su postura se relajó un poco. —Vaya, tú eres Cadi Forbes, ¿verdad?

—Sí, señora.

—Bueno, vete a casa, niña. No perteneces a este extremo del valle. Esta es la tierra de nadie y no es lugar para ti.

—¿Entonces por qué está aquí?

—Yo pertenezco aquí.

—Por favor. Quiero encontrarlo. ¿Puede ayudarme?

—¡Deja tranquilo al hombre! Ya tiene suficiente dolor sin que le añadas más. Ahora, vete a casa. ¡Vete y mantente lejos de aquí! —En lugar de volver a trabajar en su huerto, entró a su cabaña y cerró la puerta.

Me quedé unos cuantos minutos más, esperando; tenía la esperanza de que volviera a salir. No me fui a casa. Regresé a la cascada de laurel montañés y me senté a ver y a esperarla. Salió después de mucho tiempo y volvió a su trabajo.

¿Quién era? ¿Y por qué vivía tan cerca de un lugar prohibido? ¿Por qué estaba tan sola? Todos en nuestro valle tenían bastante familia, hasta la señora Elda, aunque la de ella había decidido irse más allá de las montañas. Tal vez eso fue lo que pasó. Tal vez los parientes de esta mujer se habían ido a Kentucky o a las Carolinas.

Se enderezó una vez y se quitó el sudor de la frente con la parte de atrás de su mano. Se apoyó en su azadón por unos cuantos minutos y miró otra vez hacia la montaña. Se quedó parada, mirando a la cima unos minutos, y luego volvió a trabajar. Una o dos veces, pareció que algo la preocupaba y miraba hacia donde yo estaba. Supuse que era como un animal que presentía la presencia de un enemigo. Yo no era su enemiga, pero ella no lo sabía. Por lo menos todavía no. Si sólo me dejara acercarme, yo misma se lo diría.

Cuando el sol estuvo en lo alto y calentó, llevó su cubeta de hierba mala a un montón que iba a quemar y la tiró allí. Llevó adentro el azadón y el rastrillo. Cuando volvió a salir, tenía un frasco vacío. Se dirigió directamente a las colmenas que estaban cerca de un acedero arborero. Había cuatro colmenas de abejas, grandes y activas. La Abuelita siempre despojaba nuestras colmenas en la noche y utilizaba humo para poner a las abejas en un estupor antes de levantar la tapadera. Esta señora abrió una colmena a plena luz del día, sin la mínima señal de miedo. Pensé que seguramente la picarían a muerte, porque podía escuchar a esas abejas desde donde me escondía, en la cortina de laurel. Salieron formando remolinos alrededor de ella, en una nube gris que zumbaba.

Se quedó perfectamente quieta y calmada, con los brazos flojos. Le cubrieron el pelo, los hombros y parte de su cara, y se pararon en ella como un gran chal de abejas, y la pandearon con su peso. Cubierta así, lentamente se inclinó y sacó uno de los panales, y lo sostuvo encima del frasco. La miel ámbar destiló en él hasta que brillaba como oro con el sol. Puso el panal encima del frasco, colocó la tapadera de la colmena y lentamente comenzó a caminar hacia la cabaña. Las abejas se levantaron como humo por encima de ella, haciendo remolinos y zumbando, y volvieron a la colmena. Cuando ella se acercó al huerto, ya todas se habían alejado de ella. Con los pies más livianos, subió las gradas y desapareció en su cabaña.

Extasiada, me senté en mis talones, asombrada por lo que había visto. Me incliné hacia adelante y miré por la enredadera frondosa y me preguntaba si esta mujer podía hacer más magia.

La vi un poco después, asomando por la ventana lateral. Ahuecó sus manos y silbó, con un sonido alto y melódico, como el canto de un ave. Colocó algo envuelto en un pedazo de tela en el alféizar y volvió a entrar, donde ya no pude verla.

Esperé un buen rato para ver qué ocurría.

Nada.

Se inclinó dos veces más para silbar esa melodía. El día avanzó hasta que supe que tenía que irme. Me arrastré y volteé una vez más y la vi por el marco de la ventana, inclinada hacia afuera, mirando hacia la Montaña del Muerto.

OCHO

—*Encanta a las abejas, ¿eh?* —dijo la señora Elda—. Nunca supe eso de ella, pero no me sorprende mucho. Ella siempre fue rara.

—¿Y usted la conoce? ¿Quién es?

—Su nombre es Bletsung Macleod. Nadie ha tenido nada que ver con ella en años. O tal vez no sea cierto. Tal vez es al contrario. —Su aspecto se volvió pensativo y miró hacia las montañas—. Los Macleod nunca fueron muy propensos a relacionarse. —Me miró. La mirada de preocupación cedió, y ahora tenía una mirada fija, como si hubiera tomado alguna decisión en cuanto a algo que yo no sabía—. Su padre murió repentinamente.

—¿Cómo?

—Nadie sabe cómo. No es que a alguien le importara. El hombre era muy cruel. Cuando murió y lo enterraron, su niña se quedó sola, igual que él, aunque no por las mismas razones, creo.

—¿Qué razones?

—Estás llena de preguntas, ¿verdad? —Se recostó y se meció en su silla lentamente en el sol fresco de la mañana—. A Douglas Macleod no le gustaba mucho la gente. No confiaba en nadie. Su hija era lo único que a él le importaba, si importar es una manera adecuada de decirlo.

—¿Tenía madre?

—Sí, tenía madre. Se llamaba Rose O'Sharon. Murió repenti-
namente una primavera. Algunos dicen que por su propia mano.
Nadie lo sabe con seguridad, así como nadie sabe realmente cómo
murió Douglas Macleod. Pero hizo que la gente se preocupara.
Algunos ya estaban diciendo que habían visto el espíritu de Rose
O'Sharon vagando en las montañas, y temieron cuando Douglas
Macleod murió, porque entonces habría dos atormentando nues-
tras montañas en la noche. Algo tenía que hacerse al respecto.
—Suspiró e inclinó su cabeza hacia atrás—. Y se hizo algo.

—¿Qué?

—Eligimos al Devorador de Pecados.

¿Eligieron? Me senté más recta, sorprendida. —Pensé que
siempre había estado allí.

—Eso parece, pero no es cierto. Fue el padre de Brogan
Kai, Laochailand Kai, quien nos llevó a los tiempos antiguos.
—Dejó de mecerse y me miró—. Verás, teníamos devoradores de pecados en Escocia y Gales. Era una costumbre que yo
pensaba que era bueno dejar atrás, pero el viejo Kai quería lo
contrario. Entonces los hombres echaron suertes en un tazón
y todas las mujeres estaban paradas orando para que no cayera
en alguno de los suyos. —Cerró los ojos como si el recuerdo
la lastimara—. El hombre cuyo nombre salió se fue esa misma
noche con el pecado de Laochiland Kai encima, y también el de
Rose O'Sharon y Douglas Macleod.

—¿Qué pasó entonces?

Me miró con impaciencia. —No pasó nada. Él se fue a vivir
a la Montaña del Muerto y nadie ha vuelto a pronunciar su
nombre en voz alta desde entonces.

—¿Me puede decir su nombre, señora Elda?

—No, niña, no lo haré. No te hará ningún bien. El hombre
conoce su lugar y se mantiene allí. Fue la voluntad de Dios que
lo eligieran a él, y él lo aceptó.

Parecía tan preocupada que me incliné para acercarme.
—¿No debía haber sido él?

—Qué pregunta más tonta. —Dejó salir el aliento y apartó la mirada—. Fue hace mucho tiempo, Cadi. Hace demasiado tiempo como para deshacerlo.

"Eso la agobia," dijo Lilybet, sentada en la grada de abajo y mirándonos a las dos.

Pude ver que tenía razón. —¿Tenía familia, señora Elda?

—Sí, pero ya todos se fueron.

—¿Murieron?

—No, cariño. Excepto su madre. Murió unos años después de la elección. De corazón roto, diría yo. No creo que pasara un día, después de que él se fuera, en que ella no llorara por él y por lo que había llegado a ser. En cuanto al resto, su padre, sus hermanos y hermanas, no podían soportar que uno de los suyos fuera un Devorador de Pecados. Estaban tan avergonzados de él que se fueron a Kentucky y no hemos sabido de ellos desde entonces.

Sentí el escozor de las lágrimas y bajé la cabeza para que la anciana no me viera. Parecía que mientras más sabía del Devorador de Pecados, me sentía más cerca de él. Oh, yo sí que conocía la vergüenza. Sabía lo que era perder el amor de los que más quería. La suerte había caído en aquel pobre hombre, pero era mi propio pecado lo que me había caído encima y me estaba aplastando. Pero el Devorador de Pecados era más que yo, porque él sabía y aceptaba su destino, mientras que yo luchaba duro en contra del mío.

¿Por qué lo había aceptado tan fácilmente y simplemente se había ido a vivir a esa montaña solitaria? —Tengo que encontrarlo, señora Elda.

—Lo sé, niña, pero no sé qué bien te hará. O al resto de nosotros. Excepto traernos más problemas.

—Usted nunca intentó convencerme de que no lo hiciera.

Ella extendió su mano y la pasó suavemente sobre mi pelo.
—Iría contigo si estas piernas viejas fueran lo suficientemente
fuertes como para llevarme más allá de la pradera.

Tomé su vieja mano torcida y la sostuve entre las mías. Su
piel era tan suave que se sentía como la hoja más delicada. Las
venas azules sobresalían. —¿Cree que si se lleva mis pecados,
mamá lo olvidaría? —Como no respondió, levanté la cabeza y
vi las lágrimas que corrían por sus mejillas arrugadas.

—No, niña. Nunca lo olvidará, pero tal vez sería capaz de
perdonar.

No pude dormir esa noche y me salí de la cama. Sentada en las
gradas, miré el cielo de la noche con las estrellas brillantes y la
luna llena. Un búho ululaba y los grillos cantaban. No había
viento y el aire era refrescante. Miré hacia el valle donde estaba
el hombre de Dios.

—Quieres ir allá, ¿verdad? —dijo Lilybet, sentada a mi lado.

—Probablemente está durmiendo.

—No, no está durmiendo. Su corazón está tan cargado como
el tuyo, Katrina Anice.

—¿Cómo lo sabes?

—No ha hecho lo que vino a hacer.

—¿Y qué vino a hacer?

—Él te lo dirá si se lo permites.

—Le tengo miedo.

—Tú no le temes a él, Katrina Anice. Es a Dios a quien le
temes.

—¿Y no debería temerle?

—No puedes huir de él para siempre.

—¿Con quién estás hablando, Cadi? —dijo Iwan detrás de
mí, y me asustó terriblemente. Salté.

—Tranquila, niña —dijo y se sentó donde había estado
Lilybet.

—Sólo estaba pensando.

—Es demasiado tarde para estar pensando en voz alta.

—No puedo evitarlo.

Se inclinó hacia adelante y colocó sus manos unidas entre sus rodillas. Con un suspiro, miró lentamente por el jardín y alrededor del porche; su mirada preocupada finalmente descansó sobre mí. —¿Estabas hablando con Elen, Cadi?

—No.

—¿Estás segura?

—Estoy segura.

Frunció el ceño e indagó en mi cara a la luz de la luna. —¿Todavía estás buscando al Devorador de Pecados? —susurró.

Encogí los hombros y aparté la mirada. Una mentira habría tranquilizado su mente por algún tiempo, pero no lo habría convencido.

Estuvo callado por un buen rato, y miraba hacia el valle.

Yo rompí el silencio entre nosotros. —¿Alguna vez piensas en escuchar lo que ese hombre tiene que decir?

—Lo he pensado, pero lo dejaré en paz.

—¿Por qué el Kai le dijo a todos que se mantuvieran alejados?

Volteó su cabeza y me miró con tristeza. Cuando apartó la mirada otra vez, vi el músculo que se movía en su mejilla. —Tienes que tener orden, Cadi. El Kai sólo está tratando de protegernos.

—Pero el hombre es de Dios, Iwan.

—Eso dice él. Pero no quiere decir que sea así.

Le conté con un susurro silencioso del relámpago y el trueno. Se veía menos seguro después de eso. —¿Crees que el Kai cambiaría de opinión si supiera esto?

—Es difícil saberlo, Cadi. Él está definitivamente en su contra.

—No creo que ese hombre se vaya, Iwan.

—Se irá, seguramente.

—¿Y si no se va?

—Morirá.

Mi corazón se detuvo con sus palabras, y sentí punzadas de piel de gallina en mis brazos y piernas. ¿Realmente irían tan lejos?

Iwan volteó su cabeza y me miró. Cuando nos miramos mutuamente, él frunció el ceño. —El invierno no está tan lejos. Para entonces él se irá por su cuenta. La nieve lo sacará.

Sabía que eso no era lo que él pensaba. Temblando, sacudí la cabeza, con miedo de lo que podría suceder. —Tienes que convencerlos de que no lo hagan.

—Él ha venido a provocar a la gente. El Kai sólo está tratando de mantenernos unidos. Y tiene razón, Cadi. Nadie tiene derecho a venir a nuestras montañas y decirnos qué pensar y cómo vivir. Nadie.

—¿Y es eso lo que él está haciendo?

—El Kai dice que ha venido a poner a los hijos en contra de sus padres, y a los padres en contra de sus hijos, y no vamos a dejar que eso suceda. El Kai tiene razón. Los métodos antiguos nos han mantenido unidos.

—Todo lo que ha hecho es hablar.

—Hasta ahora. Su voz se transmite —dijo sombríamente—. Ahora, vamos. —Tomó mi mano y se puso de pie—. Es hora de que vuelvas a la cama y que te duermas.

Me quedé despierta en mi catre; escuchaba los ruidos y pensaba en el hombre de Dios, en el valle. Lo que dijo Iwan era cierto. Había más de él que una voz fuerte. Sus palabras se metían como un erizo en lana, y me punzaban y me hacían sentir incómoda. Nada de lo que hubiera dicho se había ido con el viento ni se me había olvidado.

Los sueños me asediaban, sueños feroces de hombres con antorchas que rodeaban al hombre de Dios. Él no hacía ningún esfuerzo para defenderse ni para huir. "¿Como á ladrón habéis salido con espadas y con palos á prenderme? Cada día me sentaba con vosotros en el río tratando de enseñaros. ¿Por qué no escuchasteis la palabra del Señor?" El Kai le pegó en la cara. Le salió sangre de una cortada, pero el hombre estaba parado, firme, y lo miró sombriamente. "Mas ésta es vuestra hora, y la potestad de las tinieblas."

Con maldiciones de ira, los hombres lo agarraron, lo golpearon y rodaron su cuerpo sin vida al río. Vi cómo lo arrastraba la corriente del Estrecho y me desperté precisamente cuando pasaba por las cataratas.

Apenas acababa de amanecer. Papá no estaba en la cama. Tiré mi edredón y salí corriendo a buscarlo. Como no lo vi, corrí directamente a las faldas de la montaña, a través del bosque hacia la pradera, sin pensar para nada en lo que estaba haciendo. Los pulmones me ardían, y corrí a través de la hierba alta. Las aves salieron volando del suelo, sobresaltadas por mi carrera enloquecida. No me detuve hasta que llegué a la ribera. Estaba jadeando y me sostuve los costados que me dolían; me escondí en un poco de maleza y divisé.

El humo salía de una pequeña fogata en la ribera, pero el hombre de Dios no estaba por ningún lado.

El sueño terrible era cierto. El hombre de Dios había muerto. Lo sabía, en mi corazón lo sabía. Tan segura estaba que papá e Iwan se habían echado encima la culpa de sangre que gemí desesperadamente, me senté, puse la cara entre mis manos y lloré. Estábamos perdidos. Todos estábamos perdidos. Yo no era la única que iba camino al infierno, y eso me dolía en extremo.

"¿Quién está allí?"

El miedo y el alivio se pueden mezclar en un instante, y eso ocurrió cuando escuché al hombre gritar desde el otro lado de las aguas que ondulaban suavemente. Se me paralizó el corazón; levanté la cabeza y lo vi surgir de la tierra. ¿Por qué estaba acostado boca abajo en la tierra, tan lejos del calor de la fogata?

Miré a mi alrededor y me di cuenta de que no podía escapar sin que me viera. Me agaché más y me mantuve lejos de su vista mientras me preguntaba qué hacer ahora que el amanecer estaba por aparecer en nosotros. ¿Tendría que sentarme allí todo el día hasta que volviera a anochecer, antes de poder arrastrarme para volver a salir a la seguridad del bosque y las montañas? Ay, ¿por qué había ido? ¿Realmente pensaba que mi padre y mi hermano podrían matar a un hombre que no les estaba haciendo ningún mal terrenal?

—¿Quién vino? —volvió a decir el hombre, esta vez lo suficientemente fuerte como para hacer que el pelo se me parara detrás del cuello.

—Soy yo, señor —dije, con miedo de que hiciera venir el trueno y que todo el valle supiera que había ido en contra de la orden del Kai.

—¿Y tienes nombre?

—No me atrevo a decirlo, señor.

Se acercó a la orilla del río. —Eres una niña, por el sonido de tu voz. —Ladeó su cabeza—. ¿Eres la niña que salió huyendo cuando yo iba camino arriba por las cataratas?

Me encorvé más, con la cara caliente y el corazón agitado. Él era como un perro de caza. ¿Le miento para despistarlo? No tuve la oportunidad de hacerlo, porque él habló primero.

—Pasa el Jordán. Ven a la Tierra Prometida. Ven a escuchar la palabra del Señor.

—¡No puedo!

—¿No puedes o no quieres? —gritó sin titubeos.

—No puedo.

—¿Y qué te detiene? —Se acercó más aún, y con sus pies tocó la corriente limpiadora, y estiraba el cuello de un lado a otro, tratando de verme.

—¡No mire para acá! Por favor, no me busque.

—¿Le tienes miedo a Dios?

—¡Sí! —Me encogí, bajé la cabeza y me cubrí la cara.

—"El principio de la sabiduría es el temor de Jehová."

Temblando, levanté la cabeza ligeramente, y me esforcé por ver a través de las ramas, con hambre y sed de escuchar lo que había venido a decir, pero también con miedo de hacerlo, pues sabía que no lo merecía. —Quiero salir, de veras. Pero no puedo. Todavía no.

—No esperes. Nunca sabes qué traerá el mañana.

—Tengo que encontrar primero al Devorador de Pecados.

—¿A quién dijiste?

Lloriqueando, di un paso atrás. —Mire a otro lado. Por favor mire a otro lado para que no me muera.

—Niña . . .

—Por favor, no haga que me caiga un rayo.

—Yo no soy Dios. —Él habló más, pero no pude oír lo suficientemente claro para poder entender las palabras. Bajó su cabeza y los hombros, y por un momento pensé que estaba llorando. No me quedé más tiempo. No había avanzado mucho en el bosque cuando alguien me agarró desde atrás y me jaló con fuerza.

—Te vi allá —dijo Brogan Kai, con sus ojos oscuros que brillaban como carbones calientes—. Me desobedeciste. Desobedeciste a tu padre. —Me dio una bofetada y me agarró del brazo para que no me cayera.

—Yo no . . .

—*Mentirosa.* —Me volvió a bofetear, pero más duro esta vez, y sentí el sabor de la sangre en mi boca—. Niña engañosa. Vil. ¡*Tú* eres quien nos ha traído esto!

—¡No! —Luchaba por escapar de él y grité. Me agarró de la garganta e interrumpió el sonido.

"¡Cadi!" La voz de papá gritaba desde alguna parte más alta, en las faldas de la montaña. "Cadi, ¿dónde estás?"

El Kai se inclinó, con su respiración caliente en mi cara. —Si vuelves a ir allí, te mataré. Lo juro por mi propia vida. Es mejor que uno muera que todos sufran. —Su mano me apretó y me cortó el aire y la sangre. Cuando la oscuridad comenzó a jalarme hacia abajo, me soltó y desapareció en el bosque.

"¡*Cadi!*" Momentos después papá me volteó y me cargó en sus brazos. "¿Quién te hizo esto? ¿Quién lo hizo?"

Llorando, agarré su camisa; la garganta me dolía tanto que apenas podía respirar, ya no digamos decirle algo. Tampoco me atreví. Nunca antes había visto esa mirada en la cara de mi padre. La muerte estaba en sus ojos y el infierno venía detrás. —Fue el extraño, ¿verdad?

—No —dije con la voz ronca, y sacudí mi cabeza, llorando más fuerte.

Papá miró hacia el suelo del valle y luego hizo a un lado la idea. Hasta yo sabía que el hombre no podía haber llegado tan lejos, y tan rápido, y haber vuelto a su lugar al otro lado del río. Papá me miró otra vez. —¿Fue esa cosa que te acompaña?

¿*Cosa*? ¿De qué estaba hablando? ¿A qué *cosa* se refería? Estaba mareada y sentía que las nubes me rodeaban; cerré los ojos, a la deriva por el dolor.

Papá me cargó en sus brazos y me llevó a casa. —Ve a buscar a Gervase Odara —escuché que dijo al entrar por la puerta.

Vagamente, como en un sueño, vi a mamá levantarse de su rueca. —¿Qué sucedió?

—Haz lo que te digo, mujer, ¡a menos que quieras perder otra hija!

Después de eso no volví a escuchar nada.

NUEVE

—*T*ómatelo, Cadi. Vamos, niña, tómatelo. Eso es.

Me dolía la garganta.

—Dime qué pasó, cariño. Dile a tu vieja amiga Gervase. —Me pasó un paño frío en la frente y me sonreía tiernamente.

—No fue él —susurré con la voz quebrada. Me dolía hablar, pero tenía que hacerla entender—. No fue el hombre de Dios.

—Eso ya lo sabemos, querida mía. No se ha movido de su lugar en el río. —Continuó pasándome el paño suavemente en la cara—. Dime quién fue.

Si se lo decía, ella se lo diría a papá, y papá querría hacer algo. Hasta lo intentaría. Si decía algo, sabía que algo horrible pasaría y sería mi culpa. Aparté la vista de los ojos de Gervase Odara, que lo veían todo.

—Estás a salvo, Cadi. Puedes decirme lo que sucedió.

¿A salvo? ¿Quién podría estar a salvo de un hombre que tenía el poder en la palma de su mano? Todos se inclinaban a la voluntad del Kai. Todos hacían lo que él les decía que hicieran.

Excepto yo, y no estaba pensando.

Y Fagan.

¡Fagan! ¿Qué le habría sucedido a Fagan? Tenía días de no verlo.

—Tranquila, cariño. Acuéstate y descansa un poco.

—Quiero irme.

—¿Irte a dónde, niña?

No podía decirle. Si pronunciaba el nombre de Fagan, ella se preguntaría por qué quería verlo ahora, y qué había hecho que yo pensara en él. Entonces la verdad saldría a la luz y sobrevendría un desastre. Lloré y me hundí en mi catre. Gervase Odara se inclinó, me habló suavemente y me pasaba el paño frío. Sentía la cabeza confusa y los párpados tan pesados que casi no podía mantenerlos abiertos.

—Descansa un poco, cariño. Eso es. Cierra tus ojos y duerme.

—¿Te dijo quién la atacó? —oí que papá le preguntó suavemente.

—No, pero creo que sé qué es —susurró, y se levantó y se alejó de mi catre—. Algo trató de matarla ahogándola.

—¿El espíritu?

—Es una niña quien la acompaña. Las heridas de su cuello no fueron hechas por una niña, sino por el amo de la niña.

—¿Está diciendo que el mismo diablo? —susurró mamá con miedo.

—¿Qué otra cosa podría ser? Nunca antes ha sucedido algo parecido en nuestro valle.

—¿Y qué de Macleod? —dijo papá, casi con optimismo.

—Ya hace mucho tiempo que partió, y Rose O'Sharon se fue con él. No, el Devorador de Pecados les dio descanso a sus almas hace muchos años. No se les puede culpar a ellos por esto. Ni siquiera a Laochailand Kai. Algo oscuro está obrando en Cadi.

—¿Y qué podemos hacer?

—Yo puedo hacerle un amuleto, pero necesito el pelo de Gorawen. ¿Fia?

Pensé en el collar de pelo que mamá había trenzado con el pelo blanco de la Abuelita. Lo usaba todos los días, y lo tocaba de vez en cuando al recordarla con cariño. Tal vez la trasladaba a tiempos mejores, mucho antes de que yo naciera.

—¿Y no podrías utilizar otra cosa? —dijo mamá—. Esto es todo lo que tengo de ella.

—¿Y no dejarías siquiera una hebra para tu propia hija? —dijo papá—. ¡Que te caiga una maldición, Fia! Que te caiga una maldición por tu alma rencorosa.

Escuché que se cerró la puerta con un fuerte ruido sordo y que mamá lloraba. "Él no entiende lo que siento y no puedo decírselo. No puedo decírselo a nadie . . ."

Gervase Odara la consoló con palabras suaves, pero no le hicieron nada bien.

Varios días pasaron antes de que me dejaran salir de la casa, ni siquiera para los quehaceres. Finalmente, mamá cedió sus joyas de duelo y el collar de pelo blanco, bellamente trenzado, ahora pendía de mi cuello. Con la sabiduría de una niña, yo sabía que no me libraría del Kai. De hecho, nada lo haría. Y eso no había alejado a Lilybet, porque ella había venido todos los días y se sentaba en el catre conmigo; me acompañaba mientras que mamá estaba afuera con sus quehaceres.

—No le temas a la verdad, Katrina Anice. La verdad te libertará.

—La verdad hará que maten a papá.

—Ay, querida, fíate de Jehová y no en tu prudencia.

—Eres tú quien no entiende. El Kai . . . el Kai es todopoderoso.

—El Kai es sólo un hombre. Un hombre pobre, quebrantado y asustado que necesita de la verdad, al igual que tú.

Recordé la mirada de sus ojos, la sensación de su mano que me agarraba la garganta. No entendía de dónde sacaba ella esas ideas tontas.

—Buscad, y hallaréis, Katrina Anice. Llamad, y os será abierto.

—Vete. Me estás dando dolor de cabeza.

Y se fue, tranquilamente, como se lo pedí.

Al primer lugar a donde fui cuando volví a ser libre fue a las faldas de la montaña, a la orilla del bosque, para poder ver el río, al otro lado de la pradera. El hombre de Dios todavía estaba allí. Y, como una pestilencia, todos lo evadían.

Excepto Fagan, quizás.

¿Y qué pasó con Fagan?

Fui a buscarlo, y encontré a Glynnis y a Cullen en lugar de él; recogían moras cerca del riachuelo. —Desde ayer que no lo veo —dijo Glynnis; se metió varias moras grandes en la boca y cortó otra para meterla en la cubeta.

—Estaba pescando —dijo Cullen.

—¿Dónde?

—En el río —dijo con una sonrisa de satisfacción.

Puse los ojos en blanco y miré a Glynnis.

—Por donde corre el Riachuelo Kai. —Cortó otra mora y se la comió.

—¡Deja de comértelas o nos quedaremos aquí todo el día! —le gritó Cullen a su hermana. Ella se volteó, y con una sonrisa burlona, vació el contenido de su cubeta en su mano y se las comió todas. Con un gruñido, él comenzó a perseguirla, mientras que ella se reía a carcajadas. Saltó para salir del matorral de las moras y se fue corriendo a casa.

—¡Le diré a mamá que me hiciste botarlas!

Fagan no estaba en el riachuelo. Trepé un árbol y miré hacia el matorral de arbustos, cerca del hombre de Dios, pero tampoco estaba allí. Por lo menos mi mente estaba tranquila de que le hubiera ocurrido algo malo. Si ayer estaba afuera pescando, era seguro que su padre todavía no lo había matado.

Después de vagar durante la mayor parte de la mañana buscándolo, me rendí y fui a visitar a la señora Elda, y allí, frente a mis ojos, estaba Fagan, sentado en su porche frontal, masticando paja y pasando el día. —¡Te he estado buscando por todas partes! —dije, lista para subir las paredes de una leñera.

Él parpadeó —¿Y para qué?

—Para ver si estabas bien, ¿qué más?

Su expresión se oscureció. —¿Y por qué no iba a estarlo? A ti fue a quien atacaron, no a mí.

¿Qué podía yo decir sin que se me saliera que su propio padre me había atacado?

—El mismo diablo, según supe —dijo la señora Elda. Me sonrojé y evité la mirada firme, y algo perpleja, de Fagan. La anciana se sentó y se quedó mirándome—. ¿No tienes nada que decir acerca de eso?

—¿Y qué hay que decir?

—Reservada. Eso sí que es un cambio.

Me senté desanimadamente en la primera grada y le di la espalda. Su silla rechinó cuando volvió a mecerse. —Sin flores hoy, Fagan. Debe guardarme un resentimiento por algo.

Levanté la cabeza para mirarla, molesta. —¿Y qué razón tendría?

—Ninguna. Pero la mayoría de la gente no necesita de una razón para guardar resentimientos, por lo menos no en estas montañas. —Se meció más—. Ya que no es eso lo que la tiene molesta, Fagan, creo que pensó que yo estaba muerta y enterrada.

—¡Claro que no! —Me volteé para mirarla, horrorizada por su sugerencia.

—No veo nada de flores.

Me volteé otra vez.

—¿Y bien? —dijo, después de una pausa larga.

Cansada y frustrada, me levanté y me fui. Medio esperaba que Fagan me alcanzara, pero se quedó tal como estaba. La anciana se ponía más irritable cada vez que la veía. Volví con un ramo de margaritas de la montaña y se las alcancé.

—¿Qué voy a hacer con ellas aquí afuera? Ponlas en un poco de agua.

Cuando entré, vi las flores que le había llevado la última vez, en el frasco de conservas. Los tallos estaban marchitos y los pétalos secos y esparcidos en la mesa. Recordé a mamá cuando destruyó las flores que le llevé, y aquí estaba la señora Elda, que las guardaba hasta que ya hacía mucho que habían muerto y debían tirarlas.

"¡Agua *fresca!*" gritó la señora Elda desde afuera.

Todo el dolor y la frustración desaparecieron. Caminé hacia el riachuelo, fregué el frasco resbaloso, lo llené con agua fresca y lo llevé de vuelta. Sonriendo, coloqué las margaritas, recogí los pétalos secos y volví a salir. Me senté en la grada de arriba esta vez, precisamente frente a Fagan, y apoyé la espalda, para acomodarme. Me sentía más en casa en el porche de la señora Elda que con papá, mamá e Iwan.

La señora Elda me miró fijamente con sus ojos azules y legañosos. —Bueno, ¿qué te pasó, niña? Y dinos la verdad.

Pellizqué mis faldas hasta formar pliegues y evité su mirada.

—No lo recuerdo bien.

—Sí lo recuerdas bien. Sólo que no quieres decirlo.

Miré a Fagan y luego aparté la mirada.

La señora Elda percibió la mirada y entrecerró los ojos.

—¿De dónde venías cuando ocurrió?

—Acababa de estar en el río, donde acampaba el hombre de Dios.

Fagan levantó la cabeza; su mirada silenciosa era más intensa.

—Pensé que le tenías miedo y que nunca volverías.

—Soñé que lo habían matado.

—¿Y? —dijo la señora Elda. Dejó de mecerse.

—No está muerto —dijo Fagan.

—Le preguntaba a Cadi.

—Está sano y salvo —dije—. Estaba acostado en el suelo, boca abajo, cuando llegué al otro lado del río, pero se levantó rápidamente y comenzó a hablar conmigo.

Fagan se inclinó hacia adelante. —¿Y te *vio*?

—No, pero me escuchó.

—¿Y qué te dijo, niña?

—Nada que yo pudiera entender, señora Elda. Me decía insistentemente que cruzara el Jordán, donde sea que eso esté.

—El Jordán —repitió e inclinó su cabeza hacia atrás—. El Jordán, ¿dónde he escuchado eso antes? —Hizo un ruido de disgusto—. Hay veces en que las cosas me pican en la mente, y no puedo rascarme para sacármelas.

Fagan frunció el ceño. —¿Qué clase de cosas?

—Cosas apenas fuera de mi alcance. Cosas que mi madre me decía cuando era una niñita. Puedo casi recordarlas, a veces, cuando estoy cabeceando, y entonces se me escapan como harina por un cernedor. Es sumamente frustrante. Es como tener un mosquito zumbando en tu oído. No puedo aplastarlos sin quedarme sorda en el proceso. Ni siquiera estoy segura de por qué aparecen ahora, después de todos estos años y ahora que estoy tan cerca de la tumba. Pensaría que una anciana como yo habría ganado un poco de paz en su avanzada edad. —Dio un fuerte suspiro—. Claro que sí me gustaría escuchar a ese hombre que está allá bajo.

Se volvió a mecer y miró a Fagan. —Me gustaría que viniera a tomar una copa de vino de saúco.

—¡No me miren a mí! Yo no voy a ir a pedírselo. Papá les ha advertido a todos que se alejen de él.

—Ah, sí, tu papá. Él no te ha detenido antes.

Fagan se volteó y me miró con enojo.

—No me mires a mí, Fagan Kai. Yo no le he dicho nada.

—Nadie tuvo que decírmelo. Es tan claro como el agua.

—¿Qué cosa? —dijo Fagan agresivamente, probándola.

—¿Me estás diciendo que estoy equivocada?

Apretó los labios y no dijo nada.

—Tú y Cadi tienen mucho en común.

—No tenemos nada en común —dijo, enfadado con las dos.

Ella se rió; disfrutaba su incomodidad. —Bueno, los dos están escuchando voces que no son de su papá ni de su mamá.

—¿De qué voces habla usted?

—Bueno, si yo lo supiera, sería mucho más sabia de lo que soy, ¿no es cierto? Pero haré una conjetura. Cadi ha estado escuchando a su corazón y tú has estado escuchando a tu cabeza, pero ninguno de ustedes está llegando a algún lado, que yo pueda ver.

Fagan me dio una mirada que me decía que ella era sólo una anciana que estaba divagando, pero a veces me preguntaba si no había algo más en las palabras de la señora Elda. De vez en cuando tenía el sentimiento de que nos estaba probando a los dos. O nos estaba incitando. ¿Acaso no había sido ella quien nos había señalado el camino hacia la Montaña del Muerto? Como si eso me hubiera hecho algo bueno.

Ahora estaba señalando a ese hombre del río.

—¿Alguna vez pensaste preguntarle a tu papá por qué está tan absolutamente en contra de él? —le dijo a Fagan.

Yo salté en defensa de Fagan. —¿Por qué iba a querer hacer eso si cuando le preguntó del Devorador de Pecados le dio una bofetada que lo sacó del porche?

Por su mirada, pude ver que no apreció mi ayuda.

—Papá dijo que no quería que nadie se acercara al hombre —dijo, y apartó la mirada—. Eso es todo.

La señora Elda dio un resoplido. —Suficiente como para darle cuerda a las cosas.

Fagan lanzó su paja. —¿Por qué lo odia tanto?

—Odio es una palabra muy fuerte. Yo no lo odio, muchacho. Es sólo que él se pone muchas cosas encima. Siempre lo ha hecho. No puedes pensar por la gente. Ellos tienen que hacerlo por sí mismos.

Había algo más en Brogan Kai que querer pensar por la gente, pero yo no quería hablar de la mirada de sus ojos ni de su mano que me sacó el aire de los pulmones, y la sangre de mi cabeza.

La señora Elda suspiró. —Seguro que me gustaría escuchar a ese hombre. No estaré en este mundo por mucho tiempo, y de seguro que sería bonito saber qué es lo que el Señor tiene que decir antes de que me vaya y me encuentre con él cara a cara. —Nos miró a los dos—. Si alguno de ustedes tiene el valor suficiente, podría llevarle una invitación al hombre para que visite a una pobre anciana enferma, que tiene un pie en la tumba y el otro en el suelo tembloroso.

—¡No diga eso, señora Elda! ¿Por qué tiene que hablar de morir todo el tiempo?

—¿Y por qué no debería hacerlo? Soy vieja y eso le pasa a toda la carne. No hay cómo evitarlo.

—¡A veces parece que tiene una prisa tremenda!

—Bueno, nada me detiene aquí. Ya toda mi familia se fue más allá de la montaña y mis amigos ya todos murieron.

—¿Y nosotros? —Yo estaba tragándome las lágrimas.

—Ustedes se tienen uno al otro.

—No debería hablar de la muerte tanto, señora Elda. Eso le afecta a Cadi, y ella acaba de perder a su abuelita hace menos de un mes.

—¿Ves de lo que hablo? —dijo con una sonrisa ligera, y nos miró a los dos. Entonces se puso seria—. Bueno. Ya no hablaremos de mi muerte. Sólo nos sentaremos y escucharemos que Fagan nos diga lo que ese hombre ha estado diciendo mientras él se esconde en la hierba alta y los arbustos.

Fagan se sonrojó. —No siempre oigo todo lo que dice por el río.

—Sólo dinos lo que has oído.

Respiró y se rascó la cabeza. —La primera vez que lo escuché, dijo que los pecados del padre castigarán a los hijos hasta la cuarta generación.

—Supongo que por eso es que tenemos un Devorador de Pecados —dijo la señora Elda, y miró a Fagan a los ojos—. Para que los problemas no surjan y nos atormenten.

—Y después dijo: "Anunciaré tu nombre á mis hermanos: En medio de la congregación te alabaré."

—Vaya si eso no lo supera todo.

—Ayer estuvo hablando de una roca y golondrinas.

—Una roca y golondrinas —dijo ella, pensando—. Tal vez se refería a los acantilados donde las golondrinas hacen sus nidos, los que están cerca del Estrecho.

—Y habló de construir casas en la arena.

—Esas son tonterías —dijo la señora Elda, burlándose—. Cualquiera sabe más que eso. ¿Por qué lo diría?

Fagan encogió los hombros. —Lo escuché decir: "La piedra que desecharon los edificadores, Ha venido á ser cabeza del ángulo, y de parte de Jehová es esto."

—Una piedra y golondrinas, casas construidas en arena, y una piedra angular desechada —dijo la señora Elda y sacudió la cabeza—. Tal vez tu papá tenga razón en que debes dejarlo en paz. Parece que está loco. —Luego volvió a mecerse, lentamente, y miró hacia el valle, como a veces lo hacía—. Ahora váyanse los dos. Necesito descansar un rato.

No era descanso lo que ella quería. Era tiempo para pensar en las cosas que Fagan le había dicho. Yo deseaba que me dijera lo que pensaba, pero pensé que probablemente se estaba remontando a una época pasada y tratando de recordar qué era lo que había olvidado.

—¿Llegó el Devorador de Pecados por las conservas? —dijo Fagan mientras caminábamos por el sendero que lleva de la casa de la señora Elda hacia la pradera.

—Nunca las recogió. Probablemente el frasco todavía esté allí. —De repente se me ocurrió una idea y comencé a correr.

—¿A dónde vas?

—¡Al cementerio! —grité por encima del hombro.

El frasco de conservas todavía estaba allí. Lo levanté y le sacudí el polvo con la orilla de mi vestido.

—¿Qué has pensado hacer con ellas ahora, Cadi Forbes? —preguntó Fagan, que jadeaba después de correr.

—Se lo voy a dar a la encantadora de abejas.

—¿Cuál encantadora de abejas?

—La mujer que vive en la cabaña, al pie de la Montaña del Muerto.

—¿La mujer loca?

Lo miré. —¿Quién dice que está loca?

—Mi mamá. Le dije que había visto la cabaña y me dijo que me mantuviera lejos de ella. La mujer que vive allí está loca.

—No lo creo.

—Mamá dijo que había matado a sus propios padres.

—La señora Elda dijo que Rose O'Sharon se suicidó, y nadie sabe cómo murió Macleod.

Fagan parpadeó sorprendido y luego su mandíbula se puso tensa y los ojos se le oscurecieron. —Sólo mantente lejos de esa mujer, ¿me oyes? Mamá no me mentiría.

—No dije que ella mintiera.

—Sí, lo hiciste.

—La señora Elda es más vieja que cualquiera en estas montañas, y pienso que sabe más que cualquiera. Hasta que tu mamá.

—¡Tal vez deberías mantenerte bien lejos de la Montaña del Muerto también! Perseguir al Devorador de Pecados no te dará nada más que problemas.

—Suenas igual que tu papá —dije enojada. Su cara se enrojeció. Cuando salí por la puerta del cementerio, me obstruyó el camino.

—No vas a ir, Cadi. —Cuando intenté pasar, me arrebató el frasco de conservas y lo arrojó hacia un pino. Hizo trizas el vidrio y salpicó las conservas de mora de mamá por todos lados—. Ahora ¿qué vas a hacer? —Fagan extendió sus pies.

Cuando le lancé un golpe, me agarró del brazo y me hizo girar; me sujetó duro. Yo me retorcía y me sacudía, tratando de patearle las espinillas con mis tacones, pero fue inútil. —¡Escúchame, niña tonta! ¡Lo hice por tu propio bien!

—¡La gente tiene que pensar por sí misma!

—¿Vas a repetir todo lo que dice la anciana?

—¿Me vas a ahogar igual que lo hizo tu padre?

Sus manos se apretaron brevemente por la conmoción, y luego me alejó empujándome. —¿Qué dijiste?

Me volteé y le di una mirada fulminante. —¡Te odio, Fagan Kai! ¡Te odio y odio a tu padre! ¿Lo oíste?

Su expresión decayó levemente, y yo sabía que cada palabra lo golpeaba duro y profundamente. —Te escuché.

La expresión de su cara disolvió mi ira y me hizo sentir vergüenza. Me sentía culpable y traté de defenderme. —No deberías haber roto el frasco. ¡No era tuyo para que lo rompieras!

—¿Fue papá? —dijo con una voz tímida.

Se veía tan lastimado que quería quitarle la culpa. —Me atrapó cuando volvía del río. Dijo que yo estaba en su contra. —Mi conciencia me golpeaba intensamente y me sentí enferma. Mi lengua había sido como fuego y temía haber quemado nuestra amistad. Parece que cuando destruyes algo, te das cuenta demasiado tarde cuánto significaba para ti, para comenzar—. Nadie lo sabe, Fagan. Lo juro. No le conté a mi papá ni a nadie más. Y no lo haré. Te lo juro. ¡No te lo habría dicho si no hubieras roto el frasco!

—¿Por qué estás llorando *tú*? Soy *yo* el que se quemará en el infierno.

—¿Quemarse, por qué? —dije, gimoteando y frotándome la nariz.

—Por cada cosa mala que mi papá ha hecho jamás. Así como

lo dijo el hombre. Los pecados del padre serán puestos en los hijos.

—¡Eso no es justo! Seguro que escuchaste mal.

—Lo escuché bien.

—Dijiste que el río . . .

—Lo escuché bien, ¡te lo digo! —Sus ojos se llenaron de lágrimas y recordé el día que volvía del río llorando.

Me acerqué. —Entonces supongo que los dos necesitamos del Devorador de Pecados.

—¿Y de qué serviría encontrarlo? Todavía no estamos muertos.

—Tal vez podríamos pedirle que se llevara nuestros pecados ahora.

—¿Y por qué querría hacer eso?

—¡No lo sé! Pero vale la pena preguntarle, ¿no lo crees?

Se mordió su labio y pensó. —Está bien —dijo, con apariencia sombría—. Mañana te espero donde el Riachuelo Kai se une al río. Vamos a ir de caza.

DIEZ

Escondidos detrás de una cortina de laurel montañés, Fagan y yo mirábamos la cabaña de la mujer loca, esperando alguna señal de ella. Ninguno de los dos tenía el valor suficiente como para gritar un saludo y hacer que saliera, ni estábamos dispuestos a admitir nuestro miedo. Todavía era temprano y utilizamos esa excusa conveniente mientras esperábamos que la luz del sol se derramara en el suelo del valle y que ahuyentara a las sombras. Los dos estábamos sentados, y nos estábamos mojando con el fuerte rocío que caía de las hojas.

—Anoche fui a escuchar al hombre —susurró Fagan.

—¿Y qué dijo esta vez?

—Siguió llamándonos para que fuéramos a escuchar la palabra del Señor, para que le demos descanso a nuestras almas.

—Claro que descansaríamos. En nuestras tumbas, después de que cayéramos muertos.

—No me pareció así, pero no iba a cruzar ese río. Papá o alguno de mis hermanos me habría visto. Ellos han estado vigilando de vez en cuando.

—Yo también le tengo miedo al hombre, Fagan.

—No le tengo miedo a *él*. Le tengo miedo a lo que *haría*. —Se hizo el pelo para atrás y frunció el ceño—. Creo que ni papá le haría algo a un hombre que viene de Dios.

No dije nada porque mi mente estaba atribulada al recordar mi pesadilla. Además, el día que me agarró de la garganta, Brogan Kai se veía capaz de hacer cualquier acosa. Pensaba que Brogan Kai se creía Dios, por lo menos en este valle montañoso.

Una cierva apareció en el campo abierto con sus dos cervatillos; pastaban bajo las sombras, no lejos de donde estábamos escondidos. Fagan se enderezó y fijó su atención, no en ellos, sino más allá en el bosque. —¡Mira eso! —Por la expresión de asombro en su cara, miré y vi un enorme ciervo que estaba parado entre los árboles, al borde de la luz; sus cuernos eran la corona majestuosa de una orgullosa cabeza—. Nunca había visto uno tan grande. Quisiera tener un rifle.

—¿Cómo puedes decir eso? Es tan bello.

—Daría comida a una familia durante todo el invierno.

Lo miré, y agradecí que todo lo que tenía era su honda.

Cuando se abrió la puerta de la cabaña, la cierva levantó la cabeza bruscamente y dio un salto para alejarse, y los cervatillos la siguieron. El ciervo desapareció en el bosque. Fagan y yo nos inclinamos hacia delante; tratamos de ver a través de la enredadera que colgaba y esperamos que Bletsung Macleod, la loca, apareciera.

Salió, con su camisón blanco y largo, con su pelo rubio rizado que le caía como una cascada dorada hasta debajo de la cintura. Se estiró y puso la parte de atrás de su mano en la boca al dar un bostezo. Caminó por el porche y se quedó parada en un extremo, mirando hacia la montaña. Silbó como un ave y esperó por un buen rato. Luego volvió a silbar y, una vez más, esperó.

—Allí está —dijo Fagan—. ¿Lo escuchaste?

—Sí —susurré, porque un silbido se escuchó desde el bosque de arriba.

—No es como cualquier ave que hubiera escuchado.

Después de eso, Bletsung Macleod entró a su casa.

—¿Por qué no le haces algo, Katrina Anice? —dijo Lilybet, que estaba sentada no muy lejos.

—¿Algo como qué?

—Yo no dije nada —dijo Fagan, y me miró.

—Fue Lilybet.

—¡No comiences a comportarte como loca conmigo!

—¡No me estoy comportando como una loca! —Ofendida, me levanté.

—¿Adónde vas?

—Al riachuelo, a buscar unas flores.

—¿Flores? ¿*Ahora*?

—Para hacerle una guirnalda, Fagan. Tal vez nos reciba más amablemente en su casa si le llevamos algo. Y ya que se te ocurrió quebrar el frasco de conservas . . .

—Ve, pues, a conseguir las flores. Yo vigilo.

Me abrí paso por las enredaderas y zarzas y llegué al agua. —¿Por qué él no puede verte? —le dije a Lilybet. Estaba cansada de sus respuestas misteriosas.

—Sabes por qué.

—Porque no existes. Porque estás en mi cabeza.

Lilybet simplemente sonrió, sentada en un pedrusco cubierto de musgo, con sus claros ojos azules llenos de conocimiento de mí.

—Gervase Odara cree que eres un espíritu —le dije obstinadamente.

—Cree que soy algo peor que eso.

—Pero eso no es justo.

—La vida no es justa. Es difícil. Desde el momento que respiras por primera vez, hasta que respiras por última vez.

—¿Y por qué tiene que ser así?

—Porque los hombres son obstinados. Querían sus propios caminos y Dios les permitió que los tuvieran.

—Entonces Fagan y yo tenemos que sufrir.

—Así como todos sufren. Es una prueba larga de fe, que te refina para que seas lo que estás destinada a ser.

—¿Y qué es lo que estoy destinada a ser?

—Averígualo.

—¿Por qué no puedo saberlo ahora? ¿Por qué no me lo puedes decir, nomás?

—Porque tú también eres obstinada. Todavía rehúsas entender, aun cuando la verdad te rodea en todo lo que ves, desde las profundidades de la tierra hasta las estrellas de los cielos.

Toda la ira se fue de mí, y sentí la garganta tensa por el dolor.

—Yo no quiero ser obstinada, Lilybet. Quiero entender.

—Encontrarás todas las piezas y Dios las sacará a la luz.

—¿Y cuándo será eso?

—En el tiempo de Dios.

No me tardé mucho para encontrar las flores que necesitaba, y Fagan estaba donde lo había dejado, tratando de ver a través de la enredadera. —Todavía está adentro. Avivó el fuego. ¿Ves el humo?

Me senté y trabajé rápidamente. Hice unas divisiones en los tallos y metí otros hasta que hice una guirnalda para su pelo. Seguía pensando en todo lo que Lilybet me había dicho, pero nada tenía sentido. Miré mi obra y esperaba que a Bletsung Macleod le gustara más que a mamá. —Listo.

—Qué bonita, Cadi. —Sus palabras me agradaron lo suficiente como para hacerme sonrojar—. ¿Tu mamá te enseñó a hacerlas?

—La Abuelita me enseñó.

Nos armamos de valor y salimos al campo abierto, al pie de la Montaña del Muerto, y nos acercamos a la pequeña cabaña. "¡Hooolaaaa!" gritó Fagan mientras yo sostenía la corona para que Bletsung Macleod la viera. Como no salió de su casa, Fagan gritó con más valor: "¡*Hooolaaa!*"

Mi corazón saltó. —La cortina se movió.

—Vamos, pues. No te quedes atrás. —Fagan me hacía señas mientras él caminaba hacia la casa—. Le trajimos algo, señora.

—Yo no quiero nada. ¡Váyanse!

—¡Sólo queremos ser buenos vecinos!

—¡Dije que se fueran!

Mis hombros cayeron, pero Fagan se mantuvo firme con la mandíbula tensa. —¡No nos iremos hasta que usted salga y hable con nosotros! —Se oía más como su padre como nunca antes lo había oído.

—Fagan —susurré avergonzada. Tenía ya suficiente encima como para que él lo empeorara.

—Te dije que te mantuvieras lejos, Cadi Forbes, ¡y ahora regresas con este chico maleducado contigo! ¡Sigan su camino! ¡Salgan de aquí!

La cara de Fagan se puso de un rojo oscuro. —No es mi intención ser maleducado, señora, pero nosotros, es decir, Cadi y yo, necesitamos hablar con usted. No queremos hacerle daño. —Me dio un codazo—. ¡Díselo!

—¡No queremos hacerle daño, señora! —grité para confirmar su declaración—. Y le trajimos algo.

Después de un buen rato, Bletsung Macleod abrió la puerta y salió al porche de enfrente. Ahora tenía puesta una falda desgastada oscura y una blusa azul desteñida; se había recogido el pelo en una trenza apresurada. —¿Por qué no puedes dejarme en paz, Cadi Forbes? —dijo con un tono desesperado—. ¿Por qué no puedes mantenerte lejos de este lugar abandonado?

—Tengo que unir las piezas. —Sabía que nada de lo que decía tenía sentido para nadie, ni siquiera para mí. Fagan me miró con curiosidad, pero no dijo nada.

Bletsung Macleod se quedó en las sombras, parada cerca de un poste. Me hizo recordar a la cierva, lista para irse saltando a la primera señal de peligro. Y parecía extraño, ya que era adulta y todo eso. Verla así hizo que todos mis propios temores se escurrieran, y en lugar de eso me sentí llena de una ternura extraña y lástima por ella. —Nos tiene miedo, Fagan.

Él también lo había percibido. —Iremos lentamente.

Al acercarnos, ella miró rápidamente hacia el bosque; sus movimientos eran tensos por un momento. Miré hacia el bosque también, y me preguntaba si ella había visto algo como un oso o una pantera, pero no había nada más que lo usual. Entonces Fagan y yo seguimos avanzando hasta que nos quedamos parados a la derecha de sus gradas de enfrente. Puse la guirnalda de flores en el porche, a sus pies, y luego me retiré.

Se inclinó, la recogió y la miró. Tocó los pétalos morados y luego me miró, perpleja. —Gracias, Cadi. —Se escuchó casi como una pregunta. Su mirada se dirigió hacia Fagan, y lo examinó con el ceño levemente fruncido—. ¿Y cuál es tu nombre, muchacho?

—Fagan, señora. Fagan Kai.

De hecho, se puso más cautelosa. —¿El hijo de Brogan Kai?

—Sí, señora.

—No te pareces a él.

—No, señora. La gente dice que me parezco a mi mamá.

Inclinó su cabeza para examinarlo. —Sí, es cierto. Tienes los ojos de tu madre. —Ladeó la boca con tristeza—. ¿Cómo está Iona estos días?

—No se queja.

—Supongo que no lo haría. —Bletsung Macleod miró hacia el bosque otra vez y luego dio un paso adelante, con su mano delgada, desgastada por el trabajo, puesta en el pasamanos—. Ella consiguió lo que quería. —Suspiró y nos miró otra vez. No nos preguntó por qué habíamos llegado. No iba a hacerlo así de fácil.

Fagan se olvidó por completo del Devorador de Pecados. —¿Y cómo es que usted conoce a mi madre?

—Todos conocen a todos en este valle. —Su voz sonaba profundamente cansada.

—Nunca había escuchado nada de usted hasta hace algunos meses.

Me preguntaba si Fagan sabía lo agresivo que se escuchaba.

Bletsung Macleod cerró sus ojos y bajó la cabeza.

—¿Por que dices cosas que le duelen? —susurré violentamente.

Fagan hizo una mueca de dolor. —No estoy tratando de lastimarla. Sólo quiero saber la verdad. —Miró a la mujer en el porche—. La gente dice que usted pudo haber matado a su papá y a su mamá.

Ella levantó la cabeza y lo miró, con sus ojos azules oscuros del dolor. —¿De veras? ¿Qué más dicen?

Convencida de que Fagan había hecho un lío de nuestra visita, le agarré la manga de la camisa, y esperaba que al sentir mi mano se detuviera. Pero no sucedió.

—Algunos dicen que usted está loca.

Entonces se quedó callada, y nos miró a los dos.

—Cadi dice que usted es una encantadora de abejas y ella cree que usted podría saber algo del Devorador de Pecados.

Pude sentir la mirada fija de Bletsung Macleod. Preocupada, examinó mi cara. —¿Qué edad tienes, Cadi?

—Diez, señora.

—¿Estas enferma? ¿Tienes un tumor o algo que te esté arrancando la vida?

—No, señora.

—Entonces vete a casa y olvídate del Devorador de Pecados.

—No puedo.

Fagan dio un paso adelante. —Ella tiene que hablar con él, y yo también.

—Él no dejará que se le acerquen.

—Tengo que preguntarle algo.

Sus ojos destellaron. —¡Preguntas! Metiendo la nariz donde

no deben. ¿Y para qué? ¿Para que puedan llevar más rumores como los de sus padres? Bueno, ¡no los ayudaré! —Comenzó a retirarse.

—Supongo que si usted no nos ayuda, nosotros mismos encontraremos al Devorador de Pecados —dijo Fagan con la barbilla resaltada.

Bletsung Macleod se volteó hacia nosotros otra vez y se inclinó hacia adelante, de manera que el sol brillaba en su cara. Se veía medio loca. —¡Déjenlo en paz! ¡Dejen de buscarlo como si fuera un animal sin sentimientos! —Me miró directamente a los ojos—. Por misericordia, Cadi Forbes, él ya se echó encima los pecados de tu abuelita. Una vez casi te mata una pantera, ¿verdad? Y él se habría echado encima también tus pecados entonces. ¿No puedes estar agradecida por él y dejarlo en paz?

Me cubrí la cara con las manos y sollocé. Fagan me rodeó con sus brazos y me abrazó fuerte, como a veces lo hacía Iwan. —¡No tiene por qué hablar así con ella ni hacerla llorar!

—Tú eres su amigo, Fagan Kai. Hazla razonar —dijo con cansancio y regresó a su casa. Los dos escuchamos la barra caer pesadamente en su lugar.

Fagan trató de contentarme en el largo camino de regreso a casa, pero algunos sentimientos tienen que irse solos. No puedes discutirlos ni olvidarlos. A veces, ni siquiera tienen sentido. Sólo tienes que seguir adelante.

No tenía ganas de cazar con Fagan. No me importaba pescar, recoger flores ni hacer otra cosa sino lo que mi mente había determinado hacer. Entonces, cuando llegamos al Riachuelo Kai, le dije que me iba a casa.

Mientras caminaba en el bosque, se me ocurrió como un destello cegador de un relámpago de verano: La única manera en que Bletsung Macleod podía haberse enterado de lo de la pantera era que el mismo Devorador de Pecados se lo hubiera contado.

Fagan volvió conmigo tres días seguidos pero después se negó y se fue de caza. "Ella no sabe nada del Devorador de Pecados."

Lo seguí un rato, ya que esperaba hacerlo cambiar de opinión, pero después volví y vigilé otra vez detrás de la cortina de laurel montañés. Cabeceé por el calor de la humedad de la tarde. Cuando me desperté, vi a Bletsung Macleod, apoyada en su ventana. Me acerqué, y me pregunté qué hacía hablando sola.

Entonces lo vi. Un hombre, sentado debajo de su ventana.

Bletsung Macleod no lo miraba, y él estaba sentado con la cabeza inclinada. ¿Era un sombrero lo que tenía puesto? No, ¡era una capucha!

Mi corazón se aceleró y me moví sigilosamente por la orilla del césped denso, con cuidado de no hacer que algo se moviera.

Bletsung miraba hacia las montañas cuando hablaba. Aunque yo pude acercarme un poco, estaba demasiado lejos como para escuchar algo. Ella habló y después escuchó. Yo deseaba poder oír lo que se decían. Parecían no tener prisa para terminar su conversación. Nadie había muerto, así que era seguro que ella no le estaba diciendo que lo necesitaban en otro funeral.

Con el corazón que me latía con fuerza, miré, intrigada y maravillada por su camaradería.

Bletsung Macleod se calló y escuchó por un buen rato. Sus labios volvieron a moverse y se inclinó más en la ventana; extendió su mano hacia donde él estaba. Él levantó su mano para alcanzarla. Sus dedos estaban a una distancia mínima cuando él se retiró. Se levantó y se dirigió rápidamente hacia el bosque. Vi que se volvía a escabullir, y quién sabe cuánto tiempo pasaría antes de que volviera, ahora que sabía que yo lo estaba buscando.

"¡Devorador de Pecados!" grité. Yo estaba en la maleza y corrí. "¡Devorador de Pecados! ¡Espere! ¡*Espere!*"

El hombre corrió.

"¡Cadi, no!" Bletsung Macleod me interceptó y me agarró antes de que llegara al bosque. "Cadi, no. No debes . . ." Las lágrimas le corrían por las mejillas. "Ay, niña, niña . . ."

Luchando y pateando, obtuve mi libertad y corrí hacia las sombras; lo perseguí y le gritaba que se detuviera, que me esperara.

No lo hizo.

Seguí corriendo, empujando las ramas enredadas hasta que me quedé totalmente perdida en los rododendros. Sin aliento, me detuve y miré a mi alrededor. Escuché, esperando oír algún ruido de él mientras escalaba más alto, escondido entre los peñascos que estaban arriba mío.

Nada.

"Devorador de Pecados, ¿dónde está?" Mis pulmones ardían y el corazón me latía con fuerza.

Silencio.

"¡No voy a volver hasta que haya hablado con usted!" Seguí, impulsándome a través de la enredadera verde. Escalé cada vez más alto, llorando, perdida y asustada, pero decidida.

Me detuve otra vez, jadeando. —Por favor. ¡Tengo que hablar con usted! —Un rayo blanco iluminó el cielo gris nublado y mi piel hormigueaba. El golpeteo de la lluvia salpicó las hojas y un trueno retumbó—. ¡Devorador de Pecados! ¡Devorador de Pecados!

—Aquí estoy.

Me volteé violentamente hacia el sonido de su voz, que estaba perdida en alguna parte en los espesos rododendros. Estaba cerca, muy cerca. —No puedo verlo. —Avancé a través de varias ramas.

—Puedes hablar desde donde estás.

Me quedé parada y quieta por un momento. —Dejé unas conservas para usted en la tumba de la Abuelita, pero usted nunca volvió.

—No sabía de tu amabilidad para conmigo.

—Ya no están allí. Fagan quebró el frasco. Conseguiré más si quiere. Mamá tiene un estante lleno de frascos. No le hará falta uno.

—No, no lo hagas. No lo necesito.

No, él tenía pan fresco y miel de Bletsung Macleod. —Las conservas van bien con el pan.

Escuché el susurro de las ramas y supe que estaba a la misma distancia que había estado antes. Cada paso que yo daba, él se alejaba otro, quizás dos.

La pena se apoderó de mí. —Usted habla con Bletsung Macleod. ¿Por qué no habla conmigo?

—Estamos hablando, ¿verdad? —Había un humor suave en las palabras.

Ahora su voz venía de otra dirección. Me volteé otra vez y seguí. No le presté atención a dónde me dirigía, y apenas vagamente me di cuenta de que estaba progresando con más facilidad. —¿Podría llevarse mis pecados, Devorador de Pecados?

—Sabes que lo haré, Cadi. Cuando sea hora. A menos que yo ya no esté. Entonces habrá otro que tome mi lugar.

—Quiero decir *ahora*.

—No se hace de esa forma, cariño.

Me detuve, con el corazón destrozado. —Pero ¿por qué no? ¿Qué puedo hacer para demostrar que lo siento? Haría cualquier cosa. —Se quedó callado por tanto tiempo que pensé que me había dejado allí sola—. ¿No hay perdón para alguien como yo, Devorador de Pecados? ¿Qué puedo hacer para enmendar lo que hice?

—Puedes hacer el bien de aquí en adelante, Cadi. Eso es lo que se hace. Ayudas a otros sin pensar lo que te costará. Vives tu vida para agradar a Dios Todopoderoso. Y tienes esperanza, Cadi. Esperas y oras que al final él te perdone. Tratas de arreglártelas así.

Se oía tan dolorosamente triste que sentía el corazón y la

garganta tensos. —Yo lo intento, Devorador de Pecados, lo intento mucho, pero eso no cambia lo que ya se hizo.

—No, no lo hace.

—Siento pedirle que se encargue de más, Devorador de Pecados, pero no sé quién más puede ayudarme. Y no puedo buscar al hombre de Dios con mis pecados encima.

—¿Qué hombre de Dios?

—El extraño que ha llegado al valle. Está en el río. Vino por el Estrecho y habla en el nombre del Señor. —El Devorador de Pecados no dijo nada por tanto tiempo que volvía a gritarle—. ¿Dónde está?

—No te he dejado, Cadi, querida. Quédate quieta y escúchame.

—Lo escucho.

—Si yo trato de quitarte tus pecados, ¿harías algo por mí a cambio, Cadi Forbes?

—¡Cualquier cosa! —Mi corazón latió aceleradamente—. ¡Haré *cualquier cosa!*

—Ven mañana otra vez. Bletsung Macleod te mostrará el camino. Tráeme lo que sea necesario para la ceremonia. Me comeré el pan y beberé el vino y diré la oración, y veremos qué es lo que Dios permite.

Comencé a temblar con emociones que batallaban dentro de mí. Esperanza. Gozo. Miedo.

—Cualquier cosa que ocurra, Cadi, tienes que prometerme que harás lo que yo te pida. ¿Lo harás?

—Lo prometo.

—¿Me das tu palabra?

—¡Sí! ¡Se lo prometo! Se lo juro, Devorador de Pecados. Haré cualquier cosa que usted me pida.

Hubo silencio por un buen rato, y luego habló suavemente.

—Sigue caminando, Cadi. Unos cuantos pasos más. ¿Ves el camino?

—Sí.

—Hasta mañana, entonces, y que Dios tenga misericordia de los dos. —Ya no lo escuché más después de eso.

El camino me hizo descender la montaña hacia la pequeña pradera de Bletsung Macleod. Llegaba directamente hacia el espacio que estaba debajo de su ventana. Ella estaba allí, esperándome. Tan pronto como aparecí en la orilla del bosque, salió a recibirme. Pensé que quería reprenderme por haberla golpeado y pateado. Tenía derecho de hacerlo.

—¿Te dejó hablar con él?

Levanté los ojos y no vi nada de ira. —Sí, señora. Creo que él pensó que yo no dejaría de seguirlo a menos que hablara con él.

—¿Te sientes mejor por haberlo hecho?

—Un poco, señora, pero me sentiré mucho mejor mañana.

—¿Mañana?

—Me dijo que volviera mañana con pan y vino.

—Oh. —Levantó la cabeza y miró hacia la montaña, preocupada.

—Siento mucho haberla pateado, señorita Macleod. Tenía que hablar con el Devorador de Pecados. Es sólo que . . .

Ella me miró y pasó su mano suavemente por mi pelo. —Te perdono, Cadi. Lo entiendo. —Sus ojos se humedecieron—. Todos debemos hacer lo que tenemos que hacer. Vete a casa ahora. —Mientras me alejaba, gritó—: ¿Cadi? Ven mañana a la cabaña, si quieres. Después de que hables con el Devorador de Pecados. Te tendré unos pastelillos de miel listos.

Su invitación me sorprendió y me conmovió profundamente.

—Muchas gracias por su bondad, señora. —Salí corriendo, contenta. Todo lo que necesitaba ahora para terminar mi búsqueda eran las cosas necesarias para la ceremonia. Y yo sabía a quién podía apelar para que me las diera.

—Ahora, me pregunto para qué quieres vino y pan —dijo la señora Elda con una sonrisa irónica—. Crees que has encontrado al Devorador de Pecados, ¿verdad?

—¡Sí lo encontré! Vive en la Montaña del Muerto, como usted dijo.

—No vayas a difundir quién te lo dijo. Brogan Kai se ofenderá por haberme entrometido. ¿Lo vio Fagan también?

—Fagan se rindió y se fue de caza.

—Qué lástima, pero, por otro lado, quizás ese chico me traiga otra ardilla para la olla.

—Yo podría traerle panceta y venado ahumado, si quiere.

—¿De veras, podrías? Vas a pedir permiso esta vez o sólo lo robarás delante de las narices de tu madre, como lo hiciste con aquellas conservas de bayas?

Me sonrojé. Siempre tenía mis pecados frente a mí. —Pediré permiso. Lo prometo.

—También podrías pedirles pan y vino.

El calor se me quitó de la cara. —No, señora, no podría.

La señora Elda tomó mi mano. —Tal vez pedirles les daría una señal de lo profundamente dolida que estás por dentro.

—Lo saben. —Mamá debe creer que está bien que sufra. Pero podía ver que ella también sufría, y era un sufrimiento que yo le había ocasionado.

La anciana le dio unos golpecitos a mis manos tiernamente.

—Supongo que ellos también cargan su propia culpa, Cadi.

Fruncí el ceño; me extrañaron sus palabras. —Mamá y papá nunca han hecho nada malo.

—¿Eso crees?

Retiré mis manos de las de ella. —Lo sé.

—Cariño, niña, todavía no sabes nada de este valle ni de la gente que vive en él. —Apartó la mirada, inclinó la cabeza hacia atrás y cerró los ojos—. Bueno, no importa. No importa cuán profundamente se entierre la verdad, siempre sale a la luz.

Salí de casa antes del amanecer, con cuidado de no despertar a nadie. La luna estaba llena e iluminaba la pradera. Me preguntaba qué sería del hombre de Dios allá abajo, en el río, mientras corría por el sendero que llevaba a la cabaña de la señora Elda. Su farol estaba encendido. Cuando toqué la puerta, ella me gritó que entrara y dijo: —He estado despierta toda la noche pensando en ti. Todo está listo, querida.

En la mesa había una jarra medio llena de vino de mora, una pequeña hogaza de pan y un sudario blanco.

La abracé. Ella me devolvió el abrazo. Cuando me retiré, tomó mi cara con sus manos. —Dile al Devorador de Pecados que la señora Elda Kendric le manda un cálido saludo. ¿Me harías el favor, Cadi?

—Sí, señora.

—Y dile algo más de mi parte, por favor, Cadi. Dile que no me he olvidado de su nombre.

—¿Me lo puede decir, señora Elda?

—Ese es asunto de él, querida niña. —Sonrió tristemente y me soltó—. ¿Te vas a encontrar con Fagan allí?

—Fagan no sabe que voy. Esto es entre el Devorador de Pecados y yo.

—Y Dios. Nunca olvides que Dios es el que nos dirá sí o no al final.

—Nunca he podido sacarlo de mi mente. —Era el temor a él lo que me impulsaba. Quería desesperadamente que me limpiaran de mis pecados para no ser juzgada tan severamente y pasar la eternidad quemándome en el infierno.

—Estaré pensando en ti, Cadi. Te tendré en mis pensamientos hasta que vuelvas y me cuentes todo. Así que no me dejes preguntándome qué pasó. ¿Me oyes?

Se lo prometí, tomé el sudario, el vino y el pan y me apresuré. Mi meta estaba a mi alcance. Mi alma por fin estaría en paz dentro de mí.

El camino que estaba detrás de la cabaña oscura de Bletsung Macleod serpenteaba hacia la cima. Cuando llegué estaba cansada de tanto correr. Era una buena distancia desde nuestro extremo del valle. Me detuve para descansar y levanté la mirada hacia la montaña. ¿De dónde vendrá mi socorro? Preguntándome si tendría que escalar hasta la cima antes de encontrar al Devorador de Pecados otra vez, me puse en camino, determinada a encontrar mi salvación.

El Devorador de Pecados llegó a recibirme. —Aquí estoy, Cadi. —Su voz suave y profunda llegó suavemente desde el bosque—. No necesitas subir más.

—Traje el vino y el pan, señor. La señora Elda me los dio. —Mi corazón latía ferozmente. Le tenía mucho miedo—. Dijo que le dijera que ella piensa en usted con cariño y que no se ha olvidado de su nombre. —Di una vuelta completa y aun así no pude verlo.

—Dile que se lo agradezco —dijo suavemente desde los árboles que había en la pendiente empinada que estaba arriba.

—¿Podría decirme su nombre?

—Ya no tengo nombre. Perdí todo lo que era y alguna vez esperaba ser.

Me mordí el labio, y vacilé. —Lamento estar pidiéndole más.

—Acuéstate en la tierra, Cadi, y ponte encima el manto blanco. Y luego coloca la botella de vino y el pan encima de tu pecho.

Lo hice, temblando violentamente. Puse la jara y el pan a mi lado donde pudiera palparlos y me acosté en la tierra fría, levanté el sudario y me cubrí desde los pies hasta la parte de arriba de la cabeza. Busqué a tientas la jarra y el pan y los coloqué en mi pecho; los sostuve para que no se cayeran.

Temblorosa, escuché al Devorador de Pecados salir de su escondite en la verdura del bosque. Sus pasos eran suaves. Cuando llegó bastante cerca, lo oí suspirar.

—¿Quieres decirme lo que hiciste y qué te lastima tanto, Cadi Forbes?

El calor de la vergüenza se apoderó de mí. —¿Tengo que hacerlo? ¿Le dijo la Abuelita todos sus pecados? ¿O cualquiera de los demás antes de morir?

—No.

—¿Sabía qué eran después de que se los echó encima?

—Sabía de algunos de sus pecados, Cadi. Como los sabía cualquier persona. Algunos pecados son tan claros como el día. Otros están escondidos muy profundamente en el corazón. Esos son los peores. Los pecados secretos son como un cáncer para el alma. Nunca sé cuáles son. Sólo . . . tomo lo que se me da.

—No quiero decir en voz alta lo que hice. —Estaba temblando y mantuve mis ojos bien cerrados—. No quiero que usted lo sepa.

Tomó la jarra de vino y la pequeña hogaza de pan. Tuvo mucho cuidado de no tocar mis manos. Pensé que no quería mancharme más con los pecados que ya tenía encima. Y entonces habló. "Señor, Dios Todopoderoso, estoy dispuesto a tomar los pecados de Cadi Forbes . . . si tú estás dispuesto."

Me dolía la garganta por las lágrimas. Se oía tan triste, tan profundamente cargado. Lo escuché comerse el pan y beber el vino y me sentí avergonzada. Esperé, casi sin respirar, y oraba para que se me quitara los pecados. Esperé para que se me quitara la carga, para que mi corazón no se sintiera tan pesado dentro de mí, como una piedra que me jalaba hacia la oscuridad.

No sucedió nada.

"Ahora os doy alivio y descanso, Cadi Forbes, querida niña, para que no caminéis en los campos, en las montañas ni en los caminos. Y para vuestra paz, empeño mi propia alma."

Yo seguía acostada, como si estuviera muerta; esperé y esperé. No sentí alivio. Me sentía más pesada que nunca, tan pesada que pensé que me hundiría en la misma tierra y que me tragaría.

Había escuchado la suave voz del Devorador de Pecados y lo escuché comerse la comida de mis pecados. No había sentido nada de tranquilidad, sino una angustia terrible y absorbente y lástima por el hombre que tenía al lado. Él había intentado —y no había logrado— salvar mi alma.

Sabía que estaba condenada.

—¿Por qué lloras tanto, Cadi Forbes?

Había llegado al final de mi lucha, y tenía enfrente mi destino. Dios me conocía por lo pecadora que era. Dios decidiría qué hacer conmigo. Sabía lo que merecía: muerte y un foso en llamas de tortura y condenación eterna.

Me acurruqué de lado, amontoné el sudario en mi cara y lloré. —¿Qué tengo que hacer para salvarme?

El Devorador de Pecados suspiró. —Quisiera saberlo, Cadi. Ay, cómo quisiera saberlo. —Se levantó, se apartó de mí y se quedó parado en la sombra del bosque. Esperó allí, y me dejó que llorara hasta que me quedé sin lágrimas—. Dijiste que harías cualquier cosa que te pidiera, sin importar lo que sucediera, Cadi. ¿Te acuerdas?

—Me acuerdo. —Levanté la cabeza con la torpeza que me agobiaba. Él se movió detrás de un árbol, escondiéndose de mí.

—¿Vas a cumplir tu promesa a un Devorador de Pecados?

—Voy a cumplirle mi promesa. —No necesitaba más pecados en mi conciencia.

—Entonces esto es lo que te pido.

Después de que me lo dijo, supe que mi vida pronto acabaría.

ONCE

—¿Desde cuándo está así? —preguntó papá desde donde estaba parado y me miraba acostada en mi catre.

—Desde que llegó a casa. —Mamá estaba parada detrás de él.

Se arrodilló y me tocó la frente. —¿Comiste algo en el bosque? —Como sacudí la cabeza, frunció el ceño—. No tiene fiebre.

—Sale todo el día, todos los días. Desaparece cuando termina sus quehaceres.

—¿Y a dónde va?

—No sé.

Papá apretó su mandíbula mientras me quitaba el pelo de la cara. —¿A dónde vas, Cadi? ¿Por qué te quedas afuera tanto tiempo?

Los labios me temblaban; me volteé hacia la pared. Podía haberle dicho lo que me afligía. Puro miedo, entrañable y que se esparcía a cada parte de mi cuerpo. El Devorador de Pecados me había dicho lo que quería y me recordó que le había dado mi palabra. Ay, si no hubiera estado tan desesperada y descuidada como para prometer antes de saber lo que quería. Y ahora ya era demasiado tarde para retractarme. Pero decirle todo a papá sólo les ocasionaría problemas a otras personas, y yo ya tenía suficientes problemas.

Papá miró a mamá. —¿Te ha dicho a dónde ha ido?

—No le he preguntado.

Papá se levantó, enojado. —¿Y por qué no? ¿Acaso no te importa?

—No puedes cambiar su naturaleza, Angor.

—¿Entonces la dejas que crezca de manera salvaje? ¿La dejas que se haga amiga de los espíritus?

Vi cuando mamá le dio la espalda. —Vi que se sentía mal y le dije que se fuera a la cama —dijo con una voz débil.

—Me parece que podrías haberle preguntado por qué se siente tan mal.

—Dudo que me lo diría.

—Qué excusa más conveniente.

—¿De qué sirve tratar de hacerte entender? —Caminó al otro lado de la habitación y se sentó frente a su telar. Apretó las manos sobre sus rodillas y miró hacia adelante—. ¿Realmente piensas tan poco de mí, Angor? ¿Crees que tus palabras ásperas no pueden lastimarme?

Él la siguió, con la espalda rígida. —No más de lo que tú lastimas a los demás con tu silencio. ¡Elen se fue! ¡Está *muerta*! ¿No tienes miedo de perder también a Cadi?

—La perdí hace mucho tiempo. —Levantó sus manos, que temblaban, para trabajar—. A las dos al mismo tiempo.

—¡Ahhhh . . . ! —Papá agitó su mano con disgusto en el aire—. Voy a buscar a Gervase Odara.

La curandera me hizo tomar un tónico. No era miel, vinagre y vino de moras. Era algo con un sabor asqueroso que supuestamente sacaría cualquier veneno que me estuviera haciendo daño. Y lo sacó, y añadió a mis tribulaciones. Ella se quedó conmigo todo el día y me sostuvo la cabeza y después me bañó. Me sentía totalmente vacía.

Cuando llegó la noche, Gervase Odara cabeceaba en la silla que estaba al lado de mi catre, mientras que papá estaba sentado afuera en el porche y mamá estaba sentada frente a su telar. No hacía nada con sus manos; sólo las tenía sobre sus rodillas y miraba silenciosamente por la ventana.

Yo me sentía como un ave solitaria en el techo. Mi corazón se marchitaba como césped que ardía en llamas dentro de mí. Estaba acostada en mi catre, y sabía que el primer aliento de Dios sobre mí iba a mandarme directamente al infierno.

Me comí el pan que Gervase Odara me dio, aunque sabía a ceniza, y me tragué las lágrimas, que se mezclaron con la leche fresca y caliente que Iwan me había llevado. Él se sentó conmigo un rato, sin hablar de algo en particular, por lo menos algo que yo recuerde.

En la noche, estaba decidida. Cumpliría mi promesa al Devorador de Pecados, pasara lo que pasara.

"Se ve mejor," dijo Gervase Odara, porque si uno podía comer, ella creía que estaba recuperándose. Yo no podía decirle que esa había sido mi última comida antes de que estuviera totalmente perdida. Se puso su chal y se fue a casa. Papá, aliviado, se fue a la cama, y roncó tan pronto como puso la cabeza en el colchón de paja. Iwan hizo lo mismo en el catre del porche.

Sólo mamá se quedó sentada un poco más a la luz de la luna; su cara hermosa estaba pálida, como una máscara blanca. Se levantó después de un rato, se soltó el pelo, lo cepilló y se lo trenzó para dormir. Luego se acercó y se sentó un buen rato al lado de mi catre, sosteniendo fuertemente el chal que la cubría. Se inclinó y colocó su mano en mi frente. Yo me quedé bien quieta y disimulé estar dormida, con la garganta tensa y que me dolía.

"No sé cómo arreglar las cosas entre nosotras, Cadi. Creo que el mismo Dios tendrá que hacerlo."

Pensé que Dios arreglaría las cosas en la mañana. Para entonces yo ya estaría muerta.

Ay, cómo ansiaba la compañía de Lilybet. ¿A dónde había ido? ¿Por qué no vino cuando más la necesitaba? Y la Abuelita.

Cómo la extrañaba y anhelaba hablar con ella otra vez. Recordé la noche en que la enterraron y la primera vez que puse los ojos en el Devorador de Pecados. Había llegado para quitarle sus pecados. Pero ¿lo había hecho? Y si lo había hecho, ¿de qué servía que te quitaran los pecados si ya estabas muerta en la tumba?

"Las águilas vuelan más alto en la tormenta. . . . Los árboles crecen recios con los vientos fuertes. . . . Nuestras montañas y el valle beben agua de las lluvias del cielo." Lecciones de la Abuelita. Y no podía evitar preguntarme. ¿Recordaría a aquellos que amaba tanto cuando ya no estuviera?

Cuando todos estuvieron en cama, dormidos, me levanté de mi catre y bajé por el camino de la montaña para cumplir la promesa que le había hecho al Devorador de Pecados.

La luz de la luna brillaba en las ondas cuando me paré en la orilla del río, mirando hacia el campamento al otro lado. El hombre de Dios estaba allí, sentado en el campo abierto, con sus brazos sobre sus rodillas levantadas y su cabeza inclinada. No podía decir si estaba dormido o despierto. La verdad era que no importaba. El miedo se había apoderado tanto de mí que quería dar la vuelta y salir corriendo rápidamente, como lo había hecho antes. Quería estar lejos de este lugar, de este hombre.

"Quiero que escuches la palabra de Dios, Cadi Forbes, y luego vuelve a mí."

Le había dado mi palabra y no podía faltar a ella. "Tengo que cumplir mi promesa," susurré en voz baja, tratando de darme valor. "Tengo que cumplir mi palabra."

"Pasa el río hacia la Tierra Prometida," el hombre de Dios había gritado una vez. *"Pasa el río . . ."*

Cuando di el paso entre el agua fría penetrante y comencé a cruzarlo, la corriente me jaló las piernas. Era un trecho amplio de piedrecitas redondas y resbaladizas. Cuando había cruzado el río antes, siempre había sido más arriba, donde podía saltar de una roca a otra y nunca tocar el agua. El río aquí me llegaba a las rodillas. Me preguntaba cómo sería resbalarse y caer y que la corriente me llevara al Estrecho y hacia las cataratas. Unos cuantos momentos de terror y después oscuridad.

Justicia.

Cuando vi al hombre de Dios levantar la cabeza, me detuve a la mitad del río, con el corazón que se alojaba en mi garganta como un ave que aletea. Estaba en el campo abierto, donde podía verme claramente con la luz de la luna. Cerré los ojos y esperé que el rayo cayera y me matara. Pasó un rato, luego otro, y después otro. Abrí los ojos cautelosamente. Todavía estaba sentado, y todavía me miraba. Callado, esperando.

Avancé lentamente, y sentí el camino con los dedos de los pies entumecidos. Temblando, caminé lentamente por la orilla y me detuve frente a él, esperando que llegara el final.

"Pero si apenas eres una niña." Se oía decepcionado.

Dejé caer la cabeza y me quedé callada, avergonzada por mis pecados y triste porque era yo quien había venido y nadie más. Debía haber sido papá, mamá, Gervase Odara o cualquier otro que hubiera venido a escuchar la palabra del Señor. Debía haber sido el mismo Brogan Kai, que llevaba a la gente de nuestro valle montañoso a escuchar lo que Dios tenía que decirnos. ¿Qué vergüenza era que yo, la menos digna, fuera la única? *Una niña.* Oh, no. Era peor que eso. Yo era una niña asustada y cobarde, un recipiente de pecado que había llegado tan bajo que ya sólo me faltaba el juicio.

—Siéntate —dijo el hombre de Dios, y lo hice, con las piernas cruzadas, las manos unidas sobre mi regazo. Podía sentir que me examinaba—. Estás tiritando. —Extendió su mano y levantó un abrigo oscuro de lana.

—No tengo frío, señor. —Era el puro terror el que me tenía temblando tanto.

Levemente ladeó la cabeza, como para mirarme mejor. Puso a un lado el abrigo. —"El principio de la sabiduría es el temor de Jehová."

Mi garganta estaba tensa y el pulso me latía. Recordé esas palabras. Las había dicho antes.

—¿A qué has venido?

Tragué espeso. —A escuchar la palabra de Dios, señor. —Seguí adelante y supliqué antes de que tuviera tiempo de decir que no—. Yo sé que la palabra de Dios no es para gente como yo, señor, pero hay otra persona que ansía las palabras que usted trae y no puede acercarse. —Como un susurro en el oído, recordé las palabras de la señora Elda—. No, no es uno, señor. Son dos.

—¿El chico que se esconde en los arbustos?

Me había olvidado por completo de Fagan. —Otros dos —corregí otra vez.

—¿Y qué impide que vengan por su propia voluntad?

Se oía tan severo que tuve que mover la boca para tener suficiente saliva para hablar. —La señora Elda es muy anciana y frágil como para hacer el viaje. Dice que usted puede ir a verla, si quiere.

—¿Y el otro?

—Se supone que él no debe atreverse a entrar al valle a menos que alguien muera. Creo que se metería en muchos problemas si lo hiciera.

El hombre de Dios no dijo nada por un buen rato. Inclinó su cabeza y se quedó así, como si estuviera pensando profundamente. Me preguntaba si le estaba pidiendo permiso a Dios para hablar conmigo. Las palmas de mis manos se humedecieron. Cerré los ojos y esperaba que le dieran permiso —y que yo no cayera muerta donde estaba.

Levantó la cabeza levemente. —"Cercano está Jehová á los quebrantados de corazón; Y salvará á los contritos de espíritu."

Su voz profunda era tan tierna que mi corazón disminuyó su ritmo desenfrenado. Me di cuenta de que podía respirar de nuevo.

"Porque Jehová da la sabiduría, Y de su boca viene el conocimiento y la inteligencia. El que habita al abrigo del Altísimo, Morará bajo la sombra del Omnipotente. Jehová redime el alma de sus siervos; Y no serán asolados cuantos en él confían."

Extendió sus manos y levantó su cara hacia los cielos. El tenue brillo de la luna me mostró sus rasgos. Su expresión tenía un éxtasis extraño. "Mas tú, Jehová, eres escudo alrededor de mí: Mi gloria, y el que ensalza mi cabeza. Con mi voz clamé a Jehová. Yo me acosté, y dormí, Y desperté; porque Jehová me sostuvo en contra de los que pusieron cerco contra mí. Y me has traído una a escuchar tu palabra eterna. Oh Padre, el espíritu del Señor Jehová es sobre mí, porque me ungió Jehová; hame enviado á predicar buenas nuevas á los abatidos, á vendar á los quebrantados de corazón, á publicar libertad á los cautivos, y á los presos abertura de la cárcel; A promulgar año de la buena voluntad de Jehová, y día de venganza del Dios nuestro; á consolar á todos los enlutados; para darles gloria en lugar de ceniza, óleo de gozo en lugar de luto, manto de alegría en lugar del espíritu angustiado; y serán llamados árboles de justicia, plantío de Jehová, para gloria suya."

Apenada, traté de que me penetrara todo, cada palabra. Pero ¿cómo podía recordar lo que tenía poco sentido para mí? Esperé hasta que dejó de hablar. Temblando, fría del miedo, ansiaba entender más que la vida. —Si usted me perdona, señor, ¿puedo preguntarle algo?

—Pedid y se os dará.

—¿Qué es una cárcel, señor? ¿Y de qué cautivos habla? De los únicos que una vez escuché es de los que tomaron los indios hace años y nunca más volví a saber de ellos.

—No hablo de esas cosas.

—Quiero entender. De verdad.

—Señor, dame tus palabras. Abre el corazón y la mente de esta niña para que pueda escuchar la palabra del Señor y la lleve dentro de ella. Tú sabes que nunca he estado con niños . . . —Bajó más la voz hasta que fue un murmullo, tal vez hasta un gruñido.

Cerré los ojos con desesperación. Habría sido mejor que la señora Elda y el Devorador de Pecados hubieran venido. Este hombre no estaba dispuesto a impartir la palabra del Señor a alguien como yo. Y si lo hacía, me era bastante claro que no era probable que yo la entendiera, de todos modos.

Suspiró fuertemente, volvió a levantar la cabeza y me miró.

Esperé, decidida a no moverme hasta que tuviera algo que llevarle al Devorador de Pecados.

"Escucha y aprende, niña. Cuando el mundo era fresco y nuevo, y Dios acababa de darle existencia con su palabra, creó a un hombre y a una mujer y los colocó en el Huerto del Edén. Él los amaba; les dio todo lo que necesitaban y les dio libertad para todo, excepto para una cosa. Ellos no debían comer del fruto de un árbol. Pero un día, en medio del Paraíso, una serpiente, Satanás, se acercó a la mujer y la engañó para que comiera de él y luego le diera el fruto a su esposo para que también lo comiera. Por lo que hicieron Dios los sacó del Huerto del Edén.

"Aunque se arrepintieron, el daño ya había sido hecho. El pecado y la muerte habían sido introducidos al mundo. Con cada generación, el pecado creció como una hierba, hasta que el mismo corazón del hombre fue malo. Con el tiempo, Dios dio leyes para que los hombres supieran qué clase de mal hacían y que buscaran a Dios para que los salvara. Pero ellos eran tercos y duros de cerviz y no confiaron en él. Los que él rescató de Egipto se rebelaron en contra de él y adoraron ídolos. Entonces Dios los hizo vagar en el desierto hasta que todos murieron y luego llevó a sus hijos al otro lado del río Jordán, hacia la Tierra Prometida.

"El hombre todavía no cambió. Pecaron una y otra vez. Dios los castigaba, y ellos se arrepentían y clamaban a Dios para que los salvara. Y Dios los perdonaba por su gracia y misericordia, su bondad y compasión. Prosperaron una vez más pero rechazaron al Señor por otros dioses e ídolos. Generación tras generación."

Entendí, porque ¿acaso no estaba hablando de mí? No importaba cuánto lo intentara, siempre pecaba. El mal me atormentaba y hacía las mismísimas cosas que no quería hacer. Elen. *Ay, Elen.* Cerré mi mente a los pensamientos de ella porque sabía que el dolor asfixiante impediría que escuchara algo más.

"Pero Dios tenía un plan, aun desde el principio del tiempo. Sabía todo lo que sucedería, y sabía cómo hacer el camino para que el hombre regresara a él. Porque el hombre no puede hacer nada por sí mismo. Pero para Dios todo es posible."

Se detuvo brevemente, luego se levantó y caminó de un lado a otro. Después de un rato, volvió y se agachó. "Lejos de aquí hay un lugar donde comenzó la civilización, que se llama Judea. Hace mil ochocientos cincuenta años, en los días del rey malo Herodes, Dios envió a su ángel Gabriel a una ciudad cerca del Mar de Galilea que se llama Nazaret, a una muchacha virgen que iba a casarse con un hombre que se llamaba José. El nombre de la virgen era María. El ángel le dijo que no tuviera miedo porque Dios la había favorecido. El Espíritu Santo llegaría a ella y le daría un niño, y ella tenía que llamarlo Jesús."

Lo miré con los ojos bien abiertos. —He oído de Jesús.

—¿Y qué has oído?

—Mi abuelita decía que Jesús fue traicionado y que lo clavaron en una cruz para que se muriera.

—¿Y?

—Se levantó de la tumba y se fue al cielo, donde todavía está sentado a la mano derecha de Dios. Y él volverá el último día y nos juzgará a todos.

—¿Te enseñó algo más?

—Dijo que tenemos que hacer todo el bien que podamos mientras respiremos, porque se nos juzgará a todos por la manera en que vivimos. Si hacemos lo suficiente, cuando Jesús vuelva, tal vez nos lleve al cielo.

—¿Y tú crees que la gente puede hacer lo suficiente como para deshacer el mal que se ha hecho?

Pensé en Elen. Pensé en las docenas de cosas malas que había pensado y hecho antes de aquel terrible día fatídico, y pensé en las docenas de pecados que había cometido desde entonces. Y lo sabía. Nada —absolutamente nada— sería suficiente para deshacer los pecados de mi alma. Incliné la cabeza, puse mi cara entre mis manos y lloré.

—Ay, niña, tienes una carga muy pesada.

—No hay esperanza. No para mí.

—No llores, niña. Dios *es* tu esperanza. Él no envió a Jesús para condenar al mundo. Lo envió para que todos los que crean en él puedan ser salvos y tener vida eterna.

—¡Pero yo creo! ¡Creo! Y no soy salva.

—Tú crees que Jesús vivió. Crees que fue crucificado y que se fue al cielo. Escucha la palabra de Dios. Jesús nació de una mujer, se fortaleció en el espíritu, hizo milagros y nunca pecó. Ni una sola vez, en pensamiento ni en obras, desobedeció Jesús a Dios el Padre, porque él era Dios, el Hijo encarnado. Fue a la cruz voluntariamente para morir y llevar sobre sí nuestros pecados.

—¡Oh! —Algo que sentí apretado adentro floreció. ¿Sería posible que hubiera entendido correctamente?— ¡Quiere decir que es como nuestro Devorador de Pecados!

—¿Su qué?

—El Devorador de Pecados. Llega cuando la gente muere, se

come el pan, bebe el vino y se pone encima todos sus pecados para que ellos puedan descansar en paz.

—¿Y tú crees esto?

—Todos lo creen. Bueno, casi todos. Yo ya no sé qué creo. Fui a buscarlo para que me quitara mis pecados. Y lo intentó.

—Ningún hombre puede quitarte tus pecados. Sólo Dios.

—Pero la Abuelita decía que Dios ni siquiera puede mirar el pecado. Por eso es que debemos tener al Devorador de Pecados.

—¿Y cómo llegó a existir?

—Creo que lo eligieron.

—¿Cómo?

—No lo sé bien, señor.

—¿Cómo se llama?

—No sé. La señora Elda dijo que tan pronto como se convirtió en el Devorador de Pecados, tuvo que dejar a su familia y vivir solo, y nadie podría volver a mencionar su nombre en voz alta otra vez. Y nadie puede verlo cuando llega a comerse los pecados.

—¿Y qué será de él?

—Supongo que cuando muera, se llevará todos los pecados consigo al infierno.

El hombre de Dios levantó su cabeza y miró hacia el cielo. —Y uno de los enemigos de Jesús que se llamaba Caifás, sumo pontífice, les dijo: "nos conviene que un hombre muera por el pueblo, y no que toda la nación se pierda."

—Así es como se hace, señor. ¿Es malo?

—Es malo y tú debes considerar a este hombre.

—Lo hago, señor. Él fue amable conmigo y ha cuidado de nosotros.

—Y a él lo han engañado y lo han utilizado extremadamente. Si has venido por la verdad, niña, escúchala y recíbela. Sólo Jesucristo, el Cordero de Dios, puede quitar los pecados. Este hombre, a quien llaman el Devorador de Pecados, está siendo utilizado por Satanás para que se interponga en el camino de la verdad. Él es un chivo expiatorio. No tiene poder en sí mismo para nada bueno.

El dolor me invadió al punto que pensé que moriría por eso. ¿Cómo podría decirle al Devorador de Pecados esto sin afligir su corazón fatalmente?

La indicación rosácea del amanecer estaba en el horizonte, y supe que tendría que irme antes de que papá o Iwan se despertaran y se dieran cuenta de que no estaba. Me levanté, con las manos unidas fuertemente. —Muchas gracias por su amabilidad de hablar conmigo, señor.

—No he terminado de hablar contigo, niña.

—Si no me voy ahora, se darán cuenta de que salí y me veré en apuros. ¿Puedo volver?

—Voy a estar aquí hasta que Dios me diga lo contrario. Pero no esperes mucho. No tenemos mucho tiempo.

Empecé a caminar hacia el río y me detuve para mirar hacia atrás. —Señor, tengo que advertirle. Hay algunos que quieren verlo muerto y enterrado.

—Jehová es mi fortaleza y mi escudo.

Me sentí tonta al recordar el relámpago y pensé que Dios podría cuidar de él si quería hacerlo.

El hombre de Dios se sentó y me miró mientras me metí al río. Al llegar salva al otro lado, volteé y levanté la mano. Cuando él levantó su mano como respuesta, sentí una pequeña chispa de esperanza. Me metí en el bosque y corrí a casa.

DOCE

*U*NA EMOCIÓN RARA ME INVADIÓ. NO PUDE SACAR DE mi cabeza lo que el hombre de Dios me había dicho. Me moría por contarle todo a la señora Elda, pero mamá había acordado mantenerme en casa todo el día. Cuando dije que estaba lo suficientemente bien para estar activa, dijo que me veía mejor y me envió a recoger huevos y a cortar arvejas para abrirlas en el porche de enfrente. Trabajé rápidamente, dispuesta a salir. Ah, cómo deseaba hablar de lo que el hombre de Dios me había dicho, pero no me atrevía a hablar ni una palabra de eso con mamá. Ella simplemente se lo diría a papá y entonces tendría que pasar el resto de mis días encerrada en la leñera por desobedecer al Kai.

Cuando terminé de sacar todas las arvejas, mamá me dio la escoba y me puso a barrer la casa y el porche. Al terminar, me llamó para que la ayudara a lavar. Ella era lenta y minuciosa en todo lo que hacía, tan lenta y minuciosa que estuve tensa de pies a cabeza. Me sentía tan atada adentro que temía que algo podría aflojarse de golpe.

"Estás más inquieta que un perro con pulgas," dijo mamá, frotando una de las camisas de papá en la tabla de lavar. Traté de quedarme tranquila, pero era casi imposible.

Mamá se detuvo, se enderezó, y se quitó unos mechones

rizados de pelo oscuro de su frente que tenía gotas de sudor. "Hazlo por un momento." Dio un paso atrás; sus ojos que apenas miraron a los míos. Me miró desde un metro de distancia. "Solías hablar como una urraca. Ahora no dices nada desde la mañana hasta la noche."

Era raro que me dijera eso, considerando sus largos silencios. Sólo me hablaba para decirme qué hacer y nunca quería echarle un vistazo a mis pensamientos.

"Gervase me dijo que has estado pasando tiempo con la señora Elda." Apartó la mirada y miró hacia el valle.

Nerviosa y perpleja, miré a mamá, con un poco de miedo de lo que podría estar pensando. ¿Por qué me hablaba ahora, después de tantos meses de silencio? ¿Por qué hacía preguntas? Hubiera querido que me mirara, que me mirara directamente a los ojos y que se quedara quieta lo suficiente como para que yo sintiera lo que ella sentía y lo que intentaba decir.

Suspiró. "Supongo que extrañas a la Abuelita."

Efectivamente, la extrañaba, pero anhelé decirle a mamá que la extrañaba más a *ella*. Me picaron los ojos por las lágrimas. Había extrañado a mamá mucho antes del fatídico día en que su último pedazo de amor por mí murió.

Mamá sí me miró a los ojos entonces. Nos miramos, pero después de un instante sus ojos saltaron rápidamente hacia mis manos que no hacían nada. "No te olvides de restregar el cuello."

Metí la camisa de papá en el agua y la froté duro en la tabla de lavar, y trataba de frotar para quitarme el dolor que tenía en el pecho. Debo ser verdaderamente terrible para que mamá se sobresalte de esa manera. Se retiró unos cuantos pasos y se quedó parada bajo la sombra, con la cara hacia otro lado. Una vez levantó la mano y se la pasó en la mejilla. Sabía que estaba llorando otra vez. Lágrimas en silencio por Elen, por la Abuelita, por los que había amado y había perdido.

Fagan llegó a nuestra casa el día siguiente. Iwan se lo encontró cuando subía la colina y habló con él por un rato. Después, Fagan se fue a su casa e Iwan volvió a trabajar. Yo estaba ayudando a mamá a pelar y a quitarle el corazón a unas manzanas y a cortarlas en pedazos, para llenar una tina de madera de cuarenta litros y blanquear con azufre. Cuando Iwan llegó a la casa para almorzar, no dijo nada de la visita de Fagan, no hasta que le pregunté directamente por qué había llegado.

Iwan encogió los hombros. —No dijo. —Partió un pedazo de pan y lo sumergió en su tazón de guiso—. Supongo que quería ir de caza, pero yo no tenía tiempo hoy. —Se comió el pan—. Pero dijo que la señora Elda ha preguntado por ti.

—¿Y qué pregunta de ella? —dijo papá, frunciendo el ceño.

—Dijo que no ha visto a Cadi en días y se preguntaba si le había pasado algo malo.

Miré a mamá. —¿Puedo ir a visitarla, mamá? Por favor.

—Pregúntale a tu padre —dijo con un tono monótono, picando su comida, pero sin comer mucho.

—¿Papá?

Me miró firmemente y por un buen rato, aunque ni siquiera pude adivinar qué era lo que él buscaba. —Puedes ir a ver a la señora Elda y a ningún otro lado. Y vuelve a casa antes de que se ponga el sol. ¿Me escuchas?

—Sí, señor. —Recogí mis trastos y salí corriendo por la puerta, como un ratón que evita la mirada del gato. Corrí todo el camino hacia la cabaña de la señora Elda y la encontré sentada y meciéndose en su porche de enfrente.

Se sacó de la boca su pipa de tabaco de siempreviva. —Pensé que te habías perdido en la Montaña del Muerto.

—Me enfermé —dije jadeando y esperé a que mis pulmones dejaran de arder—. Lo vi.

—¿Y te quitó tus pecados?

Sacudí mi cabeza. Todavía sin respiración como para hablar, le hice señas.

—¿Por qué estás señalando hacia el valle?

—Lo vi a *él*.

—¿Allá abajo? Si el Kai se entera de que baja de su montaña, lo pagará duro. Cálmate, niña. No sé qué estás tratando de decirme. Ahora, ve al riachuelo y bebe un poco de agua. No entiendo nada de lo que dices.

Caí de rodillas al lado de su corriente, y me salpiqué agua en la cara caliente y puse un poco entre mis manos para beber. Había corrido tanto que tenía miedo de perder lo que había comido. Esperé unos cuantos minutos hasta que recuperé el aire y mi estómago estuvo tranquilo, entonces me apresuré para volver. —El Devorador de Pecados me hizo prometerle que haría lo que me pidiera, aunque no se pudiera comer mis pecados y quitármelos.

—¿Y no lo hizo?

—Lo intentó, señora Elda. Lo intentó mucho. Se comió el pan que usted me dio y se tomó el vino y dijo las palabras correctas. Y yo me sentí peor por ello.

—¿Peor?

—Sólo podía pensar en él, en lo triste que se oía y en lo que yo le pedí que hiciera por mí. Pero no funcionó. Todo fue en vano.

—Dijiste que te hizo prometer que harías algo por él sin importar lo que ocurriera.

—Me dijo que escuchara la palabra del Señor con el hombre de Dios que acampa en el valle y que volviera y le contara lo que había dicho.

—¿Y fuiste?

—Fui. Antenoche. Pensé que el hombre haría que me cayera un rayo, pero me permitió pasar el río y que me sentara con él. Y ahora, no sé qué voy a decirle al Devorador de Pecados.

—Dile lo que te dijo.

—¡No puedo, señora Elda! Heriría mucho sus sentimientos.

—¿Por qué?

—Porque el hombre de Dios dice que el Devorador de Pecados no tiene poder para quitar los pecados. De hecho, se está interponiendo en el camino de Dios. Lo llamó un chivo expiatorio y dijo que Jesucristo es el Cordero de Dios que quita los pecados y que nadie más puede hacerlo. Dijo que tenía más que decirme, pero yo tenía que volver a casa antes del amanecer o me darían una zurra y me encerrarían hasta que tuviera su edad.

—¿Y vas a volver a escuchar el resto?

—Tan pronto como pueda. Sólo que mamá me mantiene tan ocupada con los quehaceres que no tengo tiempo de ir a ningún lado.

—Pero estás aquí, ¿no es cierto?

—Papá dijo que podía venir, pero tengo que volver antes de que se ponga el sol. Eso no me da mucho tiempo. No puedo ir allá y escuchar la palabra de Dios durante el día. Si alguien me ve, el Kai se enterará y ese hombre morirá de un disparo.

—Bueno, entonces vuelve a casa y dile a tu papá que una anciana que se ha sentido mal últimamente te necesita.

—¿De veras? —La miré, preocupada. No se veía peor de lo usual.

—Deja de mirarme como si tuviera un pie en la tumba. Vete a casa y pregúntale a tu mamá si te puedes quedar unas noches conmigo. Dile que necesito ayuda y que le agradecería mucho si te presta para que te quedes conmigo unos días. Eso te dará tiempo para escuchar todo lo que el hombre tiene que decir. ¿Crees que será un problema para ellos?

—A mamá no le importará. Siempre es papá quien quiere saber lo que estoy haciendo y dónde he estado. Y creo que la única razón por la que está interesado es porque él piensa que tengo la compañía de un espíritu.

La señora Elda me dio una mirada irónica y apretó la pipa con sus dientes. — ¿Y qué le haría pensar una locura como esa? —Agitó su mano para despedirme—. Deja de quejarte y ve a casa a preguntar.

—Probablemente me digan que vaya a buscar a Gervase Odara para que la ayude.

—Diles que ya la vi y que he estado tomando sus remedios, pero ansío un poco de compañía y que alguien me ayude a hacer las cosas. No me mires así, niña. Di exactamente lo que te digo, y si tu papá quiere venir a verme por sí mismo, deja que venga.

—Pero él la verá tan sana y gruñona como siempre.

—¿Eso crees? —La señora Elda se sacó la pipa de la boca, se hundió en su mecedora y dejó la boca abierta y que se le cayeran los párpados. Se veía tan mal como puede lucir una persona sin estar en la tumba. Cuando me reí, se enderezó en su mecedora y me miró con el ceño fruncido como siempre—. Ahora, vete, antes de que recobre el juicio y te diga que te alejes de ese profeta que está allá.

Papá sí fue a hablar con la señora Elda. Me dejó en casa mientras iba, y casi estaba oscuro cuando volvió. Mamá estaba rastrillando los carbones de la cazuela cuando él entró. —La señora Elda no se ve muy bien y se oye aún peor. La pobre viejita no permanecerá mucho en este mundo.

—No es de sorprenderse. —Mamá enganchó el asa y arrastró la cazuela hacia la orilla de la chimenea. Cuando levantó la tapadera, el delicioso aroma de guiso de venado llenó la cabaña, mientras yo ponía la mesa.

—Después de la cena, Iwan puede acompañar a Cadi.

—¡Gracias, papá! —dije emocionada; ya deseaba ir de camino.

Mamá lo miró a él y luego a mí. —¿Y de qué le servirá Cadi a esa anciana enferma?

—A la señora Elda le gusta su compañía. Dice que le gusta escucharla parlotear. Dice que ha pasado mucho tiempo desde que tuvo niños a su alrededor, ya que los suyos se fueron más allá de la montaña.

Mamá se enderezó, con sus manos a sus lados. —Ella los mandó.

—Para que tuvieran una vida mejor.

—Y nunca más supo de ellos. ¿Fue eso para bien?

Papá se inclinó levemente hacia ella, como un toro listo para cornear. —Supongo que Elda Kendric supo poner las necesidades de sus hijos por encima de los deseos de ella. —Ante la mirada afligida de mamá, le dio la espalda y me miró—. Ve a lavarte, Cadi. Y llama a tu hermano para la cena.

—Espera, Cadi —dijo mamá severamente—. ¿Quién va a hacer sus quehaceres cuando ella no esté?

—Te dije que te fueras —me dijo papá—. ¡Vete!

Al oír su tono, hice lo que me dijo. Pero antes de salir por la puerta escuché que se volteó hacia mamá y gruñó: —Deja de hacer joyas de duelo con el pelo de la Abuelita y de tejer esa colcha en memoria de Elen y creo que tendrás tiempo *suficiente.*

Encontré a Iwan en el granero trabajando con un arnés.

—Papá quiere que nos lavemos para la cena.

—¿Y eso es todo? Te ves como si tuvieras algo importante que decirme.

—Voy a quedarme con la señora Elda por un tiempo.

—¿Por cuánto tiempo?

—Un par de días, tal vez más.

—No te ves triste por eso —dijo con un ceño interrogativo.

—No me importa. —Quería decirle por qué, pero sabía que él se sentiría obligado a contarle a papá. No estaba en la naturaleza de Iwan ir en contra de nada. Y nunca en su vida habría considerado oponerse al Kai. Si yo le dijera a Iwan que había ido a escuchar al hombre de Dios y que iba a ir otra vez para poder decirle al Devorador de Pecados lo que había aprendido, se aseguraría de que yo nunca saliera del jardín—. Ella es una buena ancianita.

Se rió. —¡Buena! He oído que la señora Elda está tan irritable como un erizo.

—Sólo cuando le duelen los huesos. Además, ella era la querida amiga de la Abuelita.

—Sí, lo era.

Mamá y papá no se hablaron ni una palabra en la cena. —Lleva un poco de venado ahumado —le dijo papá a Iwan— y unos frascos de conservas. La señora Elda no ha estado lo suficientemente bien como para hacer mucho por sí sola.

—Está bien, papá. Voy a pasar donde Cluny cuando venga de regreso a casa —dijo Iwan—. La luna está lo suficientemente llena esta noche como para ver mi camino a casa.

Papá sonrió con complicidad. —Hazlo. Es una chica bonita y está creciendo rápido. Llévate el rifle. Podrías encontrarte con la pantera que ha estado matando tantas ovejas.

La noche estaba llena de cantos de ranas y luciérnagas que bailaban. Iwan caminaba con cuidado, con el rifle asegurado debajo del brazo, con el cañón hacia abajo, y el perro que olfateaba por el camino, adelante de nosotros. —¿Cuál es tu prisa? —preguntó con una mirada irónica.

Disminuí la velocidad y sinceramente deseaba que él se apresurara. —Es que pensé que tú querrías llegar donde Cluny tan pronto como pudieras.

—Cluny no se va a ir a ningún lado. De todas formas, su papá nunca la deja salir mucho más allá del porche después de que se ha puesto el sol.

Me gustaba Cluny más que cualquiera de las otras chicas de las montañas. Todas tenían sus propias ideas en cuanto a lo que le pasó a Elen y les gustaba discutirlo entre ellas, especialmente si yo andaba por allí. Cluny era la única que me trataba igual que antes. —¿Te vas a casar con ella algún día, Iwan?

—No sé.

—Ella dirá que sí.

—¿Por qué estás tan segura?

—La Abuelita decía que una chica se ruboriza cuando el chico que ama se acerca, y Cluny se ruboriza cada vez que estás cerca de ella.

Sonrió de oreja a oreja. —¿Así como tú cuando llega Fagan?

—¡Yo *no* me ruborizo!

Se rió. —¡No te pongas tan furiosa! Y vuelve aquí y camina conmigo. Sólo te estaba molestando.

Con la cara caliente, lo alcancé y caminé a su lado otra vez. Mientras cruzábamos la pradera de la montaña juntos, él se puso más serio. —Bueno, ¿y qué sucede entre tú y esa anciana?

—Nada.

—Siempre puedo decir cuando estás mintiendo, Cadi.

—Ella me deja hablar, eso es todo.

—¿Hablar de qué?

—Sólo de cosas.

—¿Qué clase de cosas? —Estaba presionando más que de costumbre. ¿Le habría dado papá la idea?

—Lo que me venga a la mente —dije, esperando que estuviera satisfecho con eso.

—Tú solías hablar las cosas conmigo.

—Estás ocupado todo el tiempo trabajando con papá y bebiendo los vientos por Cluny.

—Eso no quiere decir que no tenga tiempo para ti. Vamos, Cadi. ¿Por qué no me tienes confianza?

—¿Y quién dice que no te tengo confianza?

Me jaló para que me detuviera. —Entonces, pruébalo. Dime qué pasa entre tú y esa anciana y Fagan Kai.

—¿Por qué piensas que pasa algo?

—Fagan no tiene la costumbre de preguntar por la gente, especialmente por las niñas de diez años. Además, su padre le ha dicho que se mantenga alejado de Elda Kendric. Si él estuviera alejado, no sabría que la anciana ha estado preguntando dónde has estado. Y ahora que hablamos de eso, ¿por qué diría ella que te extrañaba si tú no hubieras ido lo suficiente como para que se acostumbrara a ti? Dímelo.

Nerviosa, traté de liberarme. —¿Por qué debería saberlo? Pregúntale a él.

—Ya le pregunté. No me dio una respuesta satisfactoria.

—Él es *tu* amigo, Iwan.

—Pensé que lo era, pero ya no tiene tiempo para mí. Cualquier tiempo libre que tiene lo pasa contigo. No parece correcto, en absoluto.

—¿Qué no parece correcto?

—Escucha, Cadi. Él tiene casi mi edad. Entonces, ¿qué ve en una bebé como tú?

—A lo mejor estamos interesados en las mismas cosas.

—*Cosas* otra vez. Nombra algunas.

—Pescar —dije débilmente y me solté de un jalón. Comencé a caminar otra vez.

—Nunca antes habías mostrado interés en pescar.

—Y cazar.

—¿Cazar qué? Quisiera saber.

Me mordí el labio, con miedo de cometer un error. —Fagan le llevó unas ardillas a la señora Elda.

—El Kai preferiría verla morir de hambre.

Me detuve y lo miré otra vez. —¿Por qué, Iwan? ¿Qué tiene en contra de ella?

—No lo sé, pero él ha estado totalmente enemistado con ella desde que yo recuerdo.

—Pero eso no mantuvo lejos a la Abuelita.

—No, y supongo que a ti tampoco te mantendrá lejos.

—Silbó agudamente, e hizo que el perro volviera de su vagabundeo—. Tengo la sensación de que a ti, a Fagan y a esa anciana les esperan un montón de problemas.

Como no hizo más preguntas, supe que me estaba soltando. Las cosas habían cambiado entre nosotros. Yo no habría querido que fuera así, pero decirle lo que tenía que hacer habría puesto piedras de tropiezo en mi camino. Me entristecía no poder confiar en mi propio hermano. Una parte de mí quería que él presionara más, que cavara más profundo para que me sacara la verdad, mientras que otra parte de mí tenía miedo de lo que él haría si supiera lo que yo planeaba hacer. Me detuve y lo esperé, y esperaba construir un puente entre los dos y no permitir que el abismo se abriera más. —Sólo estoy tratando de arreglar las cosas, Iwan. Eso es todo lo que estoy tratando de hacer.

Se paró y me miró. —¿Y la anciana te está ayudando?

—Ella es mi amiga.

—¿Y Fagan?

Bajé la cabeza, avergonzada de lo que él pudiera ver en mis ojos. —Fagan tiene sus propios problemas.

Iwan me levantó la mejilla. —Está bien, Cadi, siempre y cuando él no te arrastre a ellos. —Caminó sin hablar después de eso. El perro trotó a su lado; jadeó y sonrió cuando mi hermano le rascó la cabeza.

La señora Elda estaba sentada en su porche, esperando. Iwan gritó un saludo y esperó que ella respondiera antes de acercarse más. Se descolgó del hombro la bolsa de arpillera y la puso en el porche. —Saludos de mis padres, señora. Siento saber que se siente mal.

—Agradéceles de mi parte por lo que traes en la bolsa.

Iwan asintió con la cabeza y se fue sin mirar para atrás. La señora Elda lo miró irse.

—Ese tu hermano no es tan bueno para conversar.

—Se dirige a la casa de los Byrnes para ver a Cluny.

—¡Vaya! No es de extrañar que tenga prisa. Supe que Cleet había puesto sus ojos en la chica.

—A Cluny le gusta más Iwan.

—Eso nunca le ha importado a un Kai —dijo la señora Elda con desagrado, y luego hizo un gesto—. ¿Qué hay en la bolsa?

—Venado ahumado y algunas conservas de mamá. —Cuando me miró escéptica, yo le devolví la mirada—. No lo robé. Lo juro. Fue idea de papá.

—Creo que puedo creerlo ya que fue Iwan quien trajo la bolsa —dijo con una sonrisa irónica—. Ve a cortar un poco de ese venado ahumado y ponlo a remojar.

—Iwan le disparó a un ciervo joven, señora Elda, no a uno viejo.

—No lo dudo, niña, pero esa carne tendrá que remojarse harto tiempo antes de que yo pueda masticarla. Sólo me quedan unos cuantos dientes.

Nos sentamos juntas en el porche. La señora Elda se mecía y yo sólo miraba en la oscuridad hacia las montañas de occidente. No dijimos nada. No sé exactamente en qué estaba pensando la señora Elda, pero yo intentaba pensar en lo que diría cuando volviera a ver al hombre de Dios. Era difícil. Los grillos cantaban y las ranas croaban tan fuerte que era difícil que alguien pudiera pensar con todo el ruido.

—¿Has cambiado de parecer en cuanto a ir allá abajo otra vez? —dijo la señora Elda.

—No, señora.

—Bueno, ya está oscuro, ¿verdad? Será mejor que te vayas. El tiempo pasa.

Mi corazón comenzó a latir fuertemente. —Sólo porque el hombre me haya dejado cruzar el río una vez no quiere decir que me recibirá otra vez. —Podía sentir el sudor del miedo que salía en la parte de atrás del cuello otra vez. ¡Qué cobarde era! ¡Prácticamente podía sentir la raya amarilla que se esparcía en mi espalda!

—Si Dios quisiera matarte con un rayo, Cadi Forbes, creo que podría hacerlo ahora mismo, en este mismo porche.

—Eso es un consuelo, señora Elda —dije con un tono que casi encajó con el suyo.

—¡Así se habla! —Se rió—. Vete ahora. Mientras más nos preocupamos por algo, se hace más grande.

Bajé su montaña vigilando. Sólo tenía unos cuantos días más antes de que la luna no fuera más que una grieta blanca en el cielo nocturno. La oscuridad de la montaña era tan negra como la brea antes de que apareciera la luna nueva, y no podría utilizar una antorcha sin que todo el valle supiera de mis entradas y salidas.

El hombre de Dios se levantó cuando me metí en el agua poco profunda. Temblando, caminé hacia la orilla y me paré, intranquila, frente a él. —Así que has vuelto.

Parpadeé, insegura, con el corazón que se me derretía. —¿A dónde más puedo ir, señor, cuando usted es el único que ha venido en el nombre del Señor?

—Entonces siéntate, niña, y hablaremos más.

Se sentó cerca de la pequeña fogata. Miré a mi alrededor y vacilé, porque sabía que la luz del fuego podría verse desde una distancia lejana. El hombre de Dios levantó la cabeza y me miró. Tenía los ojos azules, intensos y ardientes. —¿Es vergüenza o miedo lo que te hace vacilar?

Me mordí el labio y miré hacia las montañas alrededor y después agaché la cabeza. —Creo que las dos cosas. —Me atreví a mirarlo otra vez—. Mi visita podría hacerle daño a usted.

—La voluntad de Dios prevalece.

Avancé lentamente, tratando de mantenerme un poco en las sombras. —¿Cuál es la voluntad de Dios?

—Que le abras tu corazón a Jesucristo.

Me estremecí levemente, y pensé en los pecados que cargaba. Bajé la cabeza; no podía mirarlo. ¿Qué pensaría de mí si supiera lo que yo había hecho? ¿Acaso diría entonces que Dios me ofrecía salvación? ¿O me mandaría que me fuera antes de que yo pudiera escuchar todo lo él que tenía que decir?

—El Señor anhela ser compasivo contigo. El espera en lo alto tener compasión contigo.

Sacudí la cabeza; no podía creer que me daría misericordia si todo se diera a conocer. Las lágrimas corrieron por mis mejillas y la vergüenza hizo que me quedara en silencio.

—Los que sembraron con lágrimas, con regocijo segarán —dijo suavemente—. El dolor que es según la voluntad de Dios produce arrepentimiento sin remordimiento y te lleva a la salvación. Estás aquí, niña. ¿Qué te detiene?

—Soy indigna.

—Nadie es digno. Todos pecaron, y están destituidos de la gloria de Dios. Sólo Jesús es inocente y santo. Él es el único que nunca se ha manchado con ningún pecado. Y él murió por ti. Murió por todos los pecadores para que podamos ser salvos por medio de la fe en él.

—Pero usted no pudo haber pecado como yo. Dios lo envió. Usted no pudo haber hecho algo tan malo.

—Antes de que el Señor me llamara, yo era un hombre de labios sucios. Era un hombre con un hambre insaciable por los tesoros de este mundo. Navegué por los mares en busca de ellos y tomé ganancias manchadas de sangre mientras pude. Bebí y peleé en tavernas en una docena de puertos. Utilizaba a las mujeres y las dejaba, y no me importaba nadie más que yo. Y entonces el Señor dijo mi nombre. En medio de una tormenta, me abatió de manera que no me pude mover ni hablar. El sobrecargo del barco me puso en manos de uno de los cautivos que no tenía ningún valor como para que lo rescataran, un pastor que se llamaba Hermano Tomás. Él me alimentó, me bañó y me leyó en voz alta la Biblia, desde Génesis hasta Apocalipsis, y mi alma bebió del agua viva de Jesucristo. Dios grabó su Palabra en mi corazón y en mi mente. Cuando el barco llegó al puerto de Charleston, recuperé las fuerzas y Dios me volvió a hablar. Dijo: "Sal de este barco y ve a los valles montañosos y anuncia la Palabra del Señor." Por lo que aquí estoy, y aquí es donde permaneceré hasta que Dios me diga otra cosa.

Su historia me dio esperanzas. Quizás podría contarle la verdad a este hombre. Quizás él lo entendería. Quizás él podría decirme qué hacer para arreglar las cosas.

"Confía en él," dijo Lilybet, y la vi parada justo detrás de él. "¿Qué tienes que perder sino los pecados y el dolor que te han afligido por tanto tiempo? Dile lo que aflige a tu corazón."

—Si le dijera —mis ojos se llenaron de lágrimas por lo que no pude ver su cara ni su expresión—, ¿me promete que no me odiará?

—Te amaré de la manera que el Señor me ha amado.

Incliné la cabeza; la angustia y la culpa me inundaban. No estaba segura del amor de Dios en absoluto. ¿Era amoroso enviar a un hombre que había navegado los mares hasta las montañas para que hablara de la palabra de Dios cuando todos los que lo rodeaban querían que se fuera o que le pasara algo peor? Pero yo había llegado al final de mi camino y no tenía a dónde ir. Y Lilybet estaba allí parada; sabía todo acerca de mí y me estaba diciendo que continuara.

"Yo maté a mi hermana."

Como él no dijo nada, continué apresuradamente. Los pecados que había cometido y que tenía encerrados dentro de mí salían como agua que se apresuraba por el Estrecho y que se derramaba en las cataratas. No podía detenerlos. "Fue un día maldito de principio a fin. Elen quería mi muñeca, la muñeca que la Abuelita me había hecho. Estaba llorando y quejándose violentamente porque yo no la dejaba jugar con ella. La agarró y trató de quitármela, y yo le pegué. Mamá dijo que yo debía compartir, pero yo no quería hacerlo. Parecía que no importaba con qué estuviera jugando, Elen lo quería, y se lo dije a mamá. Entonces mamá decía que yo era egoísta y mala. Al decirlo hería mucho mis sentimientos. Se había estado acumulando y hervía dentro de mí —el resentimiento. Estaba tan enojada que dije que la odiaba a ella y a Elen y que deseaba que las dos estuvieran muertas. Mamá me dio una bofetada. Ella nunca me había abofeteado así. Me abofeteó tan duro que mis oídos zumbaron y me quitó la muñeca de un tirón. Dijo que no merecía tenerla y se la dio a Elen. Dijo que de todas maneras yo ya estaba lo suficientemente grande como para dejar de jugar con muñecas."

Tenía la vista fija en la oscuridad, recordando aquel día horrible y mi ira, de una manera tan vívida como si acabara de suceder.

"Salí corriendo. Me fui al río. Y Elen me siguió. Podía escucharla gritarme. Decía que me devolvería la muñeca. Decía que lo sentía. 'Cadi,' decía. 'Cadi, ¿dónde estás? ¿Dónde estás, Cadi?' Pero yo no le respondí. Quería estar tan lejos como pudiera de ella y mamá. Así que me fui al Estrecho. Se me había dicho que nunca fuera allí, pero yo había ido muchas veces. Cuando estaba enojada o quería estar lejos de mi hermana iba allí. Y quería estar sola ese día. Por lo que pasé el puente de árbol. Cuando llegué al otro lado, bajé por el camino que usted subió aquel día que llegó a nuestro valle. Y me senté al lado del estanque que está debajo de las cataratas."

Tragué espeso; tenía la boca seca por la vergüenza de lo que estaba contando.

"Nunca pensé que ella me seguiría allí o que intentaría cruzar. Pero lo hizo. Me siguió. Miré hacia arriba una vez y estaba parada en medio del puente de árbol. Sólo miré para arriba y la vi. Y seguía tan enojada que deseé que se cayera. Deseé que nunca hubiera nacido. Pensé que entonces quizás mamá todavía me amaría . . . pensé que si no estaba . . ."

No pude decir más. Mi garganta se cerró; el corazón me pesaba y estaba frío al recordar a Elen cuando gritaba, al recordar a Elen cuando caía.

"Fue mi culpa que se cayera. ¡Yo deseé que sucediera! Cuando la vi caer, me paré y grité, pero era demasiado tarde. Ella cayó por las cataratas y se hundió. Seguí gritando y gritando su nombre, esperando que saliera, pero nunca salió."

El hombre de Dios se levantó y se acercó desde el otro lado de la fogata. Se volvió a sentar y me sentó sobre sus rodillas; con sus brazos fuertes me abrazó y me mantuvo cerca mientras yo sollozaba.

"¡Ella se cayó y fue mi culpa! Yo deseé que se muriera y se murió. Yo deseé que Elen se muriera."

Él me abrazó duro y me meció suavemente, y mientras lo hacía, yo recuperé las fuerzas para decirle cómo papá e Iwan se habían metido en el estanque para buscar a Elen, hasta que ya no pudieron más, y mamá estuvo todo el tiempo en la orilla llorando, con su cara que parecía de muerta. Los días siguientes caminaron por el río, buscándola. Se fueron una semana. Cuando volvieron, papá dijo que no pudieron encontrarla. Después de eso perdieron las esperanzas. Todos sabían que Elen había muerto. Se había ido, y mi familia ni siquiera tuvo el pequeño consuelo de enterrar su cuerpo.

Papá había encontrado mi muñeca que había llegado a la orilla. Me la devolvió. Como no había cuerpo para enterrar, no hubo funeral ni lápida para ella en el cementerio de la familia. Así que encontré una que me pareció bonita. Me tardé días para llevarla del río por la montaña y al cementerio.

Exhausta, lo miré. —¿Podría decirle a Dios cuánto lo siento? ¿Podría pedirle que me perdone?

—Sólo tienes que pedírselo tú, niña. El Señor no desprecia

un corazón contrito y humillado. Misericordioso y clemente es Jehová; Lento para la ira, y grande en misericordia. Has confesado tus pecados. Ahora, ¿confiarás en él?

Lo pensé por apenas un momento y tomé la decisión. —Sí.

—Muy bien. ¿Cómo te llamas, niña?

—Cadi Forbes.

—Bueno, entonces, Cadi Forbes, ¿aceptas a Jesucristo como tu Salvador y Señor?

—Sí señor. Lo acepto.

—¿Y renuncias y dejas tus pecados en la cruz de Jesús? ¿Dejarás que te lave y te limpie?

—Sí, por favor.

—Que así sea. —Me levantó de sus rodillas, se paró y me estrechó la mano—. Hay algo más que tenemos que hacer, y Dios tendrá los primeros frutos en este valle. —Me llevó al río, y caminamos hacia un estanque donde el agua le llegaba a la mitad de sus muslos. Tuve que aferrarme duro a él para que no me llevara la corriente—. Apóyate en mis brazos, Cadi, para que pueda bautizarte en el nombre del Padre, del Hijo y del Espíritu Santo.

El agua helada me cubrió la cabeza; estremeció mi cuerpo brevemente antes de que el hombre me levantara y me pusiera sobre mis pies otra vez. Temblé del frío y de alegría. Mi cuerpo se sentía cargado como el aire después de un rayo. Quería gritar, pero me quedé callada porque sabía que sólo ocasionaría problemas para los dos. La corriente era fuerte y me agarré duro del hombre de Dios cuando volvíamos a la orilla.

—Tengo que irme ahora.

—Tienes más que aprender.

—Volveré. —Temblando por el frío y la emoción, puse mis brazos alrededor de su cintura y lo abracé antes de salir corriendo hacia las aguas poco profundas y cruzar el río salpicando. Tan pronto como llegué al otro lado, corrí. Con la sangre y las piernas que me bombeaban, corrí por la pradera y subí la montaña a través del bosque. Quería reír, gritar, cantar una canción de liberación.

La señora Elda estaba sentada en su mecedora, esperándome. —¿Y bien? —dijo cuando entré al porche jadeando, sin aliento.

—¡Se acabó!

—¿Qué se acabó?

Trepé las gradas y me reí sin aliento, con las lágrimas que rodaban por mis mejillas, y la abracé. —Me ha salvado, señora Elda. Estoy limpia.

—¡Mojada es lo que estás! ¿Has perdido el juicio al nadar en el río en la noche? Deja, niña. Me estás empapando.

—Oh, señora Elda, señora Elda . . .

—¡Anda, deja! —Me empujó y se levantó de su silla insegura, con sus ojos brillantes—. Ahora, entra a la casa y quítate esa ropa. Ponte una colcha encima antes de que te resfríes y llegues al cielo antes que yo. Puedes contarme todo cuando estés abrigada.

—Todo está bien ahora, señora Elda. Todo va a estar bien.

Pero no todo estaba bien. No inmediatamente, en cualquier caso. Había salido corriendo tan pronto que no había escuchado todo lo que el hombre de Dios había intentado decirme, y no estaba preparada para lo que venía.

No me di cuenta de que había entrado a una batalla, una que sólo podría ganar al confiar en el Señor. Y confiar, para mí, no es fácil. Es algo que se aprende, un paso a la vez. No conocía nada del mundo y quién andaba suelto allí. Pero había estado tan desesperada por ayuda, llena de dolor, hundida en la culpa.

Nunca pensé que Dios me utilizaría de la manera que lo hizo.

T·R·E·C·E

𝒯AGAN LLEGÓ A LA CABAÑA DE LA SEÑORA ELDA A la mañana siguiente. —¿Qué pasó? Te ves distinta.

—¿Cómo así? —No pude evitar preguntarme si me veía tan bien por fuera como me sentía por dentro. Me paré en el porche balanceando un cesto de ropa sucia sobre mi cadera, de la manera que a veces lo hacía mamá.

—Estás sonriendo. No te he visto sonreír mucho. Te ves bonita.

De repente me sentí avergonzada, y me preguntaba si le parecía tonta, con el calor que se me subía a la cara. Me sentía avergonzada, especialmente después de lo que le había dicho a Iwan.

—¿Por qué te estás poniendo tan roja?

¡Quizás habría recuperado alguna sensación de calma si no hubiera dicho eso! —Por nada. —El brillo se empañó—. ¿Qué estás haciendo aquí tan temprano? —dije, deseando que dejara de mirarme como si fuera un insecto nuevo que había encontrado.

Levantó una cuerda con truchas que no había visto. —Pensé que a la señora Elda le gustaría un poco de pescado fresco. ¿Ya se levantó?

—No.

—Es tarde. Ella es madrugadora.

—Hablamos casi toda la noche.

—¿De qué?

—Como si fuera asunto tuyo. —Bajé las gradas.

—¿Por qué de repente estás tan molesta? ¿Qué hice?

—Si te importa tanto saber, bajé a escuchar al hombre de Dios anoche. De eso es de lo que hablamos.

La cara de Fagan se puso tensa y dio un vistazo rápido alrededor. —No debes hablar de él tan abiertamente. No puedes saber quién está alrededor que pueda oírte. ¿Los quieren o no? —Levantó el pescado.

—Ella te lo agradecerá, estoy segura. —Puse el cesto en el suelo y tomé el pescado—. Los pondré en un poco de agua. —Volví a subir las gradas y entré sin esperar que Fagan me siguiera. Se detuvo al pasar por la puerta y miró a su alrededor. Era una pequeña cabaña humilde que olía a humedad, pero había mejorado un poco ya que había barrido y lavado la mesa y los trastos, y había abierto las contraventanas para que entrara un poco de aire. Puse un poco de agua en un tazón y metí el pescado allí.

—¿Saben tus padres que fuiste allí? —susurró.

—No. Si no fuera por la señora Elda, no habría podido ir. Ella me está ayudando.

—¿Cómo así?

—No podía ir a ningún lado sin que papá me preguntara a dónde había ido y qué estaba haciendo. Y luego mamá comenzó a hacer preguntas. Entonces la señora Elda dijo que se sentía mal y que quería que me quedara un poco con ella para ayudarla. Por eso estoy aquí.

Miró hacia la cama donde la señora Elda dormía. —Se oye bastante mal.

—Siempre se oye así cuando está dormida. —Nos quedamos parados por un momento y la escuchamos roncar, resollar y silbar. Yo me reí—. Hace más ruido que papá e Iwan juntos.

—No creo que puedas dormir bien cuando estás aquí —susurró Fagan sonriendo.

—No importa. —Me dirigí a la puerta. Quería hablar más con Fagan y no quería despertar a la señora Elda—. Iba a hacer algunas tareas para ella —dije cuando llegamos al porche. Bajé las gradas y recogí el cesto—. Ya barrí la casa y lavé la mesa y los trastos. No ha lavado ropa por mucho tiempo ni su ropa de cama. Pensé hacer eso y rellenar su colchón cuando se levante. Hay heno y tréboles secos en el granero.

—¿Qué te pasa?

—Tengo que hacer algo hasta el anochecer. Estar ocupada hace que el tiempo pase más rápido, y será de ayuda para la señora Elda. Ella no ha podido hacerlo por mucho tiempo. ¿Quieres ayudar? Su huerto necesita un poco de agua y que le quiten la maleza.

—Ese es trabajo de una mujer.

—Bueno, entonces creo que no tienes ganas de quedarte aquí, ¿verdad? Le diré que le trajiste los pescaditos.

—Tranquila. —Me siguió—. Si me dices lo que el predicador te dijo anoche, cortaré leña para una semana.

Le conté hasta el último detalle. Sabía por la mirada de su cara que tendría compañía esa noche.

La señora Elda salió después del mediodía, cubierta con una colcha raída, con su pelo canoso parado en toda su cabeza.

—¡Cadi Forbes! ¿Dónde diablos está mi ropa?

Corrí y tomé el vestido y la ropa interior del tendedero y se los llevé corriendo. —Los lavé, señora. He estado tan ocupada que olvidé llevarlos adentro para usted.

—¿Ocupada haciendo qué?

—Quitando la maleza de su jardín y regándolo. —Estaba mirando a Fagan al otro lado, que estaba cortando leña—. Le trajo truchas esta mañana. Están en una cazuela de agua en su mesa.

—Lo más probable es que sean muy pequeñas para Brogan. Me molesté por él. —Fagan la quiere, señora Elda. De otra manera no desobedecería a su padre al venir a verla en absoluto. —Lo señalé con la cabeza—. Está cortando leña para usted.

—Puedo verlo. Todavía no estoy ciega. —Me miró con tristeza—. Bastante rápida para defenderlo, ¿verdad? ¿Hace cuánto que está aquí?

—Desde que el sol salió.

—¿Tanto tiempo? Supongo que ya le contaste lo de anoche.

—Fagan va a ir conmigo tan pronto como pueda escabullirse. Frunció el ceño. —Piensa lo que haces, Cadi Forbes.

—A él se le ocurrió la idea de ir, señora Elda. Yo no se lo pedí.

—Estás avivando un fuego en ese chico que podría quemarlo y enviarlo directamente al día del juicio final.

—Tal vez se salve, igual que yo.

—Eso está bien para el más allá, pero por ahora todavía tiene que vivir con su papá.

—Podría recibir una zurra por ir allá, pero cuando ellos se enteren . . .

—Tal vez tú eres la que necesita ojos para ver, Cadi, niña. ¿No te has dado cuenta de las marcas que tiene ese chico, o le has preguntado por qué se mantiene lejos de su casa desde el amanecer hasta el anochecer? Brogan los ha golpeado hasta apagar el espíritu a su mamá y a sus hermanos, pero hay algo en Fagan que no puede ser conquistado.

Había una mirada extraña en los ojos de la señora Elda cuando hablaba de Fagan; en parte era orgullo y en parte era desesperación. Se quedó parada mirándolo por un momento y luego me miró otra vez. —¡Ten cuidado o atente a las consecuencias!

Fagan volvió un poco después de que había oscurecido. Su padre y hermanos mayores habían dicho que iban a cazar mapaches.

—Pensé que dejaría a Douglas en casa, estaba tan enojado.

—¿Por qué?

—Douglas volvió a poner demasiada pólvora en su rifle. Papá dijo que iba a mandarse él mismo al fin del mundo si no le ponía atención a lo que hacía. Mamá se fue a la cama.

—¿Está enferma? —La señora Elda quería saberlo.

—Sólo estaba cansada. —Apartó la mirada—. A veces se pone muy triste. No dice por qué.

La anciana miró hacia la oscuridad. —Sucede cuando recibes lo que pensabas que querías y te das cuenta que no es lo que pensabas que sería.

Fagan la miró, con algo destellando en su cara.

La señora Elda parecía más preocupada a medida que el tiempo pasaba. —He estado recordando cosas de hace mucho tiempo. Soñé con mi madre anoche —dijo—. Estaba sentada frente al brezal y se veía tan joven. Estaba cosiendo y yo era una niñita otra vez. Ella decía: "Los ojos de Jehová están en todo lugar, Elda, Mirando á los malos y á los buenos." Y le pregunté por qué él no hacía nada para arreglar las cosas.

Me incliné hacia adelante. —¿Y qué dijo?

—Dijo que estaba esperando.

—¿Esperando qué, señora?

—Bueno, pues, si lo supiera no estaría tan preocupada por el sueño, ¿verdad?

—Ella sólo estaba preguntando, señora Elda.

—Siempre preguntando —dijo la señora Elda—. Siempre metiéndose en lo que no le incumbe y yendo a donde no debe ir. Ese es su problema, ¡y ahora nos tiene metidos en esto y sin decir cuándo terminará!

—Usted sólo tiene miedo por nosotros, señora Elda, y no debería. —Estaba muy dispuesta a escuchar más del hombre de Dios como para disgustarme o desalentarme con sus dudas.

Fagan se levantó, tan afanado como yo.

—Que Dios los ayude a los dos —dijo la señora Elda,

con las manos apretadas sobre sus rodillas—. Que Dios los ayude.

—Espera —dijo Fagan cuando yo corría adelante. No podía seguirme el ritmo porque yo volaba directamente por encima del suelo. Había esperado todo el día para bajar a la ladera de la montaña, por la pradera hacia el río. Me metí sin dudarlo, con los brazos extendidos para mantener el equilibrio. Al otro lado, el hombre de Dios se paró, listo para hablar.

—Fagan vino conmigo, señor. Él también quiere escuchar lo que Dios tiene que decir.

El hombre de Dios se mantuvo firme, una sombra negra frente al cielo iluminado por las estrellas. —¿Has escuchado el nombre de Jesucristo, muchacho?

—Sólo en una maldición, señor.

El calor venía a mis mejillas. —Yo no la dije, señor —dije de inmediato.

—Ella no la dijo. —Fagan me agarró de la mano. Su palma estaba sudando y él estaba temblando.

—Tranquilos —dijo el hombre suavemente. Extendió sus manos para recibirnos—. Siéntense y yo les hablaré de la venida del Señor.

No había encendido la fogata, y a medida que hablaba, la noche nos envolvió con una colcha protectora. No le pusimos atención a nada más que al sonido de su grave voz mientras nos llevaba por la creación del mundo y la caída del hombre, la ley que dio el profeta Moisés, quien habló con el Señor cara a cara, y luego por los profetas que llamaban al arrepentimiento y que los mataron por su fe.

"Y luego, en los días de Herodes, el rey de Judea, un país lejano, hubo un sacerdote de los judíos llamado Zacarías y su mujer, Elisabet. Y eran ambos justos delante de Dios, andando sin represión en todos los mandamientos y estatutos del Señor. Y no tenían hijo . . ."

Escuché atentamente y me bebí sus palabras. El ángel Gabriel se le había aparecido al sacerdote mientras servía al Señor, y le dijo que su esposa tendría un hijo que se llamaría Juan. Como no le creyó al ángel, quedó mudo hasta que el niño nació. Dios también envió al ángel Gabriel a una ciudad de Galilea que se llama Nazaret, a una virgen que se llamaba María, desposada con José, un carpintero bueno y humilde. Los dos eran descendientes de la casa de David, de donde todos sabían que vendría el Ungido de Dios.

"Entonces el ángel le dijo: 'María, no temas, porque has hallado gracia cerca de Dios. Y he aquí, concebirás en tu seno, y parirás un hijo, y llamarás su nombre Jesús, ¡Dios salva! Este será grande, y será llamado Hijo del Altísimo: y le dará el Señor Dios el trono de David su padre: Y reinará en la casa de Jacob por siempre; y de su reino no habrá fin.'

"Cuando María estaba por dar a luz, salió edicto de parte de Augusto César, que toda la tierra fuese empadronada. José llevó a María a Belén. Cuando sus dolores de parto comenzaron, no había ningún lugar donde pudieran quedarse, así que José encontró refugio en un establo. María dio a luz a Jesús, el Mesías, el Hijo de Dios, Dios el Hijo Todopoderoso. Ella envolvió al bebé en pañales y lo acostó en un pesebre. El ángel del Señor se les apareció a los pastores y les habló del nacimiento de Jesús y las huestes celestiales alabaron a Dios.

"El ángel del Señor se le apareció a José en un sueño y le dijo que tomara al niño y a su madre y que huyeran a Egipto, porque el rey Herodes quería matar al niño. Decidido a matar al Mesías, Herodes mandó hombres a matar a todos los niños menores de dos años que estaban en Belén y en todas las ciudades y pueblos.

"Con el tiempo Herodes murió y un ángel del Señor se le volvió a aparecer a José en un sueño y le dijo que tomara al niño y a su madre y que regresaran a la tierra de Israel. Entonces

José llevó a Jesús y a María a Galilea y vivieron en la ciudad que se llama Nazaret. Allí, Dios el Hijo creció y caminó entre los hombres. Dios, el Creador de todo el universo, llevó la vida de un carpintero común hasta que cumplió treinta años.

"Entonces vino Juan el Bautista, que predicaba en el desierto de Judea y llamaba a la gente a que se arrepintiera, diciendo que el reino de los cielos se había acercado."

Fagan y yo estábamos sentados, paralizados, e imaginábamos todo a medida que el hombre de Dios alzaba la voz.

"Y Jesús, después de que fue bautizado, subió luego del agua; y he aquí los cielos le fueron abiertos, y Juan vio al Espíritu de Dios que descendía como paloma, y venía sobre él. Y he aquí una voz de los cielos que decía: 'Este es mi hijo amado, en el cual tengo contentamiento.'"

El hombre inclinó su cabeza y se quedó callado por tanto tiempo que Fagan y yo nos miramos el uno al otro. Fue Fagan quien habló. —¿Y qué pasó después, señor?

—Entonces Jesús fue llevado del Espíritu al desierto, para ser tentado por el diablo. —Levantó la cabeza y yo sabía que nos estaba mirando. Pude sentir su intensidad—. El mismo diablo que tiene cautivo a este valle y que quiere mantenerlo en la oscuridad; el mismo diablo que vendrá en contra de ustedes.

Se me paró el pelo en la parte de atrás del cuello. Toda mi vida supe de la existencia del mal. Quería olvidar que existía en el mundo.

"El mismo diablo se atrevió a tentar al Señor Dios, Jesucristo, nuestro Salvador y Señor. Satanás es su nombre y él es el gran engañador, lleno de orgullo, asesino y padre de mentiras. Trató de engañar a Jesús, pero el Señor prevaleció en su contra. Sólo el Señor prevalece.

"Cuando Jesús volvió del desierto, se quedó en Capernaúm, al lado del Mar de Galilea, y allí comenzó a elegir a sus discípulos entre los pescadores simples y trabajadores. Doce hombres llamó, hombres comunes, con nada que los uniera más que el Señor.

"Y Dios el Hijo, Jesucristo, hizo que los ciegos vieran, que los sordos escucharan, que los lisiados caminaran, que los mudos hablaran. Sacó demonios y sanó a los leprosos. Calmó una tormenta, caminó sobre el agua y resucitó a los muertos.

"Entonces se unieron los poderes de la oscuridad. Los hombres conspiraron en contra de él y uno de los suyos lo traicionó. Se lo llevaron cuando oraba, lo juzgaron en la noche, lo escupieron, lo golpearon, lo azotaron y se burlaron de él.

"Y entonces Jesús fue crucificado."

La oscuridad que nos rodeaba era tan silenciosa que mis oídos zumbaron. —¿Crucificado? —susurré—. ¿Qué quiere decir eso, señor?

Extendió ampliamente sus brazos. —Clavaron sus manos y pies en una cruz y la levantaron donde toda la gente pudiera ver su vergüenza. Y lo dejaron allí entre dos ladrones para que tuviera una muerte lenta y agonizante.

—Pero ¿por qué? —dijo Fagan; su voz se ahogaba de la emoción—. ¡No hizo nada malo!

—Fue despreciado y desechado entre los hombres, varón de dolores, experimentado en quebranto. Herido fue por nuestras rebeliones, molido por nuestros pecados: el castigo de nuestra paz sobre él; y por su llaga fuimos nosotros curados. Todos nosotros nos descarriamos como ovejas, cada cual se apartó por su camino: mas Jehová cargó en él el pecado de todos nosotros. Jesús se hizo la ofrenda por nuestro pecado. Derramó su vida hasta la muerte, y fue contado con los perversos, habiendo él llevado el pecado de muchos y orado por los transgresores.

—¿Entonces así es? —dijo Fagan apenado—. ¿Tenemos que sufrir por los pecados de los demás? —Bajó la cabeza y lloró.

Nunca antes lo había visto llorar y no sabía qué hacer. El sonido de su quebranto me hizo sentir pena por él.

"Lo bajaron de la cruz y un hombre rico puso al Señor en una tumba tallada en la roca. Rodaron una gran piedra en la puerta y soldados romanos hicieron guardia para que no rompieran el sello y se robaran el cuerpo."

El hombre de Dios se levantó, con los brazos levantados con júbilo, mientras la primera luz de la mañana apareció lentamente por las montañas del oriente.

Fagan cayó sobre su cara.

El hombre de Dios caminó de un lado a otro; la emoción salía de él a medida que las palabras del Señor salían de sus labios.

"Jesús se le apareció primero a María Magdalena, luego a sus discípulos y después a cientos de personas. Caminó en la tierra durante cuarenta días y luego ascendió al cielo para tomar su lugar en el trono de Dios."

Sentí la piel de gallina en todo mi cuerpo. Mi pelo se me paró de punta. Temblé y avancé hasta estar de rodillas, murmurando alabanzas al Señor y llorando.

"¡El Señor Dios, Jehová Roi, reina para siempre!"

Mi corazón se hinchó dentro de mí hasta que pensé que reventaría. "Él reina." La luz de la mañana alejó a la oscuridad. "¡Él reina!" Mi mente no entendía todo completamente, pero mi corazón respondía junto con el Espíritu que moraba dentro de mí.

El hombre se levantó con los brazos levantados y con la cabeza hacia atrás; su cara estaba iluminada y tenía los ojos cerrados. Fagan se hizo atrás; se sentó en sus talones y lo miró, vigilante, esperando, con la cara pálida y húmeda.

Mi temblor cesó y me senté en mis talones; me sentía contenta y con paz. No quería irme de ese lugar nunca. El hombre de Dios bajó los brazos a sus lados y bajó la vista hacia nosotros. Le sonrió tiernamente a Fagan. —¿Crees que Jesús es el Cristo, el Hijo del Dios viviente?

—Sí, señor.

El hombre le extendió la mano. Uní mis manos y los seguí al río. Estaba llena de gozo al ver que bautizaba a Fagan. Ahora éramos dos; dos habíamos escuchado la palabra del Señor y habíamos creído. Cuando Fagan salió del agua, supe que lo habían lavado de sus pecados y que ya no tenía que preocuparse por llevar los de su padre.

Y entonces vi sus ojos cuando se dirigía hacia mí. Ardían con una luz interna, no tan distintos a los del hombre que caminaba a su lado . . . y un miedo repentino me dio unas punzadas en el alma.

Ay, ¿qué nos pasaría ahora que Fagan se veía así? Se veía casi radiante, con fuego interno. Dos de nosotros habíamos sido enterrados y resucitados en Cristo, dos de cien almas en nuestro valle montañoso. ¿Qué haría Brogan Kai cuando averiguara lo que su hijo había hecho?

Los tres estábamos juntos, de pie. Fagan prácticamente temblaba con un brío interno, mientras que yo lo miraba y me preguntaba cómo se iría a casa sin que nadie viera el cambio que había tenido. ¿Qué había hecho? Lo había llevado al hombre de Dios pensando que sería nuestro secreto, algo que nos uniría.

Y así sería, de maneras en que nunca podría haber adivinado.

El profeta puso una mano en cada uno de nosotros.
—Váyanse ahora. Descansen. No hablen con nadie, excepto con la anciana, de lo que ha sucedido y se ha dicho aquí. Tengo más que decirles antes de que salgan al mundo, pero no nos queda mucho tiempo. —Retiró sus manos.

¿Salir al mundo? . . . ¿No nos queda mucho tiempo?

—¿Qué quiere decir?

Fagan tomó mi mano firmemente y me jaló. —Dijo que nos fuéramos.

—Pero ¡espera, Fagan! Quiero saber . . .

Fagan no me dio tiempo ni aliento para decir más. Me jaló
por el río hacia la maleza y las rocas, apresurándose. —¡Vamos!
—Me soltó y saltó de una roca a otra, y sólo se detuvo para
ver hacia atrás y asegurarse de que yo lo estaba siguiendo—.
¡Apúrate!

—¡No debías haberme jalado de esa manera. ¿Qué quería
decir?

—Nos lo dirá cuando esté listo. Voy a adelantarme ahora
—dijo cuando llegué al otro lado—. Tengo que volver antes de
que se den cuenta de que no estoy. Sigue hasta la cabaña de la
señora Elda y haz lo que él dijo. Te veré esta noche. —Se fue
rápidamente entre los árboles.

No nos queda mucho tiempo . . .

No podía sacar esas palabras de mi mente. El temor se apoderó de mí, porque en la boca del estómago sabía exactamente
lo que el hombre quiso decir.

CATORCE

—*T*UVE UN SUEÑO —DIJO LA SEÑORA ELDA ANTES de que pudiera contarle algo de lo que se había dicho la noche anterior—. Un sueño raro y horrible. —Yo estaba sin aliento por haber corrido, por lo que no tuve tiempo de contarle nada antes de que ella siguiera con su historia—. Ese hombre que está allá abajo estaba hablando y le salía fuego de la boca. Y estaba incendiando todo, hasta las montañas.

—¿Y lo destruía todo? —dije, jadeando y con miedo de lo que había hecho y de lo que vendría.

—No, y eso es lo extraño. La llama aumentó hasta que todo estaba dentro de ella, como la luz del sol cuando es tan brillante que no puedes ver lo que tienes enfrente.

—Estoy muy asustada, señora Elda.

—Lo pareces.

—No debí haber llevado a Fagan.

—¿Por qué? ¿Qué pasó?

Le conté. Lo más asombroso fue que podía recordar todo lo que el profeta había dicho, cada detalle, como que al relatarlo, la palabra del Señor había sido grabada en mi corazón y cabeza. La Cadi Forbes que yo había sido hacía dos noches había cambiado. No era la misma. Y tampoco Fagan.

Nada iba a ser lo mismo, y el fuego que la señora Elda había soñado iba a bajar y nos quemaría a todos.

"Trata de descansar ahora, niña. Estás agotada."

No pensé que pudiera dormir, pero tan pronto como puse la cabeza en el catre, me quedé profundamente dormida, tan tranquilamente que bien podrían haberme colocado al lado de la Abuelita. No estaba consciente del paso del tiempo hasta me desperté porque la señora Elda me estaba sacudiendo.

"Te preparé un poco de avena, Cadi. Ven a comer."

Ya estaba avanzada la tarde; el sol se estaba poniendo. Mi corazón comenzó a latir fuertemente cuando me di cuenta el poco tiempo que había. Fagan llegaría pronto.

No nos queda mucho tiempo . . .

La señora Elda me puso un tazón enfrente cuando me senté a la mesa. Cogió una jarra y derramó una corriente gruesa de miel en las rodajas de avellanas y pasas que había rociado encima de la avena, cebada y trigo que había preparado. —Tuve una visita hoy. —Puso la jarra de miel firmemente justo enfrente de mí.

El calor se esparció en mis mejillas y luego se fue igual de rápido y me dejó fría. —Bletsung Macleod.

La señora Elda puso cuidadosamente sus huesos adoloridos en la silla que estaba enfrente de mí. —Dice que el Devorador de Pecados está esperando noticias tuyas. Está esperando que cumplas la promesa que le hiciste.

Parpadeé, me mordí el labio y agaché la cabeza con vergüenza. —Se me había olvidado por completo.

—Bueno, será mejor que te acuerdes de él. Él fue quien te envió allá en primer lugar. Si te hubiera dejado sola, Cadi Forbes, todavía estarías herida por dentro; vivirías sola con tu culpa y vergüenza. Igual que está ese pobre hombre ahora, pobrecito.

Me llené de remordimiento, y también de pena por lo que tenía que decirle. —¿Le dijo que yo iría?

—Le dije que estabas yendo al valle a escuchar la palabra del

Señor, así como prometiste que lo harías. Que sólo te quedaba un día, y que entonces estarías lista para llevarle el mensaje.

—¿Es eso lo que usted cree que el hombre quiso decir cuando dijo que no nos quedaba mucho tiempo?

—No estoy segura qué quiso decir, niña, pero pienso que para mañana lo sabrás. —Señaló el tazón—. Anda, come. Necesitas fuerzas.

No pensé que podría hacerlo, pero después de un bocado, se me hizo agua la boca del apetito. Nunca había probado algo tan rico. Me comí la sabrosa comida y raspé el tazón hasta que quedó limpio.

—¿De dónde consiguió la leche, señora Elda? —dije, y me bebí todo el pocillo.

—Tu mamá la trajo después del amanecer.

—¿Mamá? —dije, sorprendida. ¿Por qué haría algo así?— Entonces usted es quien debería beberla, no yo. —De seguro mamá se enojaría si se enterara que yo me tomé la leche que supuestamente era para una anciana enferma.

—Nunca me ha gustado —dijo, y se sentó otra vez—. Tengo algo que quiero que le des al hombre cuando vayas a verlo esta noche. —Puso un pergamino en la mesa y lo enrolló cuidadosamente. Sus manos temblaban, como siempre, mientras le ató un lazo alrededor y lo empujó en la mesa, hacia donde yo estaba.

—¿Qué es?

—Bueno, si acaso te interesa, es la escritura de este lugar.

—¿Por qué se la va a dar? ¿Dónde va a vivir usted?

—Aquí mismo. Si ese hombre necesita un lugar para quedarse, tengo suficiente espacio en el granero. Estoy pensando que no me quedaré ya mucho tiempo en este mundo. Podría quedarse aquí hasta que yo muera, luego puede tomarlo todo. Tal vez construya una iglesia. —Su boca se arqueó con una sonrisa extraña y tenía la mirada perdida, y pensaba otra vez, remontándose en el tiempo—. Eso hará que Laochailand Kai se revuelque en su tumba.

—¿Laochailand Kai?

—Sólo Dios puede deshacer lo que se ha hecho —dijo, sin escucharme—. Si Dios tuviera algo que hacer con aquellos de nosotros que dejamos que sucediera.

—¿Qué sucedió, señora Elda? —Me estiré en la mesa y puse la mano en la de ella—. ¿Señora Elda?

Me miró otra vez y suspiró. —Sólo dale al hombre de Dios este pergamino, y dile que es todo lo que poseo y la herencia que les hubiera dejado a mis hijos si se hubieran quedado para cobrarla.

Estaba totalmente frustrada y llena de preguntas. —Mamá dijo que usted mandó a sus hijos más allá de la montaña.

—Sí, lo hice. Les dije que se fueran y que nunca miraran atrás.

—¿No los amaba?

Sus ojos se pusieron intensos. —Es porque los amaba que los mandé lejos, niña. —Sacudió la cabeza y volteó el rostro. Cerró los ojos y se quedó quieta por un momento. No importaba cuán quieta y callada estuviera, pude ver que tenía una lucha interna. Me sorprendí cuando habló—. Lo que le pasó a ese muchacho que vive en la Montaña del Muerto pudo haberle sucedido a cualquiera de mis tres hijos. —Me miró, y vi que se le llenaron los ojos de lágrimas—. Eran amigos, ves, mis hijos y . . . el que se convirtió en el Devorador de Pecados.

—¿Cómo lo hicieron, señora Elda? ¿Cómo lo eligieron?

—A la suerte, así fue. Fue la petición de Laochailand Kai antes de morir. —Se rió sin alegría—. Así pasa con los hombres duros que son dados a la crueldad. El temor de Dios les llega al final. Saben que van a enfrentarse cara a cara con su Hacedor. Laochailand tenía abundantes pecados sobre su cabeza. Dijo que necesitaba un Devorador de Pecados, y Brogan se propuso conseguir uno. Algunos de nosotros nos opusimos, pero Brogan dijo que su padre había jurado en su lecho de muerte que no se quedaría en la tumba a menos que alguien llegara a quitarle sus pecados. El pensamiento de que Laochailand Kai caminara por nuestras montañas hasta el fin del tiempo, como espíritu, puso el temor de perdición en nosotros. Nadie se atrevió a contradecir a Brogan después de esa amenaza. Así que se hizo como él lo exigió. Cada hombre mayor de los trece años puso su huella en un pedazo de hueso, y se echaron las suertes en un tazón. Sacaron uno y todo quedó arreglado. Excepto que nunca nos imaginamos quién sería. Todos pensamos que sería alguien de los de Laochailand Kai.

—¿Por qué?

—Porque Brogan dijo que Dios seguramente elegiría al peor pecador entre nosotros. Nunca pensamos que Dios elegiría a quien eligió. Nunca olvidaré la expresión de su cara. —Agachó la cabeza—. Ay, hubo mucho llanto los días siguientes, y no era por Laochailand Kai, aunque él murió la misma noche en que se nombró al Devorador de Pecados. El chico llegó e hizo lo que tenía que hacer. Y desde entonces ha sido así. —Se quedó callada por un momento, llorando, pensé, aunque no supe con qué intensidad—. Eso pasó hace veinte años, veinte largos años. Más del doble de años que yo he estado viva ese pobre hombre ha estado solo en la Montaña del Muerto. —Por lo menos Bletsung Macleod ha sido su amiga.

—Y eso es lo peor de todo —murmuró suavemente.

Ya no quiso contarme más y nos sentamos en el porche, esperando que el sol se pusiera y que salieran las estrellas. Escuchamos a los grillos y el ulular del búho. El viento de la noche hacía que las hojas de los árboles susurraran, lo que me puso la piel de gallina. El tiempo a veces se iba muy despacio, especialmente si tenías un lugar al que querías ir.

¿Dónde estaba Fagan? ¿Por qué tardaba tanto?

Anhelaba bajar al valle y atravesar el río otra vez para ir a ver al hombre de Dios, porque sus palabras me deleitaban más que la deliciosa comida que la señora Elda me había preparado. Todo dentro de mí bendecía al Señor, que había redimido mi vida. Tan lejos como está el oriente del occidente, hizo alejar de mí mis cargas. Yo era polvo y el Señor Dios Todopoderoso me hizo su hija.

"No puedo esperar más," dije. "Fagan conoce el camino."

A medida que corría por la ladera, sentía un extraño presentimiento. Era como si hubiera fuerzas malas que se estuvieran juntando en la oscuridad, que me miraban mientras me apresuraba para escuchar la palabra del Señor. Me detuve en la orilla del bosque, para recuperar el aliento. Me aseguré de que nadie me estuviera siguiendo y seguí corriendo, despreocupada por la prisa. Me abrí camino haciendo a un lado las enredaderas por la cortina frondosa cerca del río.

Alguien me agarró, y me metió una mano en la boca para que no gritara. Cuando intenté morder la mano, Fagan me susurró al oído. —¡Soy yo! Ahora, calla, ¿está bien? Ya hiciste suficiente ruido llegando aquí como para levantar a los muertos. ¿Vas a estar tranquila? —Cuando asentí con la cabeza, me soltó.

—¿Dónde has estado? —dije, furiosa con él por asustarme de esa manera—. ¡Te estuve esperando!

—Aquí estoy, ¿verdad? Si hubiera podido ir a la casa de la señora Elda, lo habría hecho. Ya deberías conocerme bien.

—¿Qué pasó?

—No voy a perder el tiempo contándote. Vamos. ¡Y trata de guardar silencio!

El hombre de Dios estaba esperándonos. Nos saludó cariñosamente poniéndonos las manos encima. Mientras nos sentamos juntos en el suelo, nos habló de las palabras que Jesús les dijo a sus discípulos. Nos dijo que el Señor había subido a una ladera, cerca de un gran lago, y que le había hablado a una multitud. "Bienaventurados los pobres en espíritu . . ." Fue allí también donde alimentó a cinco mil personas con unas cuantas hogazas de pan y peces.

Escuchamos la historia de un hijo que tomó su herencia y dejó a su padre para tener una vida perversa. Cuando se dio cuenta de sus pecados y se apartó de ellos, su padre lo estaba esperando para abrazarlo y celebrar. Y supe en mi corazón que el hombre nos estaba diciendo cómo era Dios. Nos habló, también, de un agricultor que sembró trigo y del enemigo que sembró cizaña entre el trigo. Habló de una semilla de mostaza y cómo sólo un poco de fe es suficiente para que Dios la haga crecer. Y lo mejor de todo, nos dijo que Jesús volvería. Pero con el gozo de ese pensamiento estaba el miedo, miedo porque el sol se oscurecería y la luna no daría luz y las estrellas caerían de los cielos. Todos verían a Jesús venir en las nubes con gran poder y gloria. Todos. Hasta los que nunca habían creído que él había existido en absoluto.

—¿Cuándo volverá Jesús? —dijo Fagan—. ¿Será pronto?

—De cierto os digo, que no pasará esta generación, que todas estas cosas no acontezcan. El cielo y la tierra pasarán, mas mis palabras no pasarán. Empero del día y hora nadie sabe, ni aun los ángeles de los cielos, sino mi Padre solo. Velad pues, porque no sabéis á qué hora ha de venir vuestro Señor.

—Quisiera que fuera ahora —dijo Fagan sombríamente y miró hacia su lado de la montaña.

El hombre de Dios inclinó la cabeza; se veía cansado. Puso las manos con las palmas hacia arriba sobre sus rodillas, sentado con las piernas entrecruzadas. —He terminado, Señor. Que tu palabra sea una lámpara a estos pequeños pies y una luz para estas grandes montañas.

Fagan y yo nos miramos mutuamente y luego lo miramos a él. —¿Terminado? Pero si acaba de comenzar a enseñarnos. No se va a ir ahora, ¿verdad? —Yo estaba afligida de sólo pensar que se iría. Todavía había mucho que yo quería aprender—. ¿A dónde iremos a escuchar la palabra?

A decir verdad, yo podía haberme sentado a escuchar para siempre, pero Dios tenía otra tarea en mente.

—Dios los apartó, desde el vientre de sus madres, y los llamó por medio de su gracia para que fueran suyos. Él les ha dado el Espíritu Santo. El mismo Dios es su maestro, no yo. Mi tiempo con ustedes ha llegado a su fin.

Las lágrimas aparecieron tan rápido como el miedo, y la soledad se aferró de mí. —¡Pero no puedo escuchar a Dios como lo escucho a usted!

—*Escucha.*

—Pero ¿cómo?

—Haz silencio. Conoce al Señor. Él es Dios y no hay otro.

—¿Y yo? —dijo Fagan solemnemente—. A nadie le importa lo que Cadi hace, pero mi papá me quitaría la piel si supiera que . . .

—No andes en consejo de malos, ni estés en camino de pecadores, ni te sientes en silla de escarnecedores. Deléitate en el Señor tu Dios. Sé como un árbol plantado junto á arroyos de aguas, que da su fruto en su tiempo. Los que desprecien la Palabra del Señor no se levantarán en el juicio, porque el aliento del Señor los arrebatará como tamo.

Fagan estaba desconcertado. —Mi padre . . . mis hermanos . . .

—Solamente temed á Jehová y servidle de verdad con todo vuestro corazón, Fagan Kai. Porque Cristo resumió toda la ley y los profetas cuando dijo: "Amarás al Señor tu Dios de todo tu corazón, y de toda tu alma, y de toda tu mente. Y amarás á tu prójimo como á ti mismo."

Yo me puse de rodillas y le supliqué. —No puede irse. ¡Lo necesitamos!

—Yo no soy el Señor, niña. No te apoyes en mí. Apóyate en el que te llamó, mas los que esperan á Jehová tendrán nuevas fuerzas; levantarán las alas como águilas, correrán, y no se cansarán, caminarán, y no se fatigarán.

Yo no era un águila. Era un gorrión varado, que temblaba de miedo. Miré a Fagan para pedirle ayuda, pero no me ofreció nada. Él tenía sus propios problemas.

Se acercó lentamente, y se veía preocupado. —Señor, nosotros vinimos. Escuchamos y aceptamos todo lo que usted nos ha dicho como la verdad. ¿Qué nos va a pasar ahora?

—Satanás vendrá en contra de ustedes.

Perturbados, los dos comenzamos a hablar al mismo tiempo.

—¡Satanás! ¿Y cómo pelearemos en contra de él?

—¿Por qué no nos lo dijo antes?

El hombre levantó sus manos paras tranquilizarnos. —Los que confían en el Señor serán como estas montañas que no pueden ser removidas —dijo tranquilamente—. Así como ellas nos rodean, el Señor los rodea a ustedes. Él irá adelante de ustedes y se pondrá como su retaguardia.

—¡Yo no puedo pelear con mi padre! —dijo Fagan.

—¡Y no soy más que una niña! —Miré con miedo hacia la oscuridad.

—El Señor es Dios.

En ese momento deseé no haber vuelto después de la primera noche, cuando el alivio y la felicidad se derramaron sobre mí. Toda la bondad y misericordia quedaron en el olvido. La alegría que había sentido se había evaporado. El Señor me había sacado de un hoyo negro y ahora parecía que el mismo diablo venía detrás de mí. Tenía mucho miedo. Y estaba enojada.

Me levanté de un salto, y me paré con los puños apretados.

—¿Por qué vino entonces? ¿Por qué me hizo sentir que todo se había arreglado?

—Ten cuidado, Cadi Forbes —dijo con un tono que me hizo sentir que el mismo Dios estaba hablándome—. Satanás te quiere zarandear. No pienses que la batalla se acabó porque le diste tu vida a Jesús y has sido salva. El mismo Señor salió al desierto, ¿recuerdas? Y entonces ha comenzado. Satanás te atacará con dudas y temores y tratará de alejarte del Señor tu Dios, porque lo que él quiere es tu corazón y atacará tu mente. Recuerda que él es el padre de mentiras y un asesino.

Temblando, miré hacia la oscuridad. —Me esconderé.

—Te encontrará dondequiera que estés.

—¡Quisiera nunca haber venido! Será peor de lo que era antes. ¡Quisiera no haberlo escuchado nunca!

—¡Cállate, Cadi! —dijo Fagan disgustado—. Eres una cobarde.

—Tú no tienes por qué tener miedo —dije y me volví contra él—. Tienes al Kai para que pelee por ti.

El hombre de Dios nos miró a los dos con los ojos tristes. Se levantó lentamente y miró al otro lado del río. —Ya vienen.

Al voltearme, vi tres puntos de fuego que parpadeaban en la orilla del otro lado del río. Unos hombres lo estaban cruzando.

—¡Es mi padre! —dijo Fagan—. ¡Tiene que correr, señor! ¡Tiene que esconderse!

Sin hacer caso a la súplica de Fagan, el hombre se quedó parado con una dignidad solemne y esperó.

—¿No me oye? —dijo Fagan; lo agarró del brazo y lo jaló—. Tiene que *irse*. Se lo digo. *¡Lo matará!*

—No temáis a los que matan el cuerpo, temed antes á aquel que puede destruir el alma.

—¡¡Fa . . . gan!! —se oyó una profunda voz llena de ira—. Te lo advertí, ¿verdad?

Me llené de terror y huí a la oscuridad; me escondí entre unos arbustos donde Brogan Kai y sus hijos no pudieran verme. Fagan se mantuvo firme, colocándose enfrente del hombre de Dios.

—¡Él no ha hecho nada malo, papá! ¡Déjalo en paz!

—¿Y te atreves a rebelarte en contra mía? —Brogan Kai se acercó desde la orilla y agarró a su hijo de la garganta—. ¿A quién le vas a creer? ¿A un extraño del otro lado de las montañas o a tu propio padre? —Lo apretó más duro por lo que Fagan le arañó las manos para que lo soltara—. ¿Vas a escuchar a alguien que despotrica como loco acerca de algo que él dice que sucedió hace mil ochocientos años y no me vas a escuchar a mí?

—Suelte al chico —dijo el hombre de Dios tranquilamente.

—*Ahhhh* . . . —Brogan Kai hizo a su hijo a un lado—. ¡Rata chillona! ¡*Traidor!* —Escupió a Fagan que estaba tirado, tosiendo y llorando en el suelo.

—El reino de los cielos le pertenece a gente como él, Brogan Kai.

Brogan volteó la cabeza y entrecerró los ojos fríamente. —El reino de los cielos, ¿dice usted? —Se rió burlándose—. Bueno, hombre, ¡voy a mandarlo al Hades esta misma noche! —El primer golpe hizo que el hombre se tambaleara hacia atrás, pero no se cayó—. ¡Le advertí que dejara mis montañas o lo mataría! Debí haberlo hecho el primer día. En lugar de eso, le mostré *amabilidad*. Le mostré *hospitalidad*. Y usted ha puesto a mi propia familia en mi contra.

—Dios lo hizo recto, Brogan Kai —dijo el hombre enderezándose, con la boca sangrando—, ¡pero usted buscó muchas artimañas!

—¡Esta es *mi* gente!

—Los caminos del hombre están ante los ojos de Jehová, Y él considera todas sus veredas. *Arrepiéntase y sea salvo* . . .

Brogan Kai se le acercó con una furia maléfica,

"¡Nooo . . . !" gritaba Fagan, tropezándose y tratando de detener a su padre. "¡Papá, no!" Cleet lo detuvo.

Me encogí detrás de los arbustos en la oscuridad; me tapé la cara y escuché los gruñidos y gemidos de dolor del pobre hombre mientras nuestro líder del clan le daba una paliza con los puños. Cuando el hombre cayó al suelo, Brogan utilizó sus botas. Los ruidos que salían de Brogan Kai eran como de un animal salvaje.

Finalmente, ya no se escuchó nada más que la respiración áspera del Kai. "Le advertí lo que le haría, ¿no es cierto? Se lo estaba buscando." Le dio una última patada despiadada al hombre inconsciente y se volteó para ver a Fagan. "Vaya poder de *su* Dios." Su cara malévola resplandecía triunfante.

—¡Detesto lo que eres! —Las lágrimas corrían por la cara de Fagan—. ¡Y detesto ser tu hijo!

Una emoción parpadeaba en la cara del Kai. ¿Dolor? ¿Desolación? ¿Qué había visto? Caminó hacia donde estaba Fagan, que tenía los brazos fuertemente agarrados por sus dos hermanos. —¿Te atreves a decirme eso? ¿A tu propia carne y sangre?

Cleet y Douglas soltaron a Fagan y se quitaron del camino mientras su padre desencadenó su furia sobre su hijo menor.

Yo estaba segura de que el Kai lo mataría, por lo que gateé por el suelo frenéticamente, y encontré una piedra lisa. La arrojé tan fuerte como pude y golpeó a Brogan Kai en la parte de atrás de la cabeza. Asustada por lo que me había atrevido a hacer, me volví a meter en mi escondite, mientras el Kai soltó a Fagan y se tropezó. Temblando horrorizada, lo vi tocarse la parte de atrás de la cabeza. Su mano salió con sangre.

"*¿Quién está allí?*"

Contuve la respiración, me agaché y le pedí a Dios que me escondiera.

—¿Quieres que vayamos a ver, papá? —dijo Cleet.

El Kai se volvió a tocar la parte de atrás de la cabeza e hizo una mueca de dolor. Cuando miró hacia la oscuridad, tenía una mirada que nunca antes había visto en su cara. —Quédate donde estás. Él tiene una buena puntería con su honda. —Le daba la espalda a los demás por lo que no vieron lo que yo vi: *Miedo.* Estuvo allí sólo por un instante, pero lo suficientemente real y claro para que yo lo viera. Y entonces su cara se endureció otra vez y maldijo—. ¡Esto no tiene nada que ver contigo! ¿Me escuchas?

—¿Quién es, papá?

—No importa —dijo, y su expresión se volvió neutral. —Vámonos.

—¿Y qué hacemos con ese profeta? Todavía no está muerto, papá.

—Lo estará mañana —dijo Douglas enderezándose—. Está sangrando de la boca, papá. Creo que le hiciste colapsar las costillas.

—¿Quieres que cargue a Fagan, papá? —dijo Cleet, dispuesto a hacer lo que su padre ordenara, fuera lo que fuera.

—Déjenlo allí tirado. Pronto vendrá a casa con la cola entre las patas.

—Está malherido.

—Dije que *lo dejen.*

—¿Qué vas hacer en cuanto a Cadi Forbes? —dijo Cleet y mi corazón se detuvo—. Ella estuvo aquí.

—Olvídate de ella por ahora. Probablemente todavía está corriendo. Voy a hablar con su papá otra vez tan pronto como amanezca. Si no hace algo con ella pronto, lo haré yo.

QUINCE

Las antorchas se habían convertido en meros destellos desde el otro lado del río y entre los árboles, en la ladera de la montaña, antes de que saliera gateando de los arbustos hacia donde estaba Fagan. Gruñó cuando le di vuelta. Llorando, lo levanté y lo puse sobre mis rodillas. El cielo iluminaba lo suficiente por lo que pude ver su cara magullada e hinchada. Un ojo estaba casi cerrado y tenía un bulto en su mandíbula del tamaño del huevo de un ganso. Le corrían lágrimas por su cara sucia.

—¿Está muerto? —susurró con sus labios que le sangraban.

—No sé. —Me limpié las lágrimas de los ojos y miré, por encima de mi hombro, al hombre que estaba tirado a unos metros de distancia.

—Ve a ver. —Fagan apretó los dientes y con dificultad se sentó.

Yo gateé al otro lado, donde estaba el hombre de Dios, y me incliné sobre él. Estaba respirando, apenas, y pude escuchar un ruido horrible que gorgoteaba profundamente en su pecho. Tenía los pulmones llenos de su propia sangre. "¡Lo siento, señor! Siento que le hayan hecho esto."

—¿Está vivo? —dijo Fagan, y gimió al tratar de levantarse.

—Se está muriendo, Fagan. —Me tragué un sollozo—. ¿Qué podemos hacer?

El hombre abrió los ojos y yo me eché para atrás un poco; me puse los puños empolvados en la boca. Me miró y recordé las cosas horribles que le había dicho y me sentí avergonzada hasta los huesos. La duda había nacido. Yo era impotente y tenía miedo. —¿Por qué Dios no lo detuvo? ¿Por qué permitió que le pasara esto?

Sus labios se movieron. Sus ojos suplicaron. Me volví a inclinar sobre él y traté de escuchar lo que quería decir.

—*Re . . . cuer . . . da . . .* —Su respiración salió con un gran suspiro y no dijo más. Sus ojos todavía estaban abiertos; parecían mirarme directamente.

Temblando, me retiré y lentamente me aparté de él. Por alguna razón rara e inexplicable, sentí que el hombre de Dios me había pasado la tarea.

—¿Cadi? —dijo Fagan.

Cerré los ojos para no tener que ver los ojos del hombre. —Ay, Dios —susurré—. ¿Qué voy a hacer? —Estaba temblando de miedo.

El gruñido de Fagan hizo que me volteara. Aunque estuviera malherido, estaba tratando de levantarse. —Tenemos que buscarle ayuda. —Se agarró las costillas y gimió por el dolor—. Gervase Odara . . .

—Es inútil, Fagan. Ya está muerto. —No podía correr a decirle a la señora Elda. ¿Qué podría hacer ella con lo anciana que era? No podía correr donde papá porque él no haría nada si sabía que iría en contra del Kai si lo hacía. ¿Y mamá? Ella me pondría otra piedra en la espalda por mi desobediencia.

Fagan estaba de rodillas, arqueado por el dolor. Lloró. "Oh, Jesús, lo siento. Yo traté de detenerlo. Lo hice."

—¿Qué voy a hacer? —susurré—. Ay, Dios, ¿qué voy a hacer? —¿Quién se atrevería a ayudarnos, si sabían que habíamos desobedecido al Kai?

—Katrina Anice —dijo Lilybet suavemente y mi cabeza dio

un tirón. Estaba parada a unos cuantos metros de distancia, con la tenue luz del sol que salía más allá de las montañas detrás de ella—. Lleva a Fagan donde Bletsung Macleod.

No vacilé. Al ver que la luz del alba estaba en el horizonte, sabía que teníamos que alejarnos de allí tanto como pudiéramos. Me apresuré y volví a enderezar a Fagan y lo ayudé a levantarse. Apretó los dientes por el dolor, se puso de pie y se apoyó en mí. —Papá me buscará donde la señora Elda —dijo con la voz áspera.

—No te llevaré allá.

—¿A dónde entonces?

Se lo dije.

Fagan estaba demasiado agotado y era demasiado pesado para mí como para subirlo por las gradas. Lo dejé medio consciente en el suelo y me apresuré hacia la puerta y la golpeé. —¡Señorita Macleod! ¡Señorita Macleod! ¡Por favor ayúdeme! —Volví a golpear, más fuerte—. ¡Ayúdenos!

—Cadi, qué demonios estás haciendo . . . ¡oh! —Salió por la puerta y bajó las gradas, y no se preocupó en lo más mínimo de que su pelo rubio estaba suelto y le caía en los hombros y espalda. Se agachó al lado de Fagan, lo tocó y lo miró—. Ayúdame a meterlo a la casa, Cadi. —Le puso un brazo debajo de la cintura y me hizo una señal con la cabeza a medida que nos levantamos juntas.

El interior de la pequeña casa de Bletsung Macleod fue una sorpresa para mí. Esperaba que fuera oscura, húmeda y polvorienta y que estuviera llena de telarañas, que parecía encajar con lo que la gente decía de ella que estaba loca, que era una bruja y todo eso. Pero estaba bien barrida, sin nada de polvo, y las ventanas estaban abiertas para dejar que entrara el aire fresco de la mañana.

Tenía pocos muebles: una mesa con dos sillas con el respaldo recto, un gabinete y una cama grande en la esquina opuesta. Al lado había una pequeña mesa. Debajo de una de las ventanas que daban hacia el huerto había un estante largo de trabajo. Debajo de él había un tazón de loza, dos pocillos y varios barriles para almacenar. En la pared, a la derecha de la ventana y de la mesa, estaban sus utensilios de cocina. Varias ollas y sartenes colgaban en ganchos cerca de la chimenea, y una gran olla de hierro estaba suspendida arriba de los carbones que ardían en un fuego rodeado de piedras. Tenía una rueca y un telar.

Todo simple y sencillo . . . pero no lo era. Había toques de belleza por donde miraba. Los respaldos de las sillas estaban tallados con palomas volando, el gabinete con hojas de uva y uvas. Cada mueble estaba pulido con cera de abeja. Había enredaderas secas atadas cuidadosamente con patrones complicados y delicados que cubrían a lo largo y a través de los lados de cada ventana. En un alféizar había una jarra agrietada llena de flores. Un estante tenía una fila de jarras llenas de pura miel ámbar. Había un tazón de manzanas en la mesa de trabajo; su dulce aroma se mezclaba con el de las hierbas que había colgado de las vigas y el molde de tartas que tenía pétalos de rosa secos.

Por todos lados había velas de cera de abejas. Varias, de diversos tamaños, estaban colocadas en la repisa de la chimenea, junto con lazos de pino; una decoraba cada lado de la mesa de trabajo, tres, a distintas alturas, estaban en el estante, y cuatro en un candelero que colgaba arriba de la mesa del comedor.

Lo más asombroso de todo era la tetera de porcelana con flores pintadas y curvas elegantes que estaba en el centro de su mesa, encima de un tapete colorido, tejido delicadamente, que cubría los lados. Nunca había visto algo tan bonito.

—Ayúdame a meterlo a la cama. —Ella cargó más del peso de Fagan del que yo podía. Yo levanté sus pies, mientras que ella suavemente levantó su cuerpo y lo puso en la cama de cuerdas. El colchón era grueso y crujió por las hojas de maíz. Hasta los edredones viejos y desgastados de su cama tenían color y patrones que agradaban al ojo.

Fagan suspiró profundamente cuando Bletsung sacó su brazo debajo de él.

—¿Se está muriendo?

—No, cariño. Consigue un poco de agua, Cadi, rápido. —Puso la mano en la frente de Fagan—. La cubeta está al lado de la puerta. —Corrí para seguir sus órdenes.

Ella había avivado el fuego y le había añadido leña cuando regresé. Recibió la cubeta y derramó la mitad del agua en una olla que colgaba encima del fuego. —Por lo que puedo decir, no tiene huesos rotos, tal vez sólo una costilla agrietada o dos.

—¿Corro a buscar a Gervase Odara?

—No le haría ningún bien, Cadi. Hemos hecho lo que ella podría hacer. Tampoco sería útil decírselo a su mamá. Muy pocos se acercarían a esta cabaña, y ella no es uno de ellos. —Me miró solemnemente—. ¿Fue Brogan Kai? —Como asentí con la cabeza, ella suspiró suavemente—. Entonces estamos solas en esto.

Supe lo que quiso decir. Hasta mi padre le tenía miedo. ¿Por qué otra razón se doblegaría tan fácilmente a la voluntad del hombre? Una visita y unas cuantas palabras era todo lo que se requería. Todos cumplían las órdenes del Kai.

Excepto el hombre de Dios. ¡Y mira lo que le había hecho!

Comencé a llorar, con sollozos profundos desgarradores. Me sobresalté levemente, sorprendida porque Bletsung Macleod me abrazó. —Tranquila, niña —dijo suavemente y yo dejé que me abrazara. Me frotó la espalda, y me susurró palabras consoladoras de la manera que mamá lo hacía antes, cuando era apenas una niñita. Antes de que Elen . . . — Shhhh, cariño, Fagan estará bien. Ya lo verás. ¿Estuvieron en el valle con el hombre?

—Sí. El Kai lo mató a golpes.

—No pensé que iría tan lejos . . . —Sentí que el cuerpo de

Bletsung Macleod tuvo un escalofrío y luego dejó salir la respiración, lenta y relajadamente—. Entonces así están las cosas.

Levanté la cabeza y vi que le corrían las lágrimas por sus mejillas. Miró melancólicamente hacia la ventana que daba hacia la Montaña del Muerto. —No es bueno esperar lo imposible, Cadi. Sólo tienes que hacer lo mejor con lo que la vida te da.

¿Qué esperanzas teníamos ahora?

—Confía en el Señor, Katrina Anice, y el poder de su fortaleza —dijo Lilybet desde la puerta, con el sol a sus espaldas.

Me volteé al oír su voz. —¿Qué fortaleza tiene Dios cuando el Kai pudo matar a su hombre de esa manera? —Me solté de los brazos de Bletsung Macleod y le supliqué a Lilybet que me diera respuestas—. ¡Se quedó allí parado! ¡Sólo recibió los golpes! ¡Y Dios no hizo nada para detener al Kai! ¿Por qué no lo mató de un rayo? ¿*Por qué se llevó nuestras esperanzas?*

—Cada mensajero que Dios ha enviado al hombre, hasta su propio Hijo, Jesús, ha sido rechazado. Pero atiende a la voz del Señor, Katrina Anice. *Recuerda.* "Porque de tal manera amó Dios al mundo, que ha dado á su Hijo unigénito, para que todo aquel que en él cree, no se pierda, mas tenga vida eterna."

—¿Y qué del hombre?

—Él está apenas a un suspiro de distancia, querida.

Se me puso la piel de gallina y tuve un escalofrío. —¿Nos van a matar a nosotros también? ¿Es eso lo que estás diciendo?

—La verdad te ha liberado, amada. Ahora debes decidir caminar en ella.

—Eso es fácil para ti decirlo, pero ¿qué del Kai? ¿Va a dejar que caminemos en cualquier parte ahora que sabe que lo desobedecimos?

—Cree en el que te salvó, Katrina Anice.

—Quiero creer, sí quiero.

—Entonces cree.

—Trato de creer.

—*Cree*. Deja que tu corazón y tu mente estén en Cristo y obedece la palabra del Señor. Y mantente firme, Katrina Anice. El mismo Dios peleará por ti.

Aunque no entendí completamente lo que quiso decir entonces, sentí que la desesperación se fue como las nubes que se deshacen con el sol. ¿El Señor pelearía por alguien como yo? ¿Cómo podría creer algo tan asombroso? Pero lo hice. Mi alma se bebió sus palabras y el miedo frío se derritió. Entonces, la fortaleza se derramó en mis venas, hasta que prácticamente temblé con ella. El Señor, el Señor *mi* Dios, pelearía por mí.

"Recuerda," había dicho el hombre de Dios.

Y lo hice. Cada palabra que había dicho. Me volteé y estaba rebosando de esperanza. "Dios nos protegerá."

Bletsung Macleod estaba parada frente a su mesa de trabajo; con una mano se apretaba el corazón y su cara estaba tan pálida como la corteza de abedul. —Y dicen que *yo* estoy loca.

—No estoy loca, señora. Lo juro, no lo estoy.

Ella vio más allá de donde yo estaba, donde Lilybet había estado parada. —Entonces ¿con quién hablabas así? —Frunció el ceño y me volvió a mirar, esperando que yo le explicara.

¿Qué podía responderle? Me mordí el labio, sin saber qué decirle de Lilybet. No la dejaría en paz si le dijera que Lilybet se me apareció cuando yo estaba intentado saltar del puente de árbol, para acabar con mi vida en las cataratas donde mi hermana había perdido la suya. Ella pensaría que Lilybet era Elen, que había vuelto de los muertos, como los demás.

Las hojas de maíz crujieron cuando Fagan se levantó. —No está loca, señorita Macleod —dijo débilmente—. Sólo es un poco rara. Le gusta hablar las cosas con ella misma.

Bletsung Macleod pensó en sus palabras y suspiró. —Bueno, creo que yo misma lo he hecho un poco. Acuéstate y descansa, niño. Te harás más daño si te mueves.

—No puedo quedarme aquí. Voy a ocasionarle problemas.

—No me traerás nada más de lo que no haya estado ya en mi puerta durante años. —Hizo los hombros hacia atrás—. Nadie te encontrará aquí.

—Papá me seguirá el rastro hasta acá, señora.

—Brogan Kai no te molestará siempre y cuando estés bajo mi techo. Cállate ahora. Sólo tómame la palabra. Estás seguro conmigo.

Mientras estaba parada a los pies de la cama, mirando la cara hinchada de Fagan, Bletsung extendió la mano y levantó el pergamino que colgaba de una cuerda en mi cuello. —¿Qué es esto? ¿Un amuleto de la suerte o algo así?

—¡Ay! —Se me había olvidado todo lo del pergamino que tenía que darle al hombre de Dios. A lo mejor era algo bueno que lo hubiera olvidado, porque si lo hubiera entregado, hasta podría estar en manos del Kai—. La señora Elda se preguntará qué habrá sucedido. Si no vuelvo pronto, ella se morirá de la preocupación.

La señora Elda no estaba sola cuando llegué a la orilla del bosque que estaba cerca de su cabaña. Brogan Kai estaba parado en el porche, inclinado hacia ella y hablando, mientras que sus hijos estaban parados en las gradas de abajo. La señora Elda estaba meciéndose, en su mecedora, de atrás para adelante, lentamente, y miraba hacia el valle y no le decía ni una palabra. Él elevó la voz una vez, y aunque no pude escuchar sus palabras, su tono y comportamiento hablaban lo suficientemente fuerte. Bajó las gradas y señaló con la cabeza; sus hijos lo siguieron.

Tomaron el camino que llevaba a la casa de mi padre.

Cuando ya no los vi, corrí la distancia que me quedaba para llegar a la casa de la señora Elda.

—¿Qué estás haciendo aquí, niña? —dijo, no muy complacida de verme—. Brogan Kai te está buscando. No puedes quedarte.

—El Kai mató al hombre.

—Brogan no guarda el secreto de lo que ha hecho —dijo la señora Elda—. Me dijo directamente lo que había hecho y afirma que lo hizo por nuestro propio bien. Dijo que el hombre estaba tratando de desviarnos. ¿Dónde está Fagan?

—Está malherido. Tiene una costilla rajada y está todo manchado de sangre. Bletsung Macleod lo está cuidando.

—Se puso del lado del hombre, ¿no es cierto?

—Sí, señora. —Desaté el pergamino de mi cuello y se lo entregué—. Lo siento, señora Elda.

Apretó los labios cuando lo vio. —¿No lo quiso?

—Se me olvidó, eso es todo.

Se rió sombríamente. —Podría ser una bendición que se te olvidara. —Miró hacia el camino que el Kai y sus hijos habían tomado—. Parece que nada sale de la forma que lo planificamos. Está bien. —Frunció el ceño y miró el pergamino enrollado que tenía en las manos. Pude ver que otra vez estaba pensando mucho—. Guárdalo, niña. Vuélvelo a poner en tu cuello y mételo dentro de tu vestido, donde nadie lo vea. Y cuando venga mi hora, dáselo a Fagan.

—¿A Fagan?

—Me oíste. Todavía no se lo digas. No entenderá mis razones, y si lo tuviera que explicar, sólo le ocasionaría más problemas.

—¿Y cómo? —No tenía sentido lo que ella estaba diciendo.

Su cara se veía sombría y desesperada. —Tarde o temprano, las cosas van a tener que arreglarse.

—¿De qué cosas está hablando, señora Elda?

Agitó la mano, despidiéndome impacientemente. —Vuelve a la casa de Bletsung ahora. Vamos, te digo. Mientras más te quedes aquí, más probabilidades de problemas hay.

Me paré en la orilla de su porche, con el corazón destrozado. No sabía cuándo podría volver a verla. ¿Y si moría cuando yo no estuviera? —La extrañaré.

Sus ojos se humedecieron. —Dios nos está dando todo este dolor por lo que hemos hecho.

Pude ver que ella también tenía roto el corazón, no porque me iba sino por algún secreto oscuro que había tenido tan profundamente dentro de sí durante todos estos años. Regresé y me arrodillé al lado de su silla; puse mis brazos alrededor de su cuerpo frágil por última vez. —No importa lo que haya hecho, señora Elda, yo la amo y siempre la amaré. —¿Acaso no había pecado yo y había sido perdonada?

Con un suspiro, puso su mejilla en mi pelo. —No es lo que hice lo que me persigue, cariño. Es lo que no hice, y cada año que pasa es peor. —Estaba desanimada por el remordimiento—. Supongo que ahora que el hombre está muerto vamos a tener que continuar las viejas costumbres hasta que las montañas se nos vengan encima.

Las palabras llegaron a mis labios por sí solas. —Eche sus cargas en el Señor Jesús, señora Elda. Si usted lo ama, él no le retendrá nada bueno.

—¿Te lo dijo el hombre en el valle?

—Sí, señora. Y dijo que Jesús nos quita los pecados y nos deja blancos como la nieve. —Le conté lo mejor de lo que el hombre me había dicho; el regalo de gracia que había derramado en mí, lo derramé en ella. Y su cuerpo viejo y seco se empapó de él como un terreno seco de la lluvia.

—¿Y puede ser así de fácil?

—Lo fue para mí.

Suavemente tocó mi mejilla y sonrió. —Eso es porque la mayor parte de lo que hiciste estaba en tu mente, niña.

—Desearlo es hacerlo. Así lo ve Dios.

—Tal vez sí. Pero quiero que sepas que tu abuelita y yo nunca pensamos por ningún instante que tú empujaste a Elen al río.

—Mamá sí.

Ella no lo negó. —Será mejor que te vayas ahora, Cadi, antes de que Brogan regrese y te vea.

—¿Fue a ver a mi padre?

—Me temo que sí. No estaba nada contento de que estuvieras en el valle con su hijo. Le gustaría dejar toda la culpa en tu puerta.

—Fue mi culpa.

—No, niña. Hay una mano más grande que la tuya en todo esto. Has agitado palabras que mi mamá me decía hace muchos años al otro lado del mar. Pero estoy recordando más. En cuanto al resto, con el tiempo, veremos si Dios quiere levantarnos o aplastarnos. Ahora, ¡vete!

Besé su mejilla y bajé rápidamente las gradas.

—Cadi. Algo más.

—¿Sí, señora?

—Dile a Fagan que estoy muy orgullosa de él.

Bletsung Macleod me saludó cuando pasé por la puerta, que había dejado abierta para que yo entrara. —Está profundamente dormido —dijo con una sonrisa. La cabaña estaba llena con el aroma de una buena cocina, que hacía agua la boca. Me dolió el estómago del hambre, pero estaba tan cansada que apenas podía estar de pie—. Siéntate aquí, cariño. —Hizo señas con la cabeza hacia la mesa mientras servía una buena porción de guisado en un tazón. Me lo puso enfrente y sirvió agua en un pocillo de peltre—. Guiso de ardilla y bizcochos. —Sacó un paño de un cesto pequeño—. ¿Te gusta la miel?

—¡Sí, señora!

Tomó una botella de ámbar del estante y la abrió. —Separa un bizcocho y ponlo en el platillo. —Lo hice y ella derramó miel con una corriente gruesa dorada hasta que el bizcocho se cubrió. Mamá nunca había hecho algo así, y miré la corriente dorada, metí el dedo y la probé. Riéndose, puso la jarra en la mesa.

—Nunca había probado algo tan rico. —Ni siquiera las colmenas de la Abuelita habían producido una dulzura como esta.

—Siempre pongo mis colmenas de abejas cerca del castaño de montaña. No se puede obtener una mejor miel.

Se sentó frente a mí. —Come tu guiso, Cadi. Tus huesos tienen mucha necesidad de un poco de carne.

Bletsung Macleod era la mejor cocinera que había visitado, incluso mejor que mamá. Me acabé el tazón de guiso y el bizcocho, y tragué la gruesa dulzura con el agua de manantial de la montaña. Con el estómago lleno, luché por mantener los ojos abiertos. Como no pude evitarlo más, hice a un lado el tazón y puse la cabeza en mis brazos y me dormí rápidamente allí, en su mesa.

Me desperté por el ruido de voces y me di cuenta que estaba metida en la cama, al lado de Fagan. Él todavía estaba profundamente dormido por el elixir para el dolor que ella le había dado.

—El hombre está muerto —dijo Bletsung Macleod, y medio dormida, no pensé mucho en que estuviera hablando sola—. Sí, siento decírtelo. Brogan fue el que lo hizo. Creo que dejó al hombre en paz, siempre y cuando la gente no se acercara a él.

El viento agitó las hojas que estaban afuera de su ventana, y escuché una voz suave y profunda.

—Cadi regresó a la casa de Elda después de ayudar al chico a llegar aquí —dijo Bletsung Macleod—. Yo me sorprendí que viniera a buscarme. No sé qué la hizo hacerlo, tomando en cuenta lo que la mayoría de la gente piensa de mí. Ella es la única niña que se ha acercado a esta cabaña, ella y el chico. Es rara, lo es; habla consigo misma. —Se rió suavemente—. Cuando acababa de llegar, comenzó a hablar como si alguien estuviera parado en la casa. Me dio un susto de muerte, te lo digo. Pensé que traía un espíritu con ella. Pero el chico dijo que ella es así. Supongo que ocurre cuando uno tiene el corazón destrozado y es marginado. . . .

De nuevo, esa voz suave y profunda.

—Es así. Me sorprendí cuando volvió en lugar de irse a casa, con su mamá y su papá.

Escuché la respuesta claramente esta vez. —Ella ha estado quedándose con Elda.

¿Quién estaba hablando? Bletsung Macleod se sentó en un banquillo al lado de una ventana abierta. Siguió hablando, y al mismo tiempo tenía la cabeza levantada y miraba hacia la montaña, mientras hablaba. Y entonces, mi corazón se agitó y supe quién estaba sentado debajo de su ventana.

El Devorador de Pecados.

Fagan se movió. El crujido de las hojas de maíz parecía un trueno en mi cabeza. Cerré los ojos rápidamente y el corazón me latió fuertemente cuando Bletsung Macleod se calló. Él estaba aquí, seguramente. Si les hacía saber que estaba despierta, él querría que hablara con él, que le dijera lo que el hombre de Dios había dicho. ¿Y cómo podría decirle la verdad sin causarle más dolor? Entonces fingí estar dormida cuando Bletsung Macleod dejó su asiento al lado de la ventana, atravesó la habitación y se inclinó sobre nosotros. Primero atendió a Fagan; remojó un trapo y se lo puso en la cara lesionada y arregló los edredones. Me quitó el pelo de la frente. "¿Cadi?" Decidida a que no me pillara, me moví levemente, di un suave quejido y jalé más arriba el edredón. Entonces me quedé quieta, como un ratón dormido en su escondrijo, y no me moví otra vez hasta que escuché el suave chirrido del banquillo que estaba al lado de la ventana.

—Todavía están dormidos.

El Devorador de Pecados habló suavemente, preguntando algo.

—No dijo nada de lo que dijo el hombre. Es probable que duerma todo el día.

—Estarás contenta con la compañía —lo escuché decir suavemente.

—Sí, lo estoy. Haré todo lo que pueda por ellos. El chico es valiente, rebelarse en contra de su padre de la forma que lo hizo. Brogan nunca tuvo el valor de hacerlo. Y Cadi es la nieta de Gorawen Forbes. Eso es seguro. La mujer fue amable contigo. Trataré a Cadi como si fuera mi propia hija.

Él habló otra vez.

—Bueno, no es mi culpa —dijo Bletsun Macleod, y se oía afligida—. Yo no les dije que vinieran. —Una pausa y luego la voz suave y tranquila—. No, no los llevaré a casa. —La voz de ella era baja y airada—. Si pudieras ver lo que Brogan le hizo a su propio hijo, no lo sugerirías. La gente que trata a sus hijos de la manera en que han tratado a estos dos no merece tenerlos en absoluto. Además . . .

—Bletsung, mi amor, ¿lo querrías de esa manera si fueras tú? *¿Mi amor?*

—No tenemos derecho a juzgar.

Bletsung Macleod se quedó callada por tanto tiempo que me pregunté si estaba enojada con el hombre por su suave reprimenda. Cuidadosamente, abrí los ojos, sólo lo suficiente para verla todavía sentada, pálida y pensativa, al lado de la ventana. Estaba mirando hacia las montañas. Tal vez el Devorador de Pecados se había ido otra vez.

—Supongo que tienes razón. —Suspiró—. A veces no puedo evitar pensar cómo habría sido. —Cerró los ojos y agachó su cabeza con tristeza.

—No pasa un día sin que piense en lo que he hecho, Bletsung, y en lo que ha resultado. Pensé que estaba librándote de sufrir, pero en lugar de eso te lo he traído por veinte años y más. Deberías haberte ido a las montañas con mi familia y empezado de nuevo en otro lugar.

—¿Cómo podía irme si mi amor está aquí?

—Hace mucho que te habrías casado y habrías tenido tus propios hijos.

—Yo sólo quería los tuyos.

Los dos se callaron. Las hojas de arce susurraban y escuché el sonido lastimero de una tórtola.

El hombre hablaba suavemente y Bletsung se levantó del banquillo. —Oh, por favor, quédate un rato más. No tienes que decir nada. Sólo me gusta saber que estás cerca de mí.

—Siempre estoy cerca.

Ella se volvió a sentar en el banquillo, y pasó su mano por el alféizar. —No lo suficientemente cerca . . .

—Hay que hacer lo apropiado con el hombre.

—¿Y qué puedes hacer con lo que ha sucedido?

—Supongo que nada, pero puedo llevar el cuerpo del hombre a la montaña. Conozco un lugar apropiado donde puedo enterrarlo. —Dijo algo más, con su voz suave y tierna, y luego sólo se escuchó el crujido de las hojas de arce y el canto de las bijiritas.

Bletsung Macleod no dijo nada más. Estaba mirando hacia la Montaña del Muerto, con lágrimas que le corrían por las mejillas.

Tranquila por su partida, me volví a dormir.

—Ella lo ama, Fagan —le dije cuando me desperté ya avanzada la tarde. Me había levantado y echado un vistazo hacia afuera para asegurarme de que Bletsung Macleod no escuchara. Estaba en su huerto, tenía puesto un sombrero de ala ancha de paja, quitando hierbas con el azadón.

—Eso no es asunto nuestro. —Dio un gemido cuando me senté en la cama, porque hasta ese movimiento leve le dolía. Su cara era una mezcla de morado y negro. Tenía un ojo hinchado, totalmente cerrado.

—Tal vez no, Fagan, pero hace pensar, ¿no crees? Él también la ama. Debías haber escuchado la manera en que él le hablaba, tan suave y dulce. —Sentí melancolía al pensar en eso—. Papá solía hablarle así a mamá.

Fagan estaba acostado e inmóvil para mantener el dolor a raya. —Mi papá nunca le habló así a mi mamá, como si ella significara algo para él, pero la he visto mirarlo como si el sol no saldría sin él. No veo cómo puede sentirse así . . .

—No es difícil —dije, pensando en mi propia situación—. Puedes amar a las personas sin que ellas te amen a ti. Especialmente si sabes la razón por la que no pueden soportar verte.

Volteó su cabeza y abrió su ojo bueno. —Tal vez estás equivocada en cuanto a tu mamá, Cadi.

Encogí los hombros, segura de que no lo estaba. —Ya no importa. Estoy acostumbrada a la manera en que están las cosas.

—No lo estás.

Me mordí el labio hasta que pude responder sin que la voz me temblara. —Es mi culpa que las cosas estén como están. Quizás no empujé a mi hermana al río, pero deseé que se cayera.

—Yo he deseado el mal para mi papá y mis hermanos también, Cadi. Así no es como suceden las cosas. No fue tu culpa que Elen muriera.

—Ahora lo sé, Fagan, pero ¿todavía no lo ves? La culpa no importa. Sé que lo soy. Soy una pecadora. Aun cuando traté de hacer el bien, siempre salió mal.

—No más que cualquier otro. Algunos son peores que otros.

—Te refieres a tu padre.

—Sí, mi padre. Y mis hermanos. Yo los odiaba, Cadi. —Su ojo bueno se llenó de lágrimas—. Entonces, te pregunto, ¿cuál es la diferencia entre ellos y yo? Si no hubiera aceptado a Jesús y si no me hubiera limpiado en el río, sería igual. Yo era del diablo y pensé que siempre lo sería. Y ahora, todo ha cambiado. Ya no somos los mismos, Cadi. Tienes que creer lo que el hombre nos dijo.

—Quiero creer, Fagan, pero ¿a dónde te llevó aceptar a Cristo? Nunca debí ir.

—¿Por qué no?

—¡Mira lo que pasó!

—Encontraste esperanza, ¿verdad? —Todavía estaba muy emocionado con eso, aun con el dolor que sentía.

—No duró mucho, ¿verdad? El hombre está muerto.

—Nos dijo la verdad, Cadi. ¿No lo sentiste directo en tu corazón? ¿No escuchaste la voz de Dios en cada palabra que dijo?

—Todo lo que el hombre dijo tenía mucho sentido mientras lo decía. Pero tal vez porque yo quería mucho sentir que me perdonaran, habría creído cualquier cosa.

—Estabas feliz, Cadi. Deberías haber visto tu cara. Estabas radiante.

—Sí, estaba tan llena de felicidad que casi rebosaba de ella —dije, y las lágrimas comenzaban a salir—. Y luego viene tu papá con tus hermanos y le quita la vida a golpes a ese pobre hombre y el espíritu a mí. ¿Dónde estaba Dios entonces, Fagan? Sigo pensando y pensando en eso y no puedo arreglar las cosas así como están. Nada ha cambiado. Nada cambiará nunca.

—Eso es porque hemos estado haciendo las cosas mal, Cadi.

Enojada y frustrada, lo miré. —¿Me estás escuchando, Fagan? Todo está igual que siempre.

—No, no es cierto.

Estaba temblando por dentro por mi propia fe débil. Había salido ilesa y aterrorizada, y allí estaba Fagan, maltratado, golpeado y listo para una guerra santa.

—No hizo nada más que decir la verdad y lo mataron por eso —dije.

—No puede terminar así.

No había terminado, aunque no quise decirle a Fagan que el hombre había puesto la pesada carga sobre mí. La menos apropiada, a mi manera de pensar. Yo era una niña, una marginada. ¿Qué podía hacer yo?

Pero la mano de Dios apretó mi corazón. Todo lo que estaba dentro de mí se aferró como la hiedra que se pega al tronco de aquel gran árbol donde yo había sido injertada. Yo, un brote y no una rama. En todo caso, todavía no. Había abierto mi corazón y Dios había llegado y lo había llenado. Dios con su perdón. Dios con su misericordia. Dios con su amor. ¡No merecía nada de eso!

—Creo, Fagan. Sí creo, pero tengo mucho miedo. Tu papá habló con la señora Elda y también fue a ver a mis padres. Si él te hizo eso, entonces me hará algo peor.

—Dios te protegerá.

—No protegió al hombre en el río. No te protegió a ti.

Fagan agarró fuertemente mi muñeca. —Dios estaba allí. No fingiré que entiendo por qué pasaron las cosas de la manera en que pasaron, pero sé esto. Tienes que decirle la verdad a la gente.

Me reí ligeramente, y solté mi muñeca bruscamente. —¿Te refieres al Kai? ¿Crees que debería ir a decirle a tu papá?

Con una mueca de dolor, Fagan volvió a cerrar su ojo. —No. Yo mismo se lo diré cuando sea hora de decírselo.

Me dio vergüenza. Después de todo lo que su papá le había hecho, Fagan no había perdido su valor. —Se lo dije a la señora Elda —dije, esperando la aprobación de Fagan.

—Ya es una.

Me estremecí al pensar en Brogan Kai que me estaba buscando. Estaba ocasionándole dolor a mi familia otra vez, ahora más que nunca. Pero, incluso ahora, anhelaba compartir lo que había escuchado. Hablarle a la anciana de la palabra del Señor había sido fácil porque ella había estado esperando escuchar lo que Dios tenía que decir. Podía hablarle a mi hermano, Iwan, pero él sería rápido en tomar el lado de mamá y papá. Y si yo llegara ahora, ellos probablemente no me dejarían abrir la boca antes de que papá usara su cincho conmigo y me encerrara en la leñera por ocasionarle problemas al Kai.

—Tal vez la señora Elda hable con Gervase Odara.

—Tal vez —dijo Fagan suavemente.

—He estado pensando, Fagan. La gente no sería feliz si yo les contara lo que el hombre dijo.

Volteó su cabeza lentamente, abrió su ojo bueno y me miró. Me sentí como Pedro cuando negó a Jesús.

—Es decir, piénsalo —dije suavemente—. Todos nuestros padres creen que el Devorador de Pecados les ha quitado sus pecados para que estén limpios ante Dios. ¿Tú crees que van a alegrarse al escuchar que sus seres queridos se han ido a la tumba con sus pecados todavía encima? ¿Piensas que van a querer saber que sus parientes probablemente se están quemando en el infierno? —Pensé en la Abuelita—. ¿Quién querría creer algo así? —Esperé que el Señor viera todo el bien en el corazón de la Abuelita. Ella me había amado cuando no merecía que me amaran y había sido amable con el Devorador de Pecados cuando nadie más se interesaba en lo que le sucediera, siempre y cuando hiciera su tarea. Ella le preparaba comida cuando todos los demás sólo le daban sus pecados para que se los comiera.

—El hombre dijo que Dios ve el corazón —dijo Fagan, más seguro que yo—. Tenemos que confiar en él, Cadi. No podemos mirar hacia atrás a los muertos. Tenemos que preocuparnos por los vivos.

—¿Y si le decimos la verdad a la gente y no escuchan, Fagan? ¿Entonces qué? Ellos hasta ahora no han escuchado. El hombre estuvo hablándonos a todos, pero nosotros fuimos los únicos que fuimos al río y lo pasamos.

—Eso no cambia nada, Cadi.

—Entonces lo mismo podría ocurrirnos a nosotros, lo que le pasó a ese pobre hombre en el río.

—No podemos pensar en lo que podría ocurrir. Tenemos que pensar en lo que Dios quiere que hagamos. Vamos a enfrentarlo algún día, Cadi. Tú y yo, parados ante el Señor Todopoderoso. ¿Quieres decirle que sabías que su Hijo murió por todos en este valle y que no se lo dijiste a nadie más que a una sola anciana?

Bajé la cabeza con vergüenza. Seguí pensando en los golpes que Fagan había recibido mientras yo estaba escondida en la oscuridad.

—Jesús sabía lo que le costaría, Cadi. Y él sabe lo que te va a costar. —Fagan volvió a tomar mi mano—. El temor no viene de Jesús, Cadi. Viene de mi padre. No puedes permitir que te impida hacer lo que sabes que tienes que hacer. No puedes retener la verdad. Si lo haces, no es a Dios a quien sirves, será al Kai. Y no hay esperanza para ninguno de nosotros si dejas que él te guíe.

Mi estómago tembló cuando pensé en la promesa que le había hecho al Devorador de Pecados. Él era el primero con quien debía hablar. Si no fuera por él, nunca habría ido al río a escuchar la palabra del Señor en absoluto.

¿Cómo se sentiría cuando le dijera que todo lo que había hecho había sido en vano?

—Por favor, Cadi. —Fagan trató de sentarse. Dio un gemido y se volvió a acostar y cerró los ojos.

Me incliné sobre él. —¿Te duele la cabeza?

Hizo una mueca cuando lo toqué. —No ha dejado de dolerme.

Me bajé de la cama con cuidado para no moverlo y fui a traer un trapo húmedo y frío para su frente. —Gracias —dijo, y buscó mi mano. Cuando puse mi mano en la suya, la apretó—. Estamos juntos en esto. —Se volvió a dormir. Todavía sosteniendo su mano, me acosté encima de los edredones y lo miré hasta que ya no pude mantener los ojos abiertos.

Parecía que, después de todo, Dios iba a hacer las cosas a su manera conmigo.

A la manera de Jesús y la cruz.

DIECISÉIS

𝒜 LA MAÑANA SIGUIENTE, CAMINÉ ALREDEDOR DE LA casa y encontré el lugar donde el Devorador de Pecados se había sentado, debajo de la ventana. El espacio era llano por el uso, y había un sendero angosto que llevaba hacia el bosque que estaba en la base de la Montaña del Muerto. Caminaba por él cuando Bletsung Macleod se apoyó en la ventana y me llamó.

—¿Adónde vas, Cadi?

—A buscar al Devorador de Pecados.

—Por qué no esperas uno o dos días. Él bajará. Puedes sentarte en mi banquillo y hablar con él desde la ventana.

Sacudí la cabeza porque sabía que si esperaba uno o dos días, perdería el valor. —Tengo que ir ahora, señora.

—Bueno, entonces, déjame darte algo para él. —Desapareció en la cabaña y yo volví a caminar hacia el lugar sin hierba debajo de su ventana, y esperé allí hasta que ella volvió a aparecer arriba de mí. Se inclinó y me dio un cesto. En él había bollos de pasas y una jarra de miel. Dejó caer una calabaza vacía con una cuerda larga y un corcho en ella—. Sigue el camino, Cadi, y encontrarás un manantial a un kilómetro y medio, arriba en la montaña. Para entonces tendrás sed.

Fue difícil escalar la Montaña del Muerto con la tentación de los bollos y la miel de Bletsung Macleod. El camino serpenteaba hacia arriba entre tulíperos, arces sacarinos, abedules amarillos y píceas rojas. Encontré el manantial y me arrodillé, junté mis manos y me llevé el agua a la boca. El canto de las aves me rodeaba, y como me sentía segura, descansé allí un poco, escuchando el agua que corría en las rocas. Una tángara amarilla aleteaba hacia el suelo, no muy lejos; picoteó el suelo antes de revolotear rápidamente hacia los árboles. Llené la calabaza y me la colgué al hombro; levanté el cesto y caminé alrededor del manantial hasta que volví a encontrar el camino.

El día se puso cálido y el aire estaba pesado por la humedad. El camino siguió hacia un bosque de helechos que llegaban a la cintura y que crecían debajo de un manto de píceas y abetos. Podía escuchar la suave corriente de agua y llegué a unas cataratas con neblina. Jadeando, me detuve cerca de la espuma que golpeaba las rocas, agradecida por tener la ducha refrescante después del calor. Un arco iris apareció en la corriente de luz del sol. Había un pequeño estanque en la base de las cataratas y me preguntaba si el Devorador de Pecados se bañaba allí.

Reinicié cuidadosamente mi camino por la corriente y me mantuve en el camino que serpenteaba hacia arriba, hasta que el rico aroma de la tierra dio lugar al olor de piedra caliente, empapada de sol. Me detuve y miré al otro lado del estrecho de granito. Mis piernas estaban cansadas de escalar tanto. ¿Había llegado tan lejos sólo para perder el camino? Tomé agua de la calabaza y me senté unos cuantos minutos a la sombra de un pino que salía de las rajaduras de la meseta rocosa. Después caminé por las capas de piedras, como gradas gigantes, hacia un bosque poco denso, más allá.

Al caminar entre un afloramiento de granito, entré a un bosque espeso de abedules. Los troncos blancos sobresalían comparados con el follaje verde. Un poco de ese follaje ya se estaba poniendo amarillo brillante y anaranjado con el aire refrescante de las alturas. Allí, al otro lado, encontré el hogar del Devorador de Pecados, una cueva en la ladera de la montaña.

"¡Hola!" grité, con el corazón que me latía rápidamente. Nadie respondió. Me acerqué unos cuantos pasos más y vi un círculo de piedras donde había habido una fogata. Habían desmantelado un asador de hierro y lo habían dejado en la entrada de la cabaña. Me detuve, esperé, luego volví a gritar, esta vez más fuerte; me sudaban las palmas de la mano. "¡Hola!"

Todavía nada.

Con curiosidad, me acerqué cuidadosamente. "¿Devorador de Pecados?" dije suavemente. Me armé de valor y eché un vistazo adentro. "Señor, he venido a decirle lo que dijo el hombre del río."

Mientras mis ojos se acostumbraban a la oscuridad, vi un montón de pieles cerca de la pared de atrás de la cueva. Aparte de un gabinete abierto, toscamente labrado, en el que había varias ollas pequeñas, dos jarras limpias de vidrio, como la que llevaba en mi cesto, y unas cuantas vasijas de loza desportilladas, el pobre hombre no tenía muebles. Una linterna estaba colgada de una raíz que había crecido a través de una rajadura en el granito. Una corriente delgada de sol penetraba en la oscuridad desde arriba.

Al entrar, miré hacia arriba y vi que la cueva era lo suficientemente grande para que un hombre se parara recto. Un área de la pared de la cueva que terminaba en una hendidura, que supongo que se abría para afuera, estaba ennegrecida por años de humo.

Por lo menos estaba seco y fresco, después del calor del día de finales de verano, y probablemente estaría lo suficientemente cálida durante los meses fríos de invierno. Pero me sentí triste por el hombre que había vivido en este lugar oscuro por tantos años.

Puse el cesto con los bollos y miel en la camilla de pieles y volví a salir.

¿Había venido hasta aquí para nada?

"¡Devorador de Pecados! ¿Dónde está?" El viento susurraba en las hojas de abedul. ¿Estaría cerca, escondido y mirando? "¡Vine para cumplir con mi promesa!" Caminé por la superficie de la ladera y me preguntaba qué hacer. ¿Esperar hasta que volviera? ¿Y cuándo sería? ¿Qué si anochecía y no venía? ¿Y si venía y se enojaba porque yo había entrado a su hogar? Surgieron cien posibilidades siniestras.

La pared desapareció y el mundo se extendió frente a mí, fila tras fila de montañas verdes y azul-morado, cubiertas por nubes de niebla blanca. Un águila gritó encima de mí, montada en las corrientes de aire. Impresionada, me volteé y vi todo lo que me rodeaba y la majestad de todo. Nunca imaginé que el mundo fuera tan inmenso, tan bello. Seguí escalando, dispuesta ahora a pararme en la cima y ver todo alrededor. Me olvidé del Devorador de Pecados y de mi promesa en mi búsqueda de las alturas. Ahora era más inclinado. Apenas cuando me detuve para sentarme a descansar escuché el golpe de una roca contra otra. Me levanté y caminé hacia una cornisa.

Y fue entonces cuando lo vi y recordé por qué había ido.

Agachado frente a una cornisa de piedra, largo y angosto, el Devorador de Pecados amontonaba piedras que encerraban al hombre de Dios, que ahora estaba metido en una hendidura en la cima de la montaña. El hombre muerto estaba acostado sobre una cama de pino, debajo de la cornisa, con las manos unidas sobre su pecho, sus ojos cerrados con unas piedrecitas blancas. Me agaché con la mano en la boca y miré.

El Devorador de Pecados colocó las piedras con mucho cuidado; las cambiaba de sitio y las movía hasta que encajaban bien, apretadamente, y selló así al hombre de Dios en la montaña. Cuando terminó, se paró por un buen rato, con la cabeza agachada, en señal de respeto. Luego escaló la corta distancia hacia la cima. Se paró con sus brazos elevados hacia el cielo, como si quisiera agarrar algo. Cayó de rodillas, se inclinó y se agarró la cabeza . . . y pude escuchar sus sollozos entrecortados.

Descendí de la cumbre rocosa y volví a la cueva del Devorador de Pecados; me senté afuera y esperé a que volviera. Desesperada, me pregunté qué tanto dolor adicional le ocasionaría yo al hombre cuando supiera la verdad. Pasó una hora y luego otra. Cuando el sol comenzó el arco hacia el occidente y todavía no volvía, supe que tenía que empezar a bajar para volver, o no llegaría abajo antes de que llegara el ocaso.

—¿No lo encontraste? —preguntó Bletsung Macleod cuando entré a su cabaña, cansada y llena de polvo.

Me hundí con cansancio en la silla, y puse la calabaza vacía en la mesa. —¿Sabía que vive en una cueva?

Con el ceño fruncido, sacudió la cabeza. —No, no lo sabía.

—No tiene mucho.

—¿Y entraste? —dijo Fagan, levantándose para sentarse a la orilla de la cama.

—Sólo por un minuto. Grité pero no respondió. —Les conté cómo el Devorador de Pecados le dio sepultura al hombre de Dios.

—Dijo que se encargaría del hombre —dijo Bletsung Macleod—, pero no pensé que lo cargaría directo a la cima de la montaña.

—Parece un lugar adecuado —dijo Fagan solemnemente.

Ella sonrió tristemente y se sentó en el banquillo que estaba al lado de la ventana; miró hacia la montaña. —Pobre Sim. —Una lágrima rodó por su mejilla—. Tenía tantas esperanzas . . .

—¿Sim? —dije, y me acerqué a ella. Como no dijo nada, toqué su brazo levemente.

Volteó la cabeza y me miró, distraída.

—¿Dijo Sim? —Por la mirada de su cara, supe que había mencionado su nombre sin darse cuenta—. Su nombre es . . .

Ella detuvo mis palabras con las yemas de sus dedos y sacudió la cabeza. —No debes decirlo en voz alta. No estaba pensando, niña.

"¡Hola!" gritó un hombre desde afuera, y nos asustó a las dos. Bletsung agarró mi muñeca y me retiró rápidamente de la ventana. Me soltó y me hizo señas para que me moviera hacia la parte de atrás de la cabaña. La cara de Fagan estaba tan blanca como un papel, porque conocía muy bien esa voz. Era su padre.

"¡Bletsung! ¡Holaaa!"

Ella se acercó a la puerta. "Agáchense detrás de la cama," susurró. "Voy a dejar la puerta abierta; si no se dará cuenta de que algo no concuerda." Salió al porche y gritó: —Vaya, volvió Brogan Kai para pedirme algo. Y después de tantos años.

Fagan cerró sus ojos. Pude ver el pulso que le latía en el cuello.

—Estoy buscando a mi hijo, Bletsung.

—¿Y por qué vendrías a buscarme a mí?

—La última vez que vieron a Fagan estaba con la niña Forbes. —Su voz se oía más cerca. Me movía inquietamente, y quería meterme debajo de la cama, pero Fagan me agarró de la muñeca y puso un dedo en sus labios, mientras su padre hablaba con Bletsung desde abajo de las gradas—. El chico Hume dijo que se había enterado de que ella había estado por este camino una o dos veces.

—¿Ah, si? Bueno, caminaste mucho por nada. ¿Qué sucedió que hizo que los dos huyeran? —Mi corazón latía fuertemente por su pregunta, porque tenía miedo de que pudiera hacerlo sospechar.

—¿Has visto a la niña o no?

—No vas a responder, ¿o sí?

—Eso no te incumbe, Bletsung.

—Parece que no mucho. He vivido sola, Brogan. Ahora ya

más de veinte años. No sé qué pasa entre el resto de ustedes. Nadie viene a visitar a menos que necesiten al Devorador de Pecados.

Nadie dijo nada por un buen rato. Nosotros no nos atrevimos a movernos, porque Bletsung no había dado ni un paso más allá de la puerta. Sabíamos que el padre de Fagan todavía estaba allí, aunque no lo que estaba haciendo o qué podría estar pensando.

—No tenía que haber sido así, Bletsung. —Su tono, extrañamente, era tierno y lleno de remordimiento.

Fagan ladeó la cabeza y frunció el ceño.

—Ah, claro que sí. —La voz de Bletsung era firme.

—Me habría gustado que hubiera sido de otra manera. —El tono de Kai adoptó una aspereza firme—. Y lo sabes muy bien.

—Sí, sé cómo lo querías. Sólo que no entendiste que nunca podría ser de ninguna otra manera más que esto.

—¡Las cosas habrían sido mejores para ti si no hubieras sido tan necia!

—No fue necedad lo que me mantuvo aquí, Brogan Kai. Fue amor. —Sus pasos se alejaron de la orilla del porche, y volvió hacia la puerta abierta. Se detuvo cuando él le gritó.

—¡La suerte le cayó a él! Ha sido el Devorador de Pecados por veintidós años. ¿Cuándo lo darás por perdido?

—¡Nunca! —dijo con tono desafiante—. Nunca —dijo otra vez, y su voz se entrecortó mientras se alejaba. Volvió a entrar—. Nunca, nunca nunca . . . —Cerró la puerta firmemente; dejó caer la barra en su lugar. Cerró los ojos y se quedó parada por un rato, con la frente sobre la puerta. Cuando volvió a abrir los ojos, vi una leve indicación de miedo en las profundidades azules, antes de que se volteara y caminara hacia la ventana de enfrente. Hizo la cortina a un lado lo suficiente como para ver hacia afuera. Contuvo la respiración y luego sacó el aire suavemente, con alivio. "Ya se va." Se retiró de la ventana.

Quería verlo yo misma, por lo que me apresuré a tomar su lugar y eché una ojeada con cuidado. El Kai caminaba lentamente por la pequeña pradera, con los hombros caídos, el rifle metido firmemente debajo del brazo y con el cañón hacia abajo.

Salté levemente cuando Bletsung puso su mano en mi hombro. —Es mejor alejarse de las ventanas, Cadi.

Me sentí despreocupada porque nos salvamos por el momento. —Se fue, Fagan. Estamos a salvo.

—Por ahora. —Fagan se sentó en la orilla de la cama. Miró solemnemente a Bletsung Macleod—. Volverá, ¿verdad?

Ella levantó su hombro; su expresión no revelaba nada.

Fagan entrecerró los ojos levemente. —¿Qué pasa entre usted y mi padre?

—Nada.

—Entonces ¿por qué está tan roja?

Ella suspiró. —Sucedió hace mucho, mucho tiempo, Fagan, antes de que tú nacieras. —Se sentó a su mesa, y se veía cansada y triste. Puso los codos en la mesa, su cara en sus manos y se frotó la frente como si le doliera.

Fagan se levantó y se acercó; se sentó en la silla frente a ella. Tenía en su cara esa mirada resuelta. Puso sus manos juntas en la mesa y no le quitó los ojos de encima. —Quiero saber.

Ella bajó sus manos y lo miró. Lo miró un buen rato. Supongo que vio que no iba a rendirse hasta que le respondiera. —Él quería casarse conmigo.

—Quiere decir que la amaba.

—Una vez, hace mucho tiempo, él pensó que me amaba. O quizás sólo se sintió mal por lo que había sucedido y como era una acción de su padre y todo eso. Ya no lo sé, Fagan. En todo caso, ahora ya no importa. Pasó hace muchos años. A decir verdad, Brogan Kai pudo haber sido el rey de Inglaterra que venía a cortejarme y no me habría importado. Yo amaba a otra persona. Todavía lo amo, y siempre lo amaré.

Yo me acerqué. —El Devorador de Pecados.

Ella levantó la cabeza y me miró. —Sí, cariño —dijo con una sonrisa triste—. Yo amo al Devorador de Pecados.

—Usted debe odiar a mi padre —dijo Fagan—. Ambos, usted y el Devorador de Pecados.

Bletsung se apoyó en la mesa y puso la mano sobre la de Fagan. —Fue Laochailand Kai el que exigió un Devorador de Pecados, no tu padre. Algunos dijeron que no, pero al final todos se rindieron por miedo. El anciano le dijo a Brogan que seguramente caminaría por estas montañas si no le quitaban sus pecados. Y todos creímos que lo haría.

—¿Y era tan malo?

—Fríamente cruel. Hizo que todos supieran en estos lugares que había salido de Escocia por una buena causa. Algo terrible, supimos, pero no qué. Y hay historias de cómo este valle montañoso cayó en nuestras manos. Él era un escocés sangriento, seguramente, y estaba orgulloso de eso. Todos le tenían miedo. —Retiró su mano—. Pero había otros igual de malos.

—Mi papá —dijo Fagan sombríamente.

Ella sacudió su cabeza y se levantó de su silla. Se fue al banquillo que estaba al lado de la ventana, se sentó y miró hacia la montaña, como lo hacía a menudo.

—¿Y cómo sucedió? —dijo Fagan—. ¿Cómo se eligió al Devorador de Pecados?

—Se utilizaron pedazos de hueso; una marca de cada hombre se colocó en cada uno. Se pusieron en un tazón y se revolvieron. La abuelita de Cadi, Gorawen Forbes, sacó uno. Ella lloró cuando vio la marca del que había sacado, pero le dio la espalda, así como todos los demás.

—¿Y usted?

Le dio vuelta al banquillo y nos miró otra vez. —Yo misma me habría levantado en contra del viejo Kai, si Sim me lo hubiera permitido, pero dijo que el mismo Dios había sacado su nombre de ese tazón de dolor y no había nada que pudiera hacer para cambiarlo. Por lo que salí corriendo y vine aquí. Nunca he tenido mucho que ver con la gente de este valle desde entonces y sólo unos cuantos han venido alguna vez.

—El Kai —dije.

—Sí, y Gervase Odara viene un par de veces al año por mi miel, y cuando se necesita del Devorador de Pecados —dijo con tristeza.

—¿Y la dejaron sola todos estos años? —dije, entristecida.

—No todos. —Sonrió conmigo—. Tu abuelita vino hace años, antes de que se enfermara. Ella y Elda Kendric. Siempre supe que vería a estas señoras en el otoño cuando las hojas se pusieran rojas y doradas, y luego para Navidad, y en la primavera. —Se rió por los recuerdos agradables—. Tu abuelita siempre venía cuando las plantas de verano florecían y me traía un cesto de houstonianas. Nunca venían con las manos vacías. Traían castañas o una jarra de curtido de cáscara de melón o mantequilla de manzana, y yo las enviaba a casa con miel. Elda vino sola una vez y me dio ese edredón floreado donde estás sentado, Fagan. —Frunció el ceño, perpleja—. Nunca entendí por qué me lo dio, especialmente porque Iona acababa de dar a luz a Cleet, pero ella insistió que yo lo tuviera.

—La señora Elda nunca le ha dado nada a mi madre, que yo sepa —dijo Fagan, y frunció el ceño levemente—. Nunca han tenido nada que ver, que yo sepa. ¿Por qué sería?

—Algo tuvo que haber pasado que pusiera una pared entre ellas —dijo Bletsung—. Debe ser triste estar aislado de un familiar amoroso.

—Debe ser —dije—. La señora Elda envió a todos sus familiares más allá de la montaña hace años.

—No a todos.

—¿Qué quiere decir? —dijo Fagan, examinándola.

Bletsung Macleod nos miró a los dos. —¿No lo saben?

Nos miramos mutuamente y luego la miramos a ella.

—¿Saber qué? —dijo Fagan.

—¿Qué te han dicho de Elda Kendric?

—Papá me dijo que me mantuviera alejado de ella. Dijo una vez que es peor que la plaga. La única vez que lo oí mencionarla fue cuando la maldecía, y no permite que se la mencione en casa.

—¿Y tu mamá?

—Ella nunca ha dicho nada de ella.

Los ojos de Bletsung se llenaron de lágrimas.

Fagan examinó su cara. —Y ¿qué de la señora Elda?

Ella sacudió la cabeza, con lágrimas que le corrían por las mejillas. Volvió a apartar la mirada.

—¡Dígame!

Ella lo miró otra vez, con sus ojos azules e intensos. —No uses ese tono conmigo, niño. No me toca decir más de lo que he dicho. La señora Elda debe tener sus propias razones para guardar silencio. Tal vez vaya y le pregunte cuáles son. El Señor sabe que extraño hablar con ella. —Apartó la mirada—. El tiempo pasa y nos concentramos en las cosas que no nos herirán, como el trabajo que hay que hacer en el huerto, las abejas y guardar comida para el invierno. Y mientras tanto, la gente envejece y se va, rompe un pedazo de nuestro corazón y se lo lleva hasta que ya no hay nada más que un vacío adentro.

—Usted podría visitar a la señora Elda —dije, al sentir su sufrimiento como si fuera mío en parte—. Ella seguramente la recibiría. Podría sentarse en su porche y visitarla todo el día si quisiera.

Bletsung se rió con tristeza y sacudió la cabeza. —No, Cadi, no podría.

—¿Por qué no?

—Porque tendría que pasar por el Riachuelo Kai para llegar allá —dijo Fagan sombríamente.

—Esa no es la razón —dijo Bletsung—. No debes pensar que tu padre es la única razón por la que me he quedado sola todos estos años.

—¿Entonces por que?

—Conozco mi lugar.

Pero Fagan estaba decidido. —Tengo que irme de aquí. Voy a ocasionarle más problemas si no me voy.

—Tu padre no me molestará.

—Lo hará si cree que estoy aquí.

Ella sonrió. —Nos aseguraremos de que no se entere.

Fagan impulsó la silla hacia atrás con un sonido áspero. —¿Cómo planea hacerlo? No puedo quedarme confinado en su casa por el resto de mi vida, señora. No es correcto que me quede aquí, y tan pronto como pueda, ¡me voy!

Ella se levantó frente a él al otro lado de la habitación. —¿Y a dónde irás? ¿A tu casa con tu parentela cruel? Tengo miedo por ti, Fagan. ¿Crees que algo ha cambiado ahora que tu padre mató al predicador? Puedo decirte que no. Será peor que nunca. Te opones al hombre y ¿quién estará de tu lado? ¿Tu mamá? No. ¿Tus hermanos? ¡Nunca! Estarás solo, y él te atacará peor que antes y quizás hasta te mate esta vez. ¿Es eso lo que quieres que ocurra?

Sólo la miró con sus ojos sombríos.

Ella suavizó la expresión de su cara. —Aquí estás seguro y puedes quedarte todo el tiempo que quieras —dijo más suavemente. Se levantó del banquillo—. Tengo tareas que hacer.

Con una mueca de dolor, Fagan se levantó tan pronto como ella se fue. Retiró su brazo cuando intenté ayudarlo. —Puedo llegar a la cama solo.

Me paré en medio de la habitación, con mis manos a los lados, mientras lo miraba. Se acostó con cuidado en la cama e hizo una mueca de dolor cuando se estiró. ¿A dónde podría ir sin que lo encontraran?

—Hay un lugar donde estará a salvo, Katrina Anice —dijo

Lilybet, parada al otro extremo de la cama donde Fagan estaba acostado—. Tú sabes dónde.

Se me vino como una ráfaga de lucidez. —Lo tengo.

Fagan volteó la cabeza y me miró. —¿Tienes qué?

Incliné la cabeza y miré a Lilybet, preguntándole. —¿Deberíamos irnos ahora?

—No, pero ten la seguridad de que lo sabrás cuando sea el momento apropiado.

—Pensé que tendría que ir sola.

Ella sonrió. —El Señor envió a sus discípulos de dos en dos.

—¿Otra vez estás hablando sola? —dijo Fagan, molesto—. ¿Por qué tienes que actuar de una manera tan loca?

Le sonríe ampliamente. —No estoy loca. Ya sé a dónde podemos ir y nadie nos seguirá.

—¿A dónde?

Caminé al otro lado de la habitación y le aseguré el edredón. —Duérmete otra vez, Fagan. Cuando sea tiempo, te mostraré el camino.

Había suficiente trabajo para mí en la casa de Bletsung Macleod y no me importaba ayudarla. A veces ella se levantaba, me miraba y luego volvía a sus quehaceres. No nos hablábamos mucho, pero era un silencio cómodo; la misma tierra se llenaba con abundante ruido. El aire hacía que las hojas susurraran en el roble, en la tsuga, en el pino blanco y en las píceas rojas, mientras las aves bajaban en picada, planeaban y cantaban. Las abejas zumbaban con satisfacción mientras que los insectos chirriaban en el césped largo de la pradera cercana.

No pensé mucho en mamá hasta que la vi parada cerca de la cortina de laurel montañés. Mi corazón saltó al sólo verla, muy callada y afligida, mirándome trabajar al lado de Bletsung Macleod. Cuando me detuve y me enderecé, la volví a ver, que silenciosamente se volteó y desapareció entre la enredadera verde. Mi garganta se cerró tanto que pensé que me ahogaría. Una parte de mí quería correr detrás de ella. Pero otra parte estaba contenta de que se hubiera ido.

—¿Qué pasa? —dijo Bletsung Macleod, mirando hacia el bosque, cerca del riachuelo.

—Nada —dije, y otra vez comencé a limpiar con la azada, con los ojos calientes y arenosos. No sabía que mamá caminara tan lejos. Tuvo que haber ido a la casa de la señora Elda y supo que yo estaba aquí, y después caminó todo eso hacia el final del valle para verlo con sus propios ojos. Me pregunté si la señora Elda le había dicho que el Kai había matado al hombre de Dios. ¿Le importaría que ya no estuviera?

Al sentir que algo húmedo corría, me limpié la mejilla con la parte de atrás de la mano y seguí trabajando con la azada. ¿Qué habría estado pensando mamá mientras estaba parada allí, mirándome? ¿Que era mejor que se había deshecho de mí? ¿Por qué habría perdido una gran parte del día sólo para venir a mirarme y luego volverse a ir?

—¿Estás bien, Cadi?

—Sólo estoy triste, eso es todo. —Ya había decidido no volver a mentir.

Bletsung me miró por un momento y luego miró hacia el bosque. —No conozco ni un alma en este valle que no esté llena de dolor.

Trabajamos en su huerto hasta que el calor del día pesó sobre nosotros, entonces volvimos a la casa. —Oh —dijo Bletsung, sonriendo, y se dirigió a la ventana, donde había dos conejos muertos, en el alféizar. Se asomó por afuera pero luego se retiró consternada—. Estuvo aquí pero ya se fue. Me pregunto por qué se fue. Ha estado tan ansioso de escuchar lo que oíste del hombre en el río.

—Tuvo que haber tenido un motivo. —Tal vez había visto a mamá.

Fagan preparó los conejos y Bletsung hizo un guiso con ellos. Y después los tres esperamos toda la tarde que el Devorador de Pecados volviera, pero no volvió.

"A veces se va a la cima de la montaña," dijo Bletsung mientras me arropaba para la noche. "Bajará otra vez cuando esté listo."

Fagan insistió en dormir en el suelo. Discutió mucho, por tanto tiempo que ella se dio por vencida y lo dejó dormir en la camilla que ella había hecho delante de la fogata.

Hubo mucho viento esa noche; anunciaba el avance del otoño. Me desperté una vez por la lluvia que golpeaba en el techo de la cabaña. La noche era tan negra que hasta apagó las estrellas. Sólo las brasas del fuego, que se apagaba, brillaban. Tiritando, me acerqué más al calor de Bletsung Macleod. Aun así, no pude dormir. Seguía pensando en el Devorador de Pecados que dormía en aquella cueva fría, en la ladera de la montaña. La pena estaba en mi corazón como una carga pesada. Cómo sería vivir allá arriba solo, cuando los vientos salvajes del inverno soplan en las rocas, a través de los árboles, y sin otra alma viva alrededor que haga compañía.

—Dios está allí —dijo Lilybet.

Me enderecé, pero estaba demasiado oscuro como para ver algo. —Sí, pero ¿habla con él el Devorador de Pecados?

—Su corazón ha clamado a Dios por mucho tiempo, Katrina Anice. Dios escucha a los que lo buscan. Él acoge a los rechazados. Es un padre para el huérfano, luz para el ciego, camino para el perdido . . .

Mi corazón ardía dentro de mí. Yo sabía que era la palabra de Dios lo que estaba escuchando y me llené, hasta desbordarme, de esperanza. La salvación de Sim estaba a la mano; Dios vendría a él. —Yo pensé que todo se había acabado cuando el Kai mató al hombre —dije con una voz muy baja—. Tuve tanto miedo.

—Apenas acabas de empezar, Katrina Anice. No temas. Dios está contigo.

Emocionada, sin sentir frío para nada, gateé por debajo de las colchas, con cuidado de no topar con Bletsung Macleod para no despertarla. Gateé cuidadosamente al final de la cama y me senté con las piernas cruzadas a los pies de la cama, dispuesta a escuchar más. —¿Empezar qué?

—Has comenzado tu caminar con el Señor. Le abriste tu corazón a Jesucristo, y fuiste bautizada en el río. Tus ojos y tus oídos ahora están abiertos. Tu boca también se abrirá.

—Subiré la montaña otra vez y le diré al Devorador de Pecados todo lo que el hombre me dijo.

—Sí.

—¿Le ocasionará dolor?

—Sí.

—¡Ay! —dije lentamente, pensando—. ¿Puedo decirle solamente un poquito cada vez para que lo tome con calma y no le duela mucho?

—No.

—¿Y si no me acuerdo de decirle todo lo que tengo que decirle? ¿Qué pasa si se lo digo mal y no cree?

—Dios te dará las palabras para hablar. Confía en él, Katrina Anice. Él te ama. Eres muy preciosa para él. Él Señor ha contado cada pelo de tu cabeza. Tiene todas tus lágrimas en una botella. Ha escrito tu nombre en la palma de su mano. Te ha llamado por tu nombre.

Todo mi cuerpo se puso con la piel de gallina al escuchar sus palabras. —¿El Señor me ama a *mí*?

—Claro que sí. —Se acercó, tanto que pude sentir el calor que irradiaba—. Y el Señor ama a Sim también. No tienes que preocuparte por lo que tienes que decirle. No debes ocultar nada cuando sea la hora.

—¿Debo ir ahora?

—Sabrás cuando sea la hora.

—¿Será pronto?

—Pronto, Katrina Anice. Pronto irás en el nombre del Señor.

—¿Cadi? —Bletsung puso su mano en mi hombro y yo abrí los ojos de repente. Estaba acostada sobre mi espalda en la cama, no sentada a los pies como pensaba—. Estás hablando dormida, cariño. —Yo estaba temblando violentamente y ella me acercó a ella y jaló los edredones más y los acomodó alrededor de las dos—. ¿Tuviste un mal sueño, Cadi?

—No.

—Estás temblando como una hoja en el viento. ¿Tienes frío?

—No.

—¿Puedes contármelo?

El Espíritu dentro de mí se movía. —Sí, puedo. —Me volteé para mirarla y me senté. Me cubrí con el edredón de cesto de flores de Elda Kendric y hablé. Oh, cómo hablé. Todo el resto de la noche seguí, y le conté a Bletsung Macleod todo lo que había escuchado en el río.

Entonces el sol salió en las montañas, y una lanza de brillantez entró directamente por la ventana donde ella siempre se sentaba a ver hacia la Montaña del Muerto, donde vivía el Devorador de Pecados. Oh, cuánto lloró Bletsung Macleod. Lloró y lloró y me abrazó duro, y entonces lo supe.

El Señor también la había salvado.

DIECISIETE

Nos acabábamos de levantar de la cama cuando alguien gritó un saludo a la casa. Inmediatamente Fagan se espabiló completamente y se puso el brazo en sus costillas al tratar de levantarse apurado. "¡Es mi madre!" Jadeaba por el dolor que tenía grabado claramente en su cara desfigurada.

Gateé para salir de la cama y corrí para tratar de ver por la ventana, mientras Bletsung se metía rápidamente su falda oscura por la cabeza. Se la abotonó encima del camisón. —Ahí viene —dije con el corazón que me latía rápidamente—. ¡Ya viene!

—¡Quítate de allí, Cadi! Te va a ver.

—Viene sola. Por lo menos, no puedo ver a nadie más con ella.

Fagan se pasó los dedos por el pelo. —Papá nunca se levanta así de temprano. Tuvo que venir por su cuenta. No suele hacer eso. Algo debe estar terriblemente mal.

—Quédate quieto —le dijo Bletsung Macleod—. Será mejor que te sientes, Fagan. Parece que estás listo para desplomarte.

"¡Holaaa . . . !"

Bletsung tomó su chal del respaldo de una silla y se lo puso en los hombros, con su cara tensa y retraída. "Nunca pensé volver a ver a Iona en mi parte del valle," dijo sombríamente. Abrió la puerta y salió. Iona Kai no se detuvo cuando ella apareció, sino que siguió hasta que estuvo lo suficientemente cerca como para lanzar una piedra a través de la ventana.

—¿Qué quieres, Iona? —gritó Bletsung. Se paró arriba en las gradas, con la espalda recta y la mejilla levantada, en señal de reto—. ¿Qué estás haciendo aquí?

—¡Estoy buscando a mi hijo!

—¡Brogan ya vino a buscarlo!

Hubo un momento de silencio, entonces Iona Kai dijo despectivamente: —Esa no es la única vez que ha venido, ¿verdad, Bletsung Macleod?

—Siempre has tenido una mente sucia, Iona. Y una lengua aún más sucia.

—Sabes en dónde está mi hijo, ¿verdad?

—Y si lo supiera, ¿por qué se lo diría a alguien como tú?

—Es *mi* hijo, no tuyo. Lo entenderías si alguna vez hubieras tenido tus propios hijos.

—Tú y todos los demás se encargaron de que eso nunca sucediera, ¿verdad?

Se herían mutuamente con palabras, y desenterraban heridas de años pasados. Yo seguí escuchando, tratando de entenderlo todo.

—Quítate de allí —dijo Fagan.

—No lo haré.

—Fue una obra de Dios, no mía —dijo Iona Kai, menos agresiva.

—No te mires los pies mientras lo dices, Iona. Mírame a la cara. ¿Fue obra de Dios? ¿Estás segura de eso?

—¡Yo no tuve nada que ver! —gritó la mujer con enojo.

—¿Y acaso dije que tuviste que ver? Lo que hiciste fue alejar a la gente de mí después de eso.

—Nunca hice algo así.

—¡Lo hiciste y lo sabes muy bien! Tú y tus mentiras crueles. ¡Nunca, en toda mi vida, he forjado un hechizo!

—No vine a hablar del pasado, Bletsung.

—Tal vez no, pero está allí entre nosotras, ¿no es cierto, Iona? Tan alto como un muro de piedra, y tú misma lo construiste. Brogan se casó contigo, ¿no es cierto? Obtuviste lo que querías. ¿Por qué tenías que agregarle a mi desgracia?

—¡Te odio, Bletsung Macleod! ¡Que el diablo te lleve! ¡Te odio tanto!

—Sí, sé que me odias.

Iona Kai comenzó a llorar; su cara tenía una expresión intensa por la humillación. —¿Dónde está mi hijo, bruja? ¿Dónde está?

Siempre había imaginado a Iona Kai como una mujer silenciosa y sumisa, pero allí estaba, escupiendo palabras tan llenas de odio que casi quemaron la casa. Cuando me volteé para ver a Fagan, tenía la cara tan pálida como la ceniza y se veía seriamente avergonzado.

Bletsung estaba parada en el porche, con el chal apretado a su alrededor y la cara en alto, con una dignidad solemne. —No mereces a un chico como Fagan, Iona.

—¡No tienes derecho de hablarme así!

—Lo tenga o no, digo lo que pienso. Una madre debe proteger a su propio hijo.

—La mujer no debe rebelarse en contra de su propio esposo, pero tú no entenderías estas cosas, ya que no tienes esposo.

—¿Aunque el hombre se equivoque? ¿Qué clase de esposa y madre eres al hacerte a un lado y ver pecar a tu hombre y que tu hijo pague el precio? Te digo esto, Iona. Yo me rebelaría en contra del mismo infierno para proteger a Fagan, y ni siquiera es mío.

—¡Fagan! Si estás allí, muchacho, ¡sal!

Cansado y con dolor, Fagan caminó hacia la puerta.

—Está a salvo, Iona. ¿Acaso no te importa eso? Se está recuperando de los golpes que Brogan le dio, porque defendió al hombre del río. ¡Un hombre de Dios! ¿No lo sabías?

—No debía rebelarse en contra de su padre. ¡No debía haberlo hecho! Si hubiera escuchado a su padre, nada de esto habría sucedido. Debía alejarse como se le dijo.

—¡Fagan hizo lo correcto!

—¡Él le pertenece a su propia familia!

—¿Y qué crees que le pasará si se va a casa ahora? ¿Ya cambió de opinión el papá de Fagan? Tu hijo tomó cada palabra que ese hombre le habló a su corazón, Iona. Ya no va a seguir los pasos del Kai. Ahora le pertenece al Señor.

—¡Quiero que vuelva!

—¿Por qué?

—¡No puedes quedarte con él! ¡Es mi hijo! No lo dejaré aquí.

—Esa es la verdad, ¿no? Todavía estás ciega de celos después de todos estos años, ¿tan celosa que preferirías poner en peligro a tu propia carne y sangre que dejarlo que se quede conmigo?

—¡*Fagan*! Sal, muchacho. Ven con tu mamá.

Fagan me miró con tristeza y luego, con resignación, abrió la puerta. Se armó de valor para aguantar el dolor, salió y se quedó parado a la sombra del porche. Supe que no sólo le dolían las cortadas, las heridas de los golpes y patadas que había recibido. Estaba enfermo del corazón. E igual estaba yo. Mi corazón me dolía tanto que también salí y me paré al lado de él. Él no se dio cuenta de que yo estaba allí hasta que lo tomé de la mano fuertemente.

—¡Oye, niña! ¡Aléjate de él! —La cara de Iona Kai tenía manchas rojas—. ¡Esto es *tu* culpa! —Nunca había visto a una mujer que se viera tan malévola y fea. Casi ni miró a Fagan, tan intenso era su odio hacia mí y Bletsung. Repartía culpas a diestra y siniestra y no dejó ni una partícula para ella—. ¡Sabía que lo tenías! ¡Lo sabía! Tan pronto como vuelva a casa, le diré a Brogan cómo le escondiste a su hijo. ¡Entonces te verá como realmente eres!

Me quedé fría con su amenaza y recordé lo que él le había

hecho al pobre hombre en el río. ¿Nos haría lo mismo? Había quedado lo suficientemente claro, entonces, que no amaba tanto a su propia carne y sangre.

Bletsung dio un paso adelante, con su cara rosada. —Díselo, Iona. Hazlo, porque si no lo haces, la *próxima* vez que venga, ¡se lo diré *yo misma*!

Las palabras la impactaron tanto que la boca de Iona se torció. —Vamos, muchacho. Vas a casa donde perteneces.

Me agarré duro a su mano. —No tienes que irte, Fagan. Quédate aquí con nosotros.

—Suéltame, Cadi. Tengo que irme.

—¡Ellos no te aman! ¡No te aman de la manera en que nosotras te amamos! Díselo, Bletsung.

—Él lo sabe, Cadi.

—Dije que me soltaras.

Me mordí el labio e hice lo que me pidió. Corrí hacia Bletsung en mi pena y la agarré de la cintura. Ella me puso su brazo encima y me apretó. —Puedes quedarte, Fagan —dijo con una voz temblorosa—. Puedes quedarte conmigo todo el tiempo que quieras.

—Ella es mi madre, señora. El Señor dice que debemos obedecer, ¿verdad? Tengo que aferrarme a eso. Y tengo que aferrarme a Dios, o no tengo nada. —Dio otro paso adelante y la miró—. Siento mucho cualquier dolor que ella le haya ocasionado.

Bletsung extendió su mano y con ella tomó la cara de Fagan brevemente.

"¡Aléjate de ella!" le gritó Iona a su hijo.

Fagan hizo una mueca de dolor por el horrible sonido de su ira. Se apartó de nosotros y bajó las gradas torpemente, agarrándose del pasamanos para apoyarse. Cuando Fagan llegó abajo, se enderezó y soltó el pasamanos. Levantó su cabeza y miró a su madre. Ella se detuvo y su cara se puso terriblemente blanca. Se llevó las manos a la boca. Él caminó hacia ella, cada paso le dolía, y ella sólo se quedó allí parada, mirándolo, y con las manos se apretaba la boca. Cuando él se paró frente a ella, no se movió.

—Está bien, mamá.

—Ay. —Extendió su mano y le tocó la cara magullada y golpeada con incredulidad—. Aaayyy. —Se apartó y se inclinó—. Aaayyy —gimió; cayó de rodillas y se mecía.

Fagan la abrazó. —Mamá . . . —La levantó. Al voltearse, ella lo abrazó, y sollozó sobre su camisa manchada de sangre.

Bletsung me puso los dos brazos encima y apartó la mirada. Podía sentir su cuerpo que temblaba violentamente.

Escuché los lamentos de Iona Kai y el Espíritu dentro de mí se movió. —Estará bien. Todo estará bien.

—Lo arrastraría para que regresara si pudiera hacer que se quedara —dijo Bletsung con su voz entrecortada—. Ellos no merecen un hijo como él. No merecen ningún hijo en absoluto.

—Tranquila ahora. Si puede perdonarla en su corazón, todo estará bien con usted también. Ya lo verá. —No sé cómo lo sabía, sólo lo sabía. Dios había encendido una lámpara dentro de mí, y brillaba con fuerza.

Bletsung Macleod se rió suave y entrecortadamente y me miró. Tomó mi cara con sus manos y sonrió. —Siempre has sido extraña, Cadi Forbes. Más de lo que yo era. Yo podría perdonarle hartas cosas y no haría ni una pizca de diferencia en lo que ella siente por mí. Hace mucho tiempo que aprendí a no poner mucha esperanza en la gente, especialmente en Iona Kendric.

La sorpresa me dejó con la boca abierta. —¿Kendric? ¿Ella es una Kendric?

—Sí. La hija de Elda. ¿No lo sabías?

—No, señora. Nunca lo había escuchado. —Eso significaba que la anciana era la abuelita de Fagan. ¿Lo sabría él? No, yo sabía que no. Pero en lo más profundo, él la conocía como un alma gemela y había sido atraído hacia ella. ¿Por qué la anciana nunca se lo había dicho?

Iona se apartó de Fagan y lo miró otra vez. La vergüenza en su cara era clara y el dolor también. Lo volvió a tocar y le habló tan suavemente que no pudimos escucharla desde donde estábamos paradas en el porche. Fagan se quedó quieto cuando lo tocó y no dijo nada. Ella retiró su mano y la puso a su lado; caminó alrededor de él y se dirigió lentamente hacia la casa de Bletsung. Se paró a los pies de las gradas, con los ojos hacia el suelo y meneando la boca. Dio un suspiro tembloroso y levantó la cabeza.

—Supongo que hay verdad en lo que dices. Él no puede volver a casa. —Había que admitir el precio de su reconocimiento. Se veía vieja, acabada y sin esperanzas.

Bletsung me miró un poco sorprendida y luego miró a Iona. —Puede quedarse todo el tiempo que quiera, Iona. —Vaciló, y entonces agregó deliberadamente—: Tú también serás bien recibida aquí.

Los ojos de Iona Kai parpadearon con sorpresa. Bajó su cabeza por un momento, y miró al suelo. Luego levantó sus ojos una vez más y sacudió la cabeza. —Tampoco puede quedarse aquí, Bletsung.

—¿Guardarás tu amargura para siempre?

—No es eso. Anoche escuché a Brogan decir que vendría. —El color inundó sus mejillas—. No sabía que ya había venido. Eso no presagia nada bueno. Pensé que lo más que haría era darle latigazos, pero ahora puedo ver que está más allá de la razón. No, el chico tiene que irse. Tiene que esconderse en algún lado donde Brogan no pueda encontrarlo. No sé dónde podría ser, pero tengo mucho miedo de lo que Brogan hará si lo encuentra.

—¿Entonces es seguro que vendrá? —dijo Bletsung; era

claro que deseaba que fuera sólo un pensamiento en la cabeza de Iona.

—Vendrá. No creo que te haría daño —dijo, todavía con veneno en sus venas—. Sus sentimientos por ti no han cambiado mucho, aun después de todos estos años.

—Nunca tuviste motivos para preocuparte.

—Es un hombre de mente fuerte y firme en un camino. Dijo que Fagan era un Judas y que Cadi era la cabra que lo guió. Pensé que era el whisky el que hablaba, pero no. Anoche dijo que si Fagan hubiera estado allí, lo habría clavado a la pared con su cuchillo de caza. Ha estado hablando y actuando locamente desde que bajó y mató a ese hombre en el río. Dice que va a ponerle fin a las mentiras del hombre.

—No eran mentiras, mamá —dijo Fagan, y se paró al lado de ella—. Él hablaba la verdad del evangelio.

—No importa si era verdad o no. —Levantó la cabeza y miró a Bletsung de manera suplicante—. Tú lo conoces tan bien como yo, Bletsung. Cuando se le mete algo en la cabeza, se le fija para siempre. No sabe cuando ha llegado demasiado lejos. No puedo soportar que le haga más daño al muchacho, y no quiero que Brogan tenga más sangre en sus manos. —Se volteó para mirar a Fagan y le agarró sus brazos—. Tienes que irte, hijo. Tienes que irte ahora. —Lloró amargamente—. Y será mejor que te lleves a la niña contigo.

Bletsung me soltó y bajó las gradas. —No puedes volver con él, Iona. Se enterará de que advertiste al muchacho y sin duda te matará.

—¿Y a dónde más puedo ir? ¿Volver con mamá? No nos hemos hablado en dieciocho años.

Vi que las dudas titilaban en la cara de Fagan. —¿De qué estás hablando, mamá? Tu mamá murió hace años. Dijiste que . . .

—Quédate conmigo, Iona —dijo Bletsung.

Iona se apartó de ella. —¡No puedo quedarme *contigo*! He

amado a Brogan Kai todos los días desde que nací y por tu culpa nunca he tenido ni un pedazo de su corazón.

—Se casó contigo, ¿verdad?

—Necesitaba hijos. —Su cara estaba destrozada por el conflicto de emociones: amor, amargura, desesperación—. Lo cierto es que si yo muriera hoy, no haría ninguna diferencia para él. —Miró a su hijo, con la boca que le temblaba—. La razón por la que tú y tu padre nunca se han llevado bien es porque te pareces a mi padre. Donal Kendric fue el único hombre que una vez se rebeló en contra de Laochailand Kai.

—¿La señora Elda?

Los ojos de Iona Kai estaban inundados de lágrimas. —Lo siento, muchacho. Tu papá me hizo prometerle que nunca te lo diría.

—Si así son las cosas, ¡no te sacrifiques por el diablo! —dijo Bletsung.

Iona se volteó y la miró enojada. —¡Él no es un diablo! ¡No lo es! Sólo es un hombre que haría cualquier cosa para obtener lo que quiere, ¡y todo tiene repercusiones en su cabeza! —Se cubrió la cara y lloró amargamente.

Bletsung miró a Fagan y él sacudió su cabeza, desconcertado. Rodeó a su mamá con sus brazos; ella se apoyó en él, y con sus dedos agarró su camisa. Él miró a Bletsung por encima de la cabeza de ella, conmocionado por lo que ella había dicho. Claramente no sabía qué hacer ni decir para protegerla y consolarla.

—Llévala adentro —le dijo Bletsung tranquilamente—. Voy a dejarla conmigo. La ataré de manos y pies, si tengo que hacerlo, pero no volverá con él. Con sólo verla a la cara, él sabrá lo que hizo. —Ella se quedó atrás de ellos y los siguió al subir las gradas—. Tú y Cadi saquen algunas cosas y vayan a esconderse a la bodega de vegetales. Está construida entre la montaña, detrás de la casa.

—Eso no servirá —dijo Iona, con un hipo ocasionado por los sollozos—. No servirá de nada. Él buscará allí. Buscará en todas partes. Él sabe que Cadi está aquí y piensa que Fagan no está muy lejos. Dice que hay un lazo que los une y quiere romperlo. Tendrán que irse por las montañas a Kentucky.

—¡Son niños, Iona! ¿Los enviarías para que murieran? Hay panteras, osos y serpientes. Hay indios también, algunos con buena memoria de las cosas que se les hicieron. Y si eso no es suficiente, ya viene el otoño, y pronto vendrá el invierno.

—Si se van, hay una oportunidad. Si se quedan, no hay esperanza para ninguno de los dos.

—El camino más fácil es a través del Estrecho y luego abajo, por el río, hacia las montañas de Blue Ridge . . .

—Recuerda que tengo familia en Kentucky —dijo Iona—. Uno de mis hermanos los recibiría, estoy segura. —Su boca temblaba mientras miraba la cara afligida de Fagan—. Tienes más familia de la que alguna vez imaginaste. Lo siento. Lo siento mucho.

—Podemos lograrlo —dijo Fagan, con aire de juvenil confianza y valentía.

Yo conocía un mejor lugar a dónde ir, pero no dije nada. Todavía no. Una palabra y Iona Kai se desataría otra vez y empeoraría las cosas, tratando de detenernos.

"El Señor está contigo, Katrina Anice," dijo Lilybet y me hizo señas desde la puerta. "Váyanse ya."

—Tenemos que irnos. —Tomé la mano de Fagan. Cuando lo jalé, dio un grito de dolor—. Lo siento, Fagan, pero no tenemos esperanzas si no obedecemos al Señor.

Iona me miró y luego miró a Bletsung. —¿Qué está diciendo la niña?

—Es demasiado pronto —dijo Bletsung, preocupada, y quiso detenernos—. Necesitarán comida y algo que les dé calor en la noche. Pueden esconderse en el bosque y volver cuando sepan que están a salvo. Esperen unos cuantos días.

Miré a Fagan a los ojos. Sus dedos apretaron los míos. —Nos vamos ahora —dijo.

—Conozco el camino —le dije suavemente.

Estábamos a los pies de las gradas cuando vi a Brogan Kai que subía del riachuelo. "Por allá," dije y empujé a Fagan hacia el camino del Devorador de Pecados.

"¡Fagan! ¡Eres un *Judas!*"

—¡No mires atrás y no te detengas!

—Corre, Cadi —dijo jadeando—. Yo no voy a lograrlo.

"¡*Brogan!*" Bletsung bajó las gradas.

"¡Sigue! ¡Sigue!" apuré a Fagan, y le puse el brazo alrededor de la cintura y le di tanto apoyo como pude. Se tropezó una vez y casi nos caímos. Cuando lo ayudaba a enderezarse, miré atrás y vi a Bletsung que lidiaba con Brogan, tratando de detenerlo. La hizo a un lado y corrió detrás de nosotros. En su cara tenía la expresión de la muerte.

"Ay, Dios," oré. "¡Dios, ayúdanos! ¡Por favor, ayúdanos!"

Habíamos llegado a los árboles, pero sabía que Fagan no lograría escalar. Ya estaba sin aliento, con la voz ronca por el dolor, pálido y sudando.

"¡*Fagan!*"

Sentí que mis brazos y espalda se llenaron de fuerza cuando lo levanté y lo mantuve en movimiento. Una niebla densa bajó; se escurrió a través de las copas de los árboles hasta que nos rodeó con su espesor. Se arremolinaba suavemente en nuestras piernas mientras seguíamos el camino hacia arriba. Yo seguía esperando que el Kai se nos apareciera abruptamente. Mi corazón latía salvajemente en mis oídos. "¡No te rindas! ¡Sigue adelante!"

"¡Fagan!" La voz del Kai se oía espeluznante a través de la niebla. "¡Voy a encontrarte, muchacho!" Podía sentir la oscuridad de su ira. "¡Y cuando lo haga, lamentarás haber nacido!"

Fagan se tropezó con una raíz y se cayó. —Sigue, Cadi. No puedo lograrlo.

—¡Tienes que hacerlo!

—Estarás más segura sin mí. Sigue.

—Esperaré hasta que hayas recuperado el aliento. —Miré el camino atrás y el corazón me golpeaba en los oídos. En cualquier momento el Kai iba a aparecer en la neblina y nos haría lo que le había hecho al hombre de Dios.

—¡Te digo que sigas! Mi padre es el mejor rastreador en estas montañas." —Me empujó bruscamente—. ¡Vete!

—¡No! ¡No voy a dejarte!

"¡Voy a encontrarte, muchacho!" La voz del Kai se oía más lejos, y nos llegaba incorpórea, a través de la neblina. ¿Cuánto faltaría para que nos encontrara? Me quité las lágrimas de los ojos y traté de levantar a Fagan otra vez.

—No escuchas para nada, ¿verdad?

—Si tienes aliento para hablar, puedes caminar. Entonces, ¡levántate! ¡*Vamos*!

—¿Qué crees que podrías hacer si nos encuentra? ¿Eh? —dijo y logró ponerse de pie—. No eres más que una pulga.

—Ahorra tu aliento. —Gruñí cuando tropezó conmigo.

Seguimos en el camino mientras subíamos. Los dos estábamos muertos de sed cuando llegamos a la catarata. Fagan cayó de rodillas, exhausto y con la cara pálida. Se llenó de agua fresca, se acostó en el suelo cubierto de musgo y se quedó inmóvil. Satisface mi sed y lo dejé descansar brevemente mientras yo vigilaba y miraba el camino. Hacía bastante tiempo que no escuchaba a Brogan Kai gritar, pero eso no quería decir que no hubiera encontrado nuestra pista. Sólo podía esperar que su ira diera paso al miedo que le tenía al Devorador de Pecados.

No había niebla donde estábamos, pero podía verla, todavía espesa, entre los árboles que estaban abajo de nosotros. No podía ver más allá de los árboles que estaban más cerca porque era muy densa.

—Tenemos que seguir, Fagan. —Fue más difícil levantarlo

esta vez. Tenía los labios apretados y no decía nada, y sabía que estaba poniendo todo su empeño para poner un pie delante del otro. A la velocidad que íbamos, nunca subiríamos la Montaña del Muerto antes del anochecer.

Ni siquiera habíamos subido medio kilómetro en el camino desde la catarata cuando lo último de la fuerza de Fagan cedió por completo. Volvió a caer de rodillas. Dio un gemido de dolor cuando traté de levantarlo. —No puedo . . . —dijo y dejó caer su cabeza en mi hombro.

—¿Fagan?

Como no respondió, me di cuenta de que se había desmayado. Lo acosté y puse su cabeza en mi regazo. "¿Fagan?" Estaba tan pálido que pensé que se había muerto. "¡Fagan!" Puse mi mano en su pecho y pude sentir que su corazón latía lentamente. Todavía estaba respirando. "Fagan, no puedo hacerlo sola. Tengo que ir a buscar ayuda." No respondió para nada.

Oí que se rompió una rama no muy lejos y me quedé sin aliento. No podía dejar a Fagan en el camino para que su padre lo encontrara. Miré alrededor frenéticamente y me pregunté qué podía hacer.

"Escóndanse en la grieta de la roca."

Reconocí la voz, aunque era como el ruido de muchas aguas. La conocía y la obedecí. Agarré a Fagan por debajo de los brazos y lo arrastré hacia el lado rocoso de la montaña. Las hojas tiradas que crujían por debajo de él hacían un ruido fuerte para mis oídos. ¿Podría oírlo el Kai también? Llegué a las rocas y metí a Fagan en una hendidura amplia. Si su padre nos encontrara allí, estaríamos apretados y seríamos una presa fácil para su ira, porque no había escape. La piedra se elevaba por encima y alrededor de nosotros. Cuando ya había metido a Fagan en la hendidura, caminé a un lado y me metí en la roca, de manera que pudiera ver hacia afuera y observar el bosque.

El Kai apareció por el camino, abajo. Con la cabeza agachada, seguía nuestra pista como un perro que olfatea. Mi corazón se detuvo, porque pude ver cómo al arrastrar a Fagan había quedado un sendero claro hacia nuestro escondite en las rocas. Sabía que el Kai pronto estaría sobre nosotros como un perro rabioso, listo para destrozar su presa.

Llegó al lugar donde Fagan se había caído y se detuvo. Mi corazón palpitaba frenéticamente dentro de mí, como un ave que aletea y que golpea sus alas para escapar de su destino. El Kai miró el suelo como si no pudiera entender las señas. Se enderezó, lentamente miró a su alrededor y levantó la cabeza como si estuviera sintiendo el aroma del aire. Frunció el ceño y se quedó perplejo. Cuando miró hacia las rocas, me hice hacia atrás y contuve la respiración.

Dios, por favor, ¡ayúdanos! ¡No quiero morir! ¡No quiero que Fagan muera!

Silencio. Nada más que el soplido del aire allá en lo alto de los árboles. Ni siquiera los insectos se movían.

Se quedó esperando.

Y mirando.

Yo respiraba superficialmente, con la boca abierta, esforzándome por oír.

Una ramilla hizo un ruido seco.

Pude escuchar los pasos pesados que se acercaban a las rocas. Mientras más se acercaban, más rápido y fuerte latía mi corazón. El Kai se acercó tanto que podía escucharlo respirar a través de sus dientes apretados, como una bestia que caza a su presa. Mi corazón tronaba en mis oídos. Comenzó a retirarse otra vez; pasó tan cerca de mí que pude oler su sudor.

Silencio otra vez.

Saqué la cabeza con cuidado. Él miraba el área pero no encontró nada. Sólo me podía preguntar por qué, pues hasta yo, con lo mala rastreadora que era, podría haber encontrado fácilmente nuestra pista desde el terreno, con las hojas hacia las rocas donde estábamos escondidos. ¿Había puesto Dios escamas en sus ojos para que no pudiera entender nada?

El Kai miró alrededor del bosque con frustración y dijo una maldición. Miró el camino, y algo parpadeó en su cara que lo despojó de su ira y me dio un vistazo del miedo que le impidió seguir subiendo la montaña. Pateó la tierra con enojo, se volteó y se dirigió al camino para bajar la montaña. Violentamente quitaba las ramas frondosas de su camino. La niebla se cerró detrás de él y los ruidos del bosque comenzaron una vez más.

Me metí en la roca y me agaché en la hendidura. Estaba tan llena de agradecimiento que mi garganta se cerró por las lágrimas. Dios había puesto la neblina. Sabía que él lo había hecho, aunque otros después trataron de convencerme de que había sido una coincidencia. Yo sabía que el Señor Dios Todopoderoso nos había protegido. Fagan y yo habíamos estado en medio de problemas apremiantes y el mismo Señor había extendido su mano y nos escondió para que el Kai, con todas sus habilidades de rastreador, no pudiera encontrarnos.

Me apoyé en esa roca fría, con las manos puestas en el corazón, y sabía que era amada. "Oh Jesús, Jesus . . ." Mi corazón estallaba. Anhelaba que el Señor estuviera al lado mío para poder rodearlo con mis brazos, para poder subirme a su regazo y quedarme allí para siempre.

Fagan gimió suavemente y el éxtasis del momento se evaporó como la niebla que había sido un muro en contra de nuestro enemigo. Fagan no podía subir la montaña y tampoco podíamos regresar. Yo sabía de dónde vendría nuestra ayuda, porque el Espíritu del Dios Vivo me susurraba: *Corre. No te cansarás ni te fatigaras. Corre . . .*

Y eso hice, sin preocuparme en absoluto por haber dejado a Fagan solo. Seguramente Dios pondría ángeles a su alrededor. Subí corriendo el resto del camino en la montaña, hacia la morada del Devorador de Pecados.

—¡Devorador de Pecados! —grité, al llegar a la boca de su cueva sin gritar un saludo primero—. ¡Devorador de Pecados!

—¡No entres! Quédate donde estás.

Nunca dispuesta a escuchar, entré de todos modos y escuché que se escabullía. Mis ojos tardaron un poco en ajustarse a la oscuridad y entonces lo vi acurrucado en la pared de atrás, cubierto con una colcha raída.

—No puedes entrar a este lugar, Cadi. ¡Regresa! —Se acercó poco a poco a la derecha, palpó la cama y encontró su capucha de cuero. La metió rápidamente debajo de la colcha.

—Necesito su ayuda, Devorador de Pecados.

—¡No puedo ayudarte, niña! Ya te lo dije. Ahora, ¡vete y déjame solo!

—Fagan se desmayó. Está más abajo en la montaña, escondido en una hendidura de las rocas, justo después de la catarata.

—¿Qué has hecho, niña? Espera y llévalo abajo. Ninguno de ustedes debería estar aquí. Esta es la montaña de los muertos.

El Espíritu se movió dentro de mí. —¡Levántese, hombre! ¡Deje de esconderse en la oscuridad! Ya no se sentará como un montón de huesos secos. *¡Se levantará y vivirá como estaba destinado vivir!*

Se levantó y la colcha se cayó cuando rápidamente se puso la capucha de cuero en la cara. —¿Estás loca? Piensa en lo que estás haciendo. ¿Qué se te metió en la cabeza para que me trajeras a tu amigo, si sabes lo que soy?

—Sí, sé lo que es. ¡Un hombre como todos los demás!

—No como los demás. ¡He devorado pecados desde hace veinte años! Ahora yo *soy* pecado. ¿Todavía no lo entiendes? Me ha dominado. Y te dominará si no vuelves a donde perteneces.

Di un paso adelante con las manos a los lados y con la barbilla hacia afuera. —¿Se le olvidó que me envió a escuchar la palabra del Señor? ¡Pues la escuché! —Salí hacia la luz.

Con hambre y sed de eso, me siguió. —¿Y? —dijo; su misma

postura hablaba de su disposición de recibir la palabra de Dios también.

—No volveré a hablarle hasta que Fagan esté a salvo en su cueva.

Emitió un grito de frustración. —¡Los problemas te rodean como una nube negra!

No discutí. Simplemente lo llevé más abajo en la montaña, contenta de darle la espalda para que no pudiera ver la sonrisa que yo tenía en la cara.

Fagan estaba donde lo había dejado, todavía inconsciente. El Devorador de Pecados no entró a la hendidura, pero se quedó parado, mirando al muchacho. Pude ver que sus ojos se llenaron de compasión, pero no se movió para hacer algo.

—Tendrá que cargarlo —dije.

—¡No tocaré al muchacho ni le ocasionaré más dolor!

—¿Entonces qué? ¿Lo dejará aquí? Hay truenos a la distancia. Pronto lloverá. Se mojará. Se enfermará. Tal vez se muera. ¿Y usted quiere que caiga eso sobre su cabeza como todo lo demás?

—Creo que dijiste que no hablarías conmigo otra vez hasta que tuviera al muchacho a salvo en mi cueva.

Se me puso la cara caliente, apreté los labios y levanté la cabeza para mirarlo enfadada.

—Tranquila, niña. Voy a hacer una camilla. Sólo tienes que ponerlo encima para que yo pueda arrastrarlo el resto del camino al refugio.

DIECIOCHO

$\mathcal{F}$AGAN VOLVIÓ EN SÍ CUANDO YA ESTÁBAMOS A SALVO, dentro de la cueva. —¿Qué sucedió? —dijo débilmente. Le conté y vi cómo su vista se movía por los alrededores extraños. El lugar olía a tierra fresca, ceniza de madera y piedra. En alguna parte, muy adentro de la cueva, el agua goteaba suavemente.

—¿Es aquí donde vive?

—Sí.

—¿Y dónde está?

—Se fue por un momento. Bajó la montaña para ver a Bletsung, creo. —Hacía rato que había anochecido; el fuego crujiente era nuestra única luz y calor.

—Está lloviendo —dijo Fagan. El torrente de agua golpeaba la tierra afuera de la cueva. Agregué otro leño al fuego. Fagan estaba temblando y yo estaba a punto de tomar una piel de la cama cuando una voz detrás me dejó helada.

—¡No toques eso! —El Devorador de Pecados estaba parado a la entrada de la cueva. Fagan contuvo la respiración, y miró al hombre alto que llevaba puesta la capucha de cuero. En una mano tenía un gran conejo preparado—. Mira a otro lado, muchacho. —Fagan lo hizo rápidamente.

—Tiene frío.

—Esto lo calentará. —El hombre lanzó un gran bulto en

un palo que tenía en el hombro y me lo puso enfrente, en el suelo—. Es de Bletsung. Dijo que tendrían que quedarse por un tiempo. —Señaló el bulto con la cabeza—. Ponle encima la colcha. Está bien. No la he tocado.

Desaté el bulto rápidamente y le di a Fagan la colcha seca que estaba doblada adentro. Bletsung también había enviado tres hogazas de pan, un frasco de miel, una bolsa pequeña de manzanas secas, una más grande de frijoles secos, y una docena de tiras largas de carne de venado seca, atadas con un cordón.

Él preparó la estructura y ensartó el conejo y lo puso en el fuego para asar. Luego quebró el palo encima de su rodilla. Tomó una mitad y la volvió a romper, luego lanzó las dos piezas al fuego. Quebró la otra mitad y puso las piezas a un lado para más tarde.

—¿Qué pasó con el Kai?

—Debe haber regresado por otro camino.

—¿Y mi madre? —dijo Fagan con una voz tensa; temblaba.

El Devorador de Pecados inclinó su cabeza levemente hacia Fagan, con cuidado para no mirarlo. —Está en la cabaña. Siempre y cuando esté con Bletsung, estará a salvo.

—Gracias, señor —dijo Fagan.

El Devorador de Pecados se fue a la parte posterior de la habitación y se sentó. El viento soplaba afuera de la cueva y hacía que el bosque oscuro murmurara por todos lados. Se oían truenos a la distancia. El fuego chisporroteaba y llenaba la cueva con una brillantez suave y cálida, y con el olor de la carne que se asaba. Me dolía el estómago y sabía que faltaba mucho tiempo para que el conejo estuviera listo para comer. Partí un poco de pan, lo remojé en la miel y se lo di a Fagan. Partí otro pedazo más grande, le puse un poco de miel y lo levanté. —Debe estar frío allá atrás, Devorador de Pecados. ¿Quiere sentarse con nosotros cerca del fuego?

—Es mejor que me quede aquí.

—Está empapado por la tormenta.

—Debo mantener mi distancia con ustedes.

Algunos sentimientos se movían dentro de mí, que hicieron que el miedo que le tenía se derritiera y me levanté. Arrastré la piel que cubría la cama del Devorador de Pecados y se la llevé.

—¡Déjala allí! —El hombre se levantó a medias y me arrebató la piel—. ¡No sabes lo que estás haciendo!

Me puse firme y le di el pan con miel. —Tiene hambre. Coma.

—Ay, Cadi, no seas tan rebelde, niña. Tienes que evitar al Devorador de Pecados o te contaminarás con la oscuridad que yo llevo encima.

—¡No lo evitaré! —Me acerqué más—. Ahora, tome el pan y venga a sentarse con nosotros.

Se puso más frustrado. —Si alguien te encuentra alguna vez aquí conmigo, tocando mis cosas, ¡serás una marginada como yo! ¡No lo permitiré!

—No me importa lo que digan.

—Ni yo —dijo Fagan claramente, que ahora miraba al hombre sin miedo.

El Devorador de Pecados gimió de desesperación, y se sentó en el suelo de tierra, cerca de la pared de piedra de la caverna. Puso la cabeza entre sus manos. —¡No pueden quedarse aquí! ¡No pueden! —Levantó la cabeza y tenía los ojos atormentados—. No tengo esperanzas. Pensé que podría tenerlas, pero con ese pobre hombre enterrado en la cima de la montaña, toda esperanza se esfumó. Yo soy el Devorador de Pecados y lo seré hasta que mis días se acaben. No hay salvación para mí.

—Pero sí la hay —dije, con pena por él, sintiendo su angustia como si fuera mía.

—Nada de lo que puedas decirme cambiará las cosas. Tengo pecados pasados en mi alma y cuando sea mi hora, Dios me lanzará a las tinieblas, donde no tendré nada más que tormento y el crujir de dientes.

Fagan se inclinó hacia adelante, con su cara intensa por la luz de la fogata. —No si otro Devorador de Pecados le quita los pecados.

El Devorador de Pecados levantó su cabeza y la ladeó levemente como un animal que escucha atentamente. —¿Es eso lo que tienen en la cabeza? Moriré con los pecados que tengo encima antes de ver que otro hombre sufra el mismo destino.

—Cuando usted muera, entonces ellos elegirán a otro. Le guste o no, esa es la costumbre de nuestra gente —dijo Fagan—. Sabe que así es.

—Sí, pero falta mucho tiempo todavía. Soy fuerte y saludable. No tienes por qué preocuparte. Además, nunca has hecho nada tan malo como para que la suerte te caiga a ti.

—¿Y cómo podría usted saber eso? —dijo Fagan.

—Lo sé porque te he visto. La suerte siempre cae en alguien que lo merece. —Agachó la cabeza—. Dios divide y penetra en el alma y el espíritu como coyunturas y tuétanos. Conoce los pensamientos del hombre y las intenciones de su corazón. Ninguna criatura de la tierra puede esconderse de la vista de Dios. También sé eso, porque había un gran mal en mi corazón que me llevó a cometer un pecado horrible. No pensé que lo que había hecho era malo, pero entonces el Señor me hizo enfrentarme a mí mismo y vi la oscuridad dentro de mí. Me hizo ver los motivos de mi corazón y eran malos.

Levantó su cabeza un poco, pero mantuvo su vista apartada de nosotros, y miró a las llamas. —Le pedí a Dios que me perdonara y di razones por lo que había hecho. Pero, verán, me engañaba a mí mismo. Mi corazón y mi alma estaban desnudos delante de Dios Todopoderoso y él vio la oscuridad de mi alma. Cuando la suerte me tocó, supe que el Señor Dios había enviado juicio para mí.

Yo me agaché, deseando que él me mirara para poder verlo a los ojos. —¿Y qué hizo que fue tan terrible?

—Ya no importa ahora.

—Usted es el que importa.

—No. Nuestra gente importa. Tienen que entender. Tengo trabajo que hacer y es un trabajo importante. Alguien tiene que ser el sacrificio vivo. Alguien tiene que quitarles los pecados. ¿Quién puede pararse delante de Dios el Día de Juicio con sus pecados encima?

—Nadie —dijo Fagan con sencillez.

—Exactamente —dijo el hombre suavemente—. Por eso es que hago lo que hago. Tengo mucho dolor, es cierto, pero no me lamento por ello. No es culpa de nadie sino mía que yo sea el Devorador de Pecados. Y en cierto modo, el Señor me bendijo con eso. Porque cada vez que alguien muere, sé que hago algo para que llegue a salvo. Tu abuelita lo entendía, Cadi. Ella se quedó parada una vez en el cementerio, consciente de que yo estaba allí en el bosque mirándola, y dijo lo suficientemente fuerte para que yo escuchara que no hay mayor amor que el de un hombre que da su vida por sus amigos. Y yo amo a mi gente. Y desde la distancia, he sido una pequeña parte de sus vidas. Estoy dispuesto a pagar el precio de sus pecados. Es mejor que un hombre sea lanzado al infierno para que los demás tengan la oportunidad de ir al cielo.

—Uno, sí —dijo Fagan—. Pero usted no.

—No lo entiendes, muchacho. Se ha hecho de esta manera en Escocia y Gales desde tiempos muy antiguos y se seguirá haciendo de la misma manera. La suerte cae en el regazo, pero la disposición de la misma es del Señor. Fue la voluntad de Dios que yo sea lo que soy.

—Fue la voluntad de los hombres, no de Dios.

—No sabes de lo que hablas.

—Yo sé la verdad, ¡y usted la tendrá! ¿Usted cree que puede tomar el lugar de Dios? —preguntó Fagan.

—¡Nunca fue así! Desde que yo nací.

—Aun así, usted lo ha intentado. Todos estos años usted ha sido el Devorador de Pecados pensando que se echa encima los pecados de los demás, y no ha hecho nada más que interponerse en el camino del Señor.

Me sentía apenada por las palabras de Fagan; aunque eran verdad, eran como un hierro caliente en una herida abierta. Pude ver que el hombre retrocedía por el dolor.

—¿Cómo puedes decirme eso, muchacho? Alguien tenía que ser el sacrificio vivo. Siempre ha sido mi deseo servir a Dios.

—No estoy diciendo nada por mí mismo. Le estoy diciendo lo que el hombre de Dios nos dijo. Hay un solo Cordero de Dios y es Jesucristo. Ya no necesitamos a un chivo expiatorio. Lo necesitamos a *él*.

—Me he comido los pecados de mis amigos para que puedan tener salvación. —Escuché la ira en su voz—. ¿Acaso no he hecho lo que Dios me llamó a hacer? ¿No fue mi suerte la que se decidió?

—Fue Satanás el que echó la suerte y usted lo ha servido bien.

—¡Yo nunca he servido a Satanás! ¡Mi corazón únicamente ha querido servir a Dios y reparar lo que hice!

—¡Entonces confiéselo y arrepiéntase! ¡Libérese de eso!

—¿Contigo, un muchacho? ¡Ni hablar!

—¿Realmente cree que Dios lo necesita para cumplir su propósito?

—Fagan, no seas tan cruel —supliqué, al ver el dolor en los ojos del Devorador de Pecados. Su corazón era sensible y ya estaba roto. ¿No habría una manera más suave?

—¡Quédate atrás! —me dijo Fagan, con sus ojos que ardían—. ¡Se enterará de la verdad y la verdad lo hará libre!

—¿Cuál es la verdad? —dijo el Devorador de Pecados—. ¡Dímela! ¡Quiero conocer la verdad! Ante Dios, ¡lo juro! ¡No retengas ni una palabra de lo que el hombre te dijo!

—¡Está bien! —dijo Fagan—. Escuche y libérese del pecado y de la muerte. Escuche y conozca la palabra de Dios. En el principio era el Verbo, y el Verbo era con Dios, y el Verbo era Dios. Y aquel Verbo fue hecho carne, y habitó entre nosotros (y vimos su gloria, gloria como del unigénito del Padre), lleno de gracia y de verdad.

La luz de la fogata bailaba en las paredes y la piel me hormigueaba a medida que él hablaba, porque la voz de Aquel que hablaba a través del hombre del río ahora también hablaba a través de Fagan.

"Nuestro Señor Jesús está lleno de gracia y verdad. Jesús de Nazaret era el ungido de Dios que fue enviado para que llevara sobre *sí* el pecado de todo el mundo, para que pudiéramos ser salvos. *Él* hizo milagros de sanidad. *Él* sacó demonios. *Él* resucitó a los muertos. Y lo mataron a *él*, clavado en una cruz porque *sólo él* es el Cordero de Dios. Sólo él, el Santo, puede limpiar los pecados del mundo. Y Cristo lo hizo ese día en el Calvario. Murió para liberar a los hombres. Y Dios lo levantó al tercer día y concedió que los hombres pudieran verlo para que supieran sin duda alguna que ningún poder pudo retenerlo en la tumba. Y Jesús mandó que los que creen en él prediquen a la gente y testifiquen que *él* es el *único* asignado por Dios como juez de los vivos y los muertos. Porque fue de este Jesucristo que todos los profetas de antaño testificaron, que a través de su nombre todo el que creyera en él recibiera el perdón de pecados y vida eterna. Y aun ahora, Jesucristo está sentado a la diestra de Dios."

Mi corazón se regocijó y me levanté; el Espíritu Santo soltó mi lengua cuando levanté mis manos al cielo. "Ciertamente llevó él nuestras enfermedades, y sufrió nuestros dolores; y nosotros le tuvimos por azotado, por herido de Dios y abatido. Mas él herido fue por nuestras rebeliones, molido por nuestros pecados: el castigo de nuestra paz sobre él; y por su llaga fuimos nosotros curados. Todos nosotros nos descarriamos como ovejas, cada cual se apartó por su camino: mas Jehová cargó en él el pecado de todos nosotros."

La cueva se llenó de luz y calor, y Fagan se levantó y habló la palabra del Señor que había sido puesta en su boca por el Espíritu Santo. "Dios hizo que Jesús, que no conoció pecado, fuera hecho pecado por nosotros, para que nosotros fuésemos hechos justicia de Dios *en él*. Ahora pues, ninguna condenación hay para los que están en Cristo Jesús. Porque la ley del Espíritu de vida en Cristo Jesús nos ha librado de la ley del pecado y de la muerte."

El Espíritu se movía dentro de mí. —Ni la muerte, ni la vida.

—Ni ángeles, ni principados.

—Ni lo presente, ni lo por venir.

—Ni potestades, ni lo alto, ni lo bajo, ni ninguna criatura . . .

—Nos podrá apartar del amor de Dios, que es en Cristo Jesús Señor nuestro.

Temblando violentamente, el Devorador de Pecados se encorvó hacia adelante y se cubrió la cara con sus manos. —*¡Estoy perdido!*

—Puede salvarse —dijo Fagan—. Sólo tiene que aceptar a Cristo.

Caminé al otro lado del fuego y me arrodillé cerca de él. —Dios lo ama.

—¡Aléjate de mí! —Se apartó de mí—. ¿Es esta la verdad que he anhelado escuchar? ¿Que durante veintidós años no he salvado una sola alma de la condenación?

—Sólo Dios puede salvar las almas —dijo Fagan.

—El hombre dijo que sólo tenemos que creer y abrirle nuestro corazón a Cristo para ser salvos —le dije—. ¿Por qué no confiesa su nombre?

—¿Y cómo puedo? Ahora que sé . . .

—Usted ha anhelado la verdad, y ahora la tiene —dijo Fagan.

—¡Demasiado tarde! ¡Demasiado tarde!

—Todos estos años ha vivido como un marginado, ha clamado a Dios. Pues bien, ya vino. ¡Recíbalo!

—¡No puedo! ¡No puedo!

—Déjelo entrar a su corazón, hombre —gritó Fagan—, y ya no sea usted quien vive, sino que Cristo viva en usted.

—¡Eso nunca podrá ser!

—Él lo amó tanto que se entregó a sí mismo por usted —supliqué—. ¿No puede usted corresponderlo y amarlo?

El Devorador de Pecados levantó la cabeza. —Yo pensé que lo estaba sirviendo. ¿Cómo puede deshacer lo que he hecho? ¡Todos están perdidos *por mi culpa*!

—Entréguese a él y vea lo que Dios hará —dijo Fagan.

—Toda esa gente. Mi gente . . . —Nos dejó y salió corriendo a la tormenta.

—¡Espere! —le dije, y corrí detrás de él. Me paré afuera, bajo la lluvia que caía, y le grité para que se detuviera. Volví a entrar a la cueva, empapada y con frío—. ¡Ay, Fagan! ¿Por qué no quiere escuchar?

—Lo hizo. Lo sabe, Cadi. ¡Él cree!

—¿Entonces por qué salió huyendo?

—No huye. —Un rayo cayó tan cerca que el pelo de mis brazos y de la cabeza se me paró—. Está corriendo para que Dios lo juzgue.

—¡Pero se matará!

—Eres de poca fe.

—¡Los rayos siempre caen en lugares altos! —Salí corriendo de la cueva.

—¡Cadi, espera!

No me detuve.

El trueno se oyó como la poderosa voz de Dios que llamaba al Devorador de Pecados a la cima de su montaña. Corrí detrás de él quitándome la lluvia de la cara a medida que corría;

temía por él. El viento había llegado y latigueaba las ramas de los árboles y silbaba a través de las rocas. Sentía cada trueno en mi pecho. Los relámpagos deslumbraban y arriba de mí se escuchaba el sonido de un árbol que se agrietaba. Sentí el olor de madera quemada. Mientras escalaba por las rocas mojadas y resbalosas, vi al Devorador de Pecados saltar hacia el punto alto que sobresalía arriba de las montañas moradas y de los valles oscuros abajo. Se detuvo recto y alto, con la cabeza hacia atrás y los brazos extendidos y los dedos separados.

—¡Dios! ¡Ay, Señor Dios! —gritó hacia el cielo—. ¡Ellos confiaron en mí para que les quitara sus pecados! —gritó al viento—. ¡Me buscaron para salvación! ¡Y no soy nada! Oh, Señor, ¡es mi culpa que se hayan ido a sus tumbas con sus pecados encima!

—¡Baje de su lugar alto! —le grité—. ¡Baje antes de que un rayo lo mate!

—¡Déjalo en paz! —dijo Fagan detrás de mí. Me hizo a un lado cuando me pasó—. ¡No todos han sido arrojados al infierno! —gritó al Devorador de Pecados.

—¡Oh, Dios, ellos no lo sabían!

—¡El Señor es un Dios de misericordia, que juzga el corazón!

El Devorador de Pecados se volteó. —¿Y qué pasará con ellos?

Fagan caminó hacia él y se paró en la plataforma de piedra—. Usted sabe que manifiesta es la ira del Dios del cielo contra toda impiedad. ¡Ellos también lo sabían! Nadie tiene excusa.

—¡Nadie se los dijo!

—¡Los que tienen un corazón para Dios tienen ojos para ver y oídos para oír! No por *su* voluntad, sino por la voluntad de *Dios* cuyo Espíritu se mueve en toda la tierra, buscando a los que lo aman. ¡Dios se ha dado a conocer desde la creación del mundo! ¡El mismo Dios ha puesto la eternidad en nuestros corazones! ¿No lo ha visto? ¿No ha oído? ¡Usted es testigo de su poder eterno y naturaleza divina en los cielos, en las montañas y los valles que lo rodean! ¿No se ha dado cuenta de su muerte cada invierno y de su resurrección cada primavera? ¡Lo vio! ¡Lo supo! Tuvo hambre. Tuvo sed. Clamó. Y él le respondió.

—Quisiera permanecer condenado por aquellos que amo.

—¡Ay Señor, perdónalo! —oré afanosamente—. No sabe lo que hizo.

Un rayo cayó en la plataforma de piedra que tenía a los pies y la hizo pedazos con una ráfaga de chispas, y El Devorador de Pecados y Fagan se vinieron abajo. Avancé gateando por las rocas y los localicé. —¡Fagan!

Se sentó, nomás un poco aturdido, y se hizo atrás el pelo mojado que tenía en la cara. —¿Dónde está?

—Allá —dije, segura de que estaba muerto.

El viento se apaciguó. La lluvia se calmó. Fagan y yo fuimos hacia donde él estaba y nos arrodillamos. —Devorador de Pecados —dijo Fagan amablemente.

—Ya no más —dijo el hombre suavemente, quebrantado. Se acurrucó a un lado y agarró la capucha de cuero que cubría su cabeza y lloró—. Dios, perdóname. Nunca más me interpondré en el camino.

—¿Qué fue lo que hizo? —dijo Fagan.

—Maté a un hombre. Le quité la vida con ira.

Fagan se sentó en sus talones y miró hacia el valle. Vi el dolor en su cara cuando el relámpago volvió a iluminar, y supe que estaba pensando en su papá.

—¿Cree que Jesús es el Cristo, el Hijo del Dios Viviente?

—¡Sí!

—¿Y lo acepta como su Salvador y Señor?

—Sí.

—Entonces, levántese.

Lo hizo. Se quedó quieto por un buen rato y se llevó sus

manos temblorosas hacia su cara cubierta. Lentamente se quitó
la capucha de cuero de la cabeza y la apretó en su pecho. Con los
ojos cerrados, levantó la cabeza para que la lluvia le cayera en la
cara. Levanté la cabeza para verlo con leve inquietud, y pensaba
ver alguna clase de monstruo, como se nos había hecho creer.

Era un hombre común y corriente.

"Jesús," dijo suavemente, con la boca que le temblaba. "Jesús,
mi vida es tuya. Haz con ella lo que quieras."

Los tres nos paramos en la cima de la montaña en la lluvia, esperando que algo importante le sucediera. Otro rayo. El
rugido de un trueno. Un terremoto. En lugar de eso, la tormenta disminuyó. El viento dejó de chillar y soplar.

—¿Cómo se llama? —preguntó Fagan.

—Sim —dijo, después de una leve indecisión. Bajó sus
manos a los lados—. Sim Gillivray.

Mojada y temblando, lo tomé de la mano. —¿Podemos volver a su cueva ahora, Sim Gillivray? Tengo frío.

Hizo un ruido raro como de ahogo y no se movió.

—¿Qué pasa? —preguntó Fagan y se le acercó. Le quitó de
las manos la capucha de cuero y la lanzó—. ¿Pasa algo malo?

—Nada —dijo Sim con la voz ronca—. Sólo que . . . nadie
me ha tocado desde el día que se sacó mi nombre del tazón.

DIECINUEVE

Sim Gillivray y Fagan hablaron hasta avanzada la noche. Sim tenía hambre de saber cada palabra que el hombre del río había dicho, pero yo estaba agotada y me dormí con la tranquilidad de su conversación, el fuego chispeante y la lluvia que golpeaba afuera. Era un sueño bueno, tranquilo y profundo, que duró toda la noche, y que necesitaba mucho después de tantos días de preguntarme y preocuparme por muchas cosas que estaban fuera de mi control. Dormida, imaginé a Lilybet que me frotaba el pelo y que me decía que Dios me amaba y me estaba cuidando. No sabía entonces que el Señor me estaba preparando para lo que vendría después. La paz moraba en mi corazón y tranquilizaba mi alma.

Pero afuera de esa cueva, en el valle de abajo, se estaba formando una tormenta tal como nunca antes había visto o volvería a ver.

Cuando me desperté, la lluvia había cesado. La luz entraba a través de la división de la cortina de cuero que Sim Gillivray había colgado hacia mucho tiempo para mantener el clima fuera de su cueva. Una línea delgada brillante de luz atravesaba la oscuridad, de manera que pude ver partículas de polvo que danzaban en ella. Esa corriente de luz del sol terminaba en una rajadura amplia en la pared posterior de la cueva como si fuera un blanco y más allá había oscuridad. Nunca antes lo había notado.

Con curiosidad, me levanté y pasé por encima de Fagan que estaba dormido, acurrucado en una colcha, y gateé para ver si había algo más allá de la rajadura. Había aire más fresco, pero no pude ver nada más allá que un metro de un pasillo de piedra. La oscuridad era tan profunda y gruesa que era como una pared. Más atrás, pude escuchar el lento y constante goteo de agua, *tap, tap, tap*. Lo había escuchado antes pero no había pensado mucho en eso; tenía demasiada curiosidad por otras cosas. Pero ahora, el espíritu explorador del que la Abuelita hablaba salió de mí, tan fuerte que todo lo demás se me olvidó en mi deseo de aventurarme y ver qué había dentro de esa oscuridad.

Primero, tenía que hacer una antorcha. Me moví lentamente por la cueva y afuera me sumergí en el bosque. Recogí ramas largas, palos y una enredadera fuerte y me senté para hacer un haz. Parecía lo suficientemente grande para que me durara bastante tiempo, por lo menos lo suficiente como para echar un vistazo. Me apresuré a regresar y lo encendí con los carbones calientes.

El callejón angosto serpenteaba de atrás para adelante como una serpiente en la madriguera de un conejo. Estaba a punto de perder el valor cuando se abrió en una cámara, varias veces más grande que la que Sim Gillivray tenía como casa. Atrás había formaciones rocosas que descendían del techo y se elevaban desde el suelo. Parecían colmillos gigantes y me imaginé parada dentro de la boca de un dragón. El suelo de la caverna estaba resbaladizo, suave y húmedo, como podría ser la lengua de un monstruo. Tuve que dejar de imaginar, porque mi corazón latía tan fuerte que parecía que lo tenía en la garganta.

Tap, tap, las gotas de agua seguían cayendo; el ruido ahora era más fuerte para mis oídos. Las columnas de piedra brillaban por la humedad.

Me decía a mí misma que pensara en algo más que un dragón, pero la mente de un niño a veces es algo fijo. Necesitaba distraerme con algo y levanté el haz para buscarlo. Era un lugar extraño, con un sentimiento de opresión en él. Como si algo terrible viviera allí. Temblando, me di la vuelta y miré del cielo raso al suelo y me preguntaba si había unos ojos observándome.

Tap, tap, tap.

Un área de la pared curva estaba ennegrecida por el hollín. Debajo de las manchas oscuras, en una superficie de tierra seca, había un círculo de rocas y la ceniza gris de un fuego que hacía mucho se había apagado. Al girar más, vi figuras dibujadas a lo largo de un lado de la cueva. Las figuras de palos parecían bailar con la luz que parpadeaba de mi pequeña antorcha. Bailaban y daban vueltas . . .

Un pedazo de rama que ardía cayó en mi mano. Di un chillido por el dolor y dejé caer el haz. Cuando cayó en el suelo de piedra, la pequeña llama se apagó y sólo dejó unas brasas pequeñas brillantes. Con la mano que me temblaba violentamente, recogí el haz rápidamente y lo soplé suavemente, desesperada por revivir la llama. Una por una, las brasas se apagaron. La oscuridad me envolvió y me apretó fuertemente.

Tap, tap, tap.

Mi corazón golpeaba en mis oídos. Podía escuchar mi propia respiración áspera. Me llevé el haz a la cara y no pude ver nada, ni sentir siquiera el mínimo indicio de calor. Se había apagado completamente, y no recordaba dónde estaba el pasillo. Me di la vuelta. Volví a girar, lentamente; esforcé la vista, desesperada por ver algún pequeño punto de luz que me llevara de vuelta con Fagan y Sim Gillivray.

Nada.

Nunca antes había estado en una oscuridad así. Estaba completamente a oscuras. La oscuridad era pesada, pulsante y llena de los terrores de mi mente infantil.

Tap . . . tap . . . tap.

Imaginé esos dientes blancos y brillantes.

Tap . . . tap . . .

¿Era saliva que corría gota a gota mientras el dragón pensaba masticarme y tragarme?

Grité. El ruido aumentó mientras que mi propia voz, llena de pánico, me rodeaba y hacía eco en todos lados. Se oyó un repentino y veloz aleteo con un ruido fúnebre agudo, que soplaba y remolineaba. Me llené de terror de manera que quedé paralizada. Cuando algo me pasó por el pelo, volví a gritar, caí de rodillas y me cubrí la cabeza. Imaginé que todos los demonios del infierno venían a mí, dispuestos a agarrarme y llevarme hacia el hoyo negro. "*¡Ayúdenme!*" volví a gritar.

—¡Cadi! —gritó Sim Gillivray desde cierta distancia—. ¡No te muevas! Ya vamos, cariño. ¡Quédate donde estás!

—¿Dónde está?

—¡Sim salió a hacer una antorcha! —gritó Fagan.

—¡Apúrense! ¡Por favor, *apúrense!*

—¡Quédate quieta, niña! —respondió con un grito.

—¡Ya vienen por mí!

—¿Quiénes? —gritó Fagan alarmado.

—¡Los demonios! Hay demonios aquí.

—No son demonios. Sim dice que son murciélagos. Dice que te quedes tranquila y ellos volverán a sus perchas. ¡Agáchate! ¡Caramba, Cadi! ¡Deja tus aullidos! Sim volvió. Está encendiendo la antorcha.

Acurrucada en el piso frío de la cueva, escuché el ruido soplando sobre mí. Disminuyó cuando comenzó a parpadear la luz en el pasillo angosto por el que había llegado.

"Cadi, ¿dónde estás?"

Levanté la cabeza y vi que los últimos murciélagos se iban en picada por las columnas de piedra y desaparecían en la oscuridad más allá. Me puse de pie y corrí hacia la luz del angosto pasillo chocándome con Fagan. Dio un gruñido de dolor y se hizo para atrás. Se habría caído si Sim no lo hubiera agarrado de los hombros para estabilizarlo.

—¿Qué crees que haces? —dijo Fagan, jadeando del dolor, tratando de soltarme de él.

Yo estaba agarrada como un liquen en un tronco de árbol.
—Hay fantasmas allá.

—¿Fantasmas? —susurró Fagan, con los ojos brillantes.

—En las paredes, por todos lados. ¡En todas partes! Lo juro. ¡No vayan allá!

—Sólo son dibujos, Cadi —dijo Sim tranquilamente, manteniéndose aparte. —Nada de qué temer.

—¿Dibujos? —dijo Fagan— ¿Dibujos de qué?

—De gente.

—Quiero ver.

—Tenemos que sacar a Cadi de aquí, Fagan.

—Sólo un minuto. Quédate aquí, Cadi. Ya volvemos.

—¡No! ¡Yo no me quedo aquí!

—Sólo hay una antorcha, y la desperdiciaremos si te regresamos. Ahora, anímate y no seas tan cobarde.

Sus palabras me hirieron porque yo quería que Fagan pensara bien de mí. —¿Y qué de los murciélagos? Bajaron directamente hacia mí cientos de ellos, tal vez miles.

—Ni tanto así —dijo, y miró a Sim.

—Hay bastantes bichos, pero creo que están en la otra cámara ahora. Se quedan allí a menos que algo los asuste.

—Como Cadi, que gritaba desenfrenadamente.

—¡Quisiera ver qué harías sin una antorcha en esa cueva!

—Salen por otro camino, más allá —dijo Sim—. Hay un corte angosto en la ladera de la montaña que se abre al cielo. Está lejos, detrás de aquí.

—¿Hasta dónde ha llegado?

—Tan lejos como un hombre podría llegar, supongo.

Estaba pasmada por su valor. ¿Quién sería lo suficientemente valiente como para ir más profundamente en este lugar espantoso, el hogar de murciélagos y quién sabe qué mas?

—He tenido veinte años para explorar esta caverna. Conozco casi cada pulgada de ella. Hasta los lugares que son apenas lo suficientemente grandes para que un hombre pueda gatear. Es mejor dejar en paz algunos de los lugares. Esa cámara grande que está atrás, al este de nosotros, es uno. Es donde viven los murciélagos. Miles de ellos aterrizan de cabeza en el techo. Me mantengo lejos de ese lugar.

Fagan se veía intrigado. —¿Y cómo es?

—Tiene excremento que llega a la rodilla en el suelo y un fuerte hedor que casi no puedes respirar. Pienso que los murciélagos reclamaron ese lugar hace muchísimo tiempo.

Fagan le quitó la antorcha a Sim y siguió adelante.

Iba directo adentro, como pensé que lo haría. —¡Fagan! —susurré detrás de él.

—Voy a ver los dibujos de los que hablaste, eso es todo. Puedes venir o esperar allí. Tú eliges.

—Está bien, Cadi —dijo Sim—. Puedes esperar aquí y estarás bien.

Llena de consternación, los seguí, y esperé que a Fagan no se le ocurriera ver esa cueva de murciélagos también. El aire frío me golpeó otra vez, y mandó el frío por mi columna, mientras estábamos parados en el centro de la cámara.

Fagan se acercó y levantó la antorcha. —¿Los dibujó usted, Sim?

—No. Han estado aquí mucho más tiempo que yo. Pasé unas cuantas semanas en esta cámara el primer invierno que fui el Devorador de Pecados. No podía dormir mucho al verlos.

La gente eran figuras de palitos, fáciles de dibujar. Hasta yo podría haberlas dibujado, y tal vez habría hecho un mejor trabajo. —¿Cree que un niño los hizo?

—Están muy alto —dijo Sim.

—¿Y qué se supone que son esos montículos? —dije—. ¿Montañas o algo así?

—Casas de los indios, creo —dijo Fagan al examinarlos.

—Eso creo que son —dijo Sim sin acercarse.

—Hombres, mujeres y niños que juegan. —Fagan se movió al siguiente—. Mira ese. Están jugando y bailando. Y en el siguiente, hay un hombre que lleva puesto un sombrero.

—Un hombre blanco —dijo Sim, con voz suave y sombrío.

—Están estrechando las manos, ¿verdad? El hombre blanco y el jefe.

—Eso creo.

—Más blancos, dos mujeres con ellos. ¿Qué es esto?

Me paré al lado de él. —Parece fuego.

—Tienes razón. Las casas se están quemando —dijo Fagan—. Eso es lo que está sucediendo, ¿verdad, Sim?

—Pienso que sí.

Al acercarme más, miré los dibujos de figuras de palitos que estaban esparcidos. El hombre que tenía el sombrero sostenía un palo que señalaba hacia otra línea de figuras. Una línea negra iba de cuello a cuello que los unía a todos. Algunas de las figuras de palitos estaban agachadas. ¿Estaban heridos o eran ancianos? Algunas estaban erguidas, pero eran más pequeñas. ¿Mujeres? Tres cargaban bebés. El siguiente dibujo mostraba a la gente que estaba de pie en una línea recta, arriba de seis líneas negras gruesas rectas que iban de arriba abajo y dos líneas ondeadas abajo. El hombre con sombrero estaba parado detrás de ellos y señalaba con su palo.

Miré al siguiente. Salían pequeñas líneas hacia afuera hacia todas direcciones desde el palo que tenía el hombre, y la gente caía, con los brazos y las piernas hacia afuera, directo hacia las líneas ondeadas. La última escena del dibujo mostraba figuras de palitos tiradas e inmóviles debajo de tres líneas verticales que terminaban en remolinos.

El único ruido que nos rodeaba era el *tap, tap, tap* del agua que goteaba.

Ninguno de nosotros se movió. Sólo nos quedamos parados, mirando los dibujos. Miré detrás de mí. Sim Gillivray tenía mal aspecto y se veía triste. Fagan miró arriba en la pared de la cueva y sus ojos se llenaron de terror. Miré de allí a la última escena. Toda esa gente, ancianos, mujeres y niños. Sus cuerpos parecían flotar en los remolinos. No estaba segura si entendía lo que las figuras me estaban diciendo. Temblando, lo supe dentro de mi corazón, pero no quería enfrentarlo.

—Disparó al primero en la línea, y luego el resto cayó con él —dijo Fagan—. El hombre de sombrero los mató.

—Ese es el Estrecho, ¿verdad? —dije—. Cayeron en el Estrecho y luego se fueron a las cataratas.

—No todos —dijo Sim; dio un paso adelante y señaló a una figura de palitos que estaba escondida en el bosque en el tercer dibujo—. Se escapó y vivió lo suficiente como para venir aquí y esconderse. Fue él quien hizo estos dibujos.

—¿Y qué le pasó? —preguntó Fagan.

—Se murió. Encontré sus huesos aquí, detrás de esos dos pilares.

—¿Y todavía está aquí? —preguntó Fagan y se dirigió hacia ellos.

Yo había visto a la Abuelita preparada para que la enterraran, pero nunca antes había visto huesos humanos. El esqueleto, todavía vestido con pantalones y camisa de cuero en estado de descomposición, estaba extendido, plano, con una pierna doblada hacia un lado. El cráneo estaba ladeado hacia nosotros, con las mandíbulas abiertas. Pude imaginar los ojos de su alma que me miraban desde esas cuencas abiertas, por lo que retrocedí y me puse detrás de Fagan.

—No puede hacerte daño, Cadi —dijo Fagan.

—¿Qué es lo que tiene al lado? —pregunté.

Fagan se inclinó y levantó un pequeño tazón de madera mientras que yo retrocedía y me acercaba más a Sim Gillivray.

—Su tazón de pintura —dijo Sim.

—Todavía tiene un poco de pintura incrustada.

—Ponla donde la encontraste —dijo Sim suavemente—. Cuenta el final de la historia.

—¿El fin? —Fagan puso el tazón en el suelo—. ¿Qué le pasó?

—Lo que puedo deducir es que estaba herido y moribundo cuando entró aquí. Lo que sí se con seguridad es que estaba decidido a dejar la verdad.

Miré los dibujos que estaban arriba en la pared de la cueva.

—Por eso es que hizo esos dibujos.

—Sí, así es.

—¿Cómo sabe que estaba herido y moribundo? —Fagan se inclinó hacia el esqueleto y lo examinó.

—Eso pasó, o se suicidó.

—¿Pero cómo lo sabe?

—Porque no utilizó barro, hollín ni cenizas para pintar esos dibujos. Utilizó su propia sangre.

—Me gustaría saber cuándo sucedió y quién lo hizo —dijo Fagan cuando Sim salió a examinar sus trampas.

No estaba segura de creerlo. —Nunca había visto a un indio en toda mi vida, Fagan. Sólo he oído de ellos.

—Tal vez, pero por lo que yo recuerdo, he oído a la gente hablar de ellos como si fueran una terrible amenaza. Papá dijo más de una vez que probablemente te matarían con sólo verte. Y ahora, creo que puedo ver por qué se sentirían de esa manera.

—*Nosotros* no les hicimos daño. Ni siquiera se pensaba en nosotros cuando todo eso sucedió, Fagan. No es nuestra culpa.

—Eso no importa. ¿No lo entiendes, Cadi? Somos familiares de sangre de cualquiera que lo haya hecho.

—Ningún familiar mío haría algo así, como matar mujeres y niños. ¡No lo creeré!

Apretó la boca al mirarme. —Pero sí puedes creer que algún familiar mío lo haría, ¿verdad?

El calor se me subió a la cara y se quedó allí. Era una terrible verdad. Después de haber visto al propio papá de Fagan golpearlo con esa cara de diablo y jurar matarlo, pude imaginar que sería capaz de cualquier cosa. Los Kai eran un montón de gente sedienta de sangre, excepto Iona y Fagan. —Lo siento —dije con los ojos hacia abajo. Lamentaba creer eso pero lamentaba más que Fagan hubiera nacido como un Kai.

—Sé que mi familia tiene mucho de qué dar cuentas —dijo, con la cara sombría—, pero había otros en el tercer dibujo. ¿Recuerdas? El hombre con sombrero no estaba solo.

—Ya no quiero pensar en esos dibujos. —Y no quería pensar en el hombre que había usado su propia sangre para pintarlos. No quería pensar en quién más podría haber estado con el hombre que había disparado el arma y había matado a toda esa gente—. ¿Podemos hablar de otra cosa?

—No. Tengo que saberlo.

—¿Por qué? ¿De qué servirá saberlo?

—¡Es que no puedo olvidar lo que vi allí! Es como un nudo en mi pecho. Tengo que saber cuándo sucedió y quién lo hizo.

—¿Por qué?

—Porque creo que el Espíritu Santo me dice que vaya a buscar las respuestas.

—Dios ya sabe quién lo hizo, ¿no crees, Fagan? No necesita que nosotros lo averigüemos por él.

—Claro que Dios lo sabe, Cadi. Ese no es el punto.

—¿Y cuál es?

—Dios quiere que nosotros lo sepamos.

Me mordí el labio y me preguntaba a qué camino nos estaba mandando Dios esta vez. ¿Sería alguno con más penas para Fagan y más desilusiones para mí?

—¿Qué dices, Cadi?

No estaba dispuesta a buscar las respuestas, pero sentí que era el mover del Espíritu Santo lo que estaba impulsando a Fagan a que lo hiciera. No iba a ser la que le dijera que se rebelara en contra de la guía del Señor, aunque me sentía a salvo en la cueva de Sim Gillivray. Siempre y cuando estuviéramos donde él estuviera, Brogan Kai no vendría a buscarnos. Había visto la apariencia de su cara y sabía que había sido el miedo lo que lo mantenía lejos. Pero era seguro que ese hombre no tenía nada que temer en el valle. Estaba esperándonos allá abajo. Ya me había asustado lo suficiente para un día, al quedarme atrapada en la oscuridad, rodeada de murciélagos y al ver los huesos de un hombre muerto. No me sentía con el suficiente valor para enfrentar a los vivos.

—Está bien —dijo Fagan suavemente—. No tienes que ir conmigo. Puedo cuidarme solo.

Al tragarme las lágrimas, vi a Lilybet a través de la imagen borrosa de ellos, sentada al otro lado del fuego, al lado de Fagan. Me sonrió tiernamente. —¿Te acuerdas de la noche en el río, Katrina Anice? ¿Te acuerdas cuando Brogan Kai estaba golpeando a Fagan? ¿Quién lanzó la piedra?

—Fui yo.

—¿Fuiste tú? —dijo Fagan, y ladeó la cabeza levemente, perplejo—. ¿Qué hiciste?

—Yo lancé la piedra.

—¿Qué piedra?

—Dios no te ha dado un corazón de temor —dijo Lilybet—. E irán de dos en dos.

Me senté más recta; el miedo y las dudas habían desaparecido y lo miré al otro lado del fuego. —Iré.

—¿A dónde?

—A dondequiera que vayas, yo iré.

La expresión inquieta desapareció. —Esa es mi Cadi. —Una sonrisa se extendió en su cara cuando se levantó—. Será mejor que nos vayamos ahora, antes de que Sim vuelva. Sólo tratará de convencernos de que no nos vayamos.

—Se preocupará cuando se dé cuenta de que nos hemos ido.

—Le dejaremos un mensaje con Bletsung.

—¿A dónde iremos?

—La señora Elda es el alma viviente más antigua de nuestro valle. Tal vez ella pueda darnos algunas respuestas.

Bajamos la Montaña del Muerto vigilantes, pero sin miedo, y nos paramos en la orilla del bosque, detrás de la casa de Bletsung Macleod. Bletsung estaba en una de sus colmenas; la abría.

—Está completamente loca —dijo Fagan—. ¡Está despojando esa colmena en plena luz del día! Está intentando matarse.

—No, no lo está. —Lo agarré del brazo antes de que pudiera irrumpir en el campo abierto—. Siempre lo hace. A las abejas no les importa.

Miramos cómo el enjambre se elevó como una nube y luego la envolvió como un chal, mientras que ella destilaba la miel ámbar en el frasco. A medida que se retiraba lentamente, la masa se levantó como una nube gris que flotaba detrás de ella. Nos vio al acercarse a la cabaña. Agitó las manos y corrió hacia nosotros. La encontramos en el camino que Sim Gillivray había desgastado al llegar al lugar donde se sentaba, debajo de su ventana.

—¿No viene nadie con ustedes? —dijo, con los ojos brillantes; miraba ansiosamente hacia los árboles.

—Estamos solos.

Frunció levemente el ceño. —Pero, ¿dónde está . . . dónde está el Devorador de Pecados? No he hablado con él en dos días.

—Salió esta mañana a examinar sus trampas. Probablemente le traerá algo para la cena esta noche —dije.

—No me importa que me traiga algo. ¿Está bien? ¿No le dijiste lo que el hombre te dijo?

—Sí, se lo dijimos —dijo Fagan.

—¿Y?

—Sabe la verdad.

—¿Y qué dijo? ¿Qué hizo?

—Aceptó a Jesucristo como su Salvador y Señor, señora.

—Entonces, ¿dónde está? ¿Por qué no ha bajado de la montaña? —Profundamente aturdida, nos miró a los dos—. ¿Qué va a hacer?

—No lo dijo, señora —dijo Fagan—. Tal vez sólo necesita más tiempo para pensar.

Ella no pudo ocultar su decepción. Forzó una sonrisa y le dio unas palmaditas a Fagan en el hombro. —Bueno, al menos te ves mejor que la última vez que te vi.

—Me siento mucho mejor, también. ¿Cómo está mamá?

—No tan bien.

—¿Está enferma?

—Del corazón, creo. Le conté todo lo que me dijiste de Jesús y desde entonces ha estado llorando mucho.

—¿Por qué?

—No lo dice. —Apartó la vista de él y me miró a mí—. Necesitas un buen baño caliente y hay que cepillarte el pelo, Cadi. Te ves muy mal para ser una niña tan bonita.

—Estuve en una cueva y unos murciélagos se me vinieron encima y encontramos . . .

—Será mejor que nos vayamos. —Fagan me retiró—. ¿Podría decirle a Sim cuando lo vea que estamos bien? Vamos a ir donde mi abuela.

—¿Elda? Será mejor que tengan cuidado.

—Estaremos pendientes de papá.

—Tal vez deberían esperar unos cuantos días más.

—Es probable que ella esté preocupada por nosotros y tenemos que preguntarle algunas cosas.

Bletsung se veía bastante perpleja, pero no hizo preguntas. Miró otra vez hacia la montaña, inquieta. —Quisiera poder hacer algo.

Yo sabía la respuesta, tan clara como el día. —Puede orar.

Se veía lista para llorar. —He orado mucho y duro por años, querida. Tal vez lo he hecho mal.

—Lo hizo bien —dijo Fagan sonriendo—. Usted y Sim son salvos, ¿no es cierto?

—Supongo que sí, aunque todavía no lo siento.

Le jalé la manga. —Sólo dígale a Jesús que confía en él y que está esperando que le diga lo que él quiere que haga.

Agachó la cabeza para mirarme y sonrió levemente. —De la boca de una chiquita aprendo, ¿no? —Algo destelló en sus ojos; se quedó quieta y sus ojos se llenaron de lágrimas—. Que así sea —dijo suavemente. Yo no sabía qué había dicho que le ocasionara esa mirada de dolor en sus ojos.

—Vamos, Cadi —dijo Fagan y siguió caminando.

Lo seguí aunque no dejaba de mirar hacia atrás. Habíamos cruzado la pradera y Bletsung todavía estaba parada en el camino donde la habíamos dejado, y se veía tan abandonada que me dolía el corazón. —Espera —dije y volví corriendo hacia ella—. La quiero mucho.

Ella pasó sus nudillos suavemente por mi mejilla. —Yo también te quiero.

La abracé duro. —Dios también la ama, Bletsung. Sé que así es.

—Voy a recordarlo —susurró interrumpidamente. Me besó la cabeza, y me apartó de ella—. Será mejor que te vayas ahora. Fagan no espera y tengo una fuerte sensación de que te va a necesitar mucho.

Deseaba que él no tuviera tanta prisa para saber la verdad de todo. No podía evitar preguntarme si era mejor que algunos secretos quedaran en la oscuridad y que algunos hechos mejor se olvidaran.

Pero algo dentro de mí me impulsó a alcanzar a Fagan y perseverar.

VEINTE

Fagan y yo seguimos el camino del norte de la corriente forestada. Los rododendros habían perdido sus racimos de rosa y blanco, y las últimas lobelias del verano, las balsaminas y los cardos estaban floreciendo a lo largo de la orilla y estaban metidos entre las rocas y el bosque. Una docena de mariposas papilio se elevaba de una flor a otra. Llegamos al lugar donde el riachuelo se unía al río y seguimos la orilla hacia las rocas para pasar. Fagan pasó primero, y yo me quedé mirándolo y preguntándome qué pensaba que estaba haciendo. Nos dirigíamos por el río, justo al este de la tierra Kai. Se detuvo en la roca plana del medio. "Vamos."

Me adelanté, y salté de una roca a otra, sin cuidado por hacerlo apresuradamente. Me resbalé una vez y caí sentada en la roca, con los pies y las piernas mojadas.

"¡Ten cuidado!"

Lo miré al levantarme, me froté la parte de atrás y continué.

—Pensé que íbamos a ir por el camino largo. —Él nos estaba llevando de regreso por el riachuelo Kai.

—Estamos a salvo.

—Pasaremos justamente por tu casa.

—Podrías confiar en mí.

—Es un día muy bonito como para morir —me quejé.

—Cállate ahora. No puedo expresar con palabras mis sentimientos. Pero papá no nos verá. Simplemente lo sé. —Llegamos
al otro lado—. Además —dijo, y me miró mientras daba el
último salto—, papá esperaría que llegáramos por el camino
largo. Si está esperando, allí es donde estará. Allá al norte,
donde puede ver el sendero a lo largo del río.

—Espero que tengas razón.

Nos dirigimos colina arriba por los avellanos, los acebos,
los cornejos y los arándanos, con las copas de grandes castaños
que se extendían por encima de nosotros. Estaba más fresco a
la sombra del bosque. Un estallido de aleteos casi hace que se
me detenga el corazón cuando un pavo que buscaba comida y
se asustó alzó el vuelo desde el suelo cubierto de hojas. Fagan
sacó la honda de su bolsillo posterior, la cargó con una piedra
y detuvo su vuelo.

—¿Qué estás haciendo? —dije con el corazón que me latía
en el pecho como un eco de esas alas, antes de que retorciera el
cuello del ave.

Fagan recogió el ave flácida de los pies. —Es una belleza,
¿no es cierto?

¿Cómo podía estar tan tranquilo cuando yo esperaba que
Brogan Kai saliera en cualquier momento del bosque y nos
atacara con esos puños que tenía, del tamaño de un jamón?

—¿Qué vas a hacer con él?

—Lo voy a preparar.

—¿*Ahora*? Dámelo. —Se lo arrebaté de las manos con las dos
mías.

—Espera un minuto. A la señora Elda no le gusta que le lleve
algo a menos que lo haya preparado primero.

Me detuve; me volteé y lo miré. —¿Y también vamos a tratar
de encontrar una olla para escaldarlo y luego quitarle las plumas? —Di la media vuelta y avancé por el camino, sosteniendo
el ave por las patas mientras la cabeza y el cuerpo rebotaban en

mi espalda—. Mientras lo hacemos, ¿por qué no recogemos castañas y las quebramos para que podamos hacer un relleno?

Fagan me alcanzó. ¡Se estaba riendo! Yo quería blandir el pavo y golpearlo con él.

—Conseguiste un pavo, ¿eh, Cadi? —dijo la señora Elda, sentada en su mecedora, a la sombra de su porche. Pude ver la expresión de su rostro cuando vio a Fagan con sus moretones. Algo oscuro y feroz entró a sus ojos hasta que ella lo hizo a un lado.

Me quité el pavo de la espalda y lo dejé caer en el suelo de su porche. —Fagan lo mató. Así como usted dijo, señora Elda. Un Kai no puede ir a ningún lado sin matar algo. —Me arrepentí al momento de decirlo; me sentí muy avergonzada.

—¿Y no pudo cargarlo?

—Yo podía hacerlo. —Fagan sólo me miró.

—Él quería destriparlo primero. —Me senté con desánimo en la grada de abajo, demasiado cansada y con mucho calor como para levantarme—. Pensaba que podríamos hacerlo aquí y tal vez vivir para comerlo.

—Deja de quejarte —murmuró en voz baja—. Te perdono.

—Bueno, pues, les agradezco por el ave. No he comido pavo desde hace mucho tiempo. Entra y aviva el fuego, Fagan. Hay agua en el barril. Puedes llenar la olla mientras lo haces.

—Sí, señora. ¿Quiere que lo destripe?

—Es más fácil si lo escaldamos primero.

Fagan recogió el pavo, subió las gradas y entró a la casa. Lo seguí parte del camino; deseaba haber dicho que lo sentía antes de que él dijera que me perdonaba. Me senté al lado de la señora Elda y me apoyé en el poste, bajo la sombra. Ella se inclinó y miró a Fagan. —Puedes cortarle esas alas y extenderlas bien, frente al fuego, para que se sequen. Serán buenos abanicos.

—Sí, señora.

Se volvió a acomodar en su mecedora; la inclinó hacia

adelante y hacia atrás por un minuto y no dijo nada, sólo me miró. Yo estaba muy cansada como para hablar. Los tordos amarillo y café, los pinzones purpúreos y los juncos estaban cantando en los árboles.

—Desesperadamente necesitas un baño, Cadi Forbes. Si tu madre te viera, tus visitas llegarían a su fin.

—No ha habido tiempo.

—¿Encontraste lo que buscabas, niña?

—Sí, señora, y más. Queremos contárselo todo y hacerle unas preguntas.

La señora Elda se inclinó hacia adelante en su silla y puso su mano sobre mi cabeza. —Comenzaba a preguntarme si tú y Fagan habrían muerto.

Tomé su mano con las dos mías y la puse sobre mi mejilla. —Casi. —Cuando me solté, ella se recostó en el respaldo con una sonrisa tierna y se meció un poco más.

Un halcón pasó volando y tres pajarillos purpúreos alzaron el vuelo tan rápidamente que las calabazas que la señora Elda había colgado en el granero se columpiaron de adelante para atrás. No había nada como una familia de pajaritos para mantener lejos a los halcones de los pollos del patio. La señora Elda no tenía ni uno de más.

Se volvió a recostar en su silla. —¡No metas el pavo hasta que el agua esté hirviendo!

Él salió al porche. —El agua ya está y las alas se están secando. Voy a lavarme. —Pasó al lado de ella con una mirada tímida y bajó las gradas.

—¿A dónde vas?

—Al riachuelo.

—Quédate aquí. Adentro hay una batea para lavar que puedes usar —dijo la señora Elda con resolución—. Saca un poco de agua del barril. Cuando hayas terminado, tira el agua afuera por la ventana del lado que está allí. Las margaritas amarillas con gusto se la llevarán. —Se agarró de los brazos de la mecedora y se levantó con dificultad—. Vamos, Cadi. Hablaremos adentro donde nadie nos vea.

Lo primero que nos pidió fue que le repitiéramos otra vez cada palabra que el hombre del río había dicho. Con gusto lo hicimos, aunque estábamos ansiosos por hacer nuestras propias preguntas.

—Nunca me cansaré de escuchar acerca de Jesús —dijo, y asintió con la cabeza—. Ni en un millón de años. —El agua que hervía y el vapor llamaron su atención. Se levantó de la silla y agarró al pavo por las patas y lo metió en el agua hirviendo—. Ahora, ¿cuál es esa pregunta tan importante que arriesgarías tu integridad física para obtener la respuesta?

—Tenemos preguntas acerca de los indios, señora —dijo Fagan, para comenzar con cuidado.

—¿Los indios? —La señora Elda continuaba dándonos la espalda—. ¿Qué quieren saber de los indios?

—¿Habían algunos que vivían aquí cuando nuestra gente vino por primera vez?

—Bueno, muchacho, eso fue hace muchísimo tiempo —dijo, todavía sin mirarnos. Seguía metiendo el pavo de arriba abajo, por lo que pensé que no nos diría nada a menos que le preguntáramos directamente. Por lo que lo hice.

—Queremos saber de los indios que fueron asesinados. —Fagan me lanzó una mirada que estoy segura que esperaba que haría que mi lengua se atrofiara. Yo lo miré también—. No tenemos todo el día. —Y ahora nos puso toda su atención.

—¿Quién les contó esa clase de historia?

A mi parecer, no estaba escandalizada ni enojada, sólo cautelosa.

—Nadie nos lo dijo, señora Elda —dijo Fagan suavemente—. Por lo menos no con palabras.

Me incliné hacia adelante y puse mis brazos en su mesa.

—Había dibujos hechos en una cueva de la Montaña del Muerto, pintados con sangre.

—¿Dices que con sangre? —Eso sí pareció conmocionarla.

—Cállate, Cadi. Deja que yo hable.

Lo ignoré. Después él querría que desplumáramos el pavo antes de que llegáramos al punto. —En la caverna que está atrás de la cueva donde Sim ha estado viviendo por veinte años. —No me importaba que pusiera los ojos en blanco con exasperación. Mientras más rápido obtuviéramos nuestras respuestas, más pronto podríamos volver a la Montaña del Muerto y nos alejaríamos de su furioso papá.

—¿Sim? —dijo la señora Elda.

—Sim Gillivray —dijo Fagan—. El Devorador de Pecados. Ella me sonrió. —Así que finalmente les dijo su nombre. ¿O fue Bletsung?

—Nos lo dijo él tan pronto como aceptó a Jesús como su Salvador.

—¡Qué alegría! —respiró, con los ojos brillantes y luego, de pronto, la ansiedad invadió su rostro.

Me incliné hacia adelante. —¿Qué pasó con esos indios, señora Elda?

—Tienes una mente fija, niña —dijo, irritada. Tomó un cesto y lo puso en la mesa y también al ave escaldada, y comenzó a trabajar.

—Yo sacaré las plumas, señora —dije, y agarré al ave de las patas y la arrastré para acercarla—. Usted díganos qué pasó.

—¿Y qué les hace pensar que es algo de lo que yo quiera hablar?

—¿Está diciendo que no nos dirá la verdad?

—No dije eso. Sólo que no tengan tanta prisa. No es una bonita historia y sucedió hace mucho tiempo. Tengo que reunir mis pensamientos. —Miró a Fagan y luego cerró los ojos y volteó la cabeza—. No puedo hacerlo sin hablar mal de los muertos.

—Está bien, señora —dijo Fagan suavemente—. No guarde silencio por mí. Estoy consciente de las cosas que mi familia ha hecho durante años. Si ellos fueron parte de lo que sucedió, no me sorprenderá para nada.

—Y tampoco quiere decir que Fagan será igual que ellos —dije, jalando un puñado de plumas y poniéndolas en el cesto.

—Nunca pensé que lo sería —dijo ella tranquilamente.

—Espero parecerme a la familia de mi mamá.

La señora Elda levantó su cabeza y lo miró. —Entonces lo sabes. —Él asintió con la cabeza—. ¿Te lo dijo Sim Gillivray?

—Mamá me lo dijo.

—Oh.

Nunca había oído una palabra tan llena de dolor. Al jalar unas cuantas plumas más, la miré mientras las metía en el cesto. Una lágrima corría por su cara húmeda mientras lo miraba. Todo el anhelo y la soledad que tuvo que pasar todos esos años se dejaron ver claramente.

—Nunca me atreví a esperar . . .

Fagan se inclinó hacia adelante y puso su mano sobre la de ella. —No entiendo por qué ella nunca dijo nada.

—Supongo que no podía. Tu padre me odia.

—¿Pero por qué? ¿Qué le hizo usted?

—No tiene mucho que ver conmigo, pero creo que tiene que ver mucho con esos dibujos que encontraste en la cueva. —Le dio unas palmaditas a su mano y luego dejó su mano encima de la de él, como si no quisiera soltarlo—. No te será fácil escuchar la verdad.

—El Señor es mi consuelo.

Ella asintió con la cabeza y sacó la respiración lentamente. —Fue tu propio abuelo, Laochailand Kai, quien mató a esos indios, Fagan. Pero no lo hizo solo. Aunque me resisto a decirlo, mi propio querido Donal fue parte de eso, pero no con las mujeres y los niños. Nunca fue el mismo después de aquel día.

Enfermó del alma, estuvo como afligido. Y los demás estaban de igual manera. Pensamos dejarlo atrás y olvidar lo que había pasado, pero creo que no puede ser. Las cosas que se hacen en lo oculto al final salen a la luz.

—Comienza desde el principio, abuelita —dijo Fagan suavemente—. No entiendo cómo sucedió.

—Detesto hablar de los muertos, muchacho, especialmente cuando es de tu propia familia, pero Laochailand Kai era el hombre más duro, frío y cruel que he conocido. La primera vez que estuve segura de ello fue cuando ya estábamos en camino hacia estas montañas, y ya no volveríamos. Estaba sentado frente al fuego una noche, bebiendo, y alardeaba de que se había vengado de un terrateniente en Gales. Decía que el hombre le había dicho que no era lo suficientemente bueno como para cortejar a su hija. Por lo que había arruinado a la pobre muchacha.

—¿Qué quiere decir con "arruinar"?

—Quiero decir que le quitó lo que sólo se le debe dar al esposo. —Me miró y yo la miré también, todavía sin entender—. No importa, Cadi. Eres demasiado joven como para entender estas cosas, pero así fue. Laochailand decía que si no era lo suficientemente bueno para ella, entonces ella no sería lo suficientemente buena para nadie. Y se aseguró de eso. Cuando ya lo había hecho, ella le suplicó que la trajera a América, pero él le dijo que ya tenía todo lo que quería de ella.

—¿Y su papá no hizo nada? —dijo Fagan, con su cara que parecía un trueno.

—La chica no le diría a dónde se había ido Laochailand Kai. Ella lo amaba, ves, y tenía miedo de que su padre lo matara por lo que había hecho. Supongo que ella vivió con la esperanza de que cambiaría de parecer y volvería por ella. Su padre tardó dos años en enterarse que Laochailand había venido a América, y para entonces, la muchacha había muerto.

—¿Muerto? —Levanté la vista de mi trabajo con el ave—. ¿Qué le pasó?

—Dio a luz al hijo de Laochailand Kai y entonces se ahogó con el pequeño, en un lago de la propiedad de su padre. Él ofreció doscientas libras a cualquier hombre que llevara pruebas de que Laochailand Kai estuviera muerto. Uno por uno, cuatro hombres lo buscaron y trataron de matarlo, pero él mató a los cuatro. Donal y yo pensábamos que ese había sido uno de los motivos por los que Laochailand Kai estaba tan determinado a irse al este y establecerse en estas montañas altas, y también el deseo de ser un terrateniente con poder sobre otros hombres.

—¿Y por qué seguían a un hombre como ese, señora Elda?

—Porque no conocíamos nada, querida Cadi. No sabíamos cómo era. Mira, niña, Laochailand Kai tenía un gran encanto y buena apariencia. Era un hombre apuesto y hablaba bien. Nos engañó. Vaya, varias veces me hizo sentir incómoda, pero nunca pude estar segura de qué había en él que no parecía muy bien. Por lo que suprimí al espíritu dentro de mí que me decía que estaba en la presencia de tal corrupción. Laochailand Kai era mentiroso y asesino. —Retiró su mano de la mano de Fagan y agachó la cabeza con vergüenza—. Y cuando nos pusimos bajo su cargo, llegamos a ser como él.

Fagan estaba pálido e inmóvil; no decía nada mientras esperaba que ella contara el resto, todo, sin importar cuánto le doliera.

La señora Elda apartó la mirada de él y me miró. Se inclinó hacia adelante y comenzó a trabajar con el ave, como si desesperadamente necesitara algo que hacer con sus manos. —Cuando llegamos a este valle, pensé que nunca había visto algo tan bello. Había toques de color por todos lados. Había tulíperos amarillos por todos lados, arces rojo y naranja, y nubes de cornejos blancos y serbales a lo largo del río; la lavanda del árbol ciclamor contrastaba con el suelo café del bosque donde estaban surgiendo hojas nuevas. Gorawen lo llamaba el verde divino de la primavera.

—¿Estaba con usted la Abuelita Forbes?

—Sí, niña, Gorawen estaba con los primeros, y tu abuelo Ian estaba con ella. Y los padres de tu mamá también, querida. Que los pobres descansen en paz. Siete familias, en total, subimos con Laochailand Kai. Subimos el sendero que está más allá de las cataratas y junto al Estrecho hacia el valle. Nos quedamos con la boca abierta, así fue. Recuerdo sentirme muy feliz. Estaba llena de una sensación de esperanza. Y luego llegamos a la aldea de los indios y los niños llegaron corriendo hacia nosotros y nos saludaron.

Quitó las manos del trabajo y las empuñó hasta que sus nudillos se pusieron blancos.

—El jefe salió y caminó directamente hacia Laochailand Kai, con la mano extendida para recibirlo. Como verán, Laochailand Kai había estado aquí arriba antes y se había hecho amigo de ellos. Todos ellos estaban felices de verlo volver. Porque también los había encantado a ellos. No sabían . . . —Su voz se entrecortó y se detuvo.

Fagan extendió sus manos otra vez y las puso sobre las de ella, acariciándolas suavemente, animándola, aunque su expresión estaba llena de dolor. —Si confesamos nuestros pecados, el Señor es fiel y justo para perdonar nuestros pecados, y para limpiarnos de toda maldad.

Ella abrió la boca, con una expresión de sorpresa. Se le llenaron los ojos de lágrimas y le corrieron por las mejillas. Continuó rápidamente y contó el resto. —Laochailand Kai estrechó la mano del jefe con una de sus manos y con la otra sacó una pistola. Le disparó al hombre directamente a la cara. Tenía otra pistola metida en su cinturón, la sacó y mató a otra persona, mientras que le gritaba a nuestros hombres que quemaran las casas de los indios. Todo el infierno se desató alrededor de nosotros. Las mujeres y los niños estaban gritando. Los hombres caían muertos o heridos. Algunas noches todavía puedo escucharlos gritar. Donal, Ian y todos los demás estaban peleando por nuestras vidas.

»Cuando todo acabó, Laochailand Kai mandó a los hombres a buscar a las mujeres y a los niños que habían huido para esconderse. Entonces salió y mató a los heridos a palos. A todos, menos a uno, el hijo del jefe. Cuando los hombres volvieron con los demás, Laochailand Kai quería que les dispararan para matarlos. Donal rehusó hacerlo, y los demás también. Ninguno de ellos podía asesinar mujeres y niños a sangre fría. Entonces Laochailand los ató, uno tras otro, y se los llevó al Estrecho. Allí mató al hijo del jefe de un disparo y cuando el joven cayó, se llevó al resto con él al río. Todos cayeron por las cataratas.

No quería creerle. Luchaba con todo lo que tenía dentro de mí. Pero una voz tranquila y suave en mi alma me decía que era cierto. Cada palabra era cierta.

—Está bien, abuelita —dijo Fagan suavemente—. Ya no tendrá el poder que tuvo sobre ti.

—He tenido tanto miedo porque Dios lo sabe.

—Dios siempre lo supo. Él lo vio.

—Supongo que sí —dijo interrumpidamente—. Nunca ha habido ni un solo momento de paz desde ese día. Para toda la belleza de este lugar, lo que hicimos fue como una terrible cicatriz fea en la tierra. Ninguno de nosotros ha prosperado. Muchos han caído en el camino. Dos familias enteras se han muerto; fueron borradas totalmente por la enfermedad. Y la melancolía ha corrido en la sangre de nuestros hijos.

Pensé en mi madre. ¿Habría sido yo la única causa de su dolor?

Fagan me miró, y casi pude ver los pensamientos en sus ojos azules. Habíamos llegado a ser así, él y yo; nuestras mentes se movían en la misma dirección. O tal vez era el Señor dentro de nosotros que nos daba mentes parecidas mientras nos enseñaba la verdad y nos llevaba a través de ella. Porque lo que más temía había llegado a suceder. *Todos* habíamos pecado. No sólo la familia de Fagan, sino también la mía, y otras más. Nadie era mejor que otro. Todos compartíamos el legado de asesinato.

Pero sabía algo más. Lo sabía tan dentro de mí que mi alma cantaba con el conocimiento y agradecimiento de que Jesús me había redimido. Sin él, estaría igual que ellos, atrapados en una prisión de culpa y vergüenza, con miedo a la muerte, aterrorizada de ser enterrada con mis pecados sobre mi cabeza. "Si no fuera por Jesús, si no fuera por Jesús . . ." dije y no pude decir más.

—¿Cree lo que le dijimos de Jesús, verdad, abuelita? —dijo Fagan.

—Sí, creo cada palabra.

—¿Y lo acepta como su querido Salvador y Señor?

—Lo acepto, aunque no soy digna de pronunciar su nombre.

—Dígalo, abuelita.

—No puedo.

—Ninguno de nosotros es digno. Él murió por nosotros, abuelita. Fue clavado en la cruz por todo lo que usted acaba de decirnos.

—Ay, Jesús —dijo suavemente y lloró—. Ay, precioso Salvador, mi Señor.

Fagan se levantó y abrazó a su abuela. —Puede dejar sus cargas ahora, abuelita. Puede dárselas todas a él y él le dará descanso.

—Me siento cansada, tan cansada —dijo suavemente—. Podría dormir mil años.

—La llevaré a la cama.

—¿No deberían bautizarme? Dijeron que el hombre lo hizo con ustedes.

La ayudó a ponerse de pie. —Habrá suficiente tiempo mañana.

—Podría estar muerta mañana —dije.

—¡Cadi! —Fagan me miró como si me hubieran salido cuernos.

—Bueno, ¡es cierto! Además, no puede caminar hasta el río. No tiene la suficiente fuerza para hacerlo.

—¿Te puedes callar?

—Supongo que el buen Señor la ha llamado a decir las cosas como son —le dijo la señora Elda a Fagan—. Hay una cubeta allí, al lado de la puerta, muchacho. Mejor bautízame ahora, porque podría ser que mañana no esté respirando.

—Ella no quiso decirlo. ¿Verdad, Cadi?

Fui por la cubeta.

—Vamos —dijo la señora Elda. Se sentó otra vez y juntó sus dos manos sobre sus rodillas—. Mójame bien. Todos nos sentiremos mejor con eso.

—¿Está segura? —dijo Fagan.

—Ella lo dijo, ¿no es cierto? ¡Hazlo!

Su cuerpo frágil tembló cuando Fagan le dio vuelta a la cubeta. Le dio una clase de ataque: balbuceó, jadeó, se ahogó. Por todo un minuto, los dos pensamos que se estaba muriendo de la conmoción de toda esa agua que se le derramó en su pobre cabeza vieja. Y entonces me di cuenta de que no se estaba muriendo en absoluto. Estaba soltando risitas. No, no risitas; *¡se reía de verdad!*

"Bueno," dijo cuando recuperó el aliento. "Eso me despertó."

Fagan y yo la abrazamos mientras los tres reíamos, con gozo por nuestra recién nacida libertad. Sentimos que teníamos alas y lenguas de fuego en nuestras cabezas. Nuestras almas cantaron de júbilo.

Mientras tanto, afuera se acumulaban las tinieblas.

Habíamos bajado de la Montaña del Muerto para enterarnos de la verdad, y lo habíamos hecho. Pero sólo una parte de ella. Sólo habíamos tomado y jalado la cola de la bestia.

Y mientras el primer hilo del tapiz se aflojaba y se deshacía, el dragón se despertó.

VEINTIUNO

La señora Elda rellenó el pavo con pan seco, hierbas desmenuzadas y castañas doradas, mientras que yo lavaba el piso con el agua que se había acumulado de su bautismo, aunque la mayoría se había colado por las rajaduras y goteaba por debajo de su cabaña. Fagan salió a cortar y acarrear leña y la amontonó en el porche, al lado de la puerta, donde le sería más fácil a la señora Elda alcanzarla. Ya había anochecido cuando nos sentamos a darle gracias a Jesús por cuidarnos durante el día y por darnos un buen pavo para la cena. Era mucho mejor que la usual comida de la señora Elda, sopa de pollo y panecillos de Gervase Odara. —Es una lástima que no vino hoy —dijo la señora Elda—. Podría habernos acompañado. La última vez que vi una buena comida fue el día del funeral de Gorawen, y no tuve ganas de comer.

Bajé la cabeza; volví a sentir la presión de la pérdida y me preguntaba del destino de mi pobre Abuelita, quien nunca había escuchado el evangelio.

La señora Elda se inclinó y me tomó la barbilla. —No te preocupes por ella, niña. —Me acarició la mejilla y me dio unas palmaditas en la mano tiernamente. Se volvió a recostar en la silla y sonrió—. Los últimos años que pudimos reunirnos, tu abuelita y yo hablamos mucho de lo que podría suceder.

Ninguna de las dos pensó que Sim Gillivray podría hacer algo para salvar nuestras almas de nuestros pecados, sin importar lo dispuesto que el pobre muchacho estuviera.

—Pero nunca escuchó el evangelio.

—Quizás no con tantas palabras, pero al pensarlo ahora, siento paz por ella. Gorawen dijo más de una vez que no podía ver cómo un Dios que había creado tanta belleza no nos ofreciera el regreso a él, sin importar lo que hubiéramos hecho. Y él lo hizo, ¿verdad? Jesús es el regreso. Tu abuelita lo sentía, porque ella era alguien que se sentaba en su porche y miraba la maravilla de todo, ¿no es cierto? Y tenía un corazón agradecido.

Pensé en la Abuelita, quien me enviaba afuera para que encontrara las maravillas por mí misma, en los afloramientos de las rocas que daban al valle, en los campos con las flores silvestres, por el río donde florecían los cornejos. Todos los años ella siempre apelaba a lo que llamaba mi espíritu explorador. Y me preguntaba ahora si ella no me había enviado para que encontrara el milagro de las obras de Dios que me rodeaban.

"¡Oh, mira eso!" decía, y levantaba la cabeza para ver las bandadas de palomas pasajeras, que se dirigían al sur, como humo en el horizonte. "Cada año se dirigen al sur. Puedes establecer el tiempo por ellas. Me pregunto ¿a dónde las manda Dios?"

En un día cálido, cuando mis penas me afligían profundamente, ella decía: "Me encantaría tener unas cuantas piedras lisas del río. ¿Crees que tienes tiempo para ir, ya que no puedo hacerlo ahora?" Y yo iba . . . y miraba las truchas arco iris con sus aletas blancas y sus lados rojo y rosado brillantes mientras desovaban en el caudal de un estanque y en los bajíos laterales, lejos de la corriente. La vida, que se renovaba año tras año.

En la primavera, la Abuelita me enviaba a recoger houstonias, violetas y anémonas. A medida que pasaban las semanas, ella me pedía zapatitos de dama amarillos y corazón de María, después rosas y racimos blancos de rododendros que crecían a lo largo de la corriente. Siempre parecía saber el día en que las efímeras bailaban y morían. Cuando yo volvía de cualquier aventura a la que me había enviado, hablaba de cuán preciosa era la vida.

"No dejes que pase un día sin ver un poco de las maravillas que tiene, Cadi. Deja de dar vueltas en la casa y desear que las cosas cambien entre tú y tu mamá. Sal de aquí y mira qué hay allá para ti."

Dios estaba allí.

Dios estaba en todos lados.

Entonces caí en la cuenta de que por eso nunca pude encontrar consuelo en el Devorador de Pecados. Él no lo podía dar. El regalo que necesitaba ya se me había dado; la evidencia me rodeaba, por todos lados donde miraba, hasta en el aire que respiraba. Porque ¿acaso no había sido el mismo Dios el que me había dado la vida y el aliento?

Seguí pensando en la Abuelita. Recordé cómo nos sentábamos en el porche, y casi nos derretíamos por el calor y esperábamos que el día cálido de verano se terminara con el alivio del anochecer. En la grata frescura, mirábamos hacia el infinito cielo negro, con el brillo que centelleaba mientras que las luciérnagas brillaban como estrellas caídas en los bosques que nos rodeaban.

En el otoño, la Abuelita me mandaba a capturar una mariposa monarca de las miles que emigraban. Sostenía el frasco un buen rato sólo para ver esa bella cosa. "Esto vino de un gusano. ¿No es asombroso?" Y luego le quitaba la tapadera al frasco y la miraba salir revoloteando.

La primera escarcha siempre fue un evento para la Abuelita Forbes, porque con ella llegaba el dorado alto de la montaña y los vientos suaves que estimulaban las ventiscas de hojas rojas, rosadas, anaranjadas y amarillas que se arremolinaban. "El arce siempre es el último en dejar su color," decía siempre. El arce que crecía cerca de nuestra cabaña era como un resplandor rojo en contraste con los cielos grises del invierno que invadía; sus hojas eran como chispas carmesí en la tierra café muerta.

La Abuelita se sentaba al lado de la ventana durante el invierno y miraba a la nieve que se apilaba o el lento crecimiento de los carámbanos desde los aleros del porche de enfrente. Atrapaban la luz del sol y lanzaban un resplandor de arco iris. La Abuelita siempre guardaba migas de pan y me mandaba a que las tirara cerca de la ventana para poder ver a los toquíes, carboneros, cardenales rojos y tórtolas que rebuscaban los pedazos de comida en la inmensidad blanca. Durante las tormentas de hielo y largas noches deprimentes del invierno, ella me decía que las montañas eran como gigantes que dormían y que pronto se despertarían otra vez. "Dios se encargará de eso."

Y Dios lo hacía. Esas montañas siempre se despertaban, sin falta. Año tras año, la tierra volvía a la vida con lo que la Abuelita llamaba "verde divino." Ella siempre decía que no importaba cuánta agua le echaras, no podrías obtener el mismo color que resultaba con sólo una lluvia de agua del cielo que daba vida.

Ahora sabía por qué había sucedido así, qué era lo que la Abuelita estaba tratando de mostrarme con palabras que no tenía. No había sido accidental, ni coincidencia, que las estaciones llegaran año tras año. Era el Señor que nos hablaba a todos y nos mostraba una y otra vez el nacimiento, la vida, la muerte y la resurrección de su único Hijo, nuestro Salvador Jesucristo, nuestro Señor. Era como una historia favorita que se contaba día tras día con cada amanecer y anochecer, año tras año con las estaciones, y por las edades, desde que comenzó el tiempo.

Supe después de escuchar la palabra del Señor que nunca volvería a caminar en cualquier lugar sin ver a Jesús como un bebé en el verde nuevo de la primavera. Nunca vería un campo con toda su gloria sin pensar cómo vivió su vida por nosotros en las túnicas reales de cada flor silvestre del verano. Siempre miraría la grandeza de su amor en el bello sacrificio de los rojos, anaranjados y amarillos brillantes del otoño, y el blanco del invierno siempre me hablaría de su muerte. Y luego, otra vez la primavera, su resurrección, la vida eterna.

He aquí, yo estoy con vosotros todos los días.

Tú eres, Señor. Lo eres. El despertar de vida nueva en mi alma me lo decía.

"Ella lo vio, Cadi," dijo la señora Elda. "Voy a creer que el Señor, que puede hacer lo que quiera, abrió su mente y corazón, y le mostró el camino a casa."

Me llené de paz, de una paz que no venía de las palabras consoladoras de la señora Elda ni de mis propios razonamientos débiles e infantiles, sino de un don del mismo Dios . . . de Dios que es justo, de Dios que es misericordioso, de Dios que puede hacer lo imposible. Sólo sabía que ya no tenía que preocuparme por la Abuelita. Era algo que ya se había solucionado, lo que fuera que le hubiera ocurrido. Porque el Señor es Dios y Jesús conocía su corazón. No, no tenía que preocuparme en absoluto.

Terminamos nuestra comida, limpiamos los trastos y nos fuimos a dormir. Una o dos veces me desperté por el búho que ululaba afuera y el ronquido de la señora Elda que estaba a mi lado. Fagan, que estaba durmiendo en el suelo, se levantó antes del amanecer y salió a sentarse en las gradas del porche, con su cabeza en las manos.

La señora Elda se despertó cuando yo me levanté. No hablamos mucho. Todos estábamos serios, pensando en lo que teníamos por delante.

"Será mejor que volvamos pronto," dijo Fagan, pero pude ver que algo más lo preocupaba. Pensé que sabía qué era y lo comprobé cuando finalmente habló de eso mientras comíamos la avena que la señora Elda nos había preparado.

—Parece que algunos tienen ojos para ver, mientras que otros son ciegos —dijo Fagan.

—Te refieres a tu papá —dije al ver su dolor. Es extraño cómo una persona puede recibir esa clase de golpes de alguien y todavía amarlo tanto. Fagan odiaba lo que su padre era, pero aún lo amaba. Supongo que así es como es Dios. Nos amó lo suficiente como para enviar a Jesús, pero odiaba la manera en que vivíamos. Odiar al pecado, pero no al pecador.

—Papá. Y otros. ¿Por qué no se preguntan? ¿Por qué no pueden ver a su alrededor de la manera en que lo hacía la vieja señora Forbes?

—¿Por qué no pudiste tú?

Se volteó y miró a su abuela. —¡Pero yo sí lo hice!

—Sí, lo hiciste, pero no estés tan orgulloso por eso. No fue el hambre y la sed lo que te llevó al río. Fuiste porque tu padre te dijo que no fueras, así de sencillo. —Como Fagan agachó la cabeza y no respondió, ella me miró—. ¿Y por qué fuiste tú, Cadi?

—Yo fui porque Sim Gillivray me hizo prometérselo. Dijo que ni siquiera trataría de quitarme mis pecados a menos que se lo prometiera.

—Ahí lo tienes, ¿no? No fueron razones humildes las que los hicieron ir a ustedes dos. No fue porque alguno de ustedes fuera mejor que cualquiera. Incluso después, ¿no? Fagan, tú querías ser distinto a tu padre, y Cadi, tú querías aliviarte de tu terrible culpa.

—¿Cuál fue su motivo? —dijo Fagan.

—Enfrento la muerte y no quiero arder en el infierno. —Se rió—. Me parece que es puro egoísmo lo que nos lleva a una distancia donde podamos escuchar la verdad, y entonces Dios se encarga de nosotros, ¿no es cierto? Él ya conoce a los que irán a buscarlo, y hasta les ilumina el camino. Todo comienza y termina con él. Así que supongo que Dios va a hacer con nosotros lo que él quiera hacer.

Sentí el presagio en sus palabras. Ella había estado pensando por mucho tiempo y todo parecía claro y trazado directamente en su mente. Pero no en la mía. —¿Qué cree que Dios quiere que hagamos?

—Que digamos la verdad, que hagamos lo correcto y que tomemos lo que venga.

—Lo haremos —dijo Fagan—. Tan pronto como mi padre se calme, volveremos de la Montaña del Muerto y comenzaremos a decirle a la gente lo que dijo el hombre en el río.

La señora Elda sacudió la cabeza. —No. Eso no va a funcionar.

—¿Que quiere decir? —dijo Fagan—. Tenemos que decirles.

—Sí tienen que decirles, pero no dirán nada si vuelven a la montaña. No ahora.

—Le doy mi palabra.

—Ya le diste tu palabra a Dios, muchacho. Desde el instante en que fuiste al río con ese hombre sabías que las cosas nunca serían las mismas. ¿No es cierto? ¿Qué pasará si faltas a eso ahora?

—¡Yo no voy a faltar a eso!

—Todavía no. Pero ¿acaso no lo puedes ver? Sólo con volver a la montaña estás faltando a tu palabra. Vuelves y la verdad terminará aquí mismo.

—¿Por qué piensa eso? —dijo, con los ojos calientes.

—Bueno, piensa un poco en eso. ¿No crees que Dios fue el que abrió el camino para que bajaras aquí conmigo en primer lugar? Él llevó a Cadi a esa cueva para que encontrara los dibujos que cuentan el pecado más vil que ha mantenido a este valle en la oscuridad todos estos años. ¿Por qué crees que lo hizo?

Él apartó la vista de su mirada penetrante. —No podemos hacer nada ahora.

—¡Claro que sí puedes! Ya comenzaron a hacer la obra del Señor. ¡Y seguirán haciéndola!

Fagan se volteó, agitado. —¡Tenemos que esperar un poco!

Papá esta demasiado irritado. Mamá dice que no está pensando bien. Puede ver lo que me hizo. ¿Qué cree que le pasará a Cadi si ella se rebela conmigo en contra de él? Un golpe y la matará.

—Tal vez, pero eso no importa.

Tragué saliva y me mantuve al margen. Esperaba que Fagan ganara esta batalla de voluntades, pero temía que las palabras y el razonamiento de la señora Elda lo influenciaran.

—¿Cómo puede decir eso, abuelita? Usted la ama tanto como yo.

Me quedé con la boca abierta y lo miré. ¿Él me *amaba*? ¿Él me amaba a *mí*?

—Ahora, escucha a tu abuelita, muchacho. Tu pensamiento está torcido. Ya no estás solo, ¿verdad? Ahora ya no eres tú en contra de tu padre, ¿no es cierto? Si Dios puede resucitar a Jesús, ¿no crees que puede cuidar de ti y de Cadi también? ¿No está cuidando de ustedes ya? Ustedes dos han *decidido* ser sus testigos y *este* es el día que hizo el Señor. No mañana ni pasado mañana. Ni la semana que viene, ni el mes o el año entrante. ¡*Ahora*!

Fagan estaba pálido. —Tal vez tenga razón, pero papá no nos dará el tiempo suficiente para hablar con más de unos cuantos.

Yo estaba aprendiendo a reconocer cuándo Dios hablaba a través de alguien. Se repite. Lo dice una y otra vez porque somos tan obstinados, tan tontos, no estamos dispuestos. Y tenemos miedo. Aun cuando nos dice que no tengamos miedo, nos empeñamos en tener miedo y nos preocupamos y nos inquietamos por cualquier cosita. Yo estaba muy asustada por lo que Dios esperaba que hiciéramos.

—Cadi podría hablar con sus padres y con Iwan —dijo la señora Elda. Probablemente pensaba que sería fácil, pero yo pensaba que hablar del Señor con los que más amaba sería lo más difícil de todo, especialmente al considerar que era muy probable que pensaran que yo había sido lo suficientemente mala como para que me lanzaran al infierno. ¿Cómo iban a entender la bondad y el amor de Dios proveniendo de alguien como yo? Y si rehusaban escuchar, ¿qué pasaría? Me sentiría como que otra vez los había decepcionado y los había enviado directamente al infierno. Porque habrían sabido la verdad y no tendrían excusas.

—Ya hablamos con Bletsung y con mamá. —Fagan claramente estaba pensándolo, como me lo temía. Pensé que pelearía más en contra de la proclamación de la señora Elda. Pero *no*. Había escuchado al Espíritu Santo con lo que ella dijo, e iba a seguir adelante, sin importar lo que nos costara a cualquiera de los dos.

Y como había dicho que me amaba, sabía que lo seguiría hasta la muerte, si era necesario.

—Uno por uno, hablaremos con ellos —dijo la señora Elda—. Yo puedo comenzar con Gervase Odara hoy. Ella va a traerme más medicinas.

Suspiré. —Quisiera que hubiera una manera de reunirlos a todos en algún lugar para que pudiéramos hablarles de una vez.

La señora Elda se quedó con la boca abierta. —¡Pues claro! —Me miró con sus ojos brillantes—. De la boca de los niños. —Se rió.

—¿Qué? —Me pregunté en qué lío me habría metido ahora.

—Sí podemos reunirlos a todos en un lugar. —Una sonrisa amplia llenó su cara, y sus ojos se iluminaron de emoción.

—¿Y dónde?

—¡Pues aquí mismo, niña!

—¿Cómo? —dijo Fagan.

Dio una carcajada. —Esa es la parte más fácil. Todo lo que tienes que hacer es sacar la campana de mi baúl y sonarla ochenta y cinco veces.

—¡Pero pensarán que usted murió! —protesté.

—Tiene razón, abuelita —dijo Fagan sombríamente, pero después sus ojos se iluminaron—. Sí, ¡pensarán que usted murió!

—Sí, y vendrán, ¿verdad? Todos los de nuestro valle. Dejarán cualquier cosa que estén haciendo y subirán a presentar sus últimos respetos y me prepararán para enterrarme. —Se volvió a reír porque disfrutaba la idea.

—Hasta mi padre —dijo Fagan lentamente.

—Ah, sí, él también. Probablemente antes que los demás. Ha estado esperando por mucho tiempo que yo me muera. Apuesto que ha sido la única oración que ha hecho todos estos años. ¡Y vaya si no se sorprenderá!

No pensamos en Sim Gillivray.

Ni del problema que él podría ocasionar.

VEINTIDÓS

Mi hermano, Iwan, fue el primero en llegar al sonar la campana; Gervase Odara fue la segunda un poco después. El tío Robert llegó a caballo con la tía Winnie, que montaba detrás de él. Los Connor, los Hume, los Byrnes, los Sayre, los Trent y los MacNamara se apresuraron a llegar a la cabaña de la señora Elda. Pronto, después de ellos, llegó Pen Densham con su hijo Pete, cuya pierna rota todavía no había sanado. Los O'Shea llegaron, Jillian con su nueva bebé en el pecho, y la tía Cora y el tío Deemis, con sus pequeños que corrían en el lugar como zorros que persiguen pollos.

Fue triste ver que nadie se alegró al ver a la señora Elda, sana y feliz, en el porche frontal, en su mecedora. Estaban muy *enojados* por eso. No es que tuvieran algo en su contra. Ella era muy respetada en nuestro valle, por la sencilla razón de que era la persona que más había vivido. Simplemente no les gustaba que los interrumpieran en lo que estaban haciendo, sin razón alguna. Por lo menos eso pensaban; así que minutos después de llegar, comenzaron a hacerle preguntas a gritos a Fagan, que estaba sonando la campana para que todo el mundo la oyera.

—¿Qué diablos está ocurriendo aquí?

—¿Por qué suenas la campana con la anciana sentada aquí en su mecedora como siempre?

—¡Tu papá te desollará, muchacho, por llamarnos para nada! Y ¡maldición si no lo ayudo a hacerlo!

—¿Por qué nos estás llamando?

—¡Porque yo se lo dije, por eso! —les gritó la señora Elda—. ¿Creen que estaríamos sonando la campana si no fuera un asunto de vida o muerte? Ahora, ¡cálmense y esperen! ¡Cuando todos estén aquí les diremos lo que está sucediendo en este valle! —Ella estaba disfrutándolo—. Pensé que se alegrarían de saber que todavía estoy respirando. Lo cierto es que no me he sentido mejor en toda mi vida.

Brogan Kai llegó con sus dos hijos mayores. Cuando vio que era Fagan el que tocaba la campana, la cara se le puso totalmente roja y tensa. Pensé que correría hacia él, pero no lo hizo. Mantuvo su distancia y les preguntó a los demás en voz baja qué sucedía. Pero sus ojos, ay, sus ojos estaban tan oscuros de ira y odio que supe que algo horrible iba a pasar, si no ahora, más tarde en el día o mañana, o cuando pudiera ponernos las manos encima.

—¿Dónde está Fia? —le preguntó la señora Elda a mi papá, porque llegó solo.

—Está enferma, en cama.

No pensé mucho en eso entonces, porque desde que Elen había muerto, de vez en cuando se enfermaba.

—Bueno, Angor, entonces tú le llevarás las noticias a casa después, espero.

—Sí, señora, las noticias que sean. —Me dio un vistazo con cuestionamiento. Pude ver que pensaba que había cometido un pecado horrible, algo peor de lo que ellos ya pensaban que había hecho. Me entristecía que mi propio padre pensara tan poco de mí. Pero, de todos modos, yo no le había dado muchas razones para que pensara mejor.

Las últimas que llegaron fueron Bletsung Macleod e Iona Kai. Todos se quedaron callados cuando Fagan las vio. Dejó de sonar la campana por unos segundos y la gente se volteó para ver por qué estaba mirando de esa manera. Comenzó a sonar la campana otra vez cuando llegaron juntas por el camino, cada una con un ramo de flores. Iona estaba tan pálida que parecía muerta. Miró a Brogan Kai y se detuvo. Todo en ella suplicaba que él entendiera, pero él sólo la miró y torció el labio con una sonrisa sarcástica. Escupió en el suelo, a los pies de ella, justo enfrente de todos. Bletsung extendió su mano y tomó la de ella y la retiró.

Siguieron caminando hacia la cabaña de la señora Elda. La gente se hizo atrás por ellas cuando subieron a la cabaña y luego se unieron atrás, murmurando.

La señora Elda las miró venir. La risa se había esfumado en ella cuando vio a Iona. Se quedó inmóvil y silenciosa. Vi que sus manos temblaban cuando las puso juntas sobre sus rodillas y supe que estaba controlando sus emociones. Por lo que me acerqué y le puse la mano en el hombro. Estaba temblando toda, llena de sentimientos, al ver a su hija llegar después de dieciocho largos años. Pero ¿qué clase de sentimientos eran? ¿Y qué le diría después de tanto dolor?

Pensé en mi propia madre y cómo anhelaba que me perdonara, y oré. Oré mucho.

Iona Kai se detuvo al pie de las gradas. Se quedó parada un buen rato detrás de Bletsung Macleod, con la cabeza agachada. Bletsung se inclinó y le susurró algo, y luego le soltó la mano y dio un paso atrás. Iona Kai lentamente levantó la cabeza. Apretó los labios y se quedó callada por un rato.

—Qué bueno verte bien, mamá —dijo finalmente, con su voz ahogada por la emoción. Miró a su madre y en su cara había una pregunta, que no se dijo, pero era clara. Y todos alrededor, toda la gente miraba y esperaba ver qué haría la anciana, la anciana que había tenido la muy conocida reputación de ser dura y rencorosa.

La señora Elda se quedó sentada y callada todo un minuto, y me di cuenta de que no era por falta de palabras, sino por no poder decirlas. —Nunca me atreví a esperar verte otra vez en esta vida —dijo finalmente. Y luego sonrió y extendió los brazos—. Bienvenida a casa, cariño.

Iona subió corriendo las gradas. Cayó de rodillas y puso su cabeza en el regazo de su madre y lloró. La señora Elda también lloró, y mientras tanto, frotaba el pelo de su hija suavemente y miró a los demás. Sus ojos se fijaron en Brogan Kai. Él la miró también con un músculo que se estiraba en su mejilla. Había odio en su mirada, un agujero negro.

"Puedes dejar de tocar la campana, muchacho," dijo la señora Elda. "Nos hemos reunido todos ahora, excepto los que no pudieron venir. Es hora de que comiencen a hablar."

Al ver a toda la gente, tuve un sentimiento fuerte de duda por lo que se avecinaba. No estaban en el mejor espíritu para escuchar nada, ya no digamos algo tan distinto de lo que creían. ¿Quién entre ellos escucharía a Fagan, un chico rebelde con su padre, o de mí, que tenía la reputación de haber matado a mi propia hermana? Me sentía totalmente asustada y me quedé atrás, escondida detrás de la señora Elda.

Fagan respiró profundamente, enderezó sus hombros y caminó hacia las gradas de enfrente. Se paró allí y miró a su padre primero, luego a los demás que estaban alrededor. —¡Tengo buenas noticias para ustedes! —gritó con una voz fuerte—. ¡Noticias que serán de gran gozo para todos!

—¡Cierra la boca y retírate, muchacho! —gritó Brogan.

Fagan se quedó donde estaba, impávido, y habló la palabra del Señor. Fluía de él, directamente, clara, y se escuchaba más fuerte que la campana, como nos lo había dicho el hombre en el río. Fagan dijo el quién, el qué, el cuándo, el dónde, el cómo y el por qué de todo con palabras sencillas que cualquier niño podía entender. Porque nosotros lo habíamos entendido, ¿no es cierto?

Seguramente ellos también lo entenderían. Oh, seguramente la bondad y misericordia de Dios les hablaría a ellos. . . .

Ya se había dicho y hecho todo cuando Brogan Kai llegó al espacio enfrente de las gradas de la cabaña.

—¡Están locos! —nos gritó—. Están perdiendo la cabeza, como se los advertí, si escuchaban al loco ese. ¡Estaba lleno de mentiras y había perdido totalmente la cabeza!

Fagan lo miró. —¿Y por eso lo mataste, papá?

Todos se quedaron con la boca abierta y se voltearon para mirar al Kai.

Él los miró; hizo los hombros hacia atrás y levantó la cabeza.

—Sí, ¡yo lo maté! ¡Y lo volvería a hacer! Lo hice en nombre de todos nosotros. Es mi deber proteger nuestro valle. Miren el daño que el hombre hizo en el poco tiempo que lo dejé en paz. ¿Qué derecho tenía, un extraño, de venir aquí desde Dios sabe dónde, derramando mentiras y haciendo que nuestros propios hijos se rebelaran en contra de nosotros? ¡Debía haberlo matado antes!

—Dios nos hizo testigos —dijo Fagan en voz alta—. Nos eligió para que fuéramos sus siervos, para que lo conociéramos, creyéramos en él y entendiéramos que él *existe*.

—No nos estás diciendo nada que no sepamos, muchacho —gritó alguien que se puso del lado de Brogan.

—¡Escuchen la palabra del Señor! —gritó la señora Eldà con una voz fuerte.

—Todo lo que nos rodea nos da testimonio de la gloria de Dios —dijo Fagan—. Hasta las estrellas que tenemos arriba nos muestran la obra de sus manos. Dios hizo el mundo y todo lo que en él existe, siendo Señor del cielo y de la tierra. Es él quien da a todos vida y aliento. Porque en él vivimos, y nos movemos, y somos. Siendo, pues linaje de Dios, no debemos pensar que podemos salvarnos por las artimañas de un hombre.

—¡Está hablando en contra del Devorador de Pecados! —gritó Brogan Kai—. Eso es lo que está haciendo. ¿Acaso no lo pueden ver? Todos estos años hemos confiado en él, y sabemos desde hace siglos que necesitamos de un Devorador de Pecados para poder encontrarnos con Dios. ¿Y se quedan parados allí escuchándolo?

—¡Nuestra salvación depende del Hijo único de Dios, Jesucristo! —gritó Fagan.

—Sólo es un niño. ¿Qué sabe él?

—¡Es la verdad! Es Jesús que fue clavado en una cruz. Es Jesús quien derramó su sangre para expiar nuestros pecados. Es en Jesús en quien tenemos que creer, ¡porque él es la resurrección y la vida!

La cara del Kai se puso fiera cuando miró a Fagan. —¡Eres un tonto! —Se volteó y se dirigió a los demás—. ¡No lo escuchen! Está envenenado con mentiras.

—Estoy diciendo la verdad, y tú lo sabes. Por eso es que estás tan firmemente en contra de ella. Antes de Cristo no hubo nadie, y tampoco lo habrá después de él. Él es el Señor y no hay Salvador, excepto Jesús.

—¿Quién de ustedes se arriesgará a enfrentarse a Dios con sus pecados encima? —preguntó Brogan—. ¿Lo harías tú, Angor Forbes? ¿Y tú, John Hume? ¿O tú, Hiram Sayre? ¿Quién quiere ser el primero en morirse y que no venga el Devorador de Pecados? ¿Quién quiere ser el primero en quemarse en el infierno para siempre?

Todos se veían con miedo, confusos, como ovejas sin pastor. Brogan se acercó caminando entre ellos y se paró frente a la cabaña. Era como si quisiera ponerse entre ellos y Cristo, y obstruir el camino hacia la seguridad del rebaño.

—Están muertos en sus pecados —dijo Fagan en el aterrorizante silencio—. ¡Y se quedarán muertos si ponen su fe en el Devorador de Pecados! Sólo Dios puede quitarles sus pecados, y Jesús es el Cristo, el Ungido, el Cordero de Dios.

—*¡Mentiras! ¡Son puras mentiras!*

—¡Escuchen al muchacho, todos! —dijo la señora Elda—. ¡Porque nuestro clan está destruido por la falta de conocimiento!

—¡Dios no envió a su Hijo para condenar al mundo! Lo envió para que pudiéramos ser salvos. Crean en él que murió por ustedes. El que crea en él no morirá, sino que tendrá vida eterna —continuó Fagan.

—¡Está diciendo que nuestra manera de vivir es mala!

Fagan bajó las gradas y enfrentó a su padre. —Los que no creen ya han sido condenados. Y esta es la condenación: porque la luz vino al mundo, ¡y ustedes aman más las tinieblas que la luz, porque sus obras son malas!

Brogan le dio un golpe duro a Fagan y cayó en el suelo.

—¡Brogan! —gritó Iona—. ¡No!

—¿Que no? Debía haberme encargado de esto hace mucho tiempo. ¡Y no vuelvas a abrir la boca, mujer! —le advirtió con una calma mortal—. Has consentido al muchacho y este es el resultado.

Sentí un avivamiento dentro de mí, una ráfaga de fuego en mi sangre. Me aparté de la silla de la señora Elda y me quedé parada en las gradas. —¡No es la obra de algún hombre lo que nos hace presentables ante Dios! ¡Jesús es quien tomó nuestros pecados y los clavó en la cruz! Ya lo hizo. ¡*Consumado es*!

—Cómo te gustaría eso, ¿verdad? —Parecía que Brogan se había olvidado de Fagan, y ahora me consideraba su enemiga—. ¡Tú que empujaste a tu propia hermana al río y la miraste hundirse!

El ataque fue como una lanza que me atravesó el corazón. Miré a mi padre y vi que estaba avergonzado. Su cara se enrojeció de ira, pero fue una ira que había sido provocada porque los pecados de mi familia se habían dicho en un lugar público.

—Yo no la empujé —dije con una tranquilidad que sobrepasó mi entendimiento—. Elen pasó por el puente de árbol y se cayó en el río.

—¡Pequeña mentirosa! —dijo Brogan—. Todos sabemos que lo hiciste. Todos hablan de eso desde entonces. Todos sabían que estabas muy celosa de ella.

—Sí, es cierto que estaba celosa. Es cierto que a veces quise que nunca hubiera nacido. —Vi los ojos de Brogan que se iluminaron con triunfo y satisfacción, pero yo no vacilé—. Y ese día cuando la vi que me buscaba en mi lugar especial, deseé que se cayera. Pero *no* la empujé. Y desde entonces he llorado la muerte de mi hermana.

Papá sólo se quedó allí parado, mirándome, y no dijo nada. Cuando bajó la cabeza, me di cuenta de que todavía pensaba lo peor de mí.

Fue mi hermano, Iwan, quien dio un paso al frente. Se volteó hacia atrás para ver a Brogan Kai y luego me miró a mí, en el porche de Elda Kendric. —Yo te creo, Cadi. Y creo que Fagan nos está diciendo la verdad.

—Yo también —dijo Cluny Byrnes, que estaba detrás de sus padres y se abrió camino hacia adelante. Sonrió con Iwan con los ojos radiantes.

La mirada del Kai era malévola y burlona. —Sin duda ustedes dos lo harían. Dos que quisieran que los perdonaran por lo que han hecho en secreto. Díselos, Cleet. Diles a todos cómo has visto a Iwan Forbes y a Cluny Byrnes enredados en el bosque. Vamos, diles todo lo que estos dos han estado haciendo a espaldas del padre de ella.

Con una sonrisa burlona, el hermano de Fagan caminó al frente y lo hizo con todo y detalles. Cluny trató de salir corriendo, pero su padre la agarró y le dio la vuelta. La agarró de los brazos y la sacudió. —¿Es cierto?

—No fue de la manera que lo dice Cleet —gritó Iwan, pero cuando trató de moverse, papá lo agarró y lo puso en su lugar.

—Eres una prostituta —dijo el padre de Cluny y la sacudió—. Me avergüenzas enfrente de todos.

—¡Suéltela! La amo. ¡Quiero casarme con ella!

—¿Y crees que eso arregla las cosas? —dijo Brogan.

—¡Papá! No era nuestra intención —dijo Cluny llorando—. ¡Lo juro!

—¡*Todos* pecamos! —La señora Elda se levantó—. Y estamos destituidos de la gloria de Dios. Estos dos se han confesado y se han arrepentido, y han sido perdonados.

—¡No han sido perdonados! —gritó Brogan—. No a menos que el padre de ella lo diga, ¡y tendrán ese pecado encima hasta el día que mueran! Por eso es que necesitamos al Devorador de Pecados.

El padre de Cluny estaba llorando de vergüenza y decepción; la apartó de él y le dio la espalda. Y la pobre muchacha estaba divida entre pedirle perdón e irse con Iwan, que le extendía su mano.

—¡El Devorador de Pecados no es el camino a la salvación! —gritó Fagan al enderezarse otra vez.

—¡Todos ustedes saben lo que tenemos que hacer! —dijo Brogan al voltearse hacia ellos—. ¡Siempre lo han sabido! ¡Es la manera en que las cosas se hacían en el antiguo país! ¡Y así se harán aquí!

—Y si se hace así, entonces todos seguiremos haciendo el mal, como lo hicimos desde el primer día que pusimos nuestros pies en este valle —dijo la señora Elda. Caminó tambaleándose hacia adelante y se apoyó duro en su bastón—. Porque voy a decirles la verdad de cómo esta tierra llegó a ser nuestra.

Y lo hizo, sin olvidarse de ningún detalle. Por la mirada abatida de algunos, pude ver que ya habían escuchado la horrible historia por parte de su familia, que había tomado parte en la masacre. Otros se veían enfermos por el relato.

—¡Eran unos salvajes! ¡Nos habrían desollado mientras dormíamos! —dijo Brogan, al defender a su padre.

—Si eso fuera cierto, Laochailand Kai no habría sentido

necesidad de un Devorador de Pecados, ¿no creen? —dijo la señora Elda—. No habría temido por su alma inmortal. Pero sabía que era un hombre con sangre en sus manos, ¡sangre inocente! ¡Así es como empezó todo este miserable asunto del Devorador de Pecados!

—¡Y no se acabará! —dijo Brogan Kai gruñendo—. ¡No hasta que yo respire por última vez! —Se volteó para retar a todos los hombres, que estaban conscientes de que los dos hijos del Kai tenían sus mosquetes cargados—. ¿Quién tiene las agallas de terminar con eso? ¿Ah? ¿Tú, Angor? ¿Tú, Clem? —Se volteó y miró a su propio hijo de manera despectiva—. ¿Tú, Fagan?

Vi el deseo en los ojos de Fagan de devolverle un golpe al que lo había golpeado tan seguido.

—Que no te atrapen las asechanzas del diablo, muchacho —dijo la señora Elda en voz baja.

—El diablo, dice —dijo Brogan en tono burlón—. Yo no soy el diablo. *Él sí.*

—Nos gritas mentiras, Brogan Kai —dijo la anciana—. Hablas palabras que se elaboran en tu mente asquerosa. Tienes el corazón en contra de Dios y sirves a Satanás. ¡El que hace que Cristo sea una piedra de tropiezo es del diablo!

—Que Dios haga que se muera, vieja —dijo, con la cabeza hacia abajo, como un toro que embiste.

Ella se quedó parada, firme, y Fagan se paró a su lado. Ella asintió con la cabeza. —Supongo que lo hará, pero a su tiempo, no al tuyo.

La fuerza de la fe brillaba en ella y en Fagan, por lo que hasta el Kai tuvo que verla y sentirla. Por un instante, vi un destello de duda y miedo en sus ojos. Y entonces Bletsung Macleod habló.

—No es necesario pelear así. De todos modos, ya se acabó.

Brogan la miró. —¿Qué quieres decir con que ya se acabó?

—Si . . . el Devorador de Pecados. Se fue.

—¿Se fue? ¿A dónde?

—No sé.

La gente comenzó a hablar a la vez. "¿Qué vamos a hacer? ¿A quién buscaremos? Dios nunca nos perdonará...." Estaban agitados y con miedo, confundidos; esperaban que alguien les dijera qué hacer.

¿No habían oído ni entendido nada? ¿Eran todos sordos y ciegos?

—Les mostraré cuánto me importa nuestra gente —dijo Brogan—. Se los demostraré. Daré mi propia carne y sangre. Fagan nos trajo este dolor, ¡y Fagan será nuestro nuevo Devorador de Pecados!

—¡*No!* —gritó Iona. —No, ¡no Fagan!

—Cállate, mujer. *Yo* decido.

—Brogan, ¡no puedes hacerle esto!

—Yo tengo el poder en este valle y haré lo que quiera.

—¡No lo harás, Brogan! No después de todo lo que he sufrido. ¡No me lo arrebatarás!

—Yo soy quien dice quién será. ¡No tú! ¡Ni nadie más!

—¿Y qué de la lotería? —gritó alguien.

—Sí, ¿qué pasó con la lotería? —gritó otro.

La cara de Brogan se puso roja, porque podía percibir el aroma de la rebelión. —Ya escucharon a Fagan hablar en contra de nuestra forma de vida. Ya lo escucharon hablar en contra de su propia familia. ¡No necesitamos la lotería!

—Nunca hubo lotería, para comenzar, Judas, ¡y muy bien lo sabes! —le gritó Iona a su esposo—. Fue una mentira desde el principio, una mentira, ¡se los digo!

El color decayó en la cara de Brogan al mirar a su esposa, que tenía una mirada feroz. —Está loca. No sabe lo que está diciendo.

—Lo sabía. Supe todo lo que hiciste hace muchos años cuando encontré las suertes que escondiste debajo de la casa. —Sus nudillos se veían blancos en los postes del porche cuando miró a los amigos que había perdido por el miedo que le tenían al esposo que había elegido—. Fagan se había escondido de su padre después de que lo había golpeado y yo había salido a buscarlo, después de que Brogan había salido a cazar. Lo encontré en una esquina, debajo de la casa. Estaba jugando con unos huesos. Eran huesos de pollo. Y entonces vi las marcas en ellos. Todas eran iguales, cada una de ellas.

—¡Ella *miente*!

—¿Miente? —Los ojos de la señora Elda ardían—. Creo que a Laochailand Kai nunca le importó lo que Dios pensaba de él. Yo conocía al hombre. Lo conocía mejor que cualquiera en este valle. Fue mi esposo, Donal Kendric, el que se rebeló en su contra. Y mi querido Donal murió por eso, justo allí donde Brogan está parado ahora. Si hubiera tenido una pistola en mis manos, lo habría matado por eso, y el lo sabía. Me dijo que si alguna vez decía algo, volvería y se llevaría lo único que me quedaba en el mundo, mi hija, Iona.

Iona Kai puso su frente en el poste y sus hombros temblaban mientras su madre continuaba.

—Dijo que le golpearía la cabeza en las piedras, de la manera que lo había hecho con los niños indios. —Miró a Brogan Kai—. Y tú eres de su sangre y del mismo espíritu.

—Entonces igual es Fagan —dijo, descaradamente sin vergüenza por su herencia.

—¡Demostraré que lo que digo es cierto! —dijo Iona; soltó el poste y se desabotonó su vestido desgastado.

—Se ha vuelto loca —dijo alguien.

Brogan se rió. —Agarren a su madre, chicos —les dijo a sus otros dos hijos—. Llévensela a casa donde pertenece. —Comenzaron a abrirse camino entre la gente.

—¡Se los demostraré! —dijo Iona una y otra vez—. ¡Se los demostraré! —Y se desató lo que parecía un corsé y lo jaló hasta que salió del frente de su vestido—. ¡Miren! ¡Vean! —Lo sostuvo en alto para que todos lo vieran. Cosidos cuidadosamente, en filas ordenadas, como un corsé de huesos, estaban las suertes con sus marcas.

Hubo un silencio pasmado entre el grupo mientras examinaban los huesos. Algunos avanzaron al frente para ver más de cerca, luego volvieron donde estaban los demás, con las caras afligidas que contaban la historia claramente.

—¿Por qué lo hiciste, mujer? —gritó el tío Deemis—. ¿Por qué te quedaste callada todos estos años?

—Porque lo amo, que Dios me ampare. He amado a Brogan todos los días de mi vida. Y temía por él. Tuve miedo de lo que todos ustedes le harían si supieran lo que había hecho. —Apretó contra su corazón el corsé con las suertes—. Y tuve miedo de que si lo decía, el Devorador de Pecados bajaría de la montaña y seguramente lo mataría.

—Y tendría todo el derecho, ¿verdad? —Aunque Bletsung Macleod habló en voz baja, su tono era amargo y furioso. La miré, asustada. De sus ojos azules brotaban lágrimas y su expresión hizo que sintiera que se me rompía el corazón—. Lo hizo por mí, ¿verdad? ¿Verdad, Iona? Por eso es que me odiabas tanto todos estos años.

—Sí. —Esa única palabra, tan llena de pena y dolor amargo, flotaba en el aire entre las dos mujeres. Después de un rato, Iona respiró temblorosamente y continuó—. Sí, lo hizo por ti, Bletsung, y siento haber sido mezquina. No era tu culpa la manera en que Brogan te quería. Lo hizo porque él te ha amado, como ves, sólo a ti, todos estos años. Nunca me ha amado ni un sólo minuto, aun cuando le di los hijos que quería. Aunque viví con esperanzas, eso no lo hizo distinto. Nunca ha podido olvidar que eras tú a quien quería. Por eso se aseguró de que tu pretendiente fuera el Devorador de Pecados. Para deshacerse de él. Para poder ganarte para sí después de que el pobre hombre se hubiera ido a la Montaña del Muerto.

—Yo sólo he amado a un hombre en toda mi vida —dijo Bletsung—. Sim Gillivray.

—Nunca pensé que desperdiciarías tu vida esperándolo.

Al escuchar las palabras amargas de Brogan Kai, Bletsung se volteó para mirarlo. —Aunque nunca me ha tocado en todos estos años, esperaré —dijo—. Esperaré y lo amaré hasta que respire por última vez.

La cara de Brogan Kai se ensombreció. —¡O que él respire por última vez!

—Aun así —dijo ella, desafiándolo. Hizo atrás la cabeza—. ¡*Sim*! —gritó—. Sim Gillivray es el hombre que amo. —Lo proclamó para que todos lo escucharan y luego miró otra vez a Brogan Kai, con lágrimas que brotaban y que corrían por su cara—. Y aparte de Dios, *nunca* habrá nadie a quien ame tanto en mi vida.

Iona lloraba en el porche, con el corsé todavía apretado en su pecho. Brogan miró a su esposa con disgusto y se volteó para mirar a Fagan. —Tú has hecho esto, ¡tú, Judas! Eres un muchacho sin padre. ¿Me oyes? ¡Sin padre!

Ese fue un golpe cruel, porque a pesar de él, Fagan todavía amaba al hombre que lo había engendrado.

—Te equivocas en eso, Brogan —dijo la señora Elda, casi amablemente—. Aunque lo hayas expulsado, él tiene un Padre. Su Padre reina en el cielo y en la tierra. ¡Fagan le pertenece al Señor!

—¡*Amén*! —se oyó una voz grave desde el corazón del bosque, arriba de la casa de la señora Elda.

La gente miró hacia arriba, asustada y con miedo. Los ojos oscuros de Brogan se abrieron bien y su cara empalideció cuando un hombre alto, con ropa de cuero desgastada, apareció en la orilla del bosque. Bajó la montaña con pasos determinados y todos los que se atrevieron a mirar pudieron verle la cara.

Sim Gillivray, el Devorador de Pecados, había vuelto entre nosotros.

VEINTITRÉS

—Bienvenido, Sim —le gritó la señora Elda—. Ha pasado muchísimo tiempo.

—Sí, señora, es cierto.

La gente se alejó de él como si tuviera una plaga mortal, pero yo nunca había visto un hombre con tanta fuerza, y humilde dignidad. Con propósito.

Bletsung Macleod parecía derretirse al verlo. —Sim —dijo, y su corazón se reveló al pronunciar su nombre. Brogan volteó la cabeza bruscamente cuando ella dio un paso hacia el Devorador de Pecados. Sin siquiera mirarla, Sim sacó la mano, como una advertencia para que regresara. No le quitó la mirada a Brogan Kai mientras seguía avanzando.

La mayoría de nuestros familiares y amigos había retirado la mirada para no ver a Sim. Unos cuantos le habían dado la espalda. Hasta Brogan había dado un paso atrás cuando lo vio, pero ahora estaba firme y sus ojos ardían.

—¡Este no es tu lugar, Devorador de Pecados! —Sacó su brazo—. ¡Douglas! ¡Tú, allí, muchacho! ¡Dame tu arma!

—¡No, papá! —Fagan se puso entre los dos—. ¡No lo hagas!

—Retírate, Fagan —dijo Sim tranquilamente—. Esto es entre tu papá y yo.

—En eso tienes razón —dijo Brogan burlándose—. No tienes nada que hacer al bajar de la montaña si no se te ha llamado.

—Se le llamó —dijo la señora Elda, lo suficientemente fuerte para que todos lo oyeran—. De la misma manera que se les llamó a todos ustedes. Tocamos la campana.

—Para nada bueno, vieja.

—Yo diría que para algo mejor. Sim Gillivray vuelve a casa.

Brogan le dio una mirada fulminante. —Qué va. ¡No puede volver a nosotros! Ha estado comiéndose los pecados desde hace veinte años y más. —Apeló a la gente—. ¿Todos ustedes quieren que viva aquí entre nosotros, él y su alma oscurecida?

La gente se alejaba de los dos, mirando a un lado y al otro, y susurraban entre ellos, con miedo e indecisos.

Sim habló de forma tranquila y noble. —Aunque he querido mucho salvar a nuestros amigos y vecinos, todo lo que pude hacer fue comer el pan y beber el vino. No fue nada más que una ceremonia vacía. No logró nada.

—Eso no puede ser cierto —gritó alguien—. No puede ser.

—*Es* cierto —dijo Sim y miró hacia las caras afligidas—. Lo sabía de corazón al hacerlo, pero tenía esperanzas. Esas esperanzas fueron totalmente en vano. ¡Ahora tengo esperanza en Jesucristo!

—¡Pero se nos ha enseñado que usted podía quitar los pecados!

—No puedo. Todos hemos sido engañados. Todos y cada uno de nosotros. —Su cara estaba llena de dolor—. Todos han confiado en mí para salvación todos estos años y no soy nada más que un hombre como cualquier otro.

—¡Tu nombre se eligió porque eras el peor pecador del valle! —declaró Brogan.

—¿Qué hiciste, muchacho? —dijo la señora Elda—. ¿Qué fue tan malo que subiste a esa montaña sin decir una palabra de protesta?

—No digas nada, Sim —dijo Bletsung—. No les debes nada, después de todos estos años.

—Es necesario que lo diga, querida —dijo suavemente y luego miró a sus compañeros—. Yo maté al padre de Bletsung.

—¡Asesino! —gritó Brogan—. ¡Lo oyeron! ¡Es un asesino!

—No más que tú, papá —dijo Fagan, y su cara tenía una expresión de vergüenza y dolor.

—Yo no maté a uno de los nuestros. Maté a un extraño que vino a agitarnos y a decirnos mentiras. ¡Este hombre mató a uno de los nuestros! Por eso es el Devorador de Pecados.

La cara de Bletsung se iluminó de ira. —¿Quieren saber toda la verdad de esto? —les gritó—. ¿Quieren saberlo *todo*? —Su cara se torció de angustia y de repente quise detenerla. No sabía qué tenía que decir, pero si era tan feo como la expresión de su cara, sabía que le dolería decirlo.

Sim me tomó la delantera. Caminó hacia ella y levantó sus manos en señal de protesta. —Bletsung, no . . .

Pero ella lo interrumpió. —Como dijiste, Sim, es necesario que lo diga. —Miró a la multitud con sus hombros rectos, aunque sus labios temblaban—. La crueldad de mi padre hizo que mi madre se suicidara. Comió dedalera para alejarse de él, porque nunca había un día sin que el hombre no abusara de ella con sus manos y sus palabras. —Miró a su alrededor a todos—. Algunos de ustedes sabían cómo era él. Lo sabían y no hicieron nada para ayudarnos. —Las lágrimas corrían por sus mejillas, y su voz se volvió más baja—. Sim sí lo hizo. Me rescató de él.

—¡Y mató a uno de nosotros!

—Sí, a uno de los *tuyos* —dijo ella con amargura—, si quieres reclamarlo como tal.

—Y eso no es todo, ¿verdad? —dijo Elda Kendric—. ¿Qué más estaba sucediendo?

Bletsung miró a la señora Elda; su cara afligida empalideció.

—Cuéntales, niña —dijo la anciana—. Cuéntales toda la verdad de una vez por todas. Suelta tu carga.

—No tienes que hablar nada de eso, cariño —dijo Sim—. Fue mi pecado, no el tuyo.

—Tales secretos son lo que ha mantenido a este valle en la oscuridad, Sim Gillivray, y los secretos lo mantendrán así. —La señora Elda miró otra vez a Bletsung y habló suavemente—. ¿Lo dejarías así, niña?

—No, señora —dijo Bletsung con una voz de niñita. Se volteó lentamente, levantó la cabeza, y los miró a todos—. Unos años después de que mamá se suicidara, a papá se le metió en la cabeza que era su derecho usarme de la manera que un hombre utiliza a una mujer.

No entendí de lo que hablaba, pero por las caras de los que la miraban vi que sí lo entendían. Tuvo que haber sido algo terrible, porque vi indignación, disgusto y lástima. Bletsung se cubrió la cara y otra vez retiró la mirada.

—Cuéntales el resto, Sim —dijo Elda suavemente—. Acaba con eso.

Los ojos de Sim reflejaban la angustia de Bletsung. —Yo venía de la pradera cuando oí los gritos de Bletsung. Corrí hacia la cabaña. Cuando vi lo que él intentaba hacerle, lo agarré y . . . —Cerró los ojos al recordarlo.

—Le golpeaste la cabeza en la chimenea —dijo Brogan—. Eso fue lo que hiciste. Le aplastaste el cráneo en las piedras.

—Sí —dijo Sim tranquilamente y lo miró—. Sí, lo hice.

—Y luego dejaste que Bletsung mintiera por ti, cobarde. Dejaste que dijera que su papá se había caído cuando estaba borracho.

—Lo hice —dijo Sim tranquilamente.

—¡Mi padre *sí estaba* borracho! —dijo Bletsung—. Borracho de whisky y del poder que tenía sobre mí. Y que Dios me perdone, ¡me alegré cuando se murió!

—Y no es de extrañar —dijo la señora Elda, con lágrimas en sus ojos.

—No te alegraste de la manera en que sucedió —dijo Sim—. Porque a pesar de lo que había hecho y lo que era, todavía era tu padre. Todavía era un ser humano. —Apartó la mirada de ella y enfrentó a los que ahora lo miraban—. Quiero que todos lo sepan. Bletsung no tuvo nada que ver en lo que hice.

Bletsung extendió una mano hacia él. —Tú no querías matarlo, Sim. Estabas tan enojado que no pensaste.

Él no intentó tomar su mano. —No importa. Era un hombre y yo lo maté. Por eso pensé que Dios había puesto su dedo sobre mí para que fuera el Devorador de Pecados. Por eso estuve de acuerdo con irme a la Montaña del Muerto. Y ahora he bajado de allí para decirles lo que he descubierto. ¡La *verdad*! Nunca pude darles a ustedes ni a su familia lo que necesitaban. El hecho es que me he interpuesto en su camino. —Lágrimas corrían en su cara—. Que Dios me perdone, he sido la cabra de Judas que ha llevado a la gente al matadero, sin saber que Satanás me estaba utilizando para que lo hiciera. ¡Y esto tiene que acabarse!

—¡No lo escuchen! Sólo está buscando una manera de salirse de su deber para con nosotros! —gritó Brogan.

—Fagan dice la verdad —dijo Sim—. No necesitan un Devorador de Pecados. ¡Necesitan a Jesucristo!

—¡No lo escuchen, se los digo! Hemos vivido de esta manera desde que tenemos memoria y no vamos a cambiar nuestras leyes ahora.

—¡Esto se acaba aquí y ahora! —gritó Sim con una voz de autoridad—. ¡La obra se hizo en la cruz de Cristo!

—¡Este es *mi* valle! —La ira de Brogan estaba fuera de control—. ¡Nadie se rebela en contra de mí y sigue con vida!

—¡No, papá! —gritó Fagan.

—Ustedes hablan de Dios. Bueno, ¡que Dios sea el juez entre

nosotros! —Brogan Kai levantó el arma de Douglas y apuntó al corazón de Sim. Fagan se puso entre su padre y el Devorador de Pecados, pero Sim se movió más rápido. Agarró el brazo de Fagan, lo tiró al suelo y lo quitó del camino cuando Brogan jaló del gatillo.

El arma explotó. Escuché un grito y, sobresaltada, me di cuenta de que había sido el Kai. Soltó el mosquete; la mano derecha casi le había salido volando y su cara estaba negra con quemaduras de pólvora y roja de sangre. Cayó de rodillas y daba gritos por el tremendo dolor. Douglas lo miró aterrorizado.

"¡Brogan!" gritó Iona y bajó corriendo las gradas. "¡Brogan! Ay, Brogan . . ." Cayó de rodillas y lo acercó a ella. Fagan llegó, se arrodilló y lloró mientras su padre gemía de agonía y su madre lo mecía.

"¡Eres un tonto!" le dijo Cleet a Douglas. "¡Volviste a echarle demasiada pólvora! ¿No te lo ha dicho papá cien veces?" Douglas pasó a su hermano y se fue corriendo. Desapareció en el bosque.

Sim miraba la escena con lástima. Se acercó y se agachó al lado del hombre que estaba tirado y la mujer que lo sostenía. Agarró la muñeca del Kai apretadamente para detener la hemorragia.

El Kai dejó de gritar y se desplomó en los brazos de su esposa.

—¡Está muerto! Ay, está muerto —dijo Iona llorando.

—No, no está muerto, cariño —dijo Sim—. Sólo está inconsciente.

—¡Que se muera! —gritó una voz enojada—. ¡Estaremos mejor si nos deshacemos de él!

Sim levantó la cabeza y miró a su alrededor de manera solemne. —¿Maldecirían a un hombre que está abatido? Él no es peor que ninguno del resto de nosotros.

Gervase Odara se acercó. —Vamos a necesitar unos paños limpios.

La señora Elda se levantó de su silla. —Llévenlo adentro.

Sim Gillivray, el hombre a quien le habían hecho trampa en la lotería y a quien le habían robado veintidós años de su vida, levantó a Brogan Kai del suelo y lo cargó hacia la cabaña. Y fue la anciana que Brogan había ofendido tanto quien ayudó a su hija desamparada y a la curandera de la montaña para atenderlo.

La gente tardó en irse, esperando tener noticias. Murmuraban acerca de lo que debería hacerse. Sim salió después de un buen rato. —Lo logrará, amigos. No podrá usar su mano derecha y está ciego de un ojo, pero vivirá.

Cuando mi padre, Angor Forbes, dio un paso al frente, me asusté. —Hemos estado hablando entre nosotros, y creemos que si alguien merece ser expulsado como Devorador de Pecados es el mismo Brogan Kai. Él te hizo daño, Sim. Debe pagar por eso.

Sim frunció el ceño, miró a mi papá y luego a los demás. —¿Todos están de acuerdo con él?

—¡Sí!

—¿Creen que yo fui el ofendido?

—¡Sí! —gritaron en voz alta.

—Acataremos cualquier cosa que quieras hacer —dijo mi padre.

Sim se paró en el porche y lo miró. —Eso es lo que ustedes esperan que quiero, ¿verdad, Angor? Venganza.

El color se filtró en la cara de papá. Se veía avergonzado pero habló en defensa propia. —Todos estos años nos ha mantenido con miedo. A mí, así como a cualquier hombre de aquí.

—Ya no tienen que tenerle miedo a Brogan Kai —dijo Sim sencillamente—. Nunca ha tenido poder sobre ustedes, más del que ustedes mismos le hayan dado. Y les digo esto. ¿Dicen que acatarán cualquier cosa que yo quiera hacer? Bueno, aquí está. Lo perdono. No voy a juzgar al hombre. ¿Qué derecho tengo de juzgar a alguien? ¿Qué derecho tiene alguno de nosotros?

Fagan había estado parado en la puerta, tenso, mientras los escuchaba discutir el destino de su padre. No pude quitarle los ojos de encima, porque con las palabras de Sim, sus ojos se encendieron con fuego santo. Avanzó y se paró junto a la barandilla, mirando a los hombres que habían querido hacer de su padre el Devorador de Pecados.

—¡No juzguéis, porque con el juicio con que juzgáis, seréis juzgados, dijo el Señor! —dijo en voz alta.

—Amén —dijo Sim tranquilamente. Sonrió—. Si tengo algo que decir en cuanto a eso, yo soy el último Devorador de Pecados que este valle conocerá jamás. Escucharon la verdad de Dios de este muchacho y esta niña. Jesús *es* el camino, hermanos y hermanas. Jesús es la verdad. *Él* es la vida.

Sentí el impulso y me apoyé en el pasamanos, y miré a nuestra gente. "Ya todos han escuchado la verdad ahora. La vida y la muerte están frente a ustedes. ¿Cuál elegirán?"

VEINTICUATRO

Sólo unas cuantas personas bajaron al río para ser bautizadas ese día. Sim cargó a la señora Elda, porque era demasiado anciana como para caminar sola y dijo que quería ser testigo de lo que sucedía. Bletsung caminó al lado de Sim, y le tocaba el brazo tiernamente de vez en cuando. Y mi hermano, Iwan, también fue. Cluny Byrnes se soltó de su padre y corrió detrás de nosotros, y él le gritó que ya no sería recibida en su casa y que ya no era su hija.

En total, sólo fuimos siete los que alabamos al Señor por lo que había hecho. Siete que lo invitamos a reinar en nuestras vidas. Siete de entre muchos.

Hasta papá se dio vuelta y se fue a casa. Casi me rompió el corazón cuando lo vi irse. Corrí detrás de él, y lo agarré para suplicarle que fuera con nosotros al río y que se bautizara.

"Tengo que trabajar y cuidar a tu mamá. Está en cama desde hace cuatro días. No se ha levantado y no ha comido nada desde entonces."

Entonces lo solté, y lloré mientras se alejaba. La tristeza se quedó conmigo en el río mientras presencié el bautismo de Iwan y Cluny. Aun la risa y la alegría no pudieron disipar el sentimiento interno de que hacía falta hacer algo, que Dios quería que hiciera algo más. Mientras Sim cargaba a la señora Elda por el camino otra vez, yo los seguí con los demás. Fagan me tomó de la mano. Sabía cómo me sentía.

Cuando llegamos a la cabaña, estaba vacía. Cleet y el padre de Cluny se habían llevado a Brogan Kai a su casa.

La señora Elda casi se subía por las paredes de lo contenta. Se veía arrugada y anciana, pero sus ojos brillaban de vida como nunca antes. Sonreía como si todas sus preocupaciones hubieran desaparecido. Y así era.

Si todos pudiéramos sólo dejar que desaparecieran.

—¿Qué es lo que te molesta, Cadi? —me dijo.

—Papá no vino.

—Lo hará, con el tiempo. Estoy segura de eso.

—Es mamá quien me preocupa —dijo Iwan—. Llegó a casa hace cuatro días, después de una larga caminata, y se fue a la cama. Papá y yo tratamos de averiguar qué le pasa, pero ella sólo voltea la cara hacia la pared. Simplemente renunció a la vida y nada de lo que podamos decirle cambia algo. Es como si ya nada le importara.

El viento en el valle había revuelto el pelo blanco de la señora Elda y lo tenía parado hacia todos lados, como un puercoespín.

—¿Hace cuatro días, dices? —Se quitó un poco de pelo de su frente.

—Sí, señora —dijo Iwan.

—Vino hace cuatro días a preguntar por Cadi. Le dije que se había ido a la casa de Bletsung. —Miró por todos lados—. ¿Dónde está mi cepillo? Caramba, no puedo ver con esta paja. Deja de reírte, Fagan. No es respetuoso reírse de tu pobre abuelita anciana.

—Aquí está, señora —dijo Bletstung, reprimiendo una sonrisa—. Le cepillaré el pelo.

—Bueno, mejor que alguien lo haga.

—Mamá llegó y me vio —dije, y recordé cómo se había quedado parada a la orilla de la pradera por el laurel montañés, cerca del riachuelo—. No se acercó a la casa, ni gritó ni nada. Sólo se quedó mirándome. Luego dio la vuelta y se marchó.

La señora Elda se puso a pensar. —Entonces tal vez está llorando por ti, niña.

—Es a Elen a quien ella amaba. No a mí. Ella sería feliz si nunca tuviera que volver a verme.

—Eso no es cierto, Cadi —dijo Iwan y se apartó de Cluny para agacharse enfrente de mí, donde yo estaba sentada—. Ella te ama. Estoy seguro de eso.

Sacudí la cabeza; el dolor interno era más fuerte que nunca. ¿Por qué ahora? Ay, Dios, ¿por qué ahora? Este debería ser un tiempo de alegría, no de dolor.

—Tienes que ir a hablar con ella, niña. Averigua qué es lo que la tiene enferma.

Todos me miraron, y yo me sentí desnuda y vulnerable.

—¡No puedo! —Se me cerró la garganta como si alguien me estuviera ahogando. Contuve las lágrimas, pero de todas formas salieron, calientes; me quemaban directamente el corazón.

—Sí puedes, cariño —dijo Sim—. Tuviste suficiente valor para buscar al Devorador de Pecados, cuando todos los que te rodeaban vivían temiéndome, ¿no es cierto? Y debido a que buscaste un Salvador, encontraste al que quita los pecados, Jesucristo nuestro Señor. Él te mostró el camino hacia la salvación. Ahora, muéstralo a tu madre.

—Creo que fueron tus oraciones las que hicieron que viniera ese hombre de Dios para que nos trajera la verdad a las montañas, Cadi —dijo Fagan.

Me pregunté si era así. Tuve un fuerte sentimiento de que había alguien más que clamaba a Dios mucho antes de que yo naciera. Sim Gillivray.

"El Señor responde a las oraciones," dijo una voz familiar, y yo levanté la cabeza. Lilybet estaba parada en la puerta. "Deja que el amor te lleve a casa, Katrina Anice. Se te dará todo lo que necesites. Sólo tienes que pedirlo."

Me levanté y salí por la puerta; pensaba seguirla, pero no podía verla por ningún lado.

—¿Cadi? —dijo Bletsung, y dejó a la señora Elda. Se me acercó y me puso una mano en el hombro—. ¿Qué pasa, cariño?

Yo temblaba mucho. —Voy a casa ahora. ¿Harían todos algo por mí?

—¿Qué quieres, querida?

—Oren por mí. Y oren por mamá. Oren mucho.

Corrí todo el camino a casa porque sabía que si caminaba, tendría tiempo para pensarlo y cambiar de opinión. Tenía que hacerlo mientras que sentía lo que me impulsaba a ir a casa. Me dolía el costado y mis pulmones ardían, pero no me detuve. Subí las gradas y me paré en la puerta.

Papá estaba sentado en la orilla de la cama, con su mano en el hombro de mamá. Cuando levantó la cabeza, vi que él estaba llorando. "Cadi está aquí, Fia," dijo suavemente. Vi que su cuerpo se puso tenso. Papá se levantó lentamente y la dejó. "No me escucha. Simplemente se ha dado por vencida." Me miró de manera suplicante y luego salió a sentarse en el porche de enfrente y me dejó sola con mi madre.

Jadeando, me paré en la puerta hasta que recuperé el aliento.

—¿Mamá? —dije suavemente y caminé hacia adelante. Ella seguía dándome la espalda mientras yo me acercaba—. Mamá, siento mucho lo que le pasó a Elen. Yo tenía celos de ella.

—Lo sé.

—Ese día le dije cosas terribles. Y a ti también.

—Lo recuerdo.

No quise decir que fue porque extrañaba el amor y la atención de mi madre. No quise dar ninguna excusa. —Vi que venía por el puente del árbol, y todavía estaba tan enojada que deseé que se cayera. Y cuando se cayó, traté de verla. Quería deshacerlo. Cuando se cayó supe que no la odiaba a ella ni a ti, mamá. No en lo más profundo. Pero ya era demasiado tarde. Yo no la empujé, mamá. Lo juro por mi vida que no lo hice.

—Sé que no lo hiciste —dijo con una voz ronca—. Nunca pensé que lo habías hecho, ni por un minuto.

—¿No lo pensabas? Creí que . . . —No quería tener esperanzas.

Se volteó lentamente. Su cara estaba muy delgada y pálida y parecía demacrada por el dolor. —Nunca te culpé por lo que le pasó a Elen, nunca, ni una vez. —Me tocó el vestido; pellizcó un pedazo del algodón raído con sus dedos y lo frotó—. ¿Eso es lo que pensabas? Siempre ha estado lo mismo en mi mente desde que sucedió.

—¿Qué, mamá?

—Debía haber sido *yo* —susurró entrecortadamente.

Un sentimiento se extendió dentro de mí, como una brisa cálida de primavera, que aclaró todas mis confusiones. —Ay, mamá, ¿por qué? —dije suavemente, aunque con una comprensión repentina, lo supe.

—Porque mandé a Elen a buscarte. —Su rostro se estremeció—. Yo la mandé. —Sollozó entrecortadamente—. Supe que me había equivocado cuando te quité la muñeca y se la di a ella. Significaba mucho para ti. Fue algo cruel y lo lamenté mucho. Y te fuiste antes de que yo arreglara las cosas. La Abuelita decía que pensabas que yo prefería a Elen más que a ti, y sabía que a veces parecía que así era. Ella era pequeña para su edad y casi la perdemos cuando era bebé. Era enfermiza y me necesitaba más, eso es todo. Desde el principio tú tenías audacia y una independencia que a veces me sacaba de quicio.

—La Abuelita lo llamaba mi espíritu explorador.

Mamá sonrió con tristeza. —Sí, eso decía, ¿verdad? —Me tocó el pelo—. Ella te entendía muy bien, Cadi. Mejor de lo que yo pude hacerlo. Hubo tantas veces que tuve envidia de la manera en que ustedes podían sentarse por horas, hablando, cuando nosotras casi no teníamos ni una palabra que decirnos.

—Ay, mamá . . . —Cuánto había anhelado que ella se sentara conmigo y la Abuelita y que pasara el tiempo con nosotras, aunque fuera por unos minutos. Pensaba que se mantenía lejos porque me odiaba, porque me culpaba por la muerte de Elen.

—Nunca fue mi intención que te culparas a ti misma, Cadi. Fue mi culpa. Le dije a Elen que fuera a buscarte y que te devolviera la muñeca. Y ella lo hizo. Y se murió.

—Tú no sabías que yo había ido al río, mamá. No sabías que me había ido al Estrecho.

—Yo debía haber sido quien salió a buscarte. —Su boca temblaba—. Yo debía haberte seguido. No Elen. Debía haberte buscado para poder decirte que lamentaba lo que había hecho. Es mi culpa que ella cayera en el Estrecho. Es mi culpa que muriera, Cadi, no tuya.

—Fue un accidente, mamá.

—Un accidente que nunca habría ocurrido si yo hubiera sido una buena mamá. —Retiró su mano y agarró la sábana que tenía encima. Su corazón estaba roto otra vez—. Las perdí a las dos en el río aquel día. No te acercabas a mí después de aquel día, y no te culpaba por eso. Ay, y cuando me mirabas, veía ese terrible dolor en tus ojos y sabía que era por mi culpa. Estabas sufriendo tanto que pensé que me volvería loca. Perdí a mis dos hijas aquel día. A las dos. —Cerró los ojos y volteó la cara.

Con pena por ella, pasé las yemas de mis dedos suavemente en su mejilla pálida. —No me perdiste, mamá. —Le froté el pelo de la manera en que ella lo hacía cuando yo era pequeña. Sus músculos se relajaron. Quizás ella también lo recordaba. Volteó su cabeza lentamente y me miró otra vez, con los ojos llenos de lágrimas.

—Te veías feliz con Bletsung Macleod. Parecía haber un entendimiento entre ustedes.

—Sí, lo hay.

—Sé lo que la gente dice de ella, pero están equivocados. Ella es amable y leal. Ha vivido todos estos años cerca de esa horrible montaña, con esperanzas, creo.

—Sí. —Puse mi mano en su mejilla fría—. Bletsung es todas esas cosas buenas, mamá, pero si me hubieras abierto los brazos ese día que llegaste y te paraste debajo del laurel montañés, yo habría corrido hacia ellos.

Parpadeó y examinó mi cara. —¿Lo habrías hecho? ¿De veras?

Sonreí temblorosamente y asentí con la cabeza, porque no pude hablar.

En sus ojos parpadeaba la esperanza, la chispa más pequeña... y miedo, también. Un miedo que reconocía muy bien. Levantó un brazo. Era todo lo que yo necesitaba. Me incliné hacia ella. Cuando sentí que tenía su brazo encima, con un firme abrazo, saqué la respiración. —¡Oh, mamá, te quiero tanto!

Me apretó duro entonces y me acercó tanto que me acosté a su lado en la cama. Nos abrazamos fuerte y lloramos.

—Ay, Cadi —dijo, y me besó—. Yo también te quiero. —Absorbí el sonido de su voz tierna.

Y entonces me dijo el nombre que me decía cuando era muy pequeñita. "Todavía eres mi pedacito de cielo . . ."

Pedacito de cielo. Durante años han surgido preguntas en cuanto a si Lilybet era un ángel o no, pero no puedo decirlo. El hecho es que no sé precisamente qué era. He pensado en eso de vez en cuando, y lo que se me ocurre es esto: nunca sabremos algunas cosas hasta que nos encontremos con el Señor y le preguntemos. La Abuelita Forbes me dijo eso cuando era niña, y Lilybet me lo dijo otra vez a su propio modo. Ella siempre señalaba el camino hacia el sendero alto de Dios.

No puedo decir absolutamente si Lilybet fue real o no. Todo lo que sé es que estuvo allí cuando más la necesitaba. Nunca más la volví a ver después del día del nuevo pacto. Así lo llegamos a llamar. Un nuevo comienzo, eso fue. Después de eso no necesité más a Lilybet, ¿lo ves? Tenía al Señor.

Me gusta pensar que Dios me mandó a Lilybet y que no era alguien que yo hubiera inventado en mi propia mente, aunque yo tenía una imaginación increíble. Sin embargo, puedo decir esto. Si Dios mismo hubiera venido en una zarza ardiendo, de la manera que lo hizo con Moisés, yo me habría muerto de miedo en ese mismo instante. En lugar de eso, pienso que el Señor me dio una niñita que se parecía a mi hermana, Elen, y que hablaba como la Abuelita Forbes. Y estoy muy agradecida por su entrañable misericordia para conmigo.

Esa misericordia entrañable se extendió hacia muchos de nosotros, de tantas maneras que no puedo contarlas. La luz llegó a nuestro valle montañoso aquel día, hace tanto tiempo, y ha estado brillando mucho desde entonces. Lo que comenzó con siete de nosotros creció con cada día que pasaba. Pronto, más se unieron a nosotros en el río. Algunos se tardaron meses, hasta años, para creer en la verdad y para hacer el viaje a su bautismo.

Siento decir que algunos nunca llegaron en absoluto.

Iona se quedó al lado de Brogan Kai, y tomó la culpa de todo lo que ocurrió, e hizo de la culpa su manto. El Kai permaneció orgulloso y amargo hasta el final de una vida larga y desdichada, y luego cayó en las manos del Dios todopoderoso.

A Douglas nunca más se le vio después de ese día. Todos pensaron que se había ido más allá de las montañas, que quiso alejarse de su padre tanto como pudo. Su hermano Cleet murió a la siguiente primavera, cuando se encontró entre una osa y sus cachorros.

¿Y qué pasó con los demás de nuestro valle? Bueno, algunos simplemente eran muy orgullosos como para creer que alguna vez hubieran pecado tanto como para merecer el infierno. Gervase Odara fue una de las que decía eso. Se aferró a esa convicción hasta su último día en esta tierra. Ayudó a otros a mantener esa misma forma de pensar, y ninguna cantidad de palabras y oración influyó en sus corazones ni los suavizó. Supongo que pusieron toda su fe en las medicinas de ella y en sus propias buenas obras. Y aunque los hizo sentir muy bien durante esta vida, me duele saber que no hizo mucho para salvarlos en la otra.

Algunas de las personas que bajaron al río después fueron impulsados, al igual que yo, por la culpa del pecado, por la vergüenza y la desesperación. Anhelaban perdón y paz. Y por la gracia y misericordia de Dios, los recibieron y se alegraron en eso todos los días de su vida.

Yo seguía orando, desde ese día hasta ahora, por que cada uno de nuestros amigos en el valle montañoso tomara la decisión de seguir al Señor, en lugar de servir al diablo. Tristemente, algunos nunca tomaron la decisión. Algunos pensaban que vivir como lo hacían era una armadura suficiente en contra de Satanás. Por lo que simplemente caminaron en la vida heridos de muerte, y nunca lo supieron.

Pero para los que abrimos nuestro corazón, Dios Todopoderoso nos dio una paz y un gozo mayores de los que jamás habíamos conocido. Y ya saben el resto de la historia, porque les he contado la historia a ustedes, los jóvenes, lo suficientemente seguido.

Le cambiamos el nombre a la Montaña del Muerto por el hombre de Dios que nos llevó la palabra del Señor. Ahora se llama la Cumbre del Profeta.

Sim Gillivray se casó con Bletsung Macleod y tuvieron un hermoso bebé a la siguiente primavera. Morgan Kerr Gillivray. Tu padre.

Fagan Kai se fue de nuestro valle por algún tiempo. Bajó a las Carolinas y trabajó para poder tener un poco de educación. Cuando aprendió a leer lo suficientemente bien, volvió a las montañas y trajo una Biblia consigo. Al primer lugar que llegó fue a la casa de mis padres para ver cómo yo había crecido. Supongo que le gustó lo que vio, porque me pidió que me casara con él, a menos de un mes de haber vuelto para quedarse. El Señor nos bendijo con una bebé dos años después, Annabel Beathas Kai. Su nombre significa bella y sabia, y así es su mamá.

Ya que su abuelito y yo somos ya demasiado viejos como para caminar mucho por estas montañas, su mamá y su papá han continuado por nosotros, predicando el evangelio desde la Casa del Nuevo Pacto. Porque ahora ya es más grande, saben. Ya no es la pequeña cabaña en la que la señora Elda Kendric vivió hace todos esos años y que dio a su abuelito Fagan cuando volvió a casa.

Es triste pero cierto, todavía hay gente en nuestras montañas que no ha visto la luz ni ha aceptado las buenas noticias de Jesucristo. Todavía no, en todo caso. Todavía estamos trabajando con ellos y oramos por ellos. Pero en cuanto a nosotros, nosotros serviremos al Señor que bajó de la montaña a su abuelo, el último Devorador de Pecados, y lo trajo de vuelta con los vivos.

Ahora, queridos, ya hace mucho que deberían estar en la cama. Su mamá está parada en la puerta, y espera arroparlos. Denle a su vieja Abuelita Cadi un abrazo y un beso de buenas noches. Los amo mucho.

Duerman bien, y sueñen con el Señor.

Porque ustedes son mis propios pedacitos de cielo.

Preguntas para Discusión

Estimado Lector:

Acabas de terminar de leer la fascinante alegoría *El último Devorador de Pecados*. Los secretos, tradiciones y temores de las familias del tranquilo valle no son más que una sombra de la humanidad. Nos aferramos a lo que nos es familiar —sea correcto o no. A menudo tomamos el camino de menor resistencia. Y guardamos los secretos oscuros de la comunidad en profundos escondites —porque sabemos que nuestros propios corazones son negros también.

Pero ¡alabado sea Dios! Porque hay esperanza para todos nosotros en Cristo Jesús. Él nos pide que nos acerquemos y que nos deshagamos de nuestros secretos, de nuestras tradiciones, de nuestra ignorancia y de nuestros temores. Él nos invita a lavarnos, a limpiarnos y a caminar en su Verdad. A medida que reflexiones sobre los personajes de esta historia, descubrirás por ti mismo lo que necesita salir a la luz de la Palabra de Dios y encontrarás un gozo renovado al caminar con él.

Peggy Lynch

*Llegará el tiempo en que todo lo que está encubierto será revelado
y todo lo secreto se dará a conocer a todos. Todo lo que hayan dicho
en la oscuridad se oirá a plena luz, y todo lo que hayan susurrado a
puerta cerrada ¡será gritado desde los techos para que todo el mundo
lo oiga!* LUCAS 12:2-3

1. En tu opinión, ¿quién o qué causó que las familias del
    valle creyeran en un devorador de pecados? ¿Por qué
    crees que esta gente aceptó esta idea? ¿Cuáles fueron las
    consecuencias de su temor? ¿Cómo respondieron cuando
    se les confrontó con la verdad?

2. ¿Qué tradiciones o patrones en tu vida podrían mantenerte
    cautivo? ¿Cuáles son algunas maneras en que el miedo
    puede evitar que experimentes la verdad?

*Pues todo el que pide, recibe; todo el que busca, encuentra; y a todo
el que llama, se le abrirá la puerta.* MATEO 7:8

---

3. ¿Qué cosas se descubrieron sobre Brogan? ¿Cómo
    se descubrieron? ¿Qué excusas dio por sus acciones?
    ¿Cómo respondió a la verdad?

4. ¿Qué clase de excusas utilizas para tapar tus secretos?

*La iniquidad del impío me dice al corazón: No hay temor de Dios
delante de sus ojos. Se lisonjea, por tanto, en sus propios ojos, de que
su iniquidad no será hallada y aborrecida. Las palabras de su boca
son iniquidad y fraude; ha dejado de ser cuerdo y de hacer el bien.
Medita maldad sobre su cama; está en camino no bueno, el mal no
aborrece. Jehová, hasta los cielos llega tu misericordia, y tu fidelidad
alcanza hasta las nubes.* SALMOS 36:1-5

5. ¿Qué se descubrió de Sim? ¿Quién lo descubrió y por qué?
   ¿Cómo respondió Sim a la verdad? ¿Qué acciones tomó?

6. ¿Cómo respondes cuando se te confronta con la verdad?
   ¿Reaccionas, tomas acción, o sólo la ignoras? Explica.

Deléitate asimismo en Jehová, y él te concederá las peticiones de tu
corazón. Encomienda a Jehová tu camino, y confía en él; y él hará.
Exhibirá tu justicia como la luz, y tu derecho como el mediodía.
Guarda silencio ante Jehová, y espera en él. No te alteres con motivo
del que prospera en su camino, por el hombre que hace maldades.
SALMOS 37:4-7

7. Haz un contraste entre Iona y Bletsung. ¿Qué se reveló de cada mujer? ¿Qué motivó a cada una de ellas? Al oír la verdad, ¿qué acción tomó cada mujer? ¿Qué estilo de vida eligió cada una después?

8. Cuando enfrentas decisiones difíciles, ¿qué te motiva a actuar o a no hacer nada? Se específico.

El odio despierta rencillas; pero el amor cubrirá todas las faltas.
PROVERBIOS 10:12

Pero yo digo: ¡ama a tus enemigos! ¡Ora por los que te persiguen! De esa manera, estarás actuando como verdadero hijo de tu Padre que está en el cielo. MATEO 5:44-45

9. ¿Qué se descubrió sobre Cadi? ¿Y sobre su madre, Fia? ¿De qué manera sus sentimientos de culpa las mantuvieron alejadas? ¿Qué papel jugó Lilybet? Compara las acciones y la determinación con respecto a la verdad de Cadi con las de Fia.

10. ¿Cómo ha obstaculizado la tragedia tus relaciones? ¿Qué has hecho para promover la restauración en otros? ¿Quién te consoló o te aconsejó?

Y yo le pediré al Padre, y él les dará otro Abogado Defensor, quien estará con ustedes para siempre. JUAN 14:16

11. Discute la relación de Fagan con "el extraño." ¿Qué le faltaba a la relación con su padre? ¿Qué descubrió Fagan de su familia? ¿Cómo lo animó Elda?

12. ¿Cómo enfrentas el rechazo? ¿A quién buscas para que te anime?

Luego dijo Jesús: "Vengan a mí todos los que están cansados y llevan cargas pesadas, y yo les daré descanso. Pónganse mi yugo. Déjenme enseñarles, porque yo soy humilde y tierno de corazón, y encontrarán descanso para el alma. Pues mi yugo es fácil de llevar y la carga que les doy es liviana." MATEO 11:28-30

Dios mostró cuánto nos ama al enviar a su único Hijo al mundo, para que tengamos vida eterna por medio de él. En esto consiste el amor verdadero: no en que nosotros hayamos amado a Dios, sino en que él nos amó a nosotros y envió a su Hijo como sacrificio para quitar nuestros pecados. Queridos amigos, ya que Dios nos amó tanto, sin duda nosotros también debemos amarnos unos a otros. 1 JUAN 4:9-11

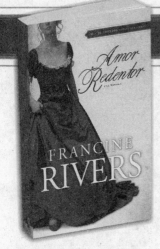